U0565246

汉风烈烈

清秋子 著

1

河南文艺出版社
·郑州·

图书在版编目（CIP）数据

汉风烈烈／清秋子著. -- 郑州：河南文艺出版社，
2025.7. -- ISBN 978-7-5559-1662-8

Ⅰ. I247.5

中国国家版本馆 CIP 数据核字第 2025NK0082 号

策　　划	郑　雄　刘晨芳
责任编辑	刘晨芳　孙清文　熊　丰
责任校对	殷现堂　樊亚星　梁　晓　张恩丽
美术编辑	张　萌
装帧设计	呦鹿 1015838109@qq.com

出版发行	河南文艺出版社
社　　址	郑州市郑东新区祥盛街 27 号 C 座 5 楼
承印单位	河南瑞之光印刷股份有限公司
经销单位	新华书店
开　　本	890 毫米 × 1240 毫米　1/32
总 印 张	90
总 字 数	2 070 000
版　　次	2025 年 7 月第 1 版
印　　次	2025 年 7 月第 1 次印刷
定　　价	398.00 元（全 7 册）

印厂地址　河南省武陟县产业集聚区东区（詹店镇）泰安路

邮政编码　454950　　电话　0371-63956290

目　录

一

萧何夜追
都尉郎

竹帛烟销帝业虚，关河空锁祖龙居。

坑灰未冷山东乱，刘项原来不读书。

　　这首诗，本是晚唐诗人章碣①的一首七绝，题为《焚书坑》。此诗与诗之作者，在史上都不甚有名；然而到了近世，此诗却大大地有名起来。究其缘由，足可发人深省，亦令人叹惋。

　　此诗说的是秦末大乱之事，寥寥数语，却是字字千钧。秦末大变乱，乃是起自秦始皇猝死，秦二世倚靠权奸赵高篡了大位。因得位不正，便处处疑神疑鬼，朝中自然是正气不伸，奸佞当道。秦政原本就严苛，经此一变，竟愈加暴虐，终于逼得民反。偌大帝业，虚弱的底子一下便袒露出来，先是陈胜、吴广用了"鱼腹丹书""篝火狐鸣"之计，鼓动戍卒，于大泽乡首揭义旗。后又有六国旧贵胄与民间豪雄趁乱而起，拔城易帜。三年之内，便埋葬了一个横绝天下的庞然大物。

———————————

① 章碣(836~905年)，字鲁封，睦州桐庐(今属浙江)人，后移居钱塘(今浙江杭州)，唐代诗人。有《章碣诗》一卷已佚，《全唐诗》存诗一卷(26首)。曾创"变体诗"，单句押仄韵，双句押平韵，时人效之。

其实，在起事的诸路豪雄中，并非人人皆为圣贤，而多是鱼龙混杂。颇做出一番事业的，唯有刘邦、项羽两大家。后世的人，说是刘、项二人联袂推倒了大秦的天下，自是十分精当之论。正所谓"秦失其鹿，天下共逐之"，转眼之间，河山便易手。但彼时天下，素来独尊一姓，故不可能由刘、项二人相商分享，这就有了其后绵延四年有余的楚汉之战。

那四年多的景象，正如司马迁所言："河决不可复壅，鱼烂不可复全。"其变乱，其悲惨，乃近古所未见。

生于乱世者，磨难虽甚多，然也有他们的幸遇。那数年之中，有许多豪雄旋起旋落，大放异彩，成就了其汪洋恣肆的人生，在史上留下了一个不灭之名。

故此，那一段史，便如远古之夕阳残照，读来令人回味无穷，亦觉得悲壮莫名。其间的英雄末路与竖子成名，两千年来，更是为史家所津津乐道，至今也未被冷落。

且说汉王元年（前206年）五月的一个夜里，汉中郡的郡城，亦即南郑这个地方，近郊的汉军大营已熄灯多时。除中军大帐外，各帐均是光亮熄灭，军卒们酣然大睡，全无牵挂。

冷月之下，象征汉王权柄的旄旗①，静静低垂，状似有气无力。营帐之间偶或响起的巡更刁斗②，声若呜咽，显得凄凉万端。

营门前，几名执戟卫卒强打精神，也仍是昏昏然，只觉得眼皮

---

① 旄（máo），古代用牦牛尾装饰的旗子。

② 刁斗，古代军中用具，铜质，有柄，能容一斗。白天用作炊具，晚间用以巡逻敲击。

愈发沉重。其中一个，居然立着就打起盹儿来。忽然，一阵马蹄声轻微响起，由远及近，从大营内悄然而来。众卫卒毕竟有历练，瞬间便被惊动，都是浑身一震，将长戟交搭，阻住来路，低声喝问道："是何人？何事出营？"

来人是一年轻军吏，面略黄而身长，甲胄整齐，披一袭皓白战袍。他放马缓步到了营门，猛然勒住马。卫卒忙取来守夜灯笼，高擎过头，看胸甲结花，方才辨出，此乃一位都尉。只见这都尉翻身下马，解下腰牌递出，自报了一声："治粟都尉①。"

一卫卒接过腰牌，靠近灯笼看看，又问："可有出入符节？"

来人道："有！"说罢递出。

卫卒将官职、人名验罢，还回腰牌与符节，却是满脸狐疑："都尉，这符节今日虽可出入，但何事须半夜三更出营？"

都尉并未立刻答话，只略略转身，回望大营片刻，才说道："有军令！调粮！"

卫卒仍问："可有汉王虎符？"

那都尉面露不豫之色，叱道："我又不去调兵，只去石梁亭催粮。"

几名卫卒互相望望，放下长戟，不十分情愿地搬开门栅。其中一个，随口嘟囔道："一个多时辰即可天明，何苦要赶夜路？"

都尉不禁火起，喝道："为何如此多事？"

那卫卒手指营门高悬的禁令牌，忙赔笑道："近来逃亡甚多，君上与韩太尉严令盘查出入，请都尉息怒。"

---

① 治粟都尉，汉代中级军官名，掌筹划军粮之职。

那都尉翻身上马，一记鞭鸣，急催道："速速让开。今夜不催，尔等便要断炊了！"

卫卒们这才慌忙闪开，放都尉出了营门。那人出得门去，即回首诡秘一笑："各位儿郎，敌在关中，何苦与自家人过不去？恕我不敬，来日再会！"

众卫卒茫然不知所措，只呆望着那白袍都尉飘然一骑，绝尘而去。

人踪既远，夜色愈显深沉，营门又复归于寂静。两只巡夜灯笼置于地上，明灭不定，酷似一双蒙眬睡眼。

如此过了半个时辰，营内忽又有马蹄声骤起。一文官神色仓皇，策马飞奔而来。两卫卒举灯高照，不禁愕然："丞相！"

丞相萧何勒住坐骑，厉声喝问："夜来可有人出营？"

"有，是治粟都尉韩信。"

"走了有几时？"

"半个时辰。"

"荒唐！为何不拦住？"

"禀报丞相，验过他符牌，皆无误。"

萧何便不再问话，喝了一声"闪开"，众人慌忙去搬门栅。待门栅徐徐打开，仅可容一人通过之时，萧何便等不及，猛力一鞭，胯下坐骑便有如疾风飙起，冲出营门去了。静夜里，马蹄声密如急雨，听来格外惊心。

一卫卒喊了声"丞相……"，便噤不能言。众人不禁瞠目，良久才回过神来，面面相觑。其中忽有一人醒悟过来，忙返身回营，禀报值夜校尉①去了。

这一番嘈杂，惊动了正在观楼上瞭望的哨卒，高声向下问道："营门何事，闹得这大声音？"

卫卒答道："萧丞相一人一骑，奔出门去了！"

哨卒便懒懒道："我道是何事！丞相必有急务，不关你我事。莫再自相惊扰，打搅了兄弟们睡觉。"

片时之后，大营再次归于沉寂，唯闻虫声唧唧，四处似充满诡异之气。卫卒们执戟肃立，倦意全消，心头忽涌起一股莫大的恐惧："今夜大营，恐有变！"

就在此时，汉王大帐内，数盏膏油灯微火摇曳，一派昏暗。新近受封汉王的刘邦忧思满面，正蜷曲在几案旁，借酒浇愁。

数月来，世事变幻，匪夷所思。刘邦为诸多得失所惑，满心沮丧，箕踞在席上，只顾喝闷酒。醉意渐渐上来，他愈发郁闷，断断续续，哼起了家乡谣曲，眼前景象，也似随之浮动。须臾间，泗水畔之草木景物，尽皆奔至眼前……

就在三年前，刘邦尚在家乡沛县丰邑，正做着不起眼的泗水亭长②。当年，他在水畔的芦苇丛中，常邀来县吏萧何、曹参、夏侯婴、任敖，以及乡邻樊哙、卢绾（wǎn）、周勃等一干朋友，谈古论今，把酒尽欢。

---

① 校尉，汉代中级军官，职级在将军之下，与都尉同级，为军中单位"部"之长官。

② 亭长，乡官名，掌治安、迎送之职。秦汉时，乡村每十里设一亭。

诸人与刘邦友情甚笃，皆直呼他的本名"刘季①"。所谓刘季，即村语中的"刘三"是也。此情此景，恍似就在昨日。可是，三年眨眼一过，一顶汉王的冠冕戴在头上，给自己取了个大号叫"刘邦"，很多事，竟都身不由己了。

刘邦想到此，长叹一声——美酒常有，然何处还可觅得那般豪兴？

当初举义之后，刘邦被沛县父老推作了沛公②，拉起三千兵马来，人称"沛公军"，之后，又投奔了楚地义军的总首领项梁。

项梁，乃江东③下相人氏，楚国名将项燕之子。秦末大乱，他不甘落于人后，率八千江东子弟揭竿而起。后又在民间寻得楚怀王之孙，扶立为王，对外仍称"楚怀王"，为各路义军所共尊。

彼时之项梁，自号"武信君"，深孚众望，威名远扬，是最有希望夺得天下的一个豪雄，惜乎他大意轻敌，为秦将章邯所杀。正因他的提前退场，才为刘邦空出了一片可施展的天地来。

年前闰九月，楚怀王与诸侯共立约定——"先入定关中者为王"。嗣后，怀王便命刘邦领军一支，向西而行，去攻取秦都咸阳。刘邦所率的"沛公军"，彼时不过是一支弱旅，人马仅万余，兵卒皆原为农夫、屠贩之流，却阴差阳错，一路克敌，最后兵临咸阳城下，得了"先入关中"的头彩。

---

① 刘季，刘邦原名。古人兄弟排行的次序，伯为老大，仲为第二，叔为第三，季为最幼一人。如家中只有三子，则幼子也称季。刘邦因在家中为行三，且是嫡出幼子，故称"刘季"。

② 沛公，即沛县令。称"沛公"，是因秦末义军均尊楚，采用的是楚国官制，楚制县官称谓，是在地名后缀一"公"或"尹"字。

③ 江东，亦称"江左"，古代区域名称，所指为长江下游之江南一带。因长江在今安徽南部境内向东北方向斜流，而以此段江流为准，确定东西和左右。

然世道纷乱，恃力者便是强者。仅一个月之后，楚军的另一强势首领项羽，便统领大军四十万，赶到咸阳来争功，不肯让刘邦做这关中王！

　　这位项羽，本名项籍，羽乃他的字，世人皆称他项羽。项羽是项梁之侄，秦末随叔父举义，曾与刘邦结拜为兄弟，联袂击秦，现已成楚义军的最高统领。

　　当初，北戍长城的悍将王离，奉秦二世之命，率秦军十万南下平乱，围住了赵义军的都城巨鹿。项羽为救赵，率楚军破釜沉舟，在巨鹿城下与王离大战，尽灭秦军精锐，一战成名，威震天下。

　　项羽其人，不单勇力过人，且生性暴戾。入咸阳后，全不顾刘邦与秦人曾有约法三章，杀了亡国之君秦王子婴，又烧尽了秦朝宫室，以雪洗曾经的灭国之恨。

　　至今年二月，项羽又自封为"西楚霸王"，俨然天下之主，分封了十八个诸侯王，刘邦仅为其中之一。

　　若仅仅是如此，刘邦倒也能忍；然项羽猜忌心忒大，不顾怀王的先前之约，偏把刘邦封在了咸阳以西的汉中及巴蜀，等于贬在边荒化外，这又教刘邦如何能忍？

　　最令刘邦切齿者，乃是项羽的无情无义，竟然不顾杀亲之仇，将那秦朝降将章邯、司马欣、董翳三人都封了王，在咸阳左右一字排开，号称"三秦"，以图扼住汉中咽喉。

　　四月初，项羽又在戏水这地方大会诸侯，令诸侯各自罢兵，回封地去，不得再斗。而后，才放下心来衣锦还乡，率兵回彭城去了。

　　刘邦一路冒死杀伐，原本指望做个关中王，高卧咸阳，光宗耀祖。 却未曾料，同时举义的诸侯豪强，各封了一方好地，极尽风光。 唯他这个屈居西陲的"汉王"，有何尊荣可言？ 略等于鄙地一个郡守罢了……

想到此，刘邦又长叹一声，捧起酒樽，眼前便是猛地一花。浑浊醪酒中，似浮现出项羽的一副得意之状来。

刘邦忍不住，骂出了声："呸，无义之徒，有何得意？"

侍从在侧的谒者①赵衍一惊："大王，因何事发怒？"

刘邦便道："何事？ 无事！ 寡人正骂一条狗呢。"

这赵衍，自霸上投军，便跟从汉王左右，知君上喜怒无常，便故意装作懵懂："军营之中，臣下从未见有犬只出没。 若有野犬窜入，军爷们三月未食肉，怕早就捉来吃了。"

"有！ 如何没有？ 犬在关中，蜷伏爪牙，已窥伺寡人多时了。"

"关中尚远，有几条狗，也无关痛痒。 大王请宽怀。"

赵衍忙以眼神示意左右，近侍随何便抢步上前，接过刘邦手中的酒樽。 近身郎卫②周緤（xiè）也上前，欲扶住刘邦。

刘邦以衣袖一挡："尔等统统出去吧。 今夜也无甚么事，就让我自斟自饮好了。"

赵衍与众涓人③会意，都躬身退到了帐外。

刘邦喝了些酒，胸中郁闷仍无以解脱，便踉跄起身，从剑架上

---

① 谒者，官职名，君王近侍，掌传达之职。

② 郎卫，汉代君王的近身侍卫。

③ 涓人，指君主的近侍。

取下那柄"赤霄剑",将其从鞘里抽出来。

此剑为上古青铜剑,剑脊至刃宽二寸半,剑重九锊①,剑柄镶有七彩珠玉。饰物虽略显古旧,但剑锋寒光,仍是灼灼如新。

细抚剑刃,刘邦似觉有一股寒意,从指尖渗入双臂,心情便一振。这剑,大有来历,是他的贴身祥瑞之物,须臾不可离。

那还是在始皇三十五年(前212年)秋,有一美髯奇客,从关中道上来,路过沛县城中的泗水亭,打尖歇息。刘邦在此做亭长,见来了远客,便欲尽地主之谊。当下向近旁王氏酒家赊得几壶老酒,邀来萧何、夏侯婴等一干人,在驿馆的凉亭下,团团围坐。

那泗水亭驿馆中,槐杨浓荫蔽日,间有桂子飘香,正是把酒尽欢的一个好处所。美髯客三杯酒下肚,顿有豪气涌上胸中,看看座上,尽是草莽仗义之士,便拔剑在庭中舞了一回。舞罢,脱手一掷,剑锋直指亭柱上所悬的一篇榜文。这榜文,乃是大秦廷尉府所颁的一部《贼法》,悬于此处,是为震慑毛贼宵小。

那利剑飞鸣而出,刺入木柱中,入木半尺,其声铿然如钟磬。榜文编绳当即崩断,竹简四处散落,唯有一根竹简,似小兽般被钉在了柱上。众人定睛看去,那剑锋所刺中的,竟然是一个"秦"字!在座诸人,便都大惊失色。

美髯客仰天一笑,对刘邦道:"在下行走四方,昼伏夜行,所遇之事,皆甚奇也。"

---

① 锊,此处指铸剑的重量单位。中国古代铸剑重量,分为三等,上制九锊(每锊六两五钱),"上士"方有资格佩之。

座中萧何，本是精通律法之人，凡有通缉文牒，皆过目不忘，此时脸色便是一白，抓住那人衣袖低声问道："客人莫不是……兰池刺客①？"

美髯客淡然一笑："非也。我区区一个行者，何来胆量屠龙？"

刘邦也敛容道："豪客有何奇闻，也说来我等听听。"

美髯客便道："我行遍天下，见各地无不惨苦，黔首之民，奄奄待毙。唯是楚地最为豪雄，民间义士，结伙团聚，都志在鼎革。每至一处，只用口唤一声'楚虽三户'，必有乡里耆宿来迎，备酒水招待，聚议汹汹，以待天时。地方官吏皆知此情，然民怨之盛，几近决口，纵是神仙亦无良策——他还能将天下的人都捕尽不成？"

刘邦与萧何等人面面相觑，都知"楚虽三户"的谶语，下句便是"亡秦必楚"，然这杀头的违碍之语，如何就能在光天化日下脱口而出？

刘邦惊道："此处也是楚地，怎的不闻有此等事情？"

萧何忙截住话头，举起酒杯敬道："志士见多识广，我等草民，徒有欣羡之心了。然则国士谔谔，总须定于一尊才是；我辈才具，尚不及国士，还是饮酒为好。"

美髯客睨视萧何一眼，摇头道："唉，英雄缄口，哀莫大焉！天下之大，何处能觅得一个知音？莫非楚地之风，如今也委琐至

_____

① 兰池，即兰池宫，大约在今咸阳东北杨家湾一带，乃人工开凿之湖，为秦始皇游乐之所。史载始皇三十一年（前216年）十二月某夜，秦始皇微服夜游兰池宫，突遇数名刺客，幸有随身四名武士奋力护卫，当场将刺客击杀。

此了吗？"

萧何闻言，脸上就是一红："先生超脱，以四海为家，小吏自是敬佩之至。 我辈凡俗，终日营谋升斗之食，只为妻小而已，真是惭愧得很。"

刘邦却亢声道："萧主吏，这不是你的本心之言吧？ 斗食小吏，非我辈也。 草泽之中，或许就有龙蛇在。"

萧何便道："江河草泽中，虎豹或许有。 这龙蛇嘛……却不见得。"

"哈哈，美髯客乃豪侠之人，不是外人，萧主吏不必掩盖。你萧主吏若不是龙蛇，何人更还有资格？ 不然的话，我刘季一介乡鄙匹夫，当初，萧主吏为何要力荐我刘某为亭长？ 往年我受命赴咸阳当差，同僚赠我程仪皆为三百钱，为何萧主吏独独要赠我五百钱？"

"此乃乡谊而已，季兄不必挂记。 弟以为世事不宁，唯静为上。 你我都不可狂言招祸。"

美髯客略端详刘邦片刻，不由问道："亭长，某所见官府之人，多头戴发弁①而已。 何以兄长独独戴此巍峨之冠？"

刘邦答道："此冠，乃竹皮制成。 样式是我揣摩上古遗风，画成图样，特遣属下前往薛县，访得巧匠，妙手编成。"

"兄长如此招摇，竟是何意？"

"哪里！ 区区一亭长，怎敢招摇？ 弟只是想：这满天下，皆是狗眼看人低之辈，欲行正人君子事，若冠冕不堂皇，又有何人畏

---

① 弁，古代的一种帽子，可将头发束住。

服？"

美髯客便大笑："原来也是个唬人的什物，兄长端的是聪明！我跋涉南北，阅人多矣，今日相见之下，知尔等绝非燕雀之辈，待长风来时，必为鲲鹏。某到此一游，实不枉此行。罢罢罢！今日我便将此剑赠与亭长。风云际会，自当有时。这江湖上，或许还可有一日重逢呢。"

说罢，客人急趋上前，从木柱上拔下长剑，双手捧住，递与刘邦。

刘邦慌忙起身辞让："这，这怎么敢当？"

那人神情渐渐肃然，扫视众人而后谓："此剑，乃上古周官桃氏所铸，春秋战乱，埋没于南山。始皇元年因山民垦荒之故，方得见天日，后为山中一隐者所藏。前年我行脚至南山，蒙此翁错爱，以剑见赐。但我终为江湖散客，不能成大器。此剑赠与君子，来日定会有一番开辟之功。大丈夫在世，仅数十年而已，不能效刑天舞干戚，岂不是人生至憾？故此，人万不可心死。譬如你……"说到此，客人便一指刘邦的头顶，"今日做亭长，以竹皮为冠，专事治盗；来日也说不定，就要换成通天冠①了！"

闻此言，萧何与曹参两人，脸色顿时惨白，其余人也都一时怔住。

刘邦也是脸色一白，压低声音道："近来，始皇帝曾说'东南有天子气'，欲再次东游以厌之，眼下朝中廷尉府搜捕甚严……"

美髯客猛然拍案道："始皇帝果有此言？"他目光炯炯环视诸

---

① 通天冠，古代皇冠，亦称冕旒，其形制常见于各种绘画中，为今人所熟知。

人。 当目光落到座中夏侯婴身上时，年轻气盛的夏侯婴奋袂而起："季兄，时可矣!"

刘邦连忙将夏侯婴拽住坐下，而后摇头道："不急，待东南有圣人出吧。"

美髯客愤然叹道："咄! 大丈夫若不图天下，又生之何益?"

刘邦一凛，随即哈哈大笑，忙将话题岔过去："我就愿闻此等壮语! 辖十个里长，与领有天下，有别乎? 没有! 这泗水亭，也就是我刘某的天下了。"

众人一时都缄默，不敢贸然言语。 座中情状，眼见得尴尬起来。

美髯客也不理会，霍地起身，朝众人一揖，唱了一声诺，便要辞别。 刘邦望望天色，挽留道："客官勿急，眼下似有雨意，不妨歇息一夜再走。"

美髯客摊开双手道："在下是此身无名籍，浪人一个，唯有幕天席地，不便住公舍。"

刘邦便笑道："小吏我也已猜到。 不过，他大秦律虽有条目，'游士居留而无符，不可'，然在此泗水亭上，本吏就是尊长，不必理会那许多! 再者说，萧主吏也在此，万事有他担当。 明日恰好有传车①路过，客官也可顺路搭乘。"

美髯客微微一笑，手指宽阔驿路说道："兄长请看，这山河远迈，大道如砥，其疆域之广，为前代所未有，正待我辈以跬步丈量之。 你我生不逢时，耻食周粟，这倒也罢了，若是连海内之土都

---

① 传车，古代驿站的专用车辆。

不能周游，岂非等同蝼蚁了？ 人各有志，所求不同，在下之命，前世已定。 诸位，桂花香时承蒙款待，谢了，就此别过！"说罢，将美髯一掀，返身便走。 才只数步，就隐入萧萧白杨林中去了，杳然无踪。

刘邦手提长剑，望着来客隐身处，怅然若失，连声赞道："壮士，壮士！ 真神人也！"

当下举起剑来端详，见剑锷上的龟纹密密匝匝，一丝不苟。上有"赤霄"两字，乃金文镌刻，苍劲老到。 便知是名匠之作，不知由几万遍锻打而成。 再看那剑身的柳叶形，更无疑是五百年以上至尊剑器。 刘邦心中便一动，回头对众人道："今日真是奇了。天赐此神剑，诸位作何感想？"

一众好友正自惊愕，都还未回过神来。 唯有樊哙嚷道："哦呀！ 这是教阿兄起兵吗？"

刘邦便勃然作色，叱道："莫要妄言！ 天下事，自有天命。 我等还是拜这豪客一拜吧。"说罢，先就面朝草泽深处，长揖了一回。

待众人也礼毕，刘邦便问萧何："萧主吏，我在这亭上迎来送往，十年有余，从未见过有如此英雄。 你掌一县吏员考核，良莠人等见过不少，可曾识得这等人物？"

"惭愧！ 一个也无。"

"那么，今日之事，你意下如何？"

萧何笑道："既有天命，也须待天时。 除此，更有何言？"

刘邦闻言，不禁热血上冲，说了声："好！ 刘某就是要等那天命！"说罢，来到庭中一口琉璃井旁，伸手打起一桶冷水来。

刘邦捧起水桶想要喝水，却跟跄了几步，险些撞倒了身边的卢绾。

卢绾是刘邦的村邻，且为同日生辰，两人之谊，有如孪生。他见刘邦已有醉态，忙上前扶住："贤弟，你醉了。"

刘邦一把推开卢绾，双手一举，将一桶冷水从自己头上浇下，而后抹抹脸，疾声道："这哪里是醉？ 醒世者，我辈沛县人也。"

这临风一呼，声若惊雷。 霎时间，泗水岸畔一阵惊扰，苇荡里兔起鹘落，惊鸟四散。 众人心头，便都是一凛……

自那以后，刘邦腰间，便常佩此剑。 县城内有见识的官民见了，知是前朝上士所佩之物，却不知有何来历，只视刘邦为本县的一个异人。

次年秋，此剑便应验了美髯客之语，被证实果然是件惊世骇俗的神器。

始皇三十六年（前211年）秋，阴雨连绵时节，刘邦受县丞之命，押解一队刑徒赴骊山，修筑始皇陵。 那些刑徒，都知陵役甚苦，终日劳碌，无分昼夜，去了便是九死一生。 即使侥幸存活，那每日皮鞭、棍棒的凌辱，也是万万受不起的。 于是在途中，今日三个，明日两伙，便都结队逃亡，当那痛快山贼去了。 刘邦纵是邀了樊哙、周勃来做帮手，也是禁制不得。

勉强行了两日，至县境边的丰西泽，入夜歇宿。 刘邦屈指一算，如此一路撒豆似的逃人，待到骊山时，恐只剩下自己与两个好兄弟了。 到那时，不但自己要服苦役，妻儿亦将收进官府为奴，这又何苦来哉？

刘邦辗转反侧，想了一夜，便拿定主意。 次日又走了一整日，至夕食时分，一行人停下来吃饭。 刘邦往怀中掏去，摸出钱来，嘱樊哙去买了几坛水酒，与众人喝得酩酊大醉。 而后，掷下酒碗，趁醉意上头，便对众刑徒道："诸君，今日事由我做主，大家都逃了去吧。天地之大，何处不能容人？如此世道，人皆不可活，我也要去做贼了。"

刑徒们喜出望外，便是一阵欢呼，大半一哄而散。内中有壮士十余人，感于刘邦高义，情愿相随落草为寇。刘邦倚仗酒力，浑身是胆，遂带领众人，朝那泽畔的芦苇深处走去，要往芒砀山间，去寻个着落处。

不一会儿，前面探路的一人仓皇返回，浑身战栗，朝众人嚷道："不好，前头有大蛇当道，人不可过！我等还是原路折返吧。"

刘邦醉意未消，便吼了一声："壮士走路，怕个甚！"说罢，便一人提了剑上前，见一条大蛇鳞光闪闪，正在月光下挡住去路。

大道通天，果有妖孽！刘邦便哈哈一笑，仗着酒胆，手起剑落，将那大蛇一斩两截，前路登时豁然开朗。

众人大喜，发了一声呼哨，仍随刘邦前行。如此颠颠簸簸，在密密白杨林中走了几里路，醉意上来，个个都支持不住，在草中倒头便卧。

睡了不知有几时，后面又来了一队行夜路的商旅，大惊小怪地唤醒了众人。

这伙行商，似惊魂未定，说方才路上，见一白蛇断为两截，旁有一白发老妇相守，正哀泣不止。众商人甚感奇怪，遂探问其故，老妇人便答道："有人杀我儿，我哭的正是此儿呀……"

众商人又问："你儿为何被杀？"

老妇人道："我儿乃白帝之子，化为蛇，当道而踞。适才为赤帝之子所斩，故老妇哭之。"

商人们大奇，都觉老妇所言，未免荒唐。有人便举起行路木杖，要打那老妪。然而未及一触，老妇便幻化遁形，无影无踪了……

听众人七嘴八舌地嚷着，刘邦忽有所悟，原来美髯客的话，竟应验在了今日，心中便不住暗喜。

众人嘈杂了半晌，天色便渐渐地亮了，众人见芒砀山原来已近在咫尺。此山乃名闻天下的一座奇山，在千万里平野之上突兀而起，唯此一峰。此时，一轮红日跃出，染得芒砀山上一片殷红。山下的槐杨林间，瞬时便像聚起了一股浑茫之气。

刘邦见时机已到，便双手持剑，对天作势，大呼道："秦尚白帝，我今斩白蛇，乃是从天命，各位不必惊慌。信我者，请随我来；惦念家眷的，可离去自便。人活一世，无非争个快活自在。我等今日落草，实为情势所迫，各位将来，或有封王封侯的前途也未可知，就看造化如何了。"

同行的刑徒们闻听，心中大起敬畏，皆不言语了，轮流向刘邦要了剑来看，以为是遇到了天神。众人稍事商议，便都死心塌地，声言要跟从刘邦到底。樊哙与周勃混在人群中，相视一眼，神色也都惊疑不定。

刘邦顺势便说："秦无道久矣，直不拿人当人。吾辈以糟糠为食，破絮为衣，却动辄获罪，断足黥面，罚去戍边筑陵。如此潦倒生涯，还有甚可留恋？今斩白帝子，天地或将倾覆，我等草民，来日便可放胆吃喝了。"

众人闻言，都激奋起来，齐声呼道："不如做贼！"

刘邦将头顶竹皮冠解下，掷于草中，一脚踩扁，以示与秦绝。心下却暗道："甚么赤帝白帝？长夜茫茫，众人走夜路，撞了鬼吧！方才斩蛇时，并未见有异象，那不过就是草间一条老蛇，滋养得久了，形同巨蟒。斩也就斩了，有何奇怪。湖上即便有老蛇成精，又怎敌得过一柄风霜古剑？老太婆的梦话，可信不可信，哪里能深究？倒是这丰西泽，大湖茫茫，好一个水乡，让我今日有了个藏身之处。此水之德，当永世不忘才是……"

当日斩蛇举义，刘邦手中所持的，就是眼下这柄赤霄剑。其锋锷生光，隐隐泛红，酷似曙色一缕，倒真是名副其实了。

帐中的膏油灯，灯芯一阵毕剥作响，忽然就变得明亮起来。

刘邦心情渐好，吟啸一声，便欲舞一回剑。却猛听得执宿郎卫周缟在帐外喝问来人，不一会儿，就有值夜的中郎将王恬启，张皇失措闯进来，身后带起的一阵风，险些熄灭了几盏灯。

只见王恬启甲衣蒙尘，革履沾泥，进来便伏地禀报："大王，萧丞相逃了！"

刘邦回头看了看，似难以置信："谁逃了？"

"是……萧何丞相。"

"你如何不去追？"

"追了。臣下马疲，追也追不上，不知往何方去了。"

刘邦遂提起剑，疾步抢出帐外，似要亲自去追。然看看那月下的遍野林莽，不知深有几许，便又退了回来。踌躇片刻，一下竟颓然倒地。

"大王！"王恬启连忙上前，扶起了刘邦。

刘邦只觉胸中气闷，沮丧道："我正待与萧丞相商议大事，如何他也逃去了？别人逃亡，不过是妇孺之见，丞相他如何也要逃……萧何，我刘季，如今还是欠钱不还的泼皮吗？连你这老匹夫也要逃？ 失了你这左右手，我在汉中，又何年方能出头呀……”

王恬启此时又道："南郑多山，小路纵横。 丞相一人逃去，纵是一营人马去追，怕也是徒劳。"

这王恬启，系刘邦之母王含始的族弟，辈分虽尊为刘邦之舅，年纪却略小于刘邦。 刘邦中年丧母，于沛县举事后，便召这位小舅入了伙，令其亲随左右，多有照拂，然总觉其人尚欠历练。

闻听王恬启叫苦，刘邦便有些恼："混账话！ 丞相一人，三军不换，剥了皮也要把他追回。"

"诺，臣下这就去。"

"且慢。"刘邦定下心来，稍稍振作，便教训道，"我的小舅呀，想我母家的祖上，是那秦将王翦，那是何等了得的人物！ 怎的到了你这里，万事皆不过心？ 追人，也要擅驾车马之人去才是。 去告知太仆①夏侯婴，教他驾车去追，要多多带人，凡遇歧路，便分道而追，勿得遗漏。"

王恬启面有惭色，叩首领命而去。

刘邦看看手中长剑，灯影下，转眼间似锋芒尽失，便恨恨掷剑于地下："天不助我刘季！ 尔等都走吧，走吧，留一座空营给我好了。"

郎卫周緤闻得帐内有剑声，大惊，连忙奔进大帐来。

刘邦兜头便问："你如何不逃？"

周緤莫名其妙，连礼仪也忘了，拍着胸甲道："周某自沛县举义，大小百战，何曾有过逃心？"

---

① 太仆，古代的一个官职名称，为君王掌舆马、马政之职，在汉代为九卿之一。

刘邦一下怔住，望了望周緤，叹道："也是。把这剑收拾起吧。"

周緤俯身去拾剑，刘邦又道："我等在通都大邑举义，却到这山沟沟里的南郑终老，周緤，你悔也不悔？"

周緤往昔以舍人身份投军，忠勇无比，此时只是发狠道："男儿敢作敢当，悔个甚么？"

再说夏侯婴带人去追了一整夜，至次日晌午，各路人马均无功而返。夏侯婴无奈，垂头丧气进帐去见刘邦："禀告大王，臣等追不上萧丞相。"

刘邦起得迟，此时尚未梳洗，蓬头跣足，正倚在案几旁。听了禀报，不禁怒上心头，斥道："夏侯兄，你封了侯，怎的也无一丝儿长进？那萧丞相，难道能插翅飞了去？"

夏侯婴额头顿时冒出汗来："大王，微臣已经尽力了。"

刘邦愤恨道："寡人不懂，一个老儿出走，数十精壮去追，怎会追不上？"

"微臣精熟车骑，绝无渎职，只是今日之事，太难！"

"这话怎讲？"

夏侯婴禀道："南郑，自古即是荒僻边城。自从大王驻跸，才算是脱胎换骨。从此城欲往关中去，尽为险路。微臣派出去的斥候①，一夜间穷尽了城乡大小路径，皆不见丞相踪影。有一路斥候，已追到了褒斜谷口，但见秦岭连绵，山径奇险，哪里能见到人

---

① 斥候，亦作"斥堠"。古代侦察兵。

影？再者说，既然栈道已毁，行路难如登天，萧丞相又怎肯往那绝路上走？依臣下所见，丞相坐骑，不过是平常驽马，怎跑得过斥候所骑的良驹？想必是他不愿被追上，找个地方藏匿了。"

"你说，丞相不会去投项王吧？"

"这臣下哪里得知？想来是不会。"

"可是不投项王，满天下还有何处可栖身？他萧何，莫非是昏了头，要回乡下去耕地？"

"这个么……也未可知。"

刘邦便叹口气道："那他就是昏了头！好，你退下歇息去吧。"

夏侯婴退下后，刘邦勉强梳洗完毕，发了一会儿呆，叹道："老儿，你误我不浅！"

原来，在初封汉王之时，刘邦仍驻军霸上，心里一百个不服气，欲与霸王以武力争天下。倒是周勃、灌婴、樊哙等股肱之臣，都把大势看得清楚，说万万不可动武。又有萧何苦谏，说得头头是道，不由人不信。

当初萧何曾劝道："我军兵力不如人，故万万不能鲁莽，否则百战百败，岂有他哉。依臣之见，大王可安心在汉中为王，养民招贤，善治巴蜀。待物力兵力养足，再回军关中，平定三秦。只要破了关中，天下事，便从容可图也。"

听了萧何老谋深算的这番话，刘邦才服了气，点起人马，来至汉中就国。当其时，身边最得力的谋臣张良，因打算回乡辅佐韩王复国，不得不就此分手。张良于临行之前，为刘邦献了一计，谋划道："待大军过后，请大王将那古栈道尽行烧毁。如此，既可断三秦觊觎汉中之心，亦可令项王明白，大王绝无东归之意。"

此计，也只有张良才想得出来。刘邦思之，遂大悟，欣然照办。

此后，刘邦驻扎在南郑郊外，蹉跎一月有余，果然等到了时来运转。就在入夏后，齐地的一个旧贵胄田荣，起兵反楚了！

他这反帜一张，霸王项羽原先布下的天下之局，便有所松动。项羽得志之后，欠的是圣人气，当初在分封之际，难免亲疏不等。各路心怀不平的枭雄，闻田荣反，便都蠢蠢欲动，欲重演春秋战国之事。项羽的霸王席位尚未坐热，便后院起火，不由得将那田荣恨之入骨，打算起兵东征。

这一变局，令刘邦窥见了一线光亮——东方既生乱，项王必无暇西顾，汉家便可趁乱夺取关中。故刘邦在此时，急欲与萧何商讨方略。萧何却偏巧在此时出走，这教刘邦如何不急："这老儿，到底有何隐情？"

刘邦想想，若再按兵不动，眼见就要错失良机了，便更如困兽在笼，焦躁万分。秦亡以来，人都说"天予不取，反受其咎"，此言果然不谬。这煎熬，真真是生不如死！

且说这一夜，韩信果然是纵马进了褒斜谷，走了一天，至栈道被焚处，马不能行，只得弃马徒步。夜间在树丛中草草睡下，天明又赶路。到得一处，前有一条河拦路，好不容易觅得一山中樵夫，询问之下，方知此水名曰"寒溪"，平素水浅仅至脚踝，近日逢春雨暴涨，竟要等对岸艄公来摆渡，方过得去了。

韩信无奈，兀自在溪边徜徉，再看路旁碑石上，确是镌有"寒溪"二字，揣摩了一下路程，堪堪离南郑已有百余里了，想必已脱出了樊笼。于是便在一株大枣树下歇息，等待渡船过来。

山中空寂，韩信倚在树下喘息片刻，猛然想起方才与樵夫打过照面，若汉营派了追兵来，追逼之下，樵夫必会详告之。想到此，韩信便一刻也坐不住了，跳将起来，手提长剑，要去寻觅那樵夫。

韩信一面拨开荆丛，一面就在心中念道："吾辈一生未做亏心事，今日为脱险，却要结果这樵夫一条性命了。天可怜见，令此人枉死！……也罢，此人今日了结掉这砍柴的贱命，又焉知不是福？"

不料，那樵夫在山中厮混得久了，行走如飞，片刻工夫，早已不见了踪影。十万大山，哪里还能觅得踪迹？韩信徒然在林中跌跌撞撞，面颊与手背屡屡触到荆棘，挂得伤痕累累。

半个时辰下来，人未找到，狐兔蛇鼠倒惊起不少。韩信只得收了剑，一声长叹，仍回枣树下歇息。时至正午，炎暑渐渐逼了上来，山谷里也觉气闷，唯枣树下尚有些许阴凉，韩信一身困乏涌上来，不知不觉中，竟然睡着了。

再说萧何前夜独自打马出营，追到石梁亭，问了粮仓军卒，皆说不见韩都尉行踪，便费了一番踌躇。自忖从汉中往关中去，古来通道有四五条，西去巴蜀，亦有几条路，韩信究竟会从哪一条跑掉呢？

萧何勒住马，在粮仓栅门前左右打望，却见一串更灯高挂，横臂直指东方，心里便一亮：韩信此去，是为逃亡，不欲被追兵赶上，所择路径，定是他人以为不通之路，那唯有东边的褒斜谷！褒斜谷栈道，汉王来时曾一火焚之，现时唯飞鸟可过。追兵若赶到谷口，见前路断绝，定然放弃不追。韩信是何等人物，必循《孙子兵法》出其不意之谋，弃马从褒斜谷徒步攀援而过。

想到此，萧何心下大喜，策马便向褒斜谷追去。到得栈道焚毁处，其路之险，果然仅容一人侧身而过，当下便弃了马，跟跄步行。

正午过后，韩信正在枣树下睡得香，忽觉手腕被人扼住，耳畔有人大呼："往哪里跑！"韩信心知不妙，用力挣脱来人，一跃而起，便要拔剑。

待定睛一看，此人不是别人，却是萧丞相，且仅独自一人。看那萧丞相，此时模样儿简直不忍直视，满面灰土，鞋履绽裂。韩信心中就一惊，却又忍不住笑出来："丞相！……如何这般狼狈？"

萧何一把抓住韩信手腕，气喘吁吁道："老夫舍了性命，在这鬼见都怕的路上跑，只是为你韩都尉。"

"下臣得罪了！韩某不辞而别，实有苦衷。"

"来来，韩都尉，你我席地坐下，从头说起。"

萧何不由分说，拽了韩信坐下，掀起衣襟擦了把汗道："韩都尉志存高远，老夫我是看在眼里的。目下汉家窘促，毋庸讳言，然夺天下者，今世恐不再是始皇帝一流了。你看那甲兵百万，苛法千条，还不是一夜间就散了？今后，得天下者，必得依黄老之术而行。"

韩信闻言，便是一震："哦？晚辈愿听指教。"

"韩都尉，你饱览诗书，宏图大志全都写在脸上，那项王识不得，乃是莽夫伧俗眼光。你弃楚投汉，实为明智。"

"丞相知我！然投汉以来，境遇实不见佳。在楚营尚可执戟，算是得了中人体面；到了汉营，却是与麸皮谷糠打交道，连下人的体面都无了。"

"都尉触犯军法，汉王却饶你不死，反而加官。此等际遇，在项王那里，可能得乎？"

韩信一时语塞，嗫嚅道："汉王仁厚，确乎不假。"

萧何便松开手，笑道："着啊！仁厚之君，必善于纳谏。汉营中文武诸人，多有赏识韩都尉的，今日两句，明日两句，不由汉王不对你刮目相看。"

韩信迟疑道："这个……小小爵禄，非我之志。"

萧何便正色道："有天下大志者，正当留在汉营中！你若复归楚营，楚之霸业已成，在彭城论功行赏，你一个叛官，回去还有何功可赏？楚今后之所图，便是守成，那项氏诸人还封赏不及呢，谁人来理会你这前执戟郎①？"

此番话，说中了要害，韩信脸色便是一变："那我去投章邯！"

萧何道："韩都尉，便是再如何走投无路，也万不能去投那逆贼。"

韩信的眉间，不觉便涌起了绝望之色："还请丞相教我。"

"汉家今日，不过才占有区区汉中；你看那汉王格局，可是一个僻地诸侯的坯子？将来从汉中起兵，与项王争天下，用人之处，还不知有多少呢！都尉年少，何苦要往那无路的路上去走？"

萧何苦口婆心相劝，竟一直讲到了日头偏西，讲得口干，便蹒跚走到寒溪边，俯身去掬水喝。韩信看看萧何背影，心有不忍，脱口而道："丞相，蒙你如此厚爱，匹马追及，晚辈实难承当。今

---

① 此处指郎中。郎中，楚制武官，君王的侍从官之通称。因有执戟宿卫之职责，故有此称。其职责原为护卫、陪从，随时建议，备顾问及差遣。战国始置，秦汉亦存。后世升级为各部员外职，分掌各司事务。"郎中"作为医生之称始于宋代，系由唐末五代之后官衔泛滥所致。

日不走就是了，这便跟你回去。”

萧何在溪边直起身来，仰天大笑："有都尉这句话，万事定矣！老夫就是奔走一万里，亦不觉累。"

两人这才互相端详对方，都觉如乞丐般蓬头垢面，不禁执手哈哈大笑。

韩信戏说道："丞相此番豪举，可上得史书了！"

那边厢在南郑营中，刘邦全不知萧何的踪迹，整日里茶饭不思，苦苦挨了两天过去。

这日，他拣出《太公兵法》来，看了半篇，便无心浏览下去。正坐卧不安间，忽听帐外值宿的郎卫徐厉一声惊呼，紧跟着，一阵马蹄声至帐外戛然而止。只见一人急如星火，滚下马来，不待谒者随何通报，便跟跄闯入帐中。

刘邦抬眼看去，竟是丞相萧何！心中便是亦喜亦怒。

萧何进得帐来，伏地便拜。刘邦连呼："免礼免礼！快来坐下。"

待萧何就座，刘邦便佯作怒状，骂道："乡鄙小吏，终改不了燕雀之心！怎的就要叛我而去？数年情谊，说走便走，你又如何忍心呢？"

萧何满面尘灰，忙不迭地答道："臣不敢逃，臣是去追逃人了。"

刘邦亦知，将士都不愿蜗居这汉中，人心无不思归，每日逃亡的不知有多少。然能劳驾萧何月夜追还的，又不知是何等奇人？

想到此，刘邦便笑问："你说来听听，所追乃是何人？"

萧何答道："韩信。"

刘邦不觉怔住："韩信？ 是那淮阴人韩信？"

"不错。"

"那个胯下匹夫？ 治粟都尉？"

"正是。"

刘邦便一下动了肝火："丞相，吾辈从关中移驻来此，逃人多矣。 帐下众将，逃亡者恐有十几个吧？ 丞相你别无所追，却去追那韩信小儿。 区区一个筹粮官，追他何用？ 这分明是在诈我！"

萧何伏地叩首道："众将易得，国士难求。 有勇有谋如韩信者，臣未曾见过。 他早先在项王身边做执戟郎，不得出头。 项王不用他，是项王目无贤才，毁弃黄钟。 然大王你……若是愿安居汉中，便无须赏给韩信一官半职；若欲争天下，则非韩信担大任不可。 此外，便更无一个称职之人。 这韩信，是走是留，只看大王如何决断了。"

刘邦思忖片刻，徐徐起身，在帐中徘徊良久，方才道："我也想尽早东归，岂能久居在这等地方？ 久了，真要愁煞人了。"

"大王果欲东归，便要起用韩信。 用之，韩信即可留下；不用，他或迟或早，终归要逃亡。"

刘邦睨视一眼萧何，突然问道："萧公，你莫不是与韩信有私？"

此话尖刻，问得又突兀，萧何却不着恼，只淡淡答道："私交不深，然诚心可鉴。 前回，夏侯兄曾向我举荐过此人，赞不绝口，我便对此人留了意。 韩信今春犯下杀头之罪，由夏侯兄极力保下，那之后，我确是与他挑灯谈过两三回。 臣之所见，夏侯兄并未言过其实。 这个韩信，确是人中蛟龙。 天下大势，河山形胜，他均了然于胸。"

"他？人中蛟龙？哈哈……凭他那副仪容？罢罢，我便也赏他个执戟郎做，你看如何？"

"人不可貌相。且如此，他又何苦弃项王来投汉？"

"你说，他本领何在？论膂力，他何及樊哙三分？论斗剑，他……斗得过寡人吗？"

"大王，小技何足道哉！这韩信，平素好学，手不释卷，尤其深谙兵法。还记得入咸阳时，众将都奔宫府而去，贪图金帛财物。独我一人，带兵守住丞相府、御史台，搬得些律令图书回来。这些典籍，汉军中何曾有一人来问过？唯有韩信曾借了去揣摩，如此心性，可还了得吗？听他谈吐，诸如山川地形、诸侯强弱、时局开阖、统军要领等，无一不通。兴我汉祚，非此君莫属。"

刘邦低首将须，沉吟了片刻，问道："兵者，大事也，丞相果真看好此人？"

萧何断然道："那项王天下无敌也，然宇内唯一人可制伏他，即是都尉韩信。"

"项王勇冠三军，诸侯闻之变色，我汉家虽处于下风，总不成要用个竖子为将吧？"

"大王可知否，项羽也曾学过兵书？"

"晓得。"

"可知他一编尚未读毕，就掷兵书于地？"

"也有所耳闻。"

"如此莽夫，恃力而欲图霸业，实为狂悖。而我汉家，难道要与他比剑来争高下吗？"

刘邦便似有所领悟："那要如何较量？"

萧何向前膝行几尺，伏地稽首道："大王，臣月夜追韩信，即是要追还一位大将之才。"

"大将之才？ 怎的未闻众将说起过？"

"昔商鞅君有言：成大功者不谋于众。 便是此意。"

刘邦听萧何掉书袋，便不耐烦，随口道："好，看丞相面子，我可拜他为将。"

萧何仍伏地不肯起身："拜他为将军，他也必不肯留。"

刘邦一惊，双目盯住萧何，只是不语。

萧何便又道："前朝始皇帝，虽性若虎狼，但所行俭约，志在天下，又能屈身下士。 大王与之相比，所行俭约，志在天下，全都不在话下；唯屈身下士这一条，远逊于始皇帝……"

刘邦不由浑身一颤，拍了一下案几："寡人，这就拜他为大将军！"

萧何这才起身，长吁道："如此，汉家幸甚。"

"那要烦劳丞相了，去唤韩信来，我今晚就拜将。"

"不可！ 大王素来傲慢无礼，拜大将军，就像呼小儿，这如何使得？ 此亦是韩信所以逃亡之故。 大王如欲拜韩信为大将军，就应择良期，守斋戒，设坛场，具礼数，方为妥备。"

刘邦便大笑："拜个大将军，要恁多礼数？ 好，我今日就听丞相的，你尽管去办。"

萧何仍不放心："大王务请言而有信。"

刘邦满口应道："好，从明日起，寡人斋戒三日，定然不欺。"而后，便扯着萧何的官袍，送萧何出了大帐。

回到案前，刘邦只觉心头如释重负，遂将赤霄剑从架上取下，舞了两舞，恰见侍者随何端了葵羹来，便令随何站立勿动。

刘邦帐中侍者，皆武职装束，头戴一只武冠。 刘邦一声轻喝，挥起长剑，电光般劈了出去，将那武冠齐齐削下一截！ 随何的头顶，顿成鹅头般奇怪模样。 刘邦遂弃剑，大笑道："随何，你曾为楚臣，熟知项王。 寡人此剑，可削得项王头颅否？"

随何惊得三魂出窍，只战栗着答道："然……然也。"

待到笑够，刘邦方才收心敛性，欲思谋一下大事了，便命随何去卢绾营中，寻一个看得过眼的剑匣来。 少顷，随何寻来了剑匣，刘邦从地上拾起长剑，仔细揩拭干净，装入匣中。

他捧起剑匣，凝视古剑良久，心里叹：古人说得有道理，潜龙在渊么！ 看这古剑，目下还只是一条不动声色的潜龙，可迟早有一日，它会破空而出。 这剑虽不及干将莫邪，但也是王者之器。从今日始，就称它作"汉王剑"好了，传之后世，令子孙勿忘根本。 看今日这汉地，这汉王名号，这个拖泥带水的"汉"字，都还寂寂无闻。 如今欲作大丈夫，就是要在这"汉"字上投入本钱，将它弄出大名声来。

刘邦想到，当初秦代周德，是水德之始；时至今日，暴秦已是自寻其死了，"汉"这个缘于汉水的名号，岂不正是天示水德？ 天予我取，岂有不受之理？ 有我刘季在，汉就必不再是"江河淮汉"的尾巴，而是舆地图上一个至尊的名号，犹如星汉。 来日天下，岂止是山东诸侯，即便是洪荒角落，听了这个名号，也要畏服！

刘邦看得清楚，今日环顾海内，不论有多少人嘈嘈切切，须认真对付的，也不过就是项羽一个。 他与项羽之间，所差的并非心智，而是武力。 项羽这莽夫，简直是不世出的凶煞神一个，刘邦不能敌，刘邦囊中人物，也无一个是他对手。 譬如樊哙、夏侯婴、周勃者流，唯忠勇可嘉，提刀巡城尚可，沃野之上与项羽角逐，就上不得台面了。

至于萧何极力举荐的这个韩信，夏侯婴确也极力保荐过，韩信的名字，还两次上过汉王宫文牍。 对韩信身世，刘邦可谓略知一二，但只是怀疑：这书生，手不能缚鸡，臂无弯弓之力，有何手段能与项羽相抗……何以萧相国如此斩截？ 此事大有不可解之处。

刘邦知萧何心思缜密，半生都在考核吏员，看人不会错。 况且乱世中人，行止多异乎常人，也许一眼还看不出名堂来。

想当初，项羽夺了刘邦七万人马，唯余三万，允刘邦带入汉中。 韩信那时正在项羽营中，官拜郎中①，执戟近侍，但韩信却放着这样的好差不当，随一伙咸阳的闾巷无赖，从那极险峻的子午谷，爬山越岭来投汉军。 投效之后，又不安分，要星夜出逃，另投门庭。 这倒令刘邦有所斟酌了：难道，韩信真是个屠龙的大材？

三日后，就要登坛拜将了。 王命一出，驷马难追，悔都没得机会悔了。 刘邦实在想不出，这淮阴孺子究竟有何能耐？

入夜之后，想到从明日起，就要斋戒三日，刘邦又坐立不安起来。 虽说军营之中挨日子，跟斋戒也相差无几，肉没得吃，女色也见不到一个，但要戒酒三日，总还是难熬。 他想了想，便唤上贴身郎卫徐厉，连常服也不穿，只穿了平日燕居起坐的便服，前去樊哙营中饮酒，且醉得一时是一时。

---

① 郎中，官职名，即君王侍从官之通称。具体解释见本书第 27 页。

出得中军大帐来，远望萧何的幕府灯火通明，帐前有兵卒急趋而行。刘邦知是萧何在打理设坛拜将的事了，心里就一动，信步朝那一处营帐走去。

萧何此时，正忙得不可开交，唤上了夏侯婴，往南郑城里不知跑了多少趟。未来三日，汉王只不过洗沐吃斋，他萧何名下的事务，却是多得不知凡几，都要逐一铺排好。

刘邦唤了一声，便走进帐中。萧何一见，忙放下手边杂事，伏地叩拜。

刘邦摆手道："丞相事多，可无须拘礼。我来，只想问你个事情：以往拜将，呼来授印即可；后日拜大将军，我将说甚么才好？"

萧何答道："垒土筑坛的地方，臣已选在营门南的千秋亭近旁，届时百官齐会，大王只须拾级而上，登坛后，南面坐定就好。其余关节，皆由谒者仆射①调度。"

刘邦就笑："那不成了布袋偶人了？那么，印绶、节钺之类，又如何授受呢？"

"亦是如此。"

"哈哈，果真是个偶人。不过，我还是不明，历来秦楚两国统军的名号，只有上将军，诸侯各军内，曾有大将军名号的，唯赵国陈馀一人。这个大将军，权限究竟几何？"

"位在众将之上，总理军事。"

"那么，你我二人今后又做甚呢？"

---

① 谒者仆射，官职名，谒者的长官。

"我可专督粮秣。"

刘邦便笑："丞相要去补韩信的缺？"说罢沉思片刻，而后叹道，"也是。连年征伐不休，文官无用武之地，可惜了你这满腹经纶。待到承平时节，再做个真丞相吧。"

萧何忙稽首拜道："臣愧不敢当。"

刘邦忽见萧何案头，有竹简写了设坛的诸般事项，就拿起来看。看罢，心头有了打算，屏开左右，朝萧何低声嘱咐了数语。萧何闻言，神色一凛，连连颔首应诺。

议事已毕，刘邦便摆了摆手，告辞出来，带了徐厉，径直往樊哙营帐而去。

那樊哙，不但是沛县旧人，还娶了刘邦的妻妹吕媭（xū）为妻，成了汉王连襟，荣宠无比。从前他是刘邦身边的骖乘①，因鸿门宴上救主有功，被封为临武侯，授官郎中。到了汉中以后，仍随侍汉王左右。为此故，他的军帐内，就常有高朋满座，人人都存了些攀附之心。

刘邦刚走近樊哙军帐，便有营中巡卒认出了汉王。那军卒正要掷下长戟施礼，刘邦连忙拦住，教他不要声张。原来他听帐内一片喧哗，口音都是沛县旧人，便又不想入内了，只问那军卒："何事如此高兴？"

军卒答道："营内都哄传，要拜大将军了，所以高兴。"

刘邦便问："拜大将军，与尔等有何相干？"

---

① 骖乘，亦作"参乘"，即陪乘者。古人乘车尚左，尊者在左，御者居中，另有一人在右陪乘，即为"骖乘"。掌随侍、保护车辆之职。若主将兵车，则主将居中自掌旗鼓为指挥，御者在左，另有一人在右陪乘，称"车右"。

那军卒极是聪明伶俐，脱口便道："兄弟们当然高兴。 究竟是哪个可拜大将军，众人都在博彩……"

"博彩？"

"赌谁是大将军么！"

"啊哈，有这等事？"

"拜了大将军，回军山东岂不就有望了？ 况且拜大将军之日，要犒赏三军，开饭可以喝到牛肉汤。"

刘邦就摇头："这算甚么高兴事？"

军卒道："弟兄们多日不知肉味了，只苦了一张馋嘴！ 若是喝了牛肉汤，有谁不愿效死？"

原来如此！ 刘邦心里叹息：战乱纷起，民间已经苦极，不要说兵卒，就是我汉王行宫的灶头，到南郑后，亦未见过一条牛腿。可怜这些穷户子弟，一口牛肉汤就宁愿效死，众将中有几人肯信？

听了军卒叫苦，刘邦只觉酒兴全无，就打算折返回去。 正待抽身，又闻帐内有人激辩。

只听樊哙在嚷："我如何便不行？ 就是那项王，亦须高看我一眼，呼我为壮士，赐我斗酒彘肩……"

随即就有人哂笑："那生猪腿么，何来荣耀？"

刘邦诧异，便问那伶俐小卒："为何又这般地吵嚷起来？"

军卒答道："众将军也在下注呢，都赌自己可拜大将军。"

刘邦顿觉好笑，遂起了兴致，不待通报，便撩起军帐门帷，钻了进去。 众将万没料到主公驾到，一时兴不能止，都未离座，只是趁着酒意招呼道："季兄季兄！ 如何得闲了？"

刘邦也不答话，摘下腰中长剑，挂于架上，便自顾坐下，扫了一眼案上酒菜，见虽无美馔佳肴，却也不乏腌瓜脯肉。 樊哙连忙起身，捧了酒坛，要给刘邦斟酒。

刘邦挥袖拒之，只说是刚刚饮过，而后环视众将道："军中夜禁，何事如此高兴？"

众将这才察觉刘邦神色有异，一时竟都哑了，你我相觑，不知如何作答。唯有樊哙心直口快，抢先答道："萧丞相今日知会我等，三日之后要拜大将军，明日起全军休沐三日，暂罢晨操，故而今晚兄弟们放肆一回。"

刘邦就笑："尔等也要洗澡？萧丞相未免小题大做了。"

那曹参心机最深，趁此机会试探道："季兄，大将军位在众将之上，号令三军，何其荣耀！吾等追随季兄从沛县出来，九死一生，无论哪个，赏了这个位子坐，都是季兄的大恩，待到来日征讨项羽，岂能不以死相报？"

刘邦听出这话中之音，故意不加理会，却道："项王无义，逼我移军南郑。他不允我做关中王，自己却又不喜咸阳，烧了宫室，回彭城称霸去了。可惜那阿房宫，好房子三百里，我等兄弟还不曾享用一间，倒被他一火焚之。想想反秦以来的辛苦，也是无趣得很。封汉王以来，我无日不忧，懊恼至今，故而与众兄弟也难得一聚。此次拜大将军，乃我汉军重振旗鼓，不日就要回军关中。那项王，力能拔山，英雄盖世，与他厮杀，怕是要有几分胆量才行。若是点了在座哪位为大将军，可敢出这个头吗？"

那樊哙便霍地立起，慨然道："这有何难？莫说项羽那厮，就是始皇帝活转过来，樊某也是无惧！"

刘邦笑着拽他坐下："如此便好。大将军者，人中龙凤也，不可造次。来来来，尔等都各自表表：举义以来，有何功劳在人之上？我这里且记下，也好与萧丞相斟酌。"

此话之意，众人领会了，心里都是一激。

当下樊哙便按捺不住，跳将起来："不要说沛县举义，早在芒砀山落草时，我樊某往返沛县与芒砀间，私通消息，偷运粮草，全不顾秦律严苛，岂不是有包天之胆？ 出沛县后，各位屈指算算，攻濮阳、城阳、开封、宛陵、宛城，各处无不是我先登城。 秦将章邯，那是何等了得？ 陈胜、项梁都死于他手，霸王也须让他三分，我在濮阳攻打章邯军，不也一样舍命先登？ 三年下来，首级怕也亲手斩得有千把个。 这功劳，阿兄自知。 不过，若论险境，当数范增的诡计鸿门宴，最是要命！ 当日我手提盾牌，撞进军门，怒对霸王，直瞪得霸王如坐针毡，这才保得季兄安然……"

众将听到此处，都不禁哄笑。

樊哙涨红脸道："我樊某出身，固然是狗屠一个，但季兄不嫌我，给我封了侯，从此可流芳百世，此恩之大，碎尸万段亦难报答。 季兄若能拜我为大将军，我必先登彭城，即使头颅掷地，也要为阿兄活擒霸王回来！"

听了樊哙这番表白，刘邦笑而不语。 夏侯婴在一旁却只是摇头，暗想大将军岂是先锋官之流，只凭着袒身挡箭矢，就能做大将军，那军中能拜大将军的，就不知该有多少了。 虽然樊哙因连襟之故，与汉王最亲，但军中大事，汉王必不能营私，须量才度用才是。 正这样想着，忽见刘邦回首示意，指名问道："滕公，你意下如何？"

夏侯婴因起事以来，数度统驭兵车，大破敌阵，战功赫赫，故而颇受重用。 早在洛阳东，就因掩护刘邦车驾有功，被刘邦封为"滕县令奉车"，因楚人称县令为"公"，因此沛公军中都敬称夏侯婴为"滕公"。 刘邦做了汉王之后，又封夏侯婴为昭平侯，位列公卿，爵位远在樊哙之上。因刘邦以往叫惯了，故而仍呼他为滕公。

夏侯婴道："以臣下看来，大将军绝非匹夫之勇。三尺之内、血溅襟袍的猛士，我在沛县衙中，便所见多矣，算不得甚么。今我汉军，欲与项王一决雌雄，非有本事御使千军万马者不可。小弟不才，但在雍丘城下，曾驱兵车之部，大破李由军。李由者，何人？秦丞相李斯之子也！然区区战功，不足为凭，大将军之位，何人可胜任，我看大王早已有决断。"

刘邦听罢，颔首称是，随后侧身目视曹参。

那曹参性素沉稳，一直在细听众将之言，神色不动，外人不能窥其内心。他在沛县之时，即为豪吏，阖县官民无不敬重，自从沛县起事，也一直随侍沛公左右，每战亦是奋力陷阵。另者，他还是众将中少见的有治理之才的人，先前楚怀王曾加刘邦为砀郡长，刘邦就将曹参擢为下属一个县公（楚制，县令）。后在咸阳封了侯，到汉中后，又加为将军。曹参因暗想，自己离大将军之位不过咫尺之遥，岂有他人能够逾越？故此，便显得神闲气定。

曹参似有满腹的话要讲，却引而不发，想了想，只平缓说道："诸兄所言各战，我无不参与。譬如雍丘破李由，李由乃我亲手杀之！不过，区区战功，托季兄的福，不敢大言。昔日之谊，今日愈厚，都是寸心可知吧。"言毕，即收声不肯再讲了。

他如此一说，帐内气氛顿然肃静。刘邦注目看了曹参一会儿，微微颔首，而后问周勃有何言语。

周勃此时只是搓手。他为人憨厚，从不多话，不仅善战，且吏治之才也不下于曹参，如今也已封了侯。

刘邦见此，也就不勉强他，掉转头问众人："卢绾兄如何没来?"

众人就笑。樊哙道:"卢兄哪里肯与我等同席?他衣被饮食,多是季兄你所赐,有事可直入寝帐禀报,我辈何来此等福分?"

曹参也道:"卢兄为尊长,颇有分寸,从不与我等嬉闹。"

卢绾虽未封侯,但到汉中以后,已加为将军,亦极有望入大将军之选。他自觉与刘邦交情深厚,萧曹之辈均难以望其项背,这大将军之位,他卢绾若不能稳坐,旁人就更是无望,所以并无兴致与闻此事。

刘邦再看在座的灌婴、纪信、郦商等人,都默然而坐,似无相争之意,于是便说:"拜大将军之事,是我汉家大事,来日举兵讨项王,就从此事发轫。大将军属谁,其实也非我一言定鼎,实乃天意所归。诸兄弟自起事以来,无日不在刀锋上走路,真算是泼了性命,跟随我刘季图大事。不过,诸位可曾想过,早前若真有哪个身负大将军之能,我汉军,如何会困居在此地?"

此言一出,众人立时止住哗笑,心里都觉歉然。

刘邦便又道:"所以无论兄弟们哪个,三日后有幸登上将坛,都须多多为我解忧。"

众人便纷纷应道:"季兄无须多虑。"

樊哙更说道:"我等岂止要为你泼出性命,来日,还要随你去朝堂上坐一坐哩。"

刘邦道:"贤弟说得对,以往诸君跟从我,是为举大事,图富贵;从即日起,便是要取天下了,坐万世河山。来日拜将,就是登天的门槛,须我等奋力一跃,不容徘徊!"

众将皆应承,一时都血脉偾张。

刘邦见势挥袖一笑："明日起，季兄我须得斋戒三日，没有酒饮，好不郁闷，今夜我与尔等痛饮一番。"

众人都喊好，樊哙便抱起酒坛斟酒。刘邦见他帐下酒坛堆积成山，脸色便略有不豫，问道："我等尚有酒饮，不知士卒们饮食如何？"

樊哙道："汉中地方，物产尚可，军士们都能吃饱。自从换了治粟都尉那小儿郎，如今更无疏漏。"

刘邦便问："韩信？他有何能？"

曹参答道："韩都尉见汉中兵多民少，颇费了些心思，调发民夫，打通了断绝已久的金牛道，可从巴蜀运粮。"

"哦？"刘邦眼睛一亮，不由颔首。

"那巴蜀路遥，征粮一时之间不可凑齐，都尉便令辎重部曲①，分小队而行，前队粮到，可供三日；三日一过，后队又至；如此诸队循环，可保无虞。自从打通了巴蜀粮道，等于有积粟无算，不至尽在汉中一地搜刮，本地民众也颇称善。"

刘邦笑道："小儿倒是聪明。"

樊哙平素对韩信颇多敬重，此时便道："季兄，韩都尉昔日在楚营，官职与我相当，而今投汉，却只给他治粟都尉做；我汉家，不是太小气了些？"

"你也如此说？看来，还是夏侯兄刀下识英雄了。此事容再作计议，今晚我等只须尽欢。"

众人立即喧腾起来，推杯换盏，不亦乐乎。

---

① 部曲，汉代军中编制单位。大将军营中有五部，部下有曲，曲下有屯，每部在千人以上。

酒至半酣，众将都请刘邦舞剑歌吟，刘邦推辞道："三秦遏我，如鲠在喉，军中哪有心情放歌舞剑。我刘季闯荡至今，绝无退路。昨日与萧丞相议事，都叹头绪繁多，成败乃未定之数。于是与丞相相约：一日不取天下，一日未荣归故里，便一日不再歌吟。"

夏侯婴便赞："大王好气魄！"

刘邦看看夏侯婴，忽然高声问道："夏侯兄，可还记得泗水亭上，那美髯客吗？"

闻此言，那些半途入伙的，都面面相觑，不知所谓者何。而沛县旧人则都浑身一震，目放精光。

夏侯婴忆起旧事，叹道："季兄……如何能忘呀！"

刘邦便道："我常思之，那美髯客，恐就是天神所遣，下得凡间来，必有天命托付。来来，你将那架上赤霄剑递给我……"

刘邦接剑在手，缓缓抽出剑身。灯影下，剑芒似蛇信倏地窜出，直达帐顶。众将见了，尽皆肃然。

刘邦环视众将，慨然道："我听张良说，黄帝采首山之铜铸剑，蚩尤采天卢之金铸剑，皆是天命所归。昔日张良在下邳，从黄石公习诵兵法，曾亲见天下一品龙泉剑，也是王者气象。那时秦政暴虐，搜刮日急，天下残破不可收拾。然黄石公并不气馁，曾言：若圣人之剑不毁，天下终可得安。后张良在下邳东，不择他枝，只投我，便是看我初闻他讲兵法，即可领悟黄公精髓，乃是天命所归。"

沛县诸人皆异口同声道："那是自然！"

"想那大秦武功赫赫，横扫山东，然国祚之短，犹如蝼蛄，不抵我等田舍翁的寿命长。何故也？就因他残民太甚，伤天害理！

我等万不可学他模样。"

曹参便道:"我等义师,岂能与暴秦同日而语?"

刘邦道:"今暴秦虽亡,又有霸王无道,诸侯裂土,天下堪堪将无宁日,我辈岂能安于公侯,弃大道而不顾?"

周勃终于不再沉默,霍然立起,抱拳道:"弟乃一编席匠,本为终老乡鄙之辈。自从随季兄大泽斩蛇,竟得封侯之荣。兄若有所托,弟等即不吝头颅,万死不辞!"

刘邦便道:"天下乱时,斩木为兵不难;如欲安天下,则非山泽落草、攻城略地所能为。适才我询问门外军卒,才知军中士卒,欲饮一瓢牛肉汤而不得。悲乎!军中尚且若此,更何论民间?我等披坚执锐,取富贵易,安生民难,兄弟们不可有一日糊涂。"

众将不意刘邦提起这一节,都面露愧色。座中曹参、夏侯婴等都敛容道:"我等谨记,当爱护士卒。"

刘邦遂对众人道:"我等乡鄙之民,平日即被人呼来喝去,奔走生计;扯旗造反后,仍是军资不济,暴衣露冠,被项王将士所轻贱。难道,命就该如此吗?早年我常去咸阳服劳役,见始皇帝法驾出宫,高头大马,何其伟岸!每每便叹:'大丈夫当如此也!'乡人却笑我狂傲。昔年我初见吕家丈人,萧何老儿还对那吕公说:'刘季多大言,少成事。'然大言即是雄心,何错之有?陈胜王如何,不过是赤足农夫一个,他老兄振臂一呼,天下倾覆。可见,草民不必自轻,天下事也并非不能为。我等做事,只须顺天意,有章法,则大事必成,也不枉爷娘生下一回!来,斟酒……"

众人闻言,都跃然而起,斟得酒满后,目视刘邦,忍不住有泪下。饮毕,举座皆喧哗呼号:"打天下哟嗬——"其声震耳,惊动帐外。

如此饮了几巡，众将越发激昂。樊哙持剑，砰地斩下桌案一角来，高声道："此乃项王头颅！"

夏侯婴便讥嘲道："砍生猪腿吗？若砍项王头颅，哪得这般洒脱？"

樊哙被激怒，以剑相指道："夏侯兄，你因临阵逃得快，才封了公侯。如有胆量，我与你斗剑，赌头颅可否？"

夏侯婴便欲取剑："屠夫之勇，也只配砍肉。我若是你，恐早已羞煞！"

二人怒目相对，直欲打斗成一团，周勃等人连忙上前劝住。

灌婴此时已喝得大醉，摔下酒杯道："季兄，今日痛快，胜过往常。弟等带人去附近民家，掠几个妇女来助兴。"

刘邦断然道："不可。约法三章，今日尚不能废，若未回军咸阳，营内不得有女色。"

灌婴便嚷道："跟了汉王，便成了墨家门徒，未免太寡淡！弟等明日就翻过秦岭，去取咸阳。"

众人便都鼓噪："好呀！"

喧闹了多时，帐内杯盘狼藉，几案歪倒。刘邦忽觉此景太过俗气，像极了丰邑市井，便十分无趣，起身告辞道："各位，我不久坐，你们且尽兴。军中辛苦，好好将息几日，待到拜将时，也好有百倍精神。"

说罢，便跨出帐门，唤了在门外等候的郎卫徐厉，返身回去。众将皆送出门外，看看刘邦远了，便又回到帐内，继续饮酒。

刘邦在路上，一语不发，暗想这些沛县旧部，倒也可爱，一语便可激得跳将起来，泪奔如注。过几日没得大将军做，还不知该有多少牢骚可发? 然则今夜要说的话,尽已讲完,他们悟不悟得,是各人的造化。 不悟之人,封了侯也还是难成大器。 想当初在下邳,张良讲黄石公所传授《太公兵法》,我听得津津有味,众将竟茫然无所领悟,着实可恨!

紧随刘邦的郎卫徐厉,也是沛县旧人,当初为官家舍人,举义时即投军,侍卫左右。 刘邦想想便问:"你也是自沛县来,你看这几人,何人可得胜任大将军?"

徐厉便答:"旧部中,何人不忠? 何人不勇? 小臣看哪个都可以。"

刘邦便想道:旧部们只有一个好,总还是血路上杀过来的,胆量尚可。 让韩信来统军,实在教人捏把汗。 这黄面儿郎,腹内纵有百卷兵书,也须斩得百十个首级方可入选。 以我之意,项羽有那范增为谋士,我亦不可单人独骑。 韩信聪明,可做我之范增,聊补张良离去之缺。 只不过,拔起此人做大将军,倒是我平生最大一赌了。

这样想着,便觉得萧何这老儿,胸中确实有些丘壑,了得!

此刻抬头望天,只见月小星稀,秦岭有无尽的叠嶂,都在月光之下,渺然莫测。

昔日刘邦看这环山,只觉得酷似牢笼;而今夜观之,却好似壁垒。 山上万树,正如旗帜飘飘,大壮声威。 他口中便打个呼哨,心情顿然开朗,想到张良是他所遇的第一个贵人,莫非这韩信,就是上天送来的第二个?

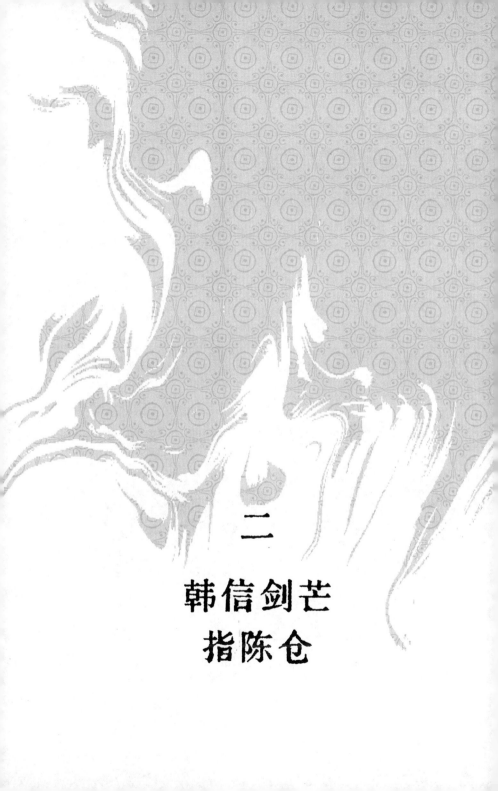

二

韩信剑芒
指陈仓

立夏之后的汉中，骄阳如火，石梁亭往南郑的路上，正有一骑飞奔。

骑马者，正是本书开篇就现身的白袍都尉韩信。今日他在这山间路上驰驱，不再是逃亡，而是急着要将一段公务了结。

汉中之地，山清水秀。山间处处有布谷鸣啭、溪水潺潺。韩信却无心赏景，胸腔里只觉有一股热力就要迸出。回首近一月来，命运翻覆，忽天忽地，是何等的奇诡!

自从出淮阴城，仗剑从军，韩信先跟从项羽的叔父项梁，后项梁败死，又从项羽，可惜在军中皆寂寂无闻，不得伸展。对那项羽，韩信看他是个人物，曾数次献策，指画天下事，却都如石沉大海。韩信只能暗自嗟叹：一无显赫身世，二无孔武之力，乱世中若想脱颖而出，难乎其难。从那以后，逃亡似就成了他摆不脱的命。

韩信在楚营中，早就耳闻刘邦大名，随项羽入咸阳后，每每闻市井之人多颂汉德，就连恶少无赖都仰慕汉王，心便有所动，起了投汉之意。春上四月，他识得几个欲投汉的市井无赖，便决然脱去戎装，与数人相偕，翻山越岭奔来汉中。途中听父老讲，那半月间，子午谷的险路之上，楚军及诸侯军中投奔汉王者，昼夜不绝，前后竟有近万人。

却不料，门庭虽换，宦途却是一点也无起色。韩信这才领悟了"臣事君"这件事，能否料理得好，另有关节，全然不在有才或无才。

汉王在关中父老口中，人人皆夸是"仁厚长者"，不焚城，不杀俘，连财宝和女色都不近。然他识人取士，却与项羽一般无二，也是目生于额上，傲慢无礼。

刘邦起兵，首先看中的是贵胄，次者赏识猛士，对柔弱者不屑一顾，尤以慢待儒者最为闻名。早前他见儒者，常夺下人家儒冠，拿来解小溲，要羞煞人家祖宗三代。南下途中，高阳儒生郦食其①求见，也曾被他骂作"竖儒"，亏得老先生有满腹韬略，才使刘邦肃然起敬。只苦了韩信，投到汉王帐下，话也没说得两句，便被派了个管粮草的小官，自早至晚，与糠皮谷草打交道。

这与僮仆奴婢又有何分别？郁闷之中，韩信与营中几位壮士结交，借酒发牢骚，都说不如去做个山贼，也强过在这儿低眉顺眼。几杯酒落肚，众人思乡情切，都拔剑长歌，以抒愤懑。那歌谣，名为《巫山调》。歌虽短，却是曲尽苍凉——

巫山高，
高以大；
淮水深，
难以逝；

---

① 郦食其，读作 lì yì jī。

我欲东归,

害梁不为。

我集无高曳,

水何梁?

汤汤回回,

临水远望,

泣下沾衣。

远道之人心思归,

谓之何?

　　总之,众人是发泄了一通"渡河无桥,归乡无路"的无奈。不料牢骚者中,竟有那两面三刀擅钻营之人,返身就去告密,卖友而求荣。

　　这一告密,添油加醋,将此事说成韩信欲结伙倡乱,占山为王。 引得刘邦大怒,疑心韩信诸人是想在军中夺位,于是下令问斩。

　　犯事者,计有十四人,斩完前面的十三个,唯余韩信一人,俯首跪于法场待斩。 他实不甘自己一条命,就这样短暂如蝼蛄,于是仰头望天,徒唤上苍不公。 恰见监斩官夏侯婴,正立于面前,便浑身一激,大呼道:"不是欲取天下吗? 为何要杀壮士?"

　　夏侯婴闻听,似有所悟,不觉动了恻隐之心,这才保下来韩信的一条命。

　　那夏侯婴,只在刑场与韩信交谈数语,就认定韩信是大才,当下向刘邦做了举荐,加了韩信为治粟都尉,专事搜集粮饷。 但这又如何? 这职司,于韩信来说,还不是糠皮麸皮,无日无休? 此等无味日子，他绝不想再熬。 上次谋划不周，险些丢了头颅，于是这次多了几分小心，诈言催粮，伺机逃出。 不料这一回，竟然惊动了萧丞相连夜追赶。

韩信逃而复归，回想此生，有颇多感慨：凡救他于水火的，皆为公卿；凡欲陷他于死地的，都是低阶下僚。 这与他少年时所想，大不一样。 天下俗子，有几个能像漂母那样，因可怜他像个落魄王孙，就赠与他饭吃的？ 越是乱世，人越敬权势；同类相残，毫不踌躇。 如此想来，他更是恨世风日下、人心不古。

韩信早年浪荡乡间，就喜搜罗百家之书。 当初在始皇帝三十四年（前213年），丞相李斯建言焚书，神州一片枣灾梨祸，除了医药、卜筮、种树之书，民间还有何书可觅？ 然民智千年，岂能在一朝之内便可根除？ 即使在焚书之后，村野间也有人藏了些诸子百家的残简断片。 韩信寄食四乡，吃罢人家的饭，谈兴一起，就缠着人家借书，于是，梁上檐下，乡叟们总能搜出些禁书来。这原是留给子孙们以传斯文的，如此这般也就偷偷给了韩信。

韩信常避开外人眼目，挑灯夜读，所获颇多。 他自幼便读兵法，弱冠之后，自觉很有大丈夫气，喜爱佩了剑出门行走，只因除了这把剑，他内心无所依托。 然则，屠夫猎户们并不惧他那剑，非要给他"胯下之辱"不可，这也是身处下僚没奈何的事。 压抑愈久，迸发愈烈。 后来他仗剑从军，便是想跳出窘境。 既为男子，此后之作为，要与这浑天厚土相匹配方可。

然壮心多被世事消磨。 到汉营后不几日，韩信便看出端倪来：此处也一样是蔑视斯文。《孙子兵法》里，最忌只懂得"拔人之城"和"毁人之国"的莽夫；说是为将的人，要懂如何辅佐君王，"辅周则国必强，辅隙则国必弱"。 可是看这汉王左右，哪有一人懂得何为"辅周"？

失望之下，韩信愈发觉得汉营不可久留，这才有星夜出逃的事发生。

被萧何追回后，韩信稍稍收敛了心性，只待仕途有峰回路转。然他转念一想，沛县旧部已遍布朝野，哪里还有显要的位置可坐？想那萧丞相就算有三寸不烂之舌，也不过就是说动汉王，将我韩信调往中涓，做个亲随郎卫。

韩信便想：若让我去做汉王近侍，与先前随侍项羽，又有何不同？三年从军，岂非原地不动，白白蹉跎了！于是在被萧何追回的头几日里，又起了伺机再逃之念。

不料，以上这些晋升无门的烦恼，就在今晨，被萧丞相一扫而空了。

近几日，汉营中筹办拜大将军之事，正闹得沸沸扬扬。昨晚，韩信卧于榻上，全不知自己将一步登天，仍在万般无奈之中。这一夜，他辗转反侧，忆起萧丞相在追回自己的途中，曾有所嘱咐。

堂堂丞相，纡尊降贵，连夜将一无名军吏追回，韩信自然知道其中分量，预知再不会与升斗算筹为伍了；但想到丞相那晚曾说："大王虽有重用之心，却未见你有过人之处，望都尉早些露出头角来。"此话亦是不错，锥藏于囊中，不能怨明主见弃。韩信就想，明日起早，应写好一个条陈呈上，也好给汉王露些腹内的韬略来。

自到辎重营后，韩信察觉到，汉中山多，运粮殊为不易。派人打通巴蜀粮道之后，粮草虽足了，但多是运至石梁亭粮仓集散，如欲分发到各军营，所需车辆太多，不敷派遣，故而粮仓虽有粮，运转却还是不畅。

韩信思谋多日,曾有过一闪之念:不如将百斤粮袋,一分为二,装成小袋,尔后调发汉中各营军卒,结队去石梁亭背粮。在军营中,军卒们反正也是饱食终日,如若各部轮值,每日不绝,便可保军粮源源不断。今日看来,此计断然可行,应尽速禀告汉王才好。

想到此,韩信满心欢喜。今日一早,时方丑末寅初,他便闻鸡而起,奋笔疾书,将条陈书写完备。日出之后,将呈文誊写完毕,拿在手里端详。正在得意之际,忽闻帐外有兵卒通报:"丞相来了!"

这一声喊,惊得韩信连忙起身,跨出帐外,将丞相迎进。

两人席地而坐,萧何便寒暄道:"都尉如此勤奋,黎明即起,可是要有大作为了?"

韩信道:"韩某生来驽钝,不抢在人前,只怕是半生都陷在沟壑里。"

萧何一笑:"何至于?韩非子曰'自胜谓之强',都尉必不会自甘暴弃。"他见案上有简折,便问,"是何公文?"

韩信道:"事关辎重粮秣,草草而成,拟上呈大王。"

萧何便拿过,细读一遍,拍案叫好道:"善哉!我汉营中,就缺如此通透之人。此折,务请尽快呈与大王,必受采纳。"

"嗬嗬,丞相过奖了,韩某天性散淡,终日遐思,偶有所得,但终究属末技。日前出逃,累及丞相星夜驰驱,实为罪人,还望丞相包涵,在大王面前妥为开脱。"

萧何笑道:"都尉客气了。"说罢环顾帐中,见韩信的行李物什,全都捆扎整齐,无一散乱,不由就是一惊,"都尉,怎的如此整齐！莫不是……你又要逃了吧？"

韩信怔了一怔，连忙道："丞相言重了。下官为布衣时，原是懒散之人，佩剑游荡，四方寄食，乃至为屠户菜贩所耻笑，遂有胯下之辱。从军之后，方才幡然悔悟：小事不精研者，不足以言大事。故而一改前非，凡事必井井有条。"

萧何捋须大笑道："我在大王面前，是以身家性命作保的，包你不会再逃，可不要再生他念，一走了之，那可要害苦了老夫。"

韩信被萧何说中内心隐秘，一时无措，脸便一红，忙伏地叩首道："下官不敢。"

萧何恳切道："老夫是玩笑而已，日前追你回来，事已惊动大王，料定不日内，定会有个分说。你久不受重用之事，众将已有不平之议，大王也必有所耳闻。人言既多，事就有变。依我看，粮草之事，可不必过分用心了。近日，大王定会对你有所垂询，问以兵事，兼问天下。你如有何建言，譬如军之行止、国之兴衰等方略，都可面陈。其中的关要之处，可早些斟酌好。"

韩信便长跪挺身，对萧何深深一揖："蒙丞相错爱，下官当剖心输诚。然韩某不才，当此鲲鹏竞飞之时，充其量，只配为他人护驾而已。在彼曾为执戟郎，若在此亦为执戟郎，敢问丞相，所谓大作为竟是在何处？"

萧何便一拍几案："你果然还是想逃！"

"人心如奔马，牵绊不住，自然会逃的。"

"那么，都尉此生，到底有何抱负？"

"昔日汉王在咸阳，倾慕始皇帝的大丈夫气，我韩某不过江淮一布衣，今生若能位列公卿，足矣。"

萧何便笑，摆手道："此话就此打住。只怕你做了公卿，心又不足呢。"

"嘀嘀,不错! 我若仅止于此,则不过是百代碌碌过客之一,谈何有为不有为? 我韩某,固然早年沦于沟壑,但怀抱中的男儿雄心,却是一刻也不曾消泯。 上天苛待我,却也另有恩惠,让我生于乱世。 乱世,即是我运命的机括。 否则,深谷何以化为高陵?"

"啧啧,韩都尉,你所图可是不小啊!"萧何不觉连声赞叹。

韩信忽地担心起来:萧丞相若察觉我终有背汉之心,会否劝汉王杀我,以绝我为他人添翼呢? 想到此,心甚惶悚,连忙伏地请罪:"恕晚辈狂言。 今番蒙丞相提携,我已知足。"

萧何忙扶起韩信,捋须沉吟道:"狂倒也算不得狂。 汉家方兴之时,乃用人之际,务求胸襟要大,哪里会苛责人才? 圣人论到为人处世,说是'曲则全,枉则直',今日你屈居下僚,毋庸担心,终会有出头之日。 至于得伸展之后,是否还能识得盈亏之数,就另当别论了。"

韩信道:"丞相教诲得好,我在此谨记。"

萧何便一笑:"都尉前程,或许贵不可言,老夫在此多嘴了。"

韩信望望眼前老者,心中忽有莫大的敬畏,便道:"先生戏言了。 下臣身世孤苦,何以言贵? 若不是丞相追还,又不知要惶然几多年。 先生待我,有如子弟。 也说不定,晚辈的一条命,终将系于先生之手。"

"哦? 如此说来,都尉的进退出处,老夫要担好大干系了?"

两人便都笑起来,又聊了些军务琐事,萧何便起身告辞:"筑坛之事,尚未了呢,我这里便不打扰了。 不过,有一事要提前相告,明日卯时,开坛拜将,这大将军么……"

韩信不禁脱口而问："是何人？"

萧何踱出几步，忽而仰头笑道："正是都尉你，韩信！"说罢便撩起门帷，向外走去。

韩信不禁讶然，呆望着已走到帐外的萧何，不知所措。

"务请都尉于今日，了结所有治粟公务，如需出营也可，我已知会了营门值守。 今晚谒者仆射要来你帐中，告知你明日事宜。 韩君，且受老夫一拜！"萧何在门外拜了一拜，即匆匆离去了。

韩信呆若木鸡，摸了摸头顶椎髻，方猛醒过来，狠狠踹翻了帐中一个量谷方升。 命运骤变，令他一时恍如梦寐，稳了稳神，方才想道：国之士，大器也，切勿沾沾自喜。 况乎那大将军之责，乃是如山之重，胜败结局，有天渊之别。 以后进退，全如弈棋，一步之差亦不能有，须百倍小心才是。

他挑开营帐的门帷，一天的光亮倏地都照射进来。 韩信倚于帐门，看营内的兵卒，都在忙碌，大营之外，天高地阔。 他这才觉得人世之美，从未有过于今晨景色的。

朝食过后，韩信即打马出营，急赴石梁亭粮仓，办完了交接，午后即匆匆返回。

返程一路快马。 到了未时，日影西移，看看路已走了一半，他便不再挥鞭，而是信马由缰，内心十分惬意。

转过一个山坳，忽见前头有一壮汉，背负斗笠米袋，手持一柄青藜杖，正阔步前行。 韩信策马赶上，勒缰回首，见那壮士俊目美髯，身高八尺，宽肩阔背，好一个军士的坯子！

韩信便在马上拱手道："壮士，敢问前往何方？"

那壮汉驻足道："欲往岭南。"

韩信跳下马来，颇为诧异："壮士要去那蛮荒之地，意欲何为？"

那壮汉道："是为寻仙。"

韩信顿感大奇，见前头不远处路口，有一青石卧于道旁，上有树荫如盖，便一指前方道："壮士行路辛苦，不如前头稍歇，愿闻指教一二。"

两人便在青石旁坐下，各倚一侧，饮水拭汗。韩信又问："此去岭南，不止千里，不知彼处是否安稳？"

那壮汉道："岭南有赵佗称王，好歹未有兵燹之祸。不过，鄙人此行，不只是前往岭南，实是想远赴南海之渚。"

韩信不禁瞠目："南海之渚？那岂不是化外之地了，如何去得？"

那壮汉便笑："人生在世，譬如行路，不到绝远处，怎知世间之大？"

"在下愿闻其详。"

"军爷不必客气。我乃山野匹夫，自崆峒山来，曾得高人指点，知南海之渚在番禺之南，就隐在茫茫海中。如行至番禺，再买舟南渡便可。"

"那蛮荒之地，瘴气横溢。渡海远赴，更是闻所未闻。这一路，岂非凶险之极？"

壮汉笑道："中土战乱，无日无休，人命贱如狗，军爷怎的倒不怕了？"

韩信便反驳道："生于乱世，如之奈何？但那渡海寻仙之事，未免太渺茫了些。"

壮士道："先师在弥留之际，曾有遗言与我，说是人生惨淡，不过尔尔；不如远游以谋他途。那南渚之上，多山，方圆有五百里。 山中有仙，名曰'夸风'，专司南极来风。 那仙人只须张口，即有仙风吹拂，仙风过处，所有腐朽浮滥之物，转眼顿成金玉。"

韩信闻言，立时捧腹大笑："跋涉如此之远，只为寻那缥缈之事，欲求无根之富贵，岂非荒诞？"

"军爷此言谬矣。 想你攻战杀伐，命悬一线，或生或死，皆托付于天。 头颅尚且不能安稳，又谈何荣华富贵？ 这般前途，怎的不说是缥缈无据呢？"

"大丈夫，生当如此！ 岂能默默无闻而偷生？ 想那前朝名将王翦，横扫六合；始皇帝巡游东海，勒石琅琊，都是留下了万世的名。 人，生来或贱，但贵在有为，苟且无为，才是至贱，实对不起造化。 在下从军执戈，就是想获功名，倘能经天纬地最好。"

壮汉摇头道："始皇勒石，固然伟哉。 然勒石不过才三五年，天下可还有一个嬴姓子孙？"

韩信一时语塞，壮汉便接着道："其实，人之所求何为？ 行到路尽处，你便可知：人之所欲，无非箪食瓢饮而已。 军爷你自管去做，封侯封王，亦不是难事。 而我之所求，只在远道，若是能寻到仙山，自可逍遥一生。 你我之间，所求其实并无不同啊！"

韩信似有所感，看了看这壮汉，见他身上所穿，不过麻衣葛衫，且都已褴褛，不禁起了怜悯之心，于是脱下身上白袍，恳切道："此去南海之渚，不知路途几许，在下无以为赠，就送你这件衣裳吧。"

壮汉连忙起身推拒："万不敢当！ 无名草野之辈，飘蓬于途，能与君相识，实乃幸甚。 不瞒你说，鄙人及家父家兄，都为前朝将士，秦亡之际，父兄皆殁于战阵，我虽侥幸脱逃，却成了丧家之犬，流落山中。 自此，便觉人世无常，如庄子所言：'其生之时，不若未生之时。' 遂再无心于功名，更厌倦兵戈。 此等散淡，让军爷笑话了。"

韩信怔了一怔，随即笑道："怪不得！ 说出来真乃笑话，方才路遇，我几欲劝你从军呢。"

那壮汉便长叹一声："世轴移换，社稷不存，我已全然是废人了，哪堪再用？ 况且投效新主，亦对不起亡父亡兄，就这般苟活于世好了。 秦无遗民，尚有我这一个，便也算对得起始皇帝……"

韩信从不曾想过，世事翻新，万民都觉解脱，居然还有如此失意者，真真奇哉怪也。 一时便不知所对，良久才道："壮士何必如此伤怀？ 旧梦不再，伤之又有何益？ 不如随我去，重开天地。"

壮汉大笑道："军爷也想招兵买马？ 可是想回关中？ 可惜栈道已毁，插翅也难飞了。"

"这有何难？ 我投汉中，即是翻山而来；大军征讨，也可翻山而去。"

"军爷诚意可感，我也小小献上一计，以为回报。 曾闻渝水之畔，有世居巴人土著，多勇力，善弩射，以木为盾，名曰'板楯蛮'。 贵部可多招巴人，彼辈翻山，行走如飞。 如能编成一军，此去关中，不过昼夜而已。 旬日之间，军爷便可虎踞关中，享受富贵了。 哈哈……"

韩信闻言，且惊且喜，抱拳道："多谢赐教！"

壮汉望了望天色，便起身道："飘蓬之谊，小可毕生难忘。 日后我总要返回中土，或尚有见面之日。 看模样，尊驾还有公务在身，还是赶路要紧吧！"说罢，他作了一揖，不待韩信答话，便策杖下了大路，沿一条小径远去了。

韩信跃身上马，朝那山间小路望去，想世间竟有如此奇人，心里便感叹不止。呆望了片刻，才继续策马前行。

当晚，韩信回到帐中歇息，卸去了俗务，顿觉一身轻松。刚要展卷夜读，忽闻帐外有人来，人未进门，声便先到，闻声即知是樊哙那莽夫。

樊哙打个哈哈，跨进门来道："小阿兄，早知你饱学，果然家当都是书卷。今来向你请教。"

韩信揖道："哪里敢当！"

二人便坐下，樊哙道："我就免去虚套了，只问你：俺汉家如取关中，胜算几何？"

韩信诧异："将军如何问起这个？"

"小阿兄可听说，要拜大将军了？"

"略有耳闻。"

"拜了大将军，就要打回关中去，连我这粗人也看得出来。汉王……嘿嘿，我那姐夫，向来是能请神不能送神的，鸿门宴上若没有我，怕是早成刀俎之肉了。明日点将，若是拜我为大将军，回军关中，可不是去闯那鬼门关？"

韩信望望樊哙，强忍住笑，说道："将军若为此事，可放心回去睡觉了。关中，已在汉王掌心。"

"为何如此说？"

"参透此事又有何难？三秦绝非昔日强秦。秦亡以后，秦民大沮，秦地再也无虎狼之师了。"

"哦——，可是那三秦，是项王的三条狗，若打狗招来主人责问，动起手来，我等胜了便罢，若是败了，岂不是连汉中都住不得了？"

韩信沉吟半晌，才道："此事，正是我苦苦所思。"

樊哙便笑："我这一问，不会难倒小阿兄吧？ 我樊哙，除了十个数目字儿，就识得'樊哙'两字，故而平生最敬读书人。 明日若我拜了大将军，小阿兄，你须得不吝指教！"

韩信便一揖道："唯愿如此。"

"小阿兄高才，委屈了你。 我在姐夫面前，也是直言力荐过的。 加官的事，你莫心急。"

"呀，将军真是……用心良苦！"

"俺汉王仁义，你可不要再逃了。 来日平定了天下，你我搭伙置一处田庄，随意吃喝。 无事为我讲讲《春秋》，也是好的。"

"将军过谦了。 韩某自三岁时起，便读兵法、习剑术，早年积了些许根底。 弱冠之后，倒未必长进。"

"三岁？ 嚯矣！ 无乃神童乎？ 你老爹官居何位，可以如此栽培？"

"乡间之人，有甚光耀？ 然家父精通兵法，亦通剑法，素来乐善好施，为一方人望。 惜乎我九岁时，家父便因病不起，入了黄土；一年之后，母亦丧。 我独在乡间过活，几近于乞食。"言及家世，韩信触动心事，几欲潸然泪下。

樊哙也陪着一同唏嘘："怪不得！ 你小阿兄的聪慧，在这世间，乃我所仅见。 事过多年，也不必伤心了，你九泉下那老爹老娘，定可福荫于你。"

"那是自然！ 家母死后，我变卖家产，将母葬于乡邻豪族墓地，便是希图重振家风。"

"可叹可叹。"

"你看，小弟之命苦不苦？ 自那之后，身无长物，只一把佩剑在身，四方就食。 所受之辱，一言难尽。"

樊哙忙打住话头："莫提，莫提！ 秦末昏乱，百姓遭了殃，哪有活得不似猪狗的？ 譬如我樊哙，只知操刀，今生大字不识几个，典籍万卷，于我也犹如废柴。 生平所闻文章雅事，是一老翁前来买肉，曾为我讲过'庖丁解牛'。 哈哈……"

韩信忽被此话点醒，心头便是一震："好，好呀！ 将军质胜于文，别有心机。 那项王在彭城，能否来救援章邯，便是我汉家取关中的肯綮。 所谓'庖丁解牛'，解的就是这个。 容我好好思之，再行相告。"

樊哙大笑一阵，便起身告辞了。 韩信独坐孤灯之下冥思，刚才樊哙的这话，在心头挥之不去。

入汉营以来，寂寞无聊时，韩信不仅把秦宫图册琢磨了一遍，还有那翻山而来的投军者，他也要拉住问三问四，关中与山东的大势，由此知晓了十之八九。 想那三秦，皆庸碌之辈，取关中看来是易如反掌。 倒是樊哙所虑，并非乌有，若项王兴起问罪之师，又该如何应付，却要斟酌再三才是。

韩信便于灯下，展开一幅舆地图，细细看了起来，手指在那山川形势间移来移去……

项羽当初在分封之际，心存偏私，封地远近肥瘠，皆视亲疏而定，甚不公平。 赵地陈馀、梁地彭越，皆是举义甚早的豪雄，却眼巴巴地未能封王。 此时田荣反楚，势必牵动南北，赵与梁两地，迟早也要闹将起来。

各地尊义帝的诸侯，当初虽都以楚为尊，但他们分头举事，本不相统属，与项羽之间又无君臣大义，此时见田荣作乱，便都只顾自保，天下顿时就有了分崩离析之态。

世上豪雄，常有对头冤家。韩信知项王性情，万人都不入他眼，唯独最忌刘邦，将刘邦闭锁在汉中，便是欲置之绝地。此次拜将，若鼓动汉王回军关中，会不会招来项王雷霆一击？若项王举倾国之兵来援三秦，于我便是泰山压顶，如此岂能有活路？

为汉王谋划，起步便不能错；错了，就休想再有一世功名。今日幸得萧丞相举荐，我这狂生一步登天。至明日，我即可登上黄金台，虽乐毅吴起，所受君恩也不过如此。汉家目下虽尚嫌局促，前途属未卜之数，但眺望关中，山河巍然，乃秦之发祥地，日后必能定天下，此即为百战之根柢。图大计，必取关中，然此战如有不测，则汉家必一蹶不振，沦为盗跖。万世功名，皆决于一策。战？或是不战？棋枰上的这一子，实在有泰山之重！想到此，韩信以手敲击地图，踌躇了起来……

他看一眼地图上的彭城，又看看关中，想这两地于项王来说，孰轻孰重？

风吹火苗，烛光一闪。韩信忽就悟到：项王无论如何，不会倾国来伐，因彭城已三面有警，他充其量可分一支兵西来。既然是分兵，便可应付，汉军绝不至遭那泰山压顶。孙子曰"乱而取之"，此言不差。关中之可取，就在这个"乱"字上。乱局从齐始，扰得项王不宁，他必欲先去铲灭乱源。关中只是我汉家性命，于项王却不是，故而他不会舍命来救。那么，此时不取，更待何时？

帐外刁斗，正零落响起。夜静更深，烛火也将燃尽，地图上"咸阳"两字，却恍如渐渐放大，图上似有城郭百姓，真切得历历可数。韩信不禁一笑，他已全想得通透了，明日该如何献策。

次日破晓，汉营的将士刚出军帐，便都是一惊：只见满营的旗帜，昨日还是红色，一夜之间，都换成了黑色，与亡秦的旗色相同。

沛公军一路西来，不知与秦军交了多少次手，这些猎猎黑旗，曾令军卒们胆战心惊。如今骤见满营黑旗，各人心头，便都有莫名的不安。

这便是那日晚上，刘邦到萧何帐中所密嘱之事。萧何派了办事得力的王恬启，率一干人马，征用了南郑全城的裁缝、巧妇，三日三夜，将汉军新旗赶制了出来。

此时，营门之南的千秋亭畔，一座三丈高坛早已筑就。只见坛分三层，喻"天、地、人"三才，其上置兵器、张旗帜，四周植有松柏百株，新制成的汉王大纛①高悬于空，望之俨然。

这日晨间，拜将坛前面旷地上，从各营选出的五千劲卒，肃然而立，皆是坚甲利刃、兵戈鲜明。不消片刻，由太仆夏侯婴亲驭，三辆战车为前导，汉王车辇便在百名郎官护卫之下，缓缓推出。刘邦身旁的骖乘周緤，眼中精光四射，手执一柄金钺护卫。后随百官，迤逦而行，人人皆执戟传警。队伍刚在坛前停下，鼓角之声就轰然而起，与低沉的传警呼喝声相交织，闻之令人肃然。

刘邦今日，一改往日消沉，全身披挂，头戴皮弁，端的是一副征战装束。他走下辇车，由台阶拾级而上，走上高坛之顶，在坐

_____

① 大纛(dào)，古代行军行列或盛典中的大旗。

榻上面南而坐。 从坛下望去，坛上诸人簇拥着刘邦，俨若天际仙人，大有凌空飘飞之势。

那数千军士，何曾见过这种场面，连大气也不敢出一口。 刘邦高踞于坛上，心里也是忐忑，暗骂萧何这老儿，如何搞得这般假模假式？

谒者赵衍看坛下百官已就位，便凑近刘邦，低语道："大王，百官位定，可请萧丞相出来了？"刘邦略一点头，然后长跪挺身，摆好了姿势。

赵衍便下了台阶，引导萧何缓缓上来。 刘邦动了一动，想说甚么，却又忍住未语。 萧何便高声唱道："引大将军受封！"

台下诸将，皆引颈而望，有如长颈鹭鸶，都巴望丞相能点到自己。 却不料，忽有军卒数十人从坛后拥出，执戈控弦，护拥着一辆安车，缓缓驶来。

"这是何人？"诸将不明所以，个个面露惊异。 文臣却有知道这名堂的，有人便讶异道："何以安车问聘？"

安车，乃是用一马驾辕的小车。 赐乘安车，正是君王征聘人才时赐给的殊荣。 文臣队里，顿时便起了一阵骚动。

候在阶前的赵衍，上前一把撩开帷幔，只见一身劲装的韩信，一步跳下车来，由赵衍引导，步步登上高坛。

"治粟都尉？"在场将士，此时都看得真切，真乃一军皆惊！喧哗声如浪涛般，在方阵中卷过。

韩信走到坛上，免冠跪伏于地，朗声道："臣韩信见过大王。"一旁赵衍唱道："拜！"韩信便向刘邦行叩首大礼。

随后，萧何手持策书上前，环视了一眼坛下，神色郑重。 坛下诸将士见此，立时鸦雀无声，都屏住气息，想听个究竟。

萧何举起右手，朗声道："汉王制诏，以韩信为大将军！"接着，哗一声将策书展开，高声宣读。读毕，赵衍又唱道："再拜！"韩信便又拜。

此时，先有侍御史上前，东向而立，授给韩信金印紫绶，后有郎中令授予彤弓、符节。韩信逐一接过，分别都叩拜了三下。

刘邦此时忽感不安，低声对赵衍道："这就……把兵都交给他了？"

赵衍笑而不答，只眨了眨眼。刘邦想了一想，忽然有所悟：所谓名或实，皆操之人君也。只要我一息尚存，汉家便非他人之汉家。或予或取，皆在我。想到此，刘邦便情不自禁，按了按腰间的"汉王剑"，心想有此一物，汉家必永世姓刘。那大泽之上，惊天动地的斩蛇之举，便是天授我权柄，何人能夺？何人能代？何人又能及？

又听那赵衍继而唱道："大将军韩信施礼，拜！"韩信便又拜谢。赵衍忙向刘邦递了个眼色，刘邦摆了摆手，赵衍便代刘邦唱道："谨谢！"

韩信这才吐了一口气，拜谢起身，戴好武弁冠。

这一套繁文缛节，将坛下众军士唬得目瞪口呆。自沛县起事以来，何曾见过主公如此郑重？诸将虽心有不服，但他们知刘邦脾性，这一刻忽然都悟到：不知是何人对主公进了言，把这位治粟都尉拜了大将军，看来这汉家的事，怕是要有个兜底翻新了。

榻座上，刘邦终得以稍微放松，便对身边萧何道："丞相，你布置的偶人戏，要折杀寡人也！"

萧何微微一笑："不如此，如何立威？大王可知司马穰苴（ráng jū）事？"

"不知。"

"司马穰苴，春秋之兵家也，出身卑贱。齐王用他为将，拔之卒伍，位在大夫之上，然则人微权轻，士卒不服，你猜猜，他是如何立威的？"

"愿闻。"

"杀了监军！那监军不是别人，正是齐王宠臣、国之尊者。人家不过迟来了一时半刻，便遭军前正法，三军将士皆震栗。那司马穰苴，从此令行无阻。"

"哈哈，你这老儿，哪里翻出的这些老谱？好，寡人就听你的。"

那坛上的韩信，也几乎被弄晕了头。今日的场面之盛，既在情理之中，又在意料之外。看那坛下，戈戟如林，旗帜耀目，俨如"大阅"般的阵势，他胸中不禁有豪气生出。想到昨日路上那壮士的话：人不行至绝远处，如何能有如此之风光！但转念一想，汉王郑重其事，所望必厚。此坛一登，我韩某之位，便在公卿之上，成了汉王阶下第一人。今后伺候汉王，无异于与君王伴舞，怎敢有半分轻忽？自今日起，白起王翦的不世之功，于我再不是遥不可及了。

想那三皇五帝以下，千载悠悠，草野之人纵有千般本事，也不过充个门客，谋个小吏，鸡鸣狗盗，碌碌一生。若非秦亡，我韩某，怎能有今日华衮加身，统领千军？大丈夫，非彼俗流，胸中就要有天下之慨，不做则罢，做则务要一鸣惊人……

此时赵衍正要宣布"会毕"，忽见刘邦立起身来，高声道："且慢，今日虽不是讲武，寡人也要说两句！"

仪式突然被打断，赵衍也顾不了那许多了，忙向坛下示意，一班鼓乐手立即收声，全场一片静肃，针落可闻。

刘邦疾步前跨，朗声对众军道："今日之事，儿郎们怕是要晕头涨脑。 拜大将军，易旗色，为的是何事？ 听寡人讲来。 往日我军，以楚怀王为尊，楚乃祝融之后，尚赤，因此旗色为红。 而今项王无道，虚尊怀王为'义帝'，将他贬窜于江南僻野，天下实已无主。 楚失其德，汉家岂能步其后尘？ 我汉家郎，乃黄帝后裔，天命所独钟。 秦政虽亡，然天命不绝。 我从天命，续秦之水德，旗色尚黑，官制也改为秦制，与楚便两无干系了。 今日拜将，是为誓师，不日就要起程，还军关中，与诸侯争天下。 儿郎们，可有此胆量？"

坛下众军，立时踊跃，无不击盾而呼，声若雷鸣。

此时，刘邦一把拽住韩信衣袖："大将军，请随我归大帐一叙。"

他牵住韩信，一步步走下坛来，登上辇车，扬长而去。 坛下众军，又是看得目瞪口呆。 如此恩宠，哪里是卢绾可比？

汉王大帐内，一架"祝融御龙图"的屏风下，坐西朝东的主位，即是刘邦日常座位。 刘邦将韩信请进帐，吩咐周緤把守帐门，百官皆不得进，身边只留赵衍一人伺候。

韩信刚要坐在北向的客座上，刘邦忙摇手道："今日拜将，隆盛无比，寡人就是要听大将军指教，请将军入上座。"

韩信惶悚，连退几步道："这如何使得？"

刘邦道："韩公不必客气，寡人一言既出，必求其果。"

韩信忙伏地礼拜，礼毕，方于上座就位。 他自入汉营以来，觉汉王对下施恩威，手段远不如项王，但好在尚可纳谏。 只是投汉以来，胸中不知有多少良策，却无由上达汉王，眼见汉军蜷缩一隅，日复一日，心也就冷了。 今日见汉王满心诚恳，韩信心中便从容起来，想要说的话，如潮水般汹涌欲出。

刘邦就座后，并无一丝做作，拱手便道："丞相曾数次与我言及将军，赞不绝口。 敢问将军，早年在故乡，曾师从何人？"

韩信欠身还礼，说道："韩信乃一介平民，经商从吏，皆无门可入，还谈甚么师从？ 昔年在家乡，父母双亡，我无以为家，只得四方寄食。 曾在南昌亭长家中寄食数月，惹得他娘子恼怒，夕食时分，只留给我一口空锅，好不羞煞！ 后又在淮水边，受漂母之恩，既感激涕零，亦羞愧难当。 于是发奋苦读兵书，欲建不世之功，一洗羞耻。"

刘邦遂大笑："昔年落魄，我与君同啊！ 早年在丰邑，我也是常赊酒来喝，却是还不起钱，大名常在酒家的赊欠榜上。 在家中呢，亦不事稼穑，为家父所哂笑。"

"微臣不才，与大王昔年不可同日而语。 听萧丞相说，大王为亭长时，大度任侠。 一县之吏，没有你不敢轻侮的，真乃大丈夫也！"

"惜乎我幼年时，读书甚少，白白蹉跎了时日。 那么请问：将军今日，可教寡人甚么良策？"

此时赵衍烹了秋葵羹端出，刘邦就恭恭敬敬，为韩信敬上一盏，然后正襟危坐。

韩信便开门见山道："大王欲出兵东向，以争天下，对手不正是项王吗？"

"正是。"

"我尝观之：一郡之安，在于郡守；一军之强，在于主将。 请大王自己思量，就勇、悍、仁、强来说，你与项王比如何？"

刘邦觉得这一问，着实老辣，默然良久方道："不如。"

韩信见刘邦爽快，于是再拜，口称恭贺："大王明见！我也恰以为大王不如也。然人之五指，各有短长。我曾侍从项王，深知其为人，且听我为大王细述之。项王此人，亦有两面。他威猛一吼，其声如雷，千人皆震恐，匍匐于地，头不敢抬，然而却不能用贤将。如此说来，也不过是匹夫之勇罢了。他待人恭敬和蔼，言语娓娓，部下若患病，他能为之流泪，赠食送水，无所不周。然部下若有功，功当封爵，他却把那大印摩挲再三，直至把棱角磨圆，也舍不得放手，这便是所谓妇人之仁了。"

刘邦闻言，一击掌道："将军说得好！闻项王短处，我心甚慰，他这天下霸主，居然也有不如我之处。"

"另还有，项王虽称霸天下，威临诸侯，却不在关中坐镇，非要跑去彭城定都，这如何能统驭天下？他背义帝之约，封王不问功劳，只问亲疏，致诸侯皆感不平。诸侯见项王把义帝逐至江南，都纷纷效仿，赶跑旧主，占一块好地自己称王，此乃乱天下之始！"

刘邦双目顿时大放精光："将军何其犀利！"遂回首招呼赵衍，"我与将军谈得入港，去拿些甜瓜来。"

韩信继续道："项王大军所过之处，无不屠城杀降。三百里阿房宫，竟然一火焚之，至今恐尚未烧尽。为此，天下多怨恨，百姓皆离心，只不过慑于项王军威，不敢蠢动罢了。他名虽为霸，实则已失天下之心，故而由强变弱，不过瞬间之事耳！若大王果真能反其道，起用天下勇武之士，为王前驱，何敌不能诛？若夺得天下城邑，封赏有功之臣，又何敌不能溃？"

此时赵衍趋近，将一盘切好的甜瓜端上，刘邦随即抓了一瓣，递给韩信："来来，食之助兴。闻将军之言，亦同瓜味之香，耐得品咂。今夜与将军对坐，真乃人生快事。"

韩信见刘邦高兴，神色便愈加飞扬："大王虽失咸阳财物，却另有所得，我这里便要细讲。那三秦之王，原为秦将，秦地子弟随其征战多年，或死或逃，不计其数，又被欺瞒裹胁，降了楚军。其后随楚军进至新安，又被项王坑杀二十余万，唯三王得以身免。秦人遂恨此三人，痛入骨髓。今楚国挟灭秦之威，封三人为王，秦民哪里会拥戴这等败类？"

"将军是说，三王无须多虑？"

"自是当然！大王从武关入秦地之后，秋毫无犯，尽废秦之苛法，与秦民约法三章，秦民感恩，无不拥戴你做关中王。当初怀王亦曾有约，大王理应为关中王，此事秦民皆知。待到好事落空，大王不得已入汉中，秦民则无不恨楚。大王在咸阳所得，无他，便是人心也！此物金玉不换，庸人哪里得知？鬼谷子曰：'为强者，积于弱也。'大王收揽人心，早已积弱为强，今举兵东向，三秦可传檄而定。"

韩信之言，掷地铿锵，不单是刘邦听得迷，连赵衍在一旁也听得痴了。

但刘邦仍有疑惑："三秦于我，如同家门恶鬼，扼我咽喉。我汉家新起，岂能一举而下？"

"不然！秦为一姓时，尚不能阻大王兵临咸阳，何况三姓之王？人心者，私欲也。三王本不能同心，如击一人，其余二人必首鼠两端，救援迟缓。我便可逐一攻破，易如反掌。"

"原来三王，还不及只有章邯一人！"

"当然！我道项王不过是妇人之仁，即是指此——欲使秦降将扼我咽喉，又不欲章邯一家独大。故而分封三王，意在互相牵制。岂不知一分为三，即便是虎，也反倒类犬了。"

"项王如发兵来救，又如之奈何？"

"项王必不会来救。他若有此心，便应留在咸阳，虎视天下，则我汉家便永无出头之日。他当初执意衣锦还乡，必是看重彭城安危，以为楚之根柢在彭城。如今齐田荣反，赵国亦不宁，祸起肘腋之间，他焉能顾得到关中？"

刘邦恍然大悟，拍案道："如此甚好！"

韩信又道："项王性素优柔，且轻信。我军一发，他东西两处皆有警，究竟东征田荣，还是西援章邯，必举棋不定。届时，大王再向他示弱便是了，他必东征田荣，无心西顾。"

刘邦遂拊掌大笑道："天赐我良人，如拨迷雾，恨未能早些识得将军。敢问将军，是从何处得此见识？"

"大王过奖。韩信草野之人，常思上进之途而不可得。从军以后，亦是一筹莫展，若想倚靠军功，我这文弱书生，斩首能斩得几人？欲做白起、王翦，今生可得乎？唯有戎马之余，常思楚汉之强弱利弊，如此日久，便偶有所得。"

"那么，将军自忖，可领兵多少？"

"微臣可领兵百万，仍可纵横自如。"

"哦！那么将军你看寡人领兵之才如何？"

韩信便叩首答道："微臣以为，十万而已。"

刘邦便将须大笑道："说得好！草野之中，多藏潜龙呀。将军，你我皆起自闾里，命如草芥，封王封侯几近于做梦。若不是生在这秦亡之际，恐早已死于沟壑。陈胜王所言'王侯将相宁有种乎'，说的即是你我之辈。秦之所以转瞬即亡，我也渐渐想得明白了，无非是他暴虐无度，使我辈欲苟活而不能。将军谈及民心，所言极是。日后，我不得天下便罢，若得天下，必使百姓饱食而无为，天下遂可安。"

"正是。《道德经》也道是：'以正治国，以奇用兵，以无事取天下。'"

刘邦面露惊奇，望了望韩信，口中喃喃道："老子也作如是说？……好，好。"

韩信便向刘邦拱手道："大王圣明，无须微臣絮聒。项王如能有此七分胸怀，天下断难有他人染指。"

刘邦大喜道："我得将军，是为天助。我料定项王气数，屈指可数了。今后你我二人，便是汉家的项王、范增。"言罢，即命赵衍端上酒馔，要与韩信共进夕食。

韩信惶恐，欲辞谢退下。刘邦便诡秘一笑，盛情邀道："将军，南郑局促，虽汉王宫亦无好酒。我这里，只有上好的腊肉一条，也是从秦宫那里偷来，数月舍不得享用，今晚便与将军共食。"

"大王恩德，万死难报。微臣愿效驰驱，把那项王的河山，兜底给翻转过来！"

刘邦遂大笑："将军到底是豪壮！今日我刘季如虎添翼，想那范增老而不死，徒生白发，看他怎敢我大将军的谋略！哈哈……"

此刻韩信心中，已全然明了拜将的要窍：汉王用我，无非是视作范增，进退攻略，大致能言听计从，甚或日后可分兵与我，独当一面。所谓总理军事之谓，只是一个虚荣罢了，设此军职，不过是为震慑全军。但即使如此，也足够，英雄用武不在于宽狭与否，有一石可踏，便可有万钧之力。项王无目，沧海遗珠，自有他悔之不及的一天。

想到此，韩信便道："微臣见识浅陋，今后定与萧丞相一心，共襄军机。"

刘邦便摇头："萧丞相，乃文官耳。心思细密，无人可及，寡人须用其所长。今后可留他驻南郑，担当粮草应援，在巴蜀广收租谷，以保军粮无虞。前方战事，他就不用与闻了。"

"如此最好。只是，不得与萧丞相共事，微臣甚憾。"

"将军，大军待发，寡人还有一事相托。我在沛县有一族弟，名唤刘贾，昔在霸上来投军，已在曹参幕中，官至中郎。此人虽年少，然温厚可赖，我意令他多历练，能得些军功……"

"微臣明白。中郎不过参谋军情，得军功不易，不如调往樊哙部下，充任校尉，教他领兵打仗。"

"如此就拜托将军了。自明日起，将军你便可建牙开府，本月内不日即发队起兵，我这里有'汉王剑'一柄，也授予你。有此剑助你，斩蛇屠龙，当是无有不成！"

刘邦便起身，取下赤霄宝剑，抽出剑来，直指穹顶："此剑神佑，可护我收尽前朝河山，一洗暴秦以来尘垢。来来！将军，天予我取，当仁不让。"说罢，亲手将宝剑为韩信系于腰上。

韩信再拜叩谢，几欲泪下，想起那月夜奔逃的情景，竟好似多年前的事了。

谁也不曾料到，大将军府开府第一日，韩信与萧何就起了一场争执，两人各执一词，闹得不可开交。

开府当日，众将一早便会齐，前来拜贺。入得大帐，众人都为那堂皇气派暗自一惊。只见那大帐，规制、材质及纹饰等，都不输于汉王大帐。一架《祥云鸟兽图》屏风下，韩信端然而坐，身旁剑架上，悬挂着那柄威风凛凛的"汉王剑"。

众将皆是心头凛然，入门便欲行大礼，韩信忙起身道："军中勿施大礼，一切从简。各位也不必致贺，我这里一并谢了。今日顺便可会议一下，回军关中，各部应筹办之事有甚么，不如趁此都分派了下去。"

旁人只得从简，都一揖了事。独见那樊哙扑通一声伏地，连连叩首道："小……大将军！瞧不出，你真人不露相，羞杀了俺，今日为你赔礼了。"

众将皆惊愕，不知此举为何事。只有韩信心知，只是暗笑，口中却说："樊将军，莫要拘礼，有话坐起来说。"

那樊哙满脸涨红，只是伏地不起："大将军，今后有何将令，下官当竭诚效命，万死不辞。我一个村野匹夫，你万万莫要笑话。"

众人闻言皆笑，韩信便也笑笑，起身将樊哙扶起："樊兄，请入座。弟王命在身，暂坐中军，不得不然。军务之外，你我仍为兄弟。"

韩信这样一说，樊哙才诚惶诚恐坐了下去。众将见樊哙这般桀骜之人，竟也对韩信心悦诚服，各自就暗暗吃惊，不敢再存一丝怠慢之心。

于是众人把那军中杂事，逐项议论开来，都纷纷请教韩信："此去关中，不同以往，该如何带兵才好？"

韩信便道："我军自沛县起兵，大小数十战，武关、蓝田等处，皆是恶战。兵不可谓羸弱之伍，将不可谓无能之辈。所以，各位平日如何带兵，今后可照旧。"

曹参却心有疑虑："往日击秦军，乃是趁了天下瓦解之势，故而秦军无斗志。今日我欲出褒斜谷，仰攻雍军，却是有些不同。"

韩信颔首一笑，对曹参之言颇为赞许："不错！我之治军，要言不烦，言出必行，请各位务必叮嘱军士：一则，章邯为秦末名将，我军与章邯相搏杀，不能用蛮力，须以智取为上。因此，今后务必令行禁止，不须多问。二则，胜败乃兵家常事，万一接战不利，不可放任溃散，部曲须聚拢，且战且退。大王之意已决，数月内即将发兵，其余不用赘言，各自加紧准备就是了。"

看曹参似还有顾虑，韩信便斩钉截铁道："曹将军请勿多虑。我军来时三万，楚军与诸侯军来投又是一万，共有四万。现虽已逃亡三成，余者仍为我军中坚。明日我还军关中，兵锋直指山东，倚靠的就是这班儿郎。孙子曰：'归师勿遏'，众军归乡之心，都急不可耐。此军心如可用，必是攻无不克！"

众将这才心下释然，但仍觉关中幅员甚广，兵力略嫌不足。夏侯婴道："我军不足三万，或少于雍军。下官以为，兵马虽不能倍之，但也应多于章邯，方能有胜算才是。"

韩信便笑："此事也无须多虑，我这里，即可移文丞相府，请萧丞相布置郡县，征发丁壮。凡汉中郡内男丁，少者十五以上，老者六十以下，尽皆征调。汉家兴衰，在此一举，我军绝无退路。各位，少不得又要亲冒矢石了。"

稍后，纪信又道："我军西来，一路颠踬，入咸阳时又禁掠财物，因此军衣服色，五花八门，或有着平民衣装的，望之如乌合之众。秦末天下骚然，遇战可一鼓作气，今后与诸侯军对阵，我军军容应划一为好。"

韩信对纪信不甚熟悉，便问了问资历，原来是斩蛇之初就入伙的，在鸿门宴与樊哙同救刘邦，也是敢舍了命的一条好汉。当下韩信便颔首称赞，对纪信道："将军所言，亦是当务之急。出征之期或不足三月，应督责郡县，加紧缝制军衣、旗帜。新兵所缺甲胄军械，也一并补齐。"

卢绾欣然道："如此便好。往日有壮士慕名来投，却失望于我军部伍不整，以为不能成大事，故而又逃亡。"

韩信道："是啊！军伍者，侵掠如火，不动如山。部伍不整，必沦于陈胜溃亡之途。"

众将会商完毕，各个领命而去。嗣后，韩信便挥笔急就公文一札，着人送去了丞相大帐。

不料才须臾工夫，萧何竟登门拜访来了。韩信急忙出帐，将萧何迎入上座，恭恭敬敬道："丞相，本应是下官前往问候，怎的劳您大驾登门？"

萧何便道："今日开府，特来恭贺。如何，众将可有不服？"

"众将并无异议，刚刚议罢军务，都各自领命去办了。"

"那就好，不过老夫倒有些异议。"萧何说罢，便从袖中取出韩信刚写的公文，问道，"大将军之意，是要将汉中男丁尽行征发？"

"不错。我韩信将兵，多多益善。取关中，关乎汉家性命，须全力应对。"

"其中老弱，可否暂缓？"

"不可！丞相，军机大事，预则立，不预则废。关中战事，宜于速战，兵多才是万全之策。"

"哦？ 那汉中郡的农夫，不要耕田了？"

韩信便仰头一笑："小小汉中，我得三秦之后，可以忽略不计。"

萧何忽就敛容道："将军欲速取关中，战则必克，我不疑有他。 然成败之数，乃由天定；如有万一，汉中总还是我回旋之地，不可竭泽而渔。"

韩信便也正襟端坐，应道："丞相勿虑，关中如不能一举而下，我韩某，也就不敢受这大将军的金钺彤弓！"

"不过，将军之命，老夫万难遵从。 依老夫之见，调发汉中郡男丁，丁壮二十五以上、老者五十六以下已足矣。 其余老弱，须留乡以事农桑，如前方战事不利，方可作后援。 将军如欲孤注一掷，我必上禀汉王以作定夺。"

见萧何话中有责难之意，韩信便恳切道："丞相，征战杀伐，荼毒百姓，我亦深知其害。 然我为统军之将，心不能软。 取关中，若因兵力不足而功败，你我都将悔恨一世呀！"

萧何心内一急，竟伏地朝韩信拜了一下："韩公，汉家初起，势单力薄；尺土寸田，都需敝帚自珍。 不单是此次发兵关中，今后凡东向而行，都要前后相济，否则我等就成了盗跖，流寇天下而不知所终，万望将军从长计议。"

韩信连忙也伏地回拜道："丞相不必如此！ 事有奇正，用兵则贵奇。 若不倾汉中物力作此一搏，兴汉大计，就将断送在太过谨慎上面了。"

萧何遂叹息一声，起身道："我向汉王荐将军，是看你能洞察大势，若将军一意孤行，则只好请上裁，决于汉王了。"

韩信便也随之起身，赔礼道："晚辈有所得罪，你我这就去见汉王吧。"

正在此时，卫卒忽报曹参来见。曹参进门，见萧何也在，便不由一怔，施礼过后，遂问韩信："大将军正有事吗？"

韩信道："我与丞相小有争执，正待去请大王裁夺。"见曹参诧异，便又道，"我意征发丁壮多多益善，萧丞相却舍不得。"

那曹参素与萧何不合，此时便冷笑一声："征伐之事，文吏可无须与闻，否则还要大将军做甚么？"

萧何亦知曹参无好意，只是波澜不惊，淡淡道："征发丁壮，正是丞相府政务，文吏不管，莫非由军士四处去捉人？"

曹参仍冷笑："万事征战为大，即便捉人，又怎样？"

萧何道："那么我与暴秦，便无分别了。请问将军，举这义旗又有何用？"

眼见二人要争吵起来，韩信连忙劝住："二位，大战在即，丁壮之事绝非玩笑。是耶非耶，急待大王裁夺，曹将军若有事，可稍后再来。"

曹参便躬身一揖："军情正紧，大将军还是少费口舌为好。"说罢，便返身走了。

韩信不便多问二人恩怨，只急命卫卒拉来马匹，扶萧何上了马，二人相偕来到刘邦大帐。

此刻刘邦刚晨起不久，正在与侍者随何下棋。闻赵衍通报二人同来，刘邦便道："算了，不下了。开门就有人讨债，我连衣冠都还未整呢！"

随何忙收拾起棋子，对刘邦笑道："大王日后，怕是还要做天下的总债主呢。"

刘邦闻言不禁苦笑，便命赵衍将二人迎入。

萧何、韩信进门施礼,刘邦便拍着茵席招呼道:"丞相,大将军,坐坐! 二位爱卿,何事来得如此之早? 大将军开府,可还顺利?"

两位坐下后,便由韩信开口,将两人争执叙说了一遍。 刘邦素不重君臣之礼,此时亦是箕踞于席,并未跪坐。 他闭目想了片刻,而后睁眼,看了看萧何:"丞相,我意……就按大将军的计议办。"

萧何便有些惶急,叩首道:"大王请三思。 大军开拔以后,后续粮秣与兵员,都需汉中为倚靠。 汉中连带巴郡、蜀郡,人口不过二十万余,万不能竭泽而渔。 我军至关中,固然可就地筹粮、征丁,但兵荒马乱,万一不及,则前军将陷于绝境。"

刘邦转头望望韩信,见韩信矜持不语,便又道:"丞相,回军关中,乃大事之始,不可瞻前顾后。 我意已决,宁愿玉石俱焚!"

萧何急切道:"以目下而论,汉中绝非无足轻重,乃是我汉家心腹之地,须保住少许元气,以供恢复。 此次军兴,官民粮食已搜罗一空,若将老幼男丁也裹挟而去,汉中百姓,势必怨恨,我汉军到了关中,不是成了孤军一支?"

韩信便道:"此次出动,乃兵法上的所谓'军争',亦即抢先机是也。 将士须卷甲而趋,日夜不息,倍道兼行,百里而争利,岂可作妇人之悯?"

萧何脸色一白,叩首道:"残灭百姓,霸王之所为。 我这丞相,大抵是做不得了。"说着,就有免冠引咎之意。

韩信也十分不快,说道:"军令既出,动如脱兔。 我这头道军令,何以就出不了帐门?"

刘邦赶紧摆手,平息两人怒气。 他站起身来,踱步到剑架前，猛见剑架空空如也，怔了一怔，才想起宝剑已付韩信之手，便不觉笑笑，对萧何道："丞相，鸿门宴之辱，今日终可得伸，就不必惺惺作态了吧！"

萧何忽然就有些激愤，谏道："那么，我与暴秦又何异之有？百姓朝夕营谋，无非想求得温饱，若求温饱而不得，又有何心思为他人力战？ 关中父老至今念汉王之恩，究竟为何故？ 果欲取之，必先予之，岂有百姓平白无故，就愿为王命而自甘就戮的？"

"嗯？"刘邦脸上轻微一颤，回头望了望韩信，韩信则欲言又止。

萧何继而又谏道："春秋兵家即知，凡兴师数万，出征千里，百姓之资，必是日费千金。 内外骚动，壅塞道路，不得谋生计者，数十万家。 大王，这大军一发，牵动之广，不得不虑呀。 况且，秦失天下，绝非是因兵弱所致！"

萧何此言一出，刘邦与韩信都是悚然一惊。 韩信脸色阴晴莫辨，片刻之后，方才释然，叩首道："愿如丞相所言，就只征二十五以上、五十六以下男丁好了。 百姓财竭，则兵者力屈，此为至论。 微臣惭愧！"

刘邦怔了怔，吁了一口气道："那好，就如此吧。 将军还有何事，须托付丞相在郡中筹划，今日可一并商议妥备。"

"尚须另外征调巴人'板楯蛮'三千，充做先锋。 彼辈土著，精通弩射，最擅山行，翻山越岭如同猿猱，五百里褒斜谷，或七日可过。"

"好，丞相请用心去办。 发兵之期，选在何日，众将可有商议？"

韩信禀告道："拟定于八月中，事不宜迟，只待新军编成，操练三月，便可克期而动。大军发动之时，不惊地方，人马皆衔枚而走，务求攻其不备。"

刘邦大笑道："甚好甚好！两位爱卿，国之干城也。有你们在，我即便是个偶人，又有何妨？"

此时侍者随何来报，说可以开朝食了。刘邦就一手拉住一人，步出帐外，对二人说："寡人的食案，设在门外，图个好景致。今朝两位便在此用饭吧，汉王的菜肴，无论如何强于尔等小灶。恰好春酒既成，我三人小酌，且饮且乐。"

三人坐下，只见那南郑城千门万户，炊烟袅袅。刘邦便一指远处山坳，欣然道："汉中虽狭，亦有风景。"

萧何道："大王此行，有汉中、巴、蜀三郡以为根底，可谓后顾无忧。辖下四十一县的百姓，皆为我之干城。见汉中乡邑有此等祥和景象，老臣才觉心安。"

韩信便慨叹："丞相仁厚，下官万不及一。"

刘邦遂放声大笑："今我有此将相，何羡廉颇、蔺相如乎！"

八月中旬吉日，汉中地方人民，都在忙于秋收，家家宰羊酿酒，喜庆丰年，没几个人注意到，汉家大军四万余，一夜间已悄悄开拔。韩信有令传下：全军衔枚疾行一夜，次日晨务必抵达褒斜谷口。

这褒斜谷，南口在南郑以北五十里，为汉中的褒城；谷北口便是秦地，名叫斜谷，故此得名。从斜谷向北三十里，就是关中的郿县（今作眉县）了，距咸阳不过咫尺之遥。

此谷之中，虽栈道已毁，却仍是进兵关中的最好通道。汉军拟在南口弃车马不用，潜入谷底，七日之内，前锋即可踏上关中地面，打他章邯一个措手不及。

汉王刘邦也随军亲征，萧何则留守南郑，职在输运辎重。此次出征，汉军即定下了此后征战的一个格局，前有刘邦统军略地，后有萧何作为应援，进退成败，终有根据，再不是沛公军那种流窜无定的作战了。

此后攻略，刘邦亦一如既往，从未有一日离开过中军。他以义帝之失为前车之鉴——派出一军，一军即成诸侯，终致尾大不掉，反噬其主。因此，不到势不得已，不会轻易分军给韩信。

这日晨，褒城郊外，忽来大军云集，纷纷埋锅造饭。士卒疾行一夜，此时都抱戟倚坐，趁空歇息。军中的本邑子弟，均是从未出过汉中的，见前头无尽的层峦叠嶂，心里都不免惴惴。

刘邦偕韩信等一干将领，趁饭前步上了一个高冈，查看山川形势。脚下，汉军大队迤逦数里，军威颇盛。此时的汉军，已不是数月之前的乌合之众了，全数换上了崭新军衣。新制的军衣，按刘邦所愿，仿照秦军样式。长襦浅绿，领结袖口皆为红色；另有轻车①骑士千名，服色为橙红。甲衣颜色，则红粉蓝绿，各部不同。秋光之中，望之极为悦目。

刘邦得意道："韩大将军，果不负众望。我汉军不过操练两月，竟成虎贲之师，进退有序。"

韩信忙道："臣不敢当。大王吊民伐罪，将士都乐于用命而已。"

樊哙便赞："孙武子若是活转来，亦不过如此。"

---

① 轻车，古代战车。

卢绾在旁，便讽道："你这样说，教孙武子如何有脸面再活转来？"

众人顿时都哗笑。

此时，前锋部的三千"板楯蛮"忽然跃动起来，手挽木盾，载歌载舞，其慷慨激烈为世所罕见。

刘邦看呆了，惊异道："好儿郎，唱的是甚么歌子？"

韩信答道："此为巴渝谣曲。彼辈'板楯蛮'，世居渝水畔，不仅擅使弓矢矛戈，亦善歌舞，上阵打仗，也要载歌载舞以振士气。"

刘邦又听了一会儿，赞叹道："此乃武王伐纣歌也！"

韩信便笑："正应了今日征伐。"

众人正在欣赏，忽然有一骑飞驰而来，奔至冈下，一军吏急滚下马，跑上冈来。众人看去，原来是中郎将王恬启。

王恬启跪地急禀道："大王，众位将军，下官率斥候一队，日前先行入谷口，潜行一日两夜，访问山中樵夫，得知章邯大军数万，陈兵褒斜谷北口，飞鸟也难通过。一路所见，雍军斥候已化装为商旅、农夫，遍布谷中。我与彼辈时有碰面，彼此都是心照不宣。"

刘邦一急，不禁脱口而出："叵耐老贼，防我甚严！"

众将都望着韩信，樊哙更是急切："这如何是好？偷袭不成，只得强攻了。"

韩信轻叹一声："那我辈就成庞涓无疑了……"

刘邦想了想，将手一挥："慌也无用！事已至此，先吃饭再说。"

自开拔令下达后，刘邦一改先前的懒散，身披甲胄，双目炯炯，似服了散石一般。一夜劳顿，也不见面露疲惫。朝食时，虽然闷声不语，却也不显沮丧。

闷头吃了一阵饭食，韩信忍不住道："章邯者流，受封为王，侥幸保有荣华，必视项王为再生父母，视我为寇仇。可是，彼辈竟防范得如此之严，却是出我所料……"

刘邦便打断他道："章邯既毒且猾，也并非将军的疏忽。五百里峡谷已无栈道，前往关中，无异于登天。若不是你献策，我亦断不敢生此念。可是谁会想到，老贼睡觉也不合眼。"

"章邯本是内廷文臣，秦末受命于危难，居然每战必胜，从无败绩。即便巨鹿一战，项王能扫灭秦军精锐王离部，却也未伤到章邯分毫。褒斜谷北口，有此人当道扼守，我军万不能强攻。"

刘邦叹道："是啊，不能。难道……就这般无功而返？"他以手支颐，想想忽然又问，"能否走子午谷？"

"不成。微臣投汉，来时即走的子午谷，其险又难于登天。有那路断处，人迹不见，唯有虎踪。徒手翻越，尚且筋疲力尽，况乎行军？大军总不能徒手不带军械吧？"

刘邦忽然发怒，将碗箸狠狠掷地："老贼！我必杀你！"

远处侍立的赵衍见了，慌忙跑过来："大王息怒，何事如此不快？"

"那褒斜谷……我辈过不去了！"

韩信在侧，对赵衍道："雍军防守甚严。"

"哦。"赵衍沉思片刻，便道，"我是关中人，略知此地形势。褒斜谷既然不通，不妨走故道。"

韩信精神便一抖："甚么故道？"

"在褒斜谷以西八十里，走出故道，即是陈仓。"

陈仓，原是西周时的西虢，后归秦，秦文公时建城。因该城有"石鸡啼鸣"的祥瑞，后世遂改称"宝鸡"。此处比起郿县距咸阳，只不过多了一天的路程。

韩信跃身而起，问道："为何称故道？何时有此道？"

赵衍答道："此道又称陈仓道，周时就已开辟，原是一条官家驿道，秦时与古蜀国相通。褒斜谷栈道修好后，此道已废多年。故道从陈仓南下，经故道县的嘉陵谷，由东城接通汉中。从汉中再往南，就是金牛道了。"

韩信不禁大喜："金牛道？不就是入蜀的粮道吗？原来秦惠王征蜀国时的'石牛粪金、五丁开道'，走的就是这条故道！石牛都拖得走，何愁大军不能过？"

"故道荒芜多年，不知今日是何模样了。"

"无非是荆棘拦路，狼奔蛇窜。这些，都毋庸多虑！"韩信说罢，仰天大笑，"既然是运粮故道，便可通车马，轻车、马匹当然可过，真真天助我也！"

刘邦也是兴奋异常，问韩信道："如何？改行故道？"

"我且看看。"韩信即取来关中舆地图，仔细看了一会儿，禀告刘邦道，"大王，故道真乃天之所赐！朝食一毕，大军可立即西去，一天之内赶到故道。歇息一夜，明早从故道北上。"

刘邦口中便呼哨一声，吩咐道："命众将聚拢来吧，可下令！"

待众将聚齐，韩信便意气昂扬，高声下令——

樊哙、夏侯婴二人，领"板楯蛮"三千、沛县旧部三千为前军，朝食毕，即出发，速往南郑之西，遍访渔樵，寻觅故道旧踪。明日平旦，由故道北上，逢山开路，限七日内抵达陈仓，旋即攻城。

曹参、周勃、卢绾三人，领其余所部为中军，于前军之后出发，须尽速攻破沿路县城，再与前军会合于陈仓。汉王及中枢车驾，皆在中军。

灌婴、郦商二人，领辎重部及后军三千殿后，须夙夜警觉，小心卫护。

另有纪信一人，领千人留在褒斜谷口为疑兵，大肆擂鼓鸣金，以迷惑章邯。

众将均慨然领命。

下令已毕，韩信拔出"汉王剑"，指天誓道："维天之命，赫赫汉家。如震如怒，一鼓而下！"

众将血脉偾张，皆拔剑齐呼道："唯命是从！"

一时之间，山鸣谷应。路旁三军闻之，都纷纷引颈翘望。誓毕，刘邦微笑颔首，对众将道："此为我东出首战，诸将都要好好打。尔等可晓谕众军，我汉家既承秦制，待天下定后，便也以军功授爵，按爵位赐田宅奴婢，免徭役。"

众将一阵欢呼，便各自回营集结部曲去了。

刘邦唤赵衍近前，夸奖道："你今日立了大功，足可上史书了！在我这里迎来送往，实在可惜了。从今日起，就去韩将军麾下效力吧，也好立功晋爵。"

赵衍忙谢恩道："谨受命。"

朝食既罢，刘邦、韩信立在路边，见汉军将士都屏息肃立，执戟待发，千军万马竟无一丝杂声。如此的缄默，有震慑人心的威压。此番景象，刘邦还是头一次见到，不由得一阵莫名心悸，遂对韩信道："将军之功，可传万世。"

"微臣不敢想。微臣所想，就是今日。"

"今日？ 哈哈！ 踮步而已。 将来我汉家气象，你自会看到。"

一阵雄浑号角声，忽然冲天而起，队伍徐徐开拔。 山间各处，只见旌旗猎猎，戈甲耀目。 那龙骧虎步中，往日既成之旧格局，似正在无声崩解……

这一天里，汉军绝处逢生。 其事，被后世所附会，衍变为妇孺皆知的成语"明修栈道，暗度陈仓"，所赞乃天授的兵家智慧。 其实，当日褒斜谷口之韩信，则全无如此轻松。

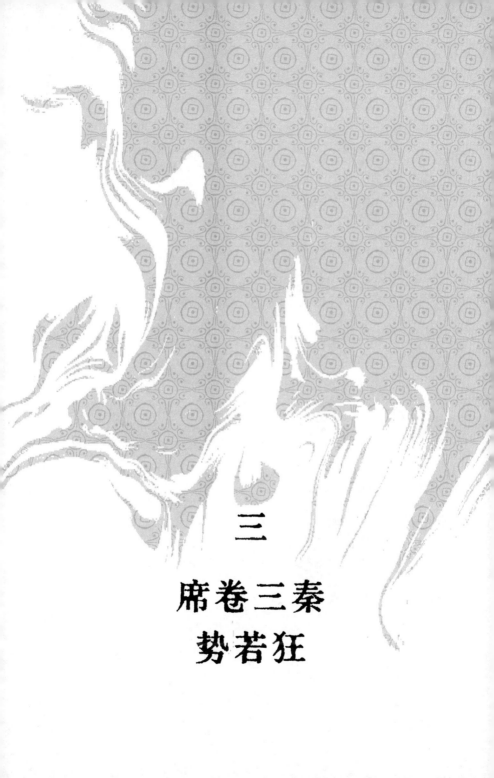

三

席卷三秦
势若狂

一大清早，雍王章邯就坐在槐荫下读书。他做诸侯王已有些时日，但仍是秦时冠带，身着绿色官袍，一如前朝。

晨起读书，是他在秦内廷少府①职上惯有的"早课"。早晨读书片刻，日间处分起繁杂公务来，一整日都觉神清气爽。此时，他正在看《韩非子》，读至"事在四方，要在中央。圣人执要，四方来效"一句时，便抛了简册，喟然长叹道："唉！何来圣人？何来四方？书生高论，徒有大言耳……"

这位秦之"贰臣"，至今却仍不改忧国之思，想起亡秦，便纠结不已。

想他章邯，身为前朝勋臣，三年乱局中，本可为大秦建不世之功，却阴差阳错，成了降将，既负了君上，也断送了自己一世英名。

当初，二世皇帝将他擢为少府，位列九卿，他自是感激不尽，有意忠心报效。不料，身逢末世，只能眼睁睁看着赵高弄权，李斯助纣为虐，将那庙堂风气败坏得不成样子。

---

① 少府，官职名，始于战国。秦汉相沿，为九卿之一。掌河海山泽收入和皇室手工业制造，为皇帝的私府。

自陈胜在大泽乡起事后，乱民蜂起，天下已是岌岌可危。偏那二世皇帝却又十分忌讳"造反"二字，故各地官吏只得哄他，说地方上只有"盗贼作乱"。如此掩耳盗铃，能哄得了几日过去？待到时局已不可收拾，忽从桃林塞传来急报，称陈胜麾下大将周文，率二十万"群盗"杀奔咸阳，前锋已破了函谷关！

咸阳本就无险可守，秦之精锐此时又正远戍长城，近畿一带几无兵马可派。事到临头，百官全无主张，就连朝中的权要赵高、李斯，也只是瞠目结舌，这才有了他章邯崭露头角的机会。

在此之前，章邯从未曾领过兵，也不曾研读过兵书，然他见识超卓，通晓权变，并未被汹汹民变所吓倒。依章邯之见，打仗又有何难，与理财无非是同样道理，都是权衡利弊、巧为调度罢了。他那时正在骊山之下，督建皇陵，闻函谷关已破，便知大事不好，当即快马奔回咸阳，奏请二世，要领兵平乱。

章邯此次毛遂自荐，成就了秦末的一段回光返照。他给二世皇帝所上的奏疏，有个惊世骇俗之议，即是：骊山有众多刑徒，咸阳亦有私家奴之子，为数甚多，不妨统统赦免，编练成军，用以杀贼。此等杂凑之人，虽仓促成军，总还可以应急。若由他章邯亲自训练，定可击退盗贼。

一个皇家内府的财务主事，竟有如此奇谋，二世皇帝当然高兴，当日便封章邯为上将军。又下诏，将那刑徒与私奴之子尽数释放，编为部伍，从咸阳东门出发剿贼。

章邯果然是老练之臣，一出手便教天下皆惊，连连击破陈胜麾下数路大军。说来也怪，"群盗"汹汹，一路势如破竹，然只要遇到章邯，便不堪一击。

险些倒转之乾坤，便是如此，由章邯一手扶正。他率部连战皆捷，无一败绩，不久便击破了陈胜的巢穴陈县。陈胜兵溃将亡，乘车仓皇逃出，在途中，被自家驭者贾庄所弑。国之大患，就这样被章邯轻松除掉。

彼时，唯有楚地的"武信君"项梁，为章邯最强劲的对手。

章邯初次与项梁接战，竟然连遭败绩，狼狈不堪。换作别人，这一世英名，怕是便就此罢休。然章邯于此时，却显出他的老辣来：遇强敌，绝不贸然轻进，只是退而避之，耐心等候时机。二世皇帝在咸阳看了半月，便知章邯能战，遂从咸阳源源不断为他添兵，又派去司马欣、董翳两位副将，充作左右手。

果然，待项梁攻破定陶之后，便骄矜起来，不以秦军为意。章邯看准他一个破绽，轻兵急进，趁夜偷袭定陶，大破楚军。可怜那项梁一世英雄，当晚宿醉未醒，就死在了乱军之中。

末世里，出了章邯这样一员神将，可谓秦之吉兆。若今世不出项羽，则秦末所有的"盗贼"，都将被章邯逐个儿收拾掉，大秦也必不会亡。

可惜天不佑秦，独木难支。巨鹿大战后，项羽威震天下，率各诸侯军四十万南下。彼时章邯驻在漳水之南，所部仅有二十万，面对项羽浩荡大军，如何能敌？故只得暂作后撤，退至洹水之南，一面就急派司马欣奔回咸阳，向朝廷求援。

不想，那巨阉赵高心怀嫉恨，向君上进了谗言，诬章邯坚守待机为怯敌不进。那二世皇帝不辨贤愚，竟有对章邯问罪之意。

司马欣在咸阳听到风声，吓得仓皇逃回大营，向章邯哭诉。章邯听罢，便觉天塌地陷，情知进也是死，退也是死，思来想去，竟是无路可走。他纠结再三，只得派使者去向项王请降。蒙项王恩准，二十万秦军便在洹水之南降了楚。

项羽收降章邯之后，听了范增劝告，对章邯倒是不计前嫌，允诺封他雍王，辖废丘一带百里之地。然这雍王，实为鹰犬，却是不大好做，内外都有不小的忧患。

章邯近来，心里便隐隐有所不安。自田荣乱起，天下又是各处骚动，三秦之地能否得免，尚不可说。军中所派出的斥候，于近日也已报称：汉中正在厉兵秣马，似有一股不祥之兆……

正在思虑间，忽见胞弟章平急匆匆闯了进来，劈头便嚷道："兄长，不好！褒斜谷南口人马云集，汉军要杀过来了！"

章邯闻言一惊，忙挺身坐直："你仔细说来我听。"

"汉军近日，集结于褒斜谷南口，其兵马之多，不知凡几，每日金鼓齐鸣，似要沿褒斜道北上。"

"褒斜道？"章邯闭目片刻，而后睁开眼道，"诈术！无须理会。褒斜道栈道已毁，北口我有重兵把守，汉军若敢从此出，斜谷便是彼辈的马陵道。"

"兄长有如此把握？"

"当年若刘邦撞到我刀下，今日早成枯骨！"

章平这才松了口气，擦擦额头热汗，也在槐荫里坐下。这章平，身材高大威猛，相貌酷似乃兄，早先曾为秦之将军，降楚之后，又获项王赐爵上卿，出镇武关，为雍国右将军。近日因汉中有异动，受章邯之命，前来协防废丘。

歇了片刻，章平便抱怨道："兄长，受封以来，如此担惊受怕，这个诸侯王，做得有何益处？"

章邯素知胞弟短智，便斥道："笑话！春秋至今，有几人可做得诸侯王？乱世之际，能容得你苟活吗？天下局面，正需英雄奋力撑持。贵为上卿者，岂可效小户人家斤斤计较？"

章平解下武冠，背倚树干叹道："兄长言重了，我岂无救世安民之心？ 然秦末以来，天下纷攘，欲守方寸之土，尚不能安寝，还谈何高远之志？ 唉！ 偌大个天下，说亡就亡了，抛下我等孤臣孽子，不求苟安，又能如何……"

章邯闻言，忽然就暴躁起来："既是孤臣，便不得诬言先朝！秦之遗民万千，我等还算是幸运的，做了这雍王，也不算辱没门风。 我之所虑，唯有汉中的刘邦。 彼辈乃宵小得势，不安于位，稍有机缘便欲掠地称雄，你我能安稳睡觉吗？"

章平抚额想想，似有所悟，便问道："那如何是好？ 莫非我辈须一世睁着眼睡觉？"

章邯便道："有此心即可。 彼等草寇，也不用太看重他，只须牢牢扼住褒斜谷，三秦便可有几世的安稳。"

"弟以为，此事谈何容易！ 今之士卒，皆来自闾里无赖，不过是为吃口军粮而已。 加之昔年项王坑我秦卒，也未免太过狠毒，秦民都心怀怨望，一旦有事，又如何驱使得动？"

"此一节，我看倒不必多虑。 各领军将校，毕竟都是我秦时旧部，多少还念着我的好。 战事若起，我必亲征，将士们岂敢不用命？"

章平便叹一声，说道："唯愿如此。 昔日项王封兄长为雍王，弟还曾窃喜，哪知这个王位，脚下便是滚油鼎镬。 刘邦若来攻，倒不如降了算了。"

一听这"降"字，章邯便勃然作色，双目冒火，直视章平："弟若欲降刘邦，今日便可割了我首级去！ 彼时降楚，乃是事出无奈，既降了一回，就不可再降第二回！ 赵高负我，项王并未负我，今日若再降刘邦，那便真真是朝秦暮楚之徒了。"

"我懂了。"章平遂不再争辩，系好了武冠，起身道，"兄长亦不必自责，如此苦心，可惜有几人能知？ 我看兄长自咸阳领兵以来，无日不在操劳，还需小心调理才是。 我这就回大营去了。"

章邯神色便转平，笑道："廉颇老矣？ 还早得很呢。 你放心去吧。"

章平遂也一笑："弟虽无民心可用，但尚有长技在身，治军打仗，不在话下。"

章邯又敛容道："那沛县老吏刘邦，性素反复，或许要孤注一掷。 各路探哨，万不可有一刻疏忽了！"

章平便道："放心，弟谨记。"

章平走后，王宫空旷的中庭，复归宁静，唯闻槐上秋蝉悠悠。

章邯拾起地上的《韩非子》，见竹简上沾了灰，也无心去拂，心头便是一阵刺痛：想那韩非，乃何等超群之人，却死于李斯的进谗。 我章邯，亦是为谗言所害，得了这"贰臣"之名，万世也难洗清。 莫非才华盖世者，就只配如此的结局？

当初，项羽招降了章邯与司马欣、董翳三人，依范增的建言，三将被封为诸侯王。 其中章邯为雍王，国在咸阳之西；司马欣为塞王，国在咸阳之东；董翳为翟王，国在北面的上郡。 看这地理便可知，这三王，分明就是看守汉中的鹰犬。

章邯的雍国与汉中接壤，在三秦中位置在前。 如此的安排，自然是项羽最为看重章邯，命他在此打头阵。

雍都废丘，乃是个七百年的古城，西周便曾在此建都，原先叫作"犬丘"。 到秦始皇时，因忌讳此处王气，故改名为废丘。

章邯来到废丘，便知已然别无退路，唯有厚筑城墙，多积仓粟，以防刘邦从汉中杀出。以三秦之力，能否挡住刘邦来抢"关中王"，则只有听天由命了。

正在此时，谒者忽来通报，有众将求见，章邯便命唤进庭院来说话。

少顷，有那雍军将领赵贲、季良、季更、孙安等人，一拥而入。个个皆劲装结束，盔甲鲜明，跪于章邯座前。左将军赵贲带头禀道："闻听汉王起兵来犯，实欺人太甚。我等自兴国以来，尚未建尺寸之功，请大王差遣我等，杀过褒斜道去，提汉王头颅回来见！"

章邯略显诧异，问道："尔等要去捉刘邦？"

众将齐呼："正是！"

章邯便大笑："那刘邦，乃我章某席上盛宴，岂是你辈案头的菜？"

众将不明所以，都面面相觑。

章邯接着便道："你等带兵之人，备好军械粮草为首要，知悉军心士气为次要，余皆听令就好。武人不比文人，徒然大言有何用处？"

赵贲道："粮草军心，已全无疏漏。大王可稳坐废丘，看我辈如何擒贼！"

章邯望了一眼众将，见项王属下郎中骑将吕马童也在，便招呼道："吕将军，项王遣你来此监国，今见我雍军，与楚军相比如何？"

吕马童道："勇气了得！"

章邯便笑："吕将军不讲实话了。楚军临战，也是如此大言吗？"

"正是如此。"

"哦，怪不得！一个齐国，便打得如此吃力。"章邯便不再理会吕马童，对诸将道，"刘邦诡诈，非比寻常，即便孤王也须好好思量一番，各位还是待命去吧。上阵厮杀，或战死或建功，都等不了几日了。"

见章邯对军事布置并不想明言，众将也觉无趣，只得叩首而退。

诸人退下之后，一贯强悍的章邯，心头忽而涌起一阵悲哀，觉方才胞弟所言，也不尽然是错，亡国之臣，似只有苟活这条路了。时势总比人强，况乎这乱纷纷的末世？

正在此时，有侍者来禀告，说可以用朝食了，章邯便回了后殿去用饭。

章邯原是理财之臣，生性简朴，饭食一向极为清淡，封王以后仍是如此。用餐之间，正在心里庆幸这一早还算清净，哪知一碗稀饭未用毕，王宫门口忽然闹将起来。左将军赵贲正在门外大声呵斥。

司阍①满头大汗跑来禀报：原是一名里正②与几个百姓，扭着个乞丐，说是疑为奸细，要闯进王宫来请赏。

章邯闻报，立时警觉，饭也不吃了，起身来到前殿，命将疑犯带进来，他要亲自审问。

不一会儿，赵贲带了里正与乞丐上了殿来。章邯看去，原来

---

① 司阍，看门人。

② 里正，古时乡官。

是一名十八九岁的少年，身着一袭蓝衫，肩挎一个竹篮。又细看，便觉奇怪：那少年乞丐，衣衫虽褴褛，但面目却毫不猥琐，双目炯炯，精光四射。

章邯心下起疑，问那里正："何处捉得这少年？"

里正禀报道："此人在闹市中流窜，已有数日。一足靴，一足跣，高歌过市，旁若无人。却不见他哀告乞讨，市井老少都围住他看。人若问他，他便应声答之，机敏谐谑，教众人笑个不住。我看此人，似狂非狂，或是汉中派来的奸细也说不定，故而为大王擒来。"

章邯勉励了那里正几句，便命内史拿出赏钱，打发他走了。

见那乞丐少年不卑不亢，章邯便认定，此人十有八九是汉军奸细，于是问道："姓甚名谁，何方人氏？"

"我乃巴郡江州人。草野之民，无有官名。"

"你为何事来此？"

"欲往西域瑶池，取水煎药，为家中老母医病。因盘缠不慎失落了，故一路行乞到此。"

"乱说！"章邯拍案威吓道，"煎药何处取水不可，何必远赴异域？人世凡间，又何来甚么瑶池？"

少年却一丝儿也不慌，答道："大王可曾记得，昔年始皇帝东巡，寻的不是瀛洲吗？既然东有瀛洲，西也必有瑶池。世上的道理，便是如此。"

章邯更是生气，喝道："狂悖小儿！徒步千里，只为取一瓶水，实不合常理。你究竟是何人，从实招来。"

少年叩首答道："千里跋涉，心诚而已，唯有至诚，方能不悖忠孝。"

见那少年对答如流，章邯越发起疑，索性单刀直入，问道："来时可经过汉中？"

"路过，是从陈仓故道来此。"

"故道？不是已废了多年吗？"

"走旧路，小人心里自安。"

"哦？我问你，在汉中何所见？"

"民无所惊，夜不闭户。"

"有兵马否？"

少年便嬉笑道："大王是智者，此事无需问我。倘无兵马，汉中又何来安宁？"

此时废丘城内百姓，闻听疯癫少年为母治病，竟欲行乞千里，都纷纷来王宫门前观看，门外霎时就聚了数百人，熙熙攘攘。

章邯见少年确乎似疯似癫，又问不出甚么名堂，便命搜身。军卒上来搜了搜，未见有可疑之物；取了少年的竹篮来看，也只是寻常农家竹篮。

于是章邯便问："千里之行，不带余物，何以独独携此竹篮？"

少年答道："正是取水所用。"

"胡言乱语，竹篮岂可打水？"

"竹篮打水者，古今可还少吗？"

章邯一怔，觉少年似语带讥刺，便喝道："诳话！是要找打吗？"

他还想再追问下去，但忽觉心烦意乱，大事正多，哪有闲暇跟无赖小儿纠缠，于是无心再审，命赵贲将那少年赶出废丘城，不得在城中逗留。

赵贲便带领着军卒上前，左右挟住少年。那少年却笑道："大王，我既已决意要去瑶池，那是谁也挡不住的。曾不闻，君子行事，'靡不有初，鲜克有终'？"

少年说的，是《诗经》里的两句，意为劝人做事须善始善终。此话恰恰刺痛章邯，他便心生怒意，欲将少年推出杀了。却又一想：小儿毕竟声言为慈孝而来，若杀了，百姓必哄传雍王杀孝子，民心哪里还能收拾？于是强忍住火气，怒喝了一声："打出去！"

那少年仍是嘻嘻一笑，口中悠悠地吟唱了一句："废丘之上，安有帝乡——"

待那少年被拖走，章邯便在心中悲叹：亡国之臣，一夜间便翻作贼身，连小儿都敢来当面羞辱，真是生之何益！如此一想，竟然瘫倒于坐榻上，半晌也动弹不得。

正恍惚间，忽见章平身披甲胄，从门外疾奔而入，跪于堂下禀道："陈仓县令有流星急报：汉军十万，正从陈仓故道北上，兵马众多，不见首尾！"

"果然是来了！"章邯这才猛醒过来，忙接过羽书[①]来看。

羽书报称：汉军号称十万，浩浩荡荡，自陈仓故道北上，已连克下辩、故道、雍县三城，不日即抵陈仓城下。其部先锋为樊哙、夏侯婴；中军统领为新拜大将军，名唤韩信。汉王刘邦，据闻亦在军中。

章邯掷下军书，冷笑一声："老儿！欲来关中抢劫吗？"

章平压不住内心慌乱，问道："汉军如何来了恁多？"

章邯却嗤之以鼻："号称十万，充其量只得半数，哪里唬得住

---

① 羽书，亦称羽檄，古代插有鸟羽的紧急军事文书。

人？ 汉军先锋者，樊哙、夏侯婴之流，贩夫走卒而已。 至于韩信，不知又是何人。 无名鼠辈，闻所未闻，谅也无甚本事。 你莫慌，普天之下，能胜我章邯者，唯项王而已。"

"可是，我军在全境仅只三万，如何挡得恁多汉军？"

"你慌甚么？ 只要大散关不失，关中绝无可能动摇！ 速传令各营兵马，着即拔寨出发，急赴陈仓。 我与你亲往，与汉军一决高下。"

"兄长，你可要三思。 刘邦此来，其志不小，其势也汹汹……"

"弟不必再说！ 那沛县鄙夫，野心甚大，向来以收揽人心为能事。 今若降了他，老儿必拿我人头，去换关中百姓的民心。 如今只有赴死，或许还能求生。"说罢，便起身要去披挂。

章平忙道："兄可速请塞王、翟王来援。"

章邯便戛然止步，仰头看看天，黯然道："昨日已快马通报两王，向他们请援，都应允各派一军来，然也不过杯水车薪。 昔为僚属，或可共乘一舟；今二人与我平起平坐，指望他们倾国来援，同生共死，岂非做梦！ 我若胜，彼辈坐享；我若败，彼辈可降，他又何苦要全力来救我？"

章平眼中，顿时就有泪水涌出："那项王……"

"项王为齐地之乱所困，目下鞭长莫及。 日前只派了楚将吕马童，来任雍国相，以壮声势而已。 不过，刘邦老儿素不善战，我军只须振奋士气，可一战而溃之，待他逃回汉中龟缩，废丘便可保数年无忧。"

章平仍心有疑虑："兄长，废丘城坚，何不就在此死守？"

章邯摇摇头，教训章平道："以攻为守，方有生机；困于一隅，如何得生？你速速回营，去点起兵马吧！"

章平只得拭去眼泪，领命而去。

这时，章邯忽然想起，那乞丐少年，不正是从陈仓故道而来？若非奸细，更是何人？于是急命赵贲带人去追。过了好一会儿，赵贲才回来禀报："臣下问遍了四门守将，说是那乞儿出了北门，一路放歌，往北面山中去了。臣下派数路人马去追，均不见踪迹。"

章邯一怔："汉军在南，他却向北去了？莫非小儿并不是奸细？"遂不再想，命人取来甲胄，全身披挂好，提了刀在手，带着赵贲跨出了大门。

军令一下，废丘城外便是一片鼓角齐鸣，各路人马汇集而来，放眼皆是矛戈交错。满城百姓见此景，都惶惶不安。人们四处打听，只传说汉军即将杀到。眼见雍军部伍络绎而来，秦民心情，便似有五味杂陈——他们既盼汉军驱逐章邯，以解心头之恨；又担心兵燹过处，将殃及无辜。

章邯却全未顾及这些，执戟登上车，胸中猛然生出一股豪气来。南门外，楚将吕马童与雍军众将披挂整齐，三万大军也已集齐待命。章邯便吩咐左将军赵贲："我今领军前往陈仓，与汉军一搏。你领别军一支赴郿县驻扎，作为接应。如我不利，汉军势大，则可出郿县，寻机袭击汉军之背，助我一臂之力。"

赵贲受命，自领三千人赴郿县去了。

章邯则自率大军，浩荡向陈仓而行。疾行了整整一日，到日暮时分，堪堪陈仓已经不远，大路上却见有无数散兵游勇，倒旗曳甲而来。章邯急忙拦住问询，方知汉军早已踏破大散关，铺天盖地而来，至今早，陈仓也已失。

章平便骂道："陈仓兵将，何以如此不中用？"

章邯心头也是一震："汉军此来，志在灭我，小小陈仓如何抵挡得住？传令下去，今日再行十里，沿路收容败军，日暮便下寨，明早与他决战。"

次日朝食毕，雍军即拔寨而起，急趋陈仓城下。距城五里开外，雍军前军便忽然停下了脚步。只见前面，汉军早已布好阵，遍野旌旗猎猎，声势极壮。

章平不禁倒吸一口凉气："来得恁多！"

章邯倒也不慌，嗤笑道："乌合之众，多又何益？"

他当下传令本军，也将阵布好，步军在前，都竖起盾牌，好似铜墙铁壁一般；弓弩手则在后，控弦以待，以防汉军马队来冲。

两阵对圆后，忽见汉军马队潮水般向左右闪开去，露出了中间战车方阵来。一杆中军大纛，当空高悬，上书"大将军韩"几个字。方阵内，只见那旗幡如林，兵甲耀日。汉军在左右开阖之间，数万人皆是静默无声，纹丝不乱，只隐隐可闻刀剑相撞声。

章邯于战车上望见，心里就是一沉，知道汉军已是今昔大不同了。看汉军如今的旗仗、阵法，都一如秦军，动作严整，开阖有序，便料得这韩信绝非樊哙、夏侯婴之流可比。于是叹道："汉军杂流，居然也有知兵之人！"

章平便问："如何，我领马军先去冲阵？"

章邯打量汉军阵容片刻，摇头道："不可。今日汉军，不可小觑，马队冲阵无损于他丝毫。只可全军齐进，一鼓冲乱他阵脚。"说罢，便亲自擂鼓，下令冲击。

雍军的中军大纛一动，全军就齐发呐喊，潮水般向汉军冲了过去。　章邯治军甚严，将士都不敢畏葸，昔年无论哪路"盗贼"，都禁不起章邯兵马排山倒海的这一冲。

汉军那一面，扎稳阵脚，岿然不动。　韩信亲执鼓桴，作势将鼓桴高高扬起。　将士全都挽盾持戟，屏息而立，如箭在弦上。

忽地，一阵鼓声惊天响起。　汉军一声呐喊，盾牌全部放倒，战车下涌出无数的巴人弓弩手，向着雍军万箭齐发。　见箭镞漫天而来，密如飞蝗，雍军只得止住脚步，纷纷躲在盾牌后面。

放箭之后，汉军阵上忽又是一阵急鼓，中央闪出一辆戎辂车①来，上有黄盖，威风凛凛。　霎时间，众汉军全都收声，一片静默。雍军不知对面有甚么把戏，都不由自主收住脚步，引颈观望。

但见那戎辂车上，缓缓竖起一面绣字大纛来——原来是汉王车驾来了。　刘邦挺立于战车之上，身披一领白狐裘；周緤侍立于右，身披一领黑狐裘。　远观之，车上之人，宛若天神。　汉军将士望见，顿时爆发出一阵山呼。

片刻之后，三千"板楯蛮"自大纛后面一拥而出，身着虎皮，脸涂墨纹，宛如一群斑斓猛兽，列阵于前。　有头领一声号令，三千人便以矛击盾，歌之舞之，其声壮烈，撼人心魄。

雍军从未见过此等阵势，个个都惊疑不定，奔走大呼："妖怪，妖怪！"战车马匹亦大受惊吓，腾蹄长嘶，左冲右突，御者不能禁制，雍军阵列随之大乱。　章邯见势不妙，即命御者驱车上前，将龙雀长戟横于轼前，大声喝道："进者赏，退者斩！"这才稍稍稳住了阵脚。

---

① 戎辂（lù）车，天子及诸侯所乘战车。

不料，汉军第三通鼓，又猛地响起，两彪马军分左右突驰而出，直奔雍军杀来。为首两员彪悍之将，正是樊哙与夏侯婴。

那汉军士卒，本就思乡心切，又经韩信一番调教，此刻无不奋勇争先，只恨不能一日就杀回山东去。

还未等雍军回过神来，樊哙、夏侯婴的马军已到眼前，旋风般冲入阵中，挥动长戟，左右冲杀，雍军眨眼间就倒下百多人。章平连忙拍马上前，截住樊哙，两下里捉对儿厮杀起来。

章邯正要下令围住汉军马队，忽见汉军阵门打开，又有大队步卒如潮水般涌出，喊声惊天动地。其势之猛，锐不可当，酷似昔年的秦军出动。

雍军勉强支撑了一刻，便有人惊叫："今日活不成了！"士卒便潮水般向后退去。季良、季更、孙安等将领，以往皆与刘邦部伍交过手，但彼时所遇，不过是流窜中原的沛公军，何曾想到汉军有今日这等气势，都吓得脸色惨白。众将迟疑片刻，也调转马头欲逃。然乱军之中，马不得行，众将便索性弃了马，与步卒混作一处，死命奔逃。

若在往时，只要章邯手执龙雀长戟，登高一呼，便能稳住阵脚，但眼下这支新编的雍军，如何能与往日的秦军相比，都只顾抱头鼠窜。章邯不仅弹压不住，连自己的战车也被败兵裹挟而退。

吕马童骑马紧随左右，对章邯苦笑道："大王，秦军往日神武，到哪里去了？"

章邯满脸涨红，无言以对，只朝那逃将的背影骂道："蠢物，早知尔等会如此！"

溃退之中，猛见前面抱头鼠窜的正是季良，章邯便命御者加鞭去追。看看已经追上，骖乘就跳下车去，扯住季良的战袍领子，将他拽至车前。章邯便怒问："武人上阵，就是你这副样子吗？"

那季良惊魂未定，战战兢兢答道："大王，这汉军凶猛，如何当得？"

章邯火起，正要下令斩了这逃将，但转念又一想：所统之军，今非昔比了；杀了彼辈，还有谁肯来卖命？便只得忍下，怒斥一声："上车来，莫将孤王的脸皮丢尽了！"

待季良爬上车来，章邯便向溃兵大呼："今日死国，岂有他哉！"遂命御者将车掉头，欲收拾残兵阻敌。

吕马童在旁忙劝道："大王，兵家胜负，不在此一战，今日哪里就是殉国之日？"

此时章平在阵前拼杀片时，终敌不过樊哙，败下阵来，拍马来见章邯，问道："军无斗志，奈何？"

章邯回望一眼追兵，对章平叹道："寡人领教了，往日神勇，全赖大秦，大秦既亡，又何以言勇？今日事急，且收拢残部吧，退往好畤去。"

"郿县更近，何不向东退入郿县？"

"郿县为废丘门户。汉军大胜，如一鼓作气向东，则郿县如何能挡得住？郿县若失，则废丘又如何能保？故应先退向好畤，引汉军北向。我且战且退之中，便可趁其骄惰，反戈一击。弟还记得项梁的下场吗？"

章平精神便是一振："原来如此！"遂将手中长戟一挥，招呼残兵从速退却。

可怜那些雍军，一路遭截杀，丢盔弃甲，死伤狼藉。有半数军卒索性抛下军械，跪地乞降；其余残兵，都紧随章邯逃往好畤去了。

是夜，正逢望月之夕，明光遍地，刘邦在陈仓县衙大宴众将，好不热闹。 县衙之内，因县令前日逃得仓促，典籍簿册，狼藉一地。 众将便在大堂铺席于地，四角里点了明烛，满堂亮如白昼。

刘邦脱去征衣，换了常服，仍是双腿伸直，箕踞于席，举起酒杯道："我军与章邯相斗，初战即胜，可谓天意。 想那章邯老贼，在此月圆之时，必是正向隅而泣。 我两月有余未睡室内，为的就是今日。 重返关中，各位将军俱有大功呀！"

众将也都不拘礼节，横七竖八坐了一地，举杯共庆。

樊哙高声道："今日大败雍军，大将军韩信当为首功。 我汉军，昔为枯木朽株，今为金枝玉叶，全赖韩公治军有方！"

众将对韩信也都佩服至极，纷纷附和。

韩信便笑道："将士用命，方成大功。 樊哙兄前日攻陈仓，不又是奋勇先登？"

刘邦也道："不错，樊哙之功，有目共睹。 今日我便不避亲了，加樊哙为郎中骑将，明日去追章邯，仍为先锋。"

众人登时欢声雷动，纷纷上前，要与樊哙对饮。

卢绾上前贺道："樊哙老弟，头功全被你抢去，迟早要加为将军，我来敬老弟一杯。"

樊哙喜得手舞足蹈，提议道："来来，众人都敞开怀痛饮，一醉方休！"

韩信连忙站起，摆手制止道："万万不可！ 章邯老贼，狡猾万端，今日初败，必不甘休。 各部须派人巡夜值守，以防他偷营。 兵法曰：乘人之不及，攻其所不戒也。 项梁将军昔日之败死，前鉴不远，我辈可不要被老贼暗算。"

此言一出，满座骇然，众人脸上的喜色一下都凝住了。

刘邦便赞许道："说得对。大将军韬略，端的是不凡！今日只许再饮一杯。关中尚未定，百姓仍如倒悬，若一日不克废丘，我一日便不许尽兴豪饮。"

夏侯婴道："大王圣明，关中父老盼大王归，如久旱之望云霓。在陈仓扑城之日，我等方破南门，城内百姓便一哄而起，将其余城门都打开了。城中妇孺，箪食壶浆，夹道而迎，个个都痛骂章邯。"

刘邦哈哈大笑道："这个，我也亲眼见到。入城时，有一老妪牵羊给我，说是劳军，尔等盘中这羊肉，便是拜老妪所赐。哈哈！"

周勃道："大王之恩，遍及三秦。秦民视我，确乎如王师。臣下领兵所到之处，百姓皆献门板、稻草，以供我军宿营。"

卢绾也道："雍军残兵散卒，匿于闾里，各处都有百姓指认，无一漏网。"

刘邦笑道："昔日我被项王逐出咸阳，是何等狼狈！想不到今朝还可卷土重来。"

众人便齐声赞贺，击掌相庆。樊哙更是拔出剑来，击案助兴。

此时，忽有韩信帐下校尉赵衍来报："斥候已探明，章邯老贼已率残兵，逃往好畤去了。"

众将闻言，便都疑惑，樊哙高声道："老贼为何不奔回老巢？"

刘邦道："这个，却要听大将军指教。"

韩信便问赵衍："那好畤，是怎样一座城？"

赵衍答："居民不足万户，城墙残破，易攻难守。"

"章邯此去，难道是慌不择路？"

"下官想，老贼必有深意。"

韩信思忖片刻，容色方缓，断言道："此乃老贼的诡计！他往好畤，废丘必是空城一座，老贼断定我定会去围废丘。然废丘城坚，数日内不可下，他便可从好畤侧击，攻我之背。大王，大军切不可滞留陈仓，也不可去攻废丘，明日一早，就应拔营去攻好畤。章邯虽还有一半人马，但已是穷途末路，不可容他有喘息之机。"

刘邦大喜道："何为神机妙算？这便是！如此今夜就下军令，明早拔营。后军三千人，由纪信统领，驻守陈仓，让萧丞相源源运粮来。好在我巴蜀粮多，一时也吃它不完。今晚各位，放开肚皮吃肉，酒就不许再饮了。"

众将便都欢呼，举箸如风卷残云。转眼之间，席上杯盘便一片狼藉。

席间，樊哙问韩信："大将军，人都道我是莽夫，然则每战我皆是用心的。往年我曾与章邯交兵，互有胜负，知老贼不易缠斗。而今日这一仗，雍军为何如此不堪？"

"人心失尽，常胜将军也是无奈。"

"怪不得！我私下常想，我这姐夫，如何就有胆量要与项王争锋？"

韩信拍拍樊哙肩头："打仗又不是斗将，乃斗智也。项王有何可惧？然即便是斗将，你樊哙又何曾惧过他？"

樊哙便大笑："大将军知我也！"

宴席未散时，又有斥候送来急报，说是壤乡附近有雍军的轻车马军，正厉兵秣马，似要赶来增援章邯。

韩信急取羽书来看，看罢对纪信下令："明日起，你在陈仓城外日日练兵，近山遍插旗帜，声言不日将取壤乡。雍军轻车部必生疑心，不敢来犯。"

曹参在旁，对韩信抱拳道："经此一战，末将对大将军心悦诚服，始知天外有天。"

刘邦闻言，仰头大笑："只可惜，萧丞相不能目睹此景。"

向晚时分，山色树影都一派苍凉，小小的好畤城，忽就喧嚷起来。雍军残部从陈仓奔逃到此，都倒曳矛戟，尘灰满面，匆匆奔入城中。

章平点验人马，见折损近半，不由满心沮丧，进了设在县衙的行辕，对章邯道："军士死伤若此，这仗如何再打？"

章邯未料陈仓败绩如此狼狈，正在愧悔，闻言便冷冷道："弟若胆寒，可卸甲遁去，趁那汉军未到，或可逃脱。"

章平急忙辩白："我实无此心！只是看塞、翟两王袖手旁观，项王又无音讯传来，独独兄长替人卖命，心有不平而已。"

"荒唐！求诸人，何如求诸己？秦川关隘，大部在我手中，虽败一阵，然大局尚未动摇，所余将士亦可用命，怕的就是自家先乱了阵脚。此次刘邦来势确乎不小，我日前还是轻看了他。痛定，方知己之不足。我料刘邦这几日，或是去围废丘，或是前来好畤，都自有办法应付。只是，而今汉军是韩信将兵，此人非同小可。你速去长史①那里领钱，去营中募五百死士，明日充作敢死

---

① 长史，官职名。秦置，"三公"属官，此处为王府的属官。

之营。 那韩信料定我要固守，我则趁他立脚未稳，驱死士冲他大阵，让他重蹈项梁覆辙。"

"兄长神算，弟无话可说。 然战守之事，弟以为并不在兵法如何，实是大势不利于我。"

"秦人守秦，有何不利？"

"将士心皆散矣！"

"玩笑！ 将士用命与否，与军心何干？ 商君变法，秦一跃而成七国之首，不正是在重赏之下，人愿死战吗？ 昔陈胜作乱，周文大军叩关而入，我领刑徒二十万迎战，那刑徒又怎会打仗？ 还不是以利诱之。"

"兄长，时势易矣，三秦绝非嬴秦。"

章平这话，说得章邯一怔，过了半晌才叹道："我也知今日之势，战守都不似当年，然退路已无。 往昔忍辱偷生，遭天下笑骂，今朝且做一回壮士吧！"

章平闻言，便默然无语，叩首退下，回营中招募死士去了。

章邯随即唤了郎卫数名，亲自上城，去察看布防。 见城头各处，兵民杂错，往来纷纷，都在忙着搬运木石，心中这才稍觉踏实。

来到南门附近，忽觉眼前一蓝衫少年眼熟，定睛一看，原来是那乞丐。 章邯便上前喝问："你如何也在这里？"

少年抬头，见是章邯，也吃了一惊："大王，你又如何在这里？"

"何人教你上城？"

"嘻嘻，小人正在街边睡觉，被里正抓来当差。"

"我问你，如何便到了好畤？"

"小人被王爷赶出废丘，一路北上，不正是来到此处？ 只是命不好，正遇上要动刀兵。"

章邯想想，便吩咐道："你不用做工了，随我来。"

将少年带到南门城楼上，章邯便教他坐下，放缓口气问道："你从实讲来，是否汉军奸细？ 我见你聪明伶俐，如何就上了贼船？ 若从实招了，便留在我身边当差，可保你一个好前程。"

少年就嬉笑："我潦倒至此，如何做得汉军奸细？ 小人确是为母取水治病。 一入秦川，便诸事不顺，王爷休要再开我玩笑了。"

章邯仍是半信半疑："赴瑶池，怕不止万里。 一路上关隘险恶，豺虎当道，你一个孺子，岂不是有去无回？"

那少年收了顽皮相，正色道："人做事，在乎一念。 成与不成，皆为天意吧。"

章邯闻此言，忽觉心中触动，便对少年道："权且信你一回，你也不必做这苦力了。 我赏你五百文'半两钱'，权作盘缠，尽速出城去吧。 明日汉军一到，围困起来，没有数月是出不得城的。"

少年一怔，便叩头拜谢："谢大王！ 我虽乞讨，但不食嗟来之食。 知大王宅心仁厚，有心助我，但旁人怜悯，就如嗟来之食，小人亦不能受。"

章邯大出意外，细细看了少年一眼，挥手道："如此也好，快快出城去吧。 瑶池虽远，日行十里，熬得数年，也总有抵达之时。"

少年便起身挎起竹篮，望一眼城上的纷乱，忍不住笑道："这刀兵胜负的事，倒是比瑶池还要缥缈了，大王还请自珍。"说罢，便下了城楼，出城去了。

章邯默立于城头，见那少年远去，渐没入丛林中。 忽觉他言行不似凡人，飘忽而来，杳然而去，所言亦庄亦谐，细品却大有深意。天地间，竟有小儿聪慧如此，不亦是近于仙人？想到此，便叹了一声："孺子说得有理，所谓得失，仅在乎一念之间……"

就在章邯加紧布防之际，汉军正按韩信谋划，从陈仓拔营出发，疾行三日，直奔好畤而来。

好畤一带，地势略平，正是适于野战的地方。韩信知章邯向来多诡诈，不会坐以待毙，于是就下令前军，愈近好畤，愈要小心。

果然，汉军方至好畤城下，尚未开始布阵，忽闻一阵金鼓齐鸣，城外的沟沟壑壑里，即拥出无数的雍军。汉军刚刚立定，未及拔剑张弓，便有章平率马军敢死营杀出，蹄声如潮，势不可当。

这一阵鼓角骤起，直惊得渭水滩上鸦雀乱飞，而那汉军将士，却仍是不慌。只见一杆中军大纛，在阵中缓缓竖起。韩信头戴兜鍪①，一身紫袍精甲，在大纛下击起鼓来，众军便开始徐徐布阵。

随着鼓声缓急，汉军战车与步卒迅疾分列，忽开忽阖，似有无穷变化。只见中间的士卒似有些怯战，都缓缓向后退去，引得雍军敢死营直冲入阵。领头冲锋的章平正以为得手，不料，对方两翼却忽地包抄了过来。整个汉军大阵，如同八爪章鱼一般，层层卷拢，眨眼便将雍军的五百马军包裹在内了。

这边章邯望见，心里暗暗叫苦，情知突袭计谋未奏效，只恐是白白折了章平。于是挺起龙雀长戟，做足气势，正欲下令全军掩

---

① 兜鍪(dōu móu)，古代战士戴的头盔。

杀过去，却见汉军大阵，忽又层层敞开，将那残余的雍军死士吐了出来。那章平身被数创，血污遍身，带领了残卒仓促奔回。

章邯正待布置弓弩手放箭，汉军忽有樊哙、曹参当先，率马军与战车，呼啸而来，后有步军无数紧随。只见那黑旗猎猎，漫山遍野，如同黑云压城一般。

雍军的阵脚，霎时又动摇起来，前军士卒被汉军的气势吓住，步步退后，将那中军阵脚也冲乱。章邯车驾在乱军中左冲右突，拼死才拦住退兵。

两军厮杀了半晌，雍军死伤甚多，堪堪又要抵挡不住。章邯遂长叹一声："天意难回了！"便命章平自率一军，撤进好畤城中，闭门坚守，自己则引大军撤回废丘。

章平闻令，愤然道："难道让我在好畤等死吗？不如今朝就死！"

章邯大怒："妄说！事已至此，战又何益？我引军回废丘，与你互为犄角。你只须闭门坚守，自会有援兵来救。"

章平望望兄长，眼中便有热泪涌出，哀叹道："汉军势大，这一别，不知还能相见否？"

章邯便斥道："说甚么丧气话？昔我为堂堂九卿，临危受命，不能身为国死，是我之不幸。既然已错，便不可再错。大丈夫慨然于世，死有何憾？岂能让一个村夫笑话！"

章平见兄长绝无回转之意，只得领命，率部急退入好畤。章邯遂将龙雀长戟一挥，带领本军逃向废丘去了。汉军人马也不去追，只把那好畤城团团围住。

韩信带领众将，骑马围着好畤城转了一周，发觉城池虽不高，但章平深得其兄熏陶，做事严谨，看这好畤的防务，可谓滴水不漏。城下有鹿角蒺藜遍布，城上兵民皆严阵以待，备好了滚木礌石。更有那民妇村姑，也都上了城，架起锅来，烧好滚油。

韩信看罢，不禁沉吟起来：此城并非高墙壁垒，若强攻，有两三日便可拿下。但汉军初胜，贵在气盛，若在好畤城下折损太多，于士气未免不利。于是命樊哙每日只在城下搦战，祖宗八代地骂娘，定要骂得那章平按捺不住，出城来决战。

樊哙领命，便派了校尉刘贾，领了十数个大嗓门军卒，每日去城下，顶了盾牌破口大骂。偏那章平不为所动，每日巡城不止，只是不出战，似已看破了韩信的计谋。

骂了两日，军卒都觉力竭，城上兵民却全不露头，只顾添柴加火，把油锅烧得通红。樊哙沉不住气，对韩信道："这龟孙无论如何不出头了。我看这小小好畤，纠缠下去，忒不划算，不如大军直扑废丘，去端章邯老巢。"

韩信看也看了两日，心中有数，便道："勿急。从明日起，你白日照常骂，夜里窥看动静。若有哪一处火熄了，必是城上兵卒在瞌睡，这便是你立功的机缘了。"

果然，城上兵民守了几日，晚间就渐渐松弛下来。章平虽有严令，但晚间却疏于巡城。夜深秋寒，兵民耐不得冷风，也就乐得躲在箭堞后面大睡，城头只有几个兵卒值守。

樊哙在城下看得真切，这夜，便与校尉刘贾一道，点起数十名"板楯蛮"健卒，带了绳索、锹镢等攀城器具，朝城下摸去。到得堑壕边上，见壕内水不甚深，便纷纷爬过壕去，砍开鹿角蒺藜，蹑足来到城墙根，狸猫一般爬了上去。

此次，又是樊哙当先跃上城头，发一声喊，众健卒便乱刀切瓜般地杀起来。守军惊得魂飞魄散，喊一声"汉军进城了"，便纷纷窜下了城楼。健卒们杀散了南门守军，打开城门。曹参早已率大军埋伏于城外，见城门洞开，都欢声雷动，一齐点燃火把，拥进了城，四处放起火来。

曹参分派各部，在城中厮杀了半夜。天明时分，汉军攻破了雍军最后一处壁垒——县衙。众汉军冲进县衙大堂，见雍军兵卒纷纷翻墙逃散，堂上唯余县令、县丞，慌作一团。樊哙手起刀落，送这两人一命归西。转过后堂，忽见屋顶尚有一人，众军便举了火把来看，原是章平免冠跣足，手持长剑，正欲自刎。众军便欲登屋捉拿，樊哙却喝道："让他去死！"

中郎将王恬启冲在前面，见此情景，心存怜惜，便高声呼道："将军欲死，竟是为了何人？"

章平冷笑一声，应道："我本秦将，守土至死，不为羞也！"

王恬启便又道："秦若仁义，何至有今日？"

闻此一问，章平手中长剑砰然坠地，叹了一声："亡国之臣，夫复何言？"

不料此时，墙外忽有雍军兵卒大喊："将军不可轻生，快跳下来！"

章平立时精神一振，翻身便跳到墙外。樊哙发一声喊，众军便纷纷攀墙去追，却见闾里交错，漆黑一片，哪里还能见到踪影？

王恬启万分沮丧，自责道："早知如此，不该心软。"

樊哙亦是恨恨不已，朝着夜色深处吼道："你逃得了今日，也逃不了明日！"

至曙色微明，终将那残兵肃清。樊哙便分派了士卒各处去安民，又派刘贾去城外大帐禀报。

韩信得刘贾禀报，大喜，对刘邦道："攻破好畤，等于断了章邯臂膀，废丘必成老贼死地。"

朝食过后，刘邦、韩信与众将便骑马进城，见军卒都在闾巷救火，张贴安民告示，城内百姓安居如常，并无慌乱。

刘邦喜道："大事定矣！"

韩信也笑道："塞王、翟王，迄今尚未举国来援，老贼已是无处可逃了。"

正行进间，忽见路两旁观者如堵，皆是百姓来看热闹。起初，百姓尚心怀惴惴，见汉王面貌和善，一老者便上前，拦住马头道："汉王，秦民思汉久矣！"

众人便都纷纷跪倒，口中齐呼："汉王！汉王！"

刘邦纵是久经沙场，此时也是心头一热，险些落下泪来，拱手对民众道："刘邦今日回到关中，便不再走，各位请安心。"

那老者喃喃道："如此，秦民日子可安了。"

刘邦心有所动，回首对众将道："关中民心若此，真乃我汉家根基也。"

众人行至县衙附近，恰好路遇樊哙。刘邦笑问："夜半登城，为何如此之速？"

樊哙答道："'板楯蛮'劲勇善战，攀登如飞，这好畤城如何挡得住？"

"好！来日寡人将免巴人徭役，善待彼辈。"

"现城内已定，有贼部残兵三千余，都来请降。"

"哈哈，统统收纳，编入军中。我正愁兵少，老贼便送恁多人来！"

"只是遍寻城内，独不见章平，让他逃掉了。"

韩信在旁笑道："章平不足为虑，樊兄今又先登城头，才是可贺。"

刘邦也调侃道:"樊哙贤弟,你这样子连连立功,如何得了?明日只得封你为将军了。"

众将都哄笑,樊哙涨红脸道:"怎么? 难道我不如将军吗?"

韩信道:"樊兄,你是国之重器,谁敢小视? 我正有事要托付你,请即刻点起先锋兵马,去攻废丘。 拿住章邯,方为大事!"

刘邦便问:"大军是否歇息一两日?"

韩信道:"不可! 章邯穷寇耳,正宜一举剿灭。 可命卢绾留驻好畤,安抚百姓。 大军午时即发,今夜就要围住废丘,不得令老贼流窜。"

刘邦便拨转马头,急道:"何须午时? 着令曹参等,领大军紧随先锋部之后,立即开拔,不教老贼今夜睡得安稳。"

众将道了一声"得令",便都各回本部集合人马去了。

九月之初,章邯的残兵喘息未定,大队汉军便源源而至,将废丘围了个水泄不通。

这废丘,在陈仓与咸阳之间,乃秦川要道上的一个重镇。 古城因年深岁久,墙垣上青苔密布,望之有不胜苍凉之感。

章邯退至此处,残兵只剩得数千,再也无力野战,只得仗着城高,集起军民死守城池。 无论汉军如何叫骂,城上只是充耳不闻。

秋阳高照之日,刘邦与韩信带了卫卒数骑,绕城跑了一圈,看后都不禁咂舌。 这废丘,乃是依西周旧都而建,城高三丈,本就牢不可破。 雍国定都于此后,章邯又调发民夫,将城墙着实加固了一番,今日若想强攻,伤亡将不可估量。

再看那章邯，身高八尺，须髯如蓬，手执环刀挺立，望之恍如神将白起。刘邦一时想不出办法来，便遣一校尉，单枪匹马奔至城下，对城上大呼："城上不要放箭，汉王恭请雍王说话！"

听了城下喊话，章邯便冷笑一声，答道："教你家那亭长来吧，孤王一人在此恭候。"说罢将手一挥，城上众军便都退了下去。伞盖之下，唯有章邯与一侍者站立。

刘邦与韩信便打马上前，众卫卒都挽盾持戟，紧紧跟定。到了能够互闻声息处，一行人便勒住马缰。刘邦向城上拱手道："沛县刘邦，在此拜过大王。"

章邯便道："恕不还礼，你有话请讲。"

刘邦问道："秦失其国，楚失其道，敢问大王为何人守城？"

章邯鼻孔嗤了一声，反问道："我本秦人，自守秦土，与你有何干系？你我虽有过交手，但毕竟同在戏水会盟，可称旧谊。你不念旧倒也罢了，为何前来犯境？"

"天下共尊义帝。义帝曾有约，先入定关中者为王，我不过前来践约而已。"

"项王与诸侯亦有约，各守其土，你今来犯境，岂非毁约？"

"不义之盟，人人皆可背之，恰如秦施暴政，诸侯攻之。你也曾背秦降楚，弃暗投明。然今日妇孺皆知，楚得势之后，不义更甚于秦，坑降卒，屠咸阳，焚阿房，所过无不残灭。你既为秦人，为何熟视无睹？"

"刘邦老儿，你若与项王有怨，自可去找项王讨公道，我章邯守土自安，何时得罪过你？"

刘邦便冷笑："找项王？有你雍王拦路，我何以出汉中？项王也真是养了一条好犬！"

章邯也冷冷一笑："汉王、雍王，皆是项王所封，我何以要允你借道？你头顶这王帽，何人所赐？你何以能在汉中苟活？君不记得吗，鸿门宴上是曾经如何乞怜？"

"哈哈，我之封王，乃一刀一枪拼杀所得；不似大王，以二十万降卒冤魂，换来一顶冠戴。"

此话一出，章邯便大怒，手指刘邦道："我曾叛秦，笑骂任人由之；今若劝我叛楚，那是休得提起！守城之道，章某总比你更懂。我废丘积粟，可食三年；城中兵将，皆为死士。你刘邦有胆量，尽可来取。"

刘邦也高声道："叛臣岂可言忠义？那殷王司马卬，前日便已给我来函，不日即将叛楚。识时务者，当如是。你若今日降了，或不失为诸侯，仍享尊荣；如若不降，城破之日，便是玉石俱焚。"

章邯便冷笑："我好歹是前朝九卿，用不着听一个乡吏为我晓谕忠奸。"

刘邦道："暴秦无道，农夫亦能揭竿而起；可惜你身居庙堂，却视篡逆为正统，至穷途便乞降，羞也不羞？不要说他日无颜见始皇帝，就是见了二世皇帝，你这国之九卿，还能坦然吗？"

章邯大怒道："乡野匹夫！秦末得失，哪轮得到你品评？得意忘形如此，无乃陋巷小人乎，我与你更有何言语？老儿听着：我活一日，废丘便是一日不降！你尽管谋划去吧，恕不奉陪，若再来狂吠，小心弓弩伺候。"

刘邦便仰天大笑："匹夫一怒，天下也要裂解，况乎你个丧家之犬？教你的家人预备收尸吧！"说罢，招呼韩信，策马回了大营。

入夜以后，废丘城头籣火处处，兵民巡逻不停，都是一派警惕。章邯统兵日久，老于战阵，夜里防范尤甚，城堞之上，口令、刁斗交错于耳。每隔半个多时辰，他便要亲自上城，巡视一回。那些逃回废丘的雍军残部，皆是死硬之士，也都个个士气高昂，令汉军无隙可乘。

汉军只得将城池围住，入夜也不敢稍懈，唯恐雍军前来偷营。城外荒野，但见营火如星罗棋布，彻夜不熄。

汉王大帐内，刘邦与诸将议事完毕，余者散去，独独留下了韩信。刘邦道："大将军，且慢归营。近来几日，郁闷得很，随我出去走走。"

两人便来到帐外小丘上，见渭水滩上，沃野莽莽苍苍，横亘于微月之下，有如潜伏爪牙的巨兽。汉军步哨，错落可见，都透着怵惕不安。

刘邦叹道："这个废丘，如之奈何？章邯老贼，已是硬了心不降，我大军数万，难道要在此守到师老兵疲？"

韩信道："废丘之固，非比寻常，章邯拒守，乃是抱必死之心。孙子曰'穷寇勿迫'，大王切勿抱强攻之念。"

"寡人争天下，章邯是头一个必得踢倒的马桩！废丘不克，大业难成。我意可舍却万余人性命，教樊哙等人猛攻半月，砸碎那老狗的脊梁。如此，也可震慑天下。"

"大王，万万不可！兵法曰：'奇正之变，不可胜穷也。'拿下废丘的战法，数不胜数，不可拿士卒的性命做赌。我军当下，贵在气盛，万勿被老贼以固守之法所折损。他在城中，犹如在釜底，釜底游鱼，其命可长久吗？"

"唔……"刘邦捋须片刻，若有所悟，"老贼已是困兽了，不用再理会他？"

"正是。 章邯连败两阵，损军大半，再无胆量与我野战。 他城中抵死有残兵三千，我可以倍数围之，其余人马，令众将各领一万，分头去荡平秦川各城邑，老贼只能各处崩解。"

刘邦拊掌喜道："将军点醒我！ 就如此吧……然则，塞王、翟王若是来援，围城兵马不多，将如何应付？"

"那塞王司马欣，原为长史；翟王董翳，原为都尉。 二人秦末并无尺寸之功，皆为项王所扶植。 昔年司马欣为县狱吏时，曾救过项梁一回，因此之故，项王才徇私封他为王。 董翳则因力劝章邯降楚，方得封王。 此二人，既无大志，又无奇才，都是腐鼠之辈。 若有意援救章邯，几日前就应发倾国之兵，然迄今不过草草派些兵马应付。 大王，此事微臣倒是敢下一注……嘀嘀！"

"赌个甚呢？"

"两王不日就会有降书送来。 塞、翟两地，不战即可入我囊中！"

刘邦大为兴奋，撩起白狐裘，登高一步笑道："将军，若真如你所言，这白狐裘便也赏你。"

韩信谢过，似另有所思，继而道："微臣以为，大王的'约法三章'，恰似姜太公钓钩，钓得秦民对汉家死心塌地。 我军制胜，其实一非人算，二非将勇，只因百姓归心而已。"

"不错不错！ 前日读张良赠我《太公兵法》，见有言：'同天下之利者则得天下'，正是此意。"

"大王，微臣明日便布置，各将分头攻城略地。 夏侯婴可在此主持围城，我则随大王在此压阵。"

刘邦喜笑颜开，连连摆手："将军自去处分，我只坐享其成。"

从小丘下来，河滩夜风拂面，庄户人家新麦上场，麦垛上有阵阵香气袭来。刘邦嗅了一会儿，问韩信道："你说，将来与项王争锋，底定天下，须得费时几年呢？"

韩信答："十年为限吧。"

刘邦不禁摇头叹息："老矣，老矣！泗水汤汤，何日得归呀？"

走近汉王大帐，忽见新任谒者随何上前禀报："塞王、翟王密使，联袂来到，正在营门等候。"

刘邦遂放声大笑："大将军神算！随何，你去安顿那两位歇息，吃好住好，先冷落两日再说。哈哈！"

夜幕四合，河滩泥土香气四溢，正是乡间的悠闲时分。韩信返回中军大帐，见校尉赵衍巡哨路过，便命卫卒掌了灯，请赵衍到帐中小坐。

韩信所居的军帐，陈设简朴，除卧榻、军械之外，仅有兵书图册，连几案也不曾设一座。赵衍坐下，见韩信疲惫，便劝道："连日劳累，大将军请早早歇息。"

韩信摇摇手道："今夜还歇不得，你取关中地图给我。"

赵衍便取了舆地图，在席上徐徐展开。卫卒在旁举了烛火，照着韩信察看。

韩信此刻，并不似刘邦那般狂喜。汉军连胜两阵，在废丘围住章邯，其势之顺，亦出乎韩信预料。当初发兵之时，韩信只有击败雍军之念，并未顾及其他。今晚见废丘城下，两军似有胶着之势，才觉两军胜负，并未分明，眼下还远不到安歇之时……

见韩信俯身凝视地图，久久不语，赵衍便问："大将军，有何难事？"

韩信道："你看这秦地，真乃奇险！ 阻山带河，四塞之地，足可以一敌百。 若有甲兵百万，天下何人敢犯？"

"正是。 咱汉家先图三秦，至为圣明呀！"

"然章邯那老贼，固守废丘，绝非一两月可下。 若久困，他在关中爪牙遍布，时时可袭扰我之腹背。 若有一支奇兵，断了我粮道，或将有大患。"

"大将军可是要剪除他羽翼？"

"当然。 只是……尚不知如何下手。"

韩信的手指，在地图上移来移去，反复再三，忽然抬头问道："赵衍，依你之见，这雍国的山川形势，可用个甚么做比？"

赵衍将地图看了看，不得要领。 韩信便用手触地图，从陇西至咸阳划了一下："你看这好似甚么？"

"一柄长剑？"

"对，也可谓长席一领，可舒可卷。"

赵衍便也俯身去看。 少顷，恍然大悟道："大将军，你是说……"他说着，做了个卷席的动作。

"正是。 章邯躲在废丘固守，此乃雍地之东。 他如此排兵，是心存侥幸。 一是希冀项王来救，二则拖住我军在东。 章邯尚有轻车马军一部，在壤乡附近游移；另有部将赵贲在郿县，均为强兵悍将。 两部若有异动，则我后方粮道必然不保，废丘之围也只得解了。"

"真乃老谋深算！ 目下，我军正合从西向东扫荡。"

韩信坐起，拊掌笑道："我军只须在郿县、壤乡一带，寻得他这两路兵马，将其扫灭，然后由西向东，席卷三秦！ 即是说，从五丈原起，郿县、壤乡、岐山、扶风、槐里、柳中……至咸阳，逐一卷过，秦川便可定。留废丘孤城一座，困杀这老贼。"

赵衍连声叫好，忍不住摩拳擦掌道："大将军，何日分兵？"

"明日即召众将分派。"

"别军明日即发？"

"当然。兵法曰'节如发机'，慢了怎行？"

"好！老贼只有坐困愁城了。"

初尝操控全局之柄，令韩信心中隐隐狂喜。两月以来，大将军之名，始终如山之重。他夙夜在公，谋划军务，不敢稍有懈怠。直至今夜，想好了平定雍地的方略，这才如释重负。

两人又议了半晌，赵衍便劝韩信早些歇息，韩信遂撤下地图起身。

赵衍将地图收起，正欲退出。韩信忽问道："你来我帐下，已有多日，可还称意？"

赵衍殷勤道："军前效力，自然是痛快。"

韩信便又问："赵君，尚不知你投军之前，做的是何等营生？"

"我本秦吏，在县衙里讨口饭吃。秦徭役重于历代，向时在衙门，做那催逼徭役的事，每每有所不忍。周文大军破函谷关后，秦地动荡，官吏一逃而空，我便有意投义军，不想周文旋即败死，只得作罢。后见沛公军入关，秋毫无犯，就去霸上投了军。"

"哦，无怪你做事精细。"

"得将军亲炙，颇觉长进。"

"你看陈仓、好畤两战如何？"

赵衍拱手赞道："乃大将军神来之笔，下官衷心敬服。唯不知，兵法之精要，大将军究是如何习得？"

韩信答道："草野之人，哪个不心怀异志？ 哪个不咒天道不公？ 但若仅止于此，不过与怨妇一般无二。 若有大志，须苦读不辍，亦须潜心研磨。"

赵衍闻之，遂感有大彻大悟："下官受教！ 无怪士卒看大将军，皆仰之若天神。"

韩信便笑道："嗬嗬，过誉了，我岂不是成了怪力乱神？ 好，你也回去歇了吧。"

赵衍出得大帐，放眼一望，见废丘城上仍有人影幢幢、灯火游移，刀剑碰撞之声隐约可闻。 四野里，是汉军的军帐连营，到处篝火摇曳。 虽是夜色如墨，两军也是剑拔弩张。 如此的围城景象，两月前的汉家儿郎，怎敢想象？

听韩信指画战局，赵衍心中便有了底：看此情景，雍地指日可下。 想想日前暗度陈仓之功，大将军必不会忘，今后在他帐下效力，当前途无量。 想到此，赵衍心头倍感踏实，点亮了巡夜灯笼，朝营中走去。

次日，韩信集齐众将，正欲议事，汉王忽派随何来请。 韩信不知何事，只得教众将稍候，跟了随何匆匆来到汉王大帐。

大帐里，一缕烟袅袅而起，案头放着展开的《太公兵法》，似有别样的闲适，与营盘气氛迥然不同。 刘邦正闭目养神，见韩信进来，便挪了一下位置，请韩信坐于上座。 韩信伏地一拜，道了一声"不敢"，还是坐到客座去了。

刘邦道："我请将军来，是为塞王、翟王事。 昨夜想了很久，这二人派了密使来，却未有降书呈上，莫不是要讨价还价？"

韩信想了想答道："臣之所见，也是如此。"

刘邦便砰地拍了一下几案："岂有此理！"遂站起身，背手在帐中徘徊，"大将军，如何打发这两个混账呢？"

韩信道："两王若是聪明，我出陈仓时，彼等就该自领兵马，倾全力来助章邯。观望到今日，筹码全失，还有何价可讨？何价可还？"

"正是。其蠢如猪！你意下如何？斩了密使，不理他二人？"

"兔死狐悲，两王当下心怀忐忑，乃是情理之中事。我意不宜将两王逼上绝路，与我作困兽之斗。可暂且羁縻来使，教他们各劝主公来降我。"

"这两王，是巧言说之便可降的吗？"

"当然须得大军压境。可派出别军两支，一路直取上郡，一路直下栎阳，两王自会出降。"

刘邦便双手一拍，喜道："两王若降，那便不可留半分余地，土地财赋、兵马人丁，尽皆归汉。此二人，只留个塞王、翟王的空名儿罢了。"

韩信赞同道："那是当然！两王若降，就随我军中起居行动，算是养了两位客卿就好。"

刘邦忽又恨恨道："二人在秦为鹰犬，在楚为走狗，来我汉家，又养起来，真是便宜了彼辈！"

韩信便点拨刘邦道："拒则身败名裂，降则可保荣华。如此处置三秦，定使山东诸侯闻风丧胆，不敢逆我。"

"如此甚好。哈！密使我来应付，大将军可去点兵派将了。"

"众将皆在我帐内，方才正要派将。"

"哦？ 大将军如何布置，说来寡人听听。"

韩信便将昨夜所思，一五一十禀告了刘邦。 刘邦听后大喜："大将军理得清楚，寡人昨夜也想过，却是一团乱麻。 如此，各军正午时就可开拔。"

韩信见时辰不早，便告辞出来，急急赶回中军大帐。 众将正等得心急，见韩信回来，便是一阵雀跃。 樊哙劈头便问："如何，要下令破城了吗？"

韩信在主座坐下，示意众人少安毋躁，便唤了两名卫卒过来，将那关中舆地图展开，高高擎起，给众将观看。

韩信问道："各位，我军与章邯，目下强弱如何？"

曹参道："此次兴兵，天人皆助，章邯已是势穷力孤了。"

夏侯婴也附和道："汉王仁声遍被秦川，故而我军连战皆捷，章邯虽不降，但已不足为患。"

韩信又环视旁人，见无人再言语，便又问道："大势果真无忧了？"

樊哙倒是多了个心思，便道："将军要说甚么？"

韩信便一指图上的废丘："汉雍两军，譬如两巨人，头脑皆在废丘，相持不下。 然汉军有两足，一足在好畤，一足在陈仓。"

樊哙道："不错。"

韩信便问："再看雍军，试问有几足？"

众将一惊，皆各自沉吟不语。 少顷，郦商才惊道："大将军！这一说，倒是惊出末将一身冷汗来。 原来雍军之足，多如蜈蚣。"

众将面面相觑，便七嘴八舌议论开来。

韩信笑笑，说道："如此，便不可说章邯势蹙。"随后，便将平定雍地的方略，以卷席作譬，对众将详述了一遍。

众将听罢，都茅塞顿开，面露喜色。夏侯婴道："好好！看我汉家的卷席功夫。"

周勃道："陇西各县，民强兵悍，尤为凶险。请将军下令，末将愿往征讨。"

樊哙也嚷道："我与你同去，杀他个人仰马翻。"

韩信道："好！孙子曰：'城有所不攻，地有所不争。'陇西，即是我不攻之城。为何不攻？孤悬远地，不足为害也。我所定'席卷三秦'之策，意在从郿县向东，去其羽翼，拔其根基，使其油尽灯枯。现已获大王首肯，今日午时即发兵。诸君若受命，当努力为之。"

众将便都敛衽而起，踊跃请命。

韩信便分派道："夏侯兄，请主持围废丘军事，大王与中军幕府亦在此坐镇，大可放心。我军大部，今日便要分兵西征，所留围城兵马不多，你务必谨慎，不可令老贼有逃窜之机。"

夏侯婴应声出列，肃立受命。

韩信又道："雍军今有轻车一部，在壤乡一带蠢动，欲拊我之背，此我大患之一。另有章邯心腹大将赵贲，现正驻军郿县，料亦不会束手待毙，此我大患之二。请樊哙兄、曹参兄、周勃兄同领别军三万，急赴郿县，扫灭章邯所部轻车。然后再由西而东，沿渭水搜寻赵贲，一旦发觉，务必破之。"

樊哙、曹参、周勃神色肃然，均应声领命。

韩信又道："三位领军在外，可相机分兵。自郿县始，一路席卷而东，遇城即拔，一个不留，至咸阳会齐。攻取咸阳后，再返回废丘。章邯之弟章平，从好时脱逃，不知去向，也请务必留意。"

三将齐声应道："遵命。"

韩信又激励道："目下章邯已被我困牢，雍军各部，群龙无首，正宜各个击破，愿诸君出马，各树奇功。"

众将都欣然有喜色，樊哙更是与周勃、曹参击掌相庆。灌婴见没有分派到自己，不禁情急，高声嚷道："将军，把末将忘了吗？"

韩信朗声笑道："便知你耐不住！听令，灌婴兄、郦商兄另有重任。着令灌婴兄领别军一支，直下栎阳，逼迫塞王司马欣来降。郦商兄领别军一支，北趋上郡，逼翟王董翳来降。两军务守'城有所不攻'之旨，一路徐徐而进，直逼其都城，以迫降为要。"

二将领命，都喜不自胜。

韩信分派停当，便命卫卒收起地图，而后对众将道："汉家兴衰，系于诸君，请各自回营，尽速点兵，午时一齐开拔。韩某将为众兄弟把酒壮行！"

众将群情激昂，都拔剑在手，山呼"领命"，然后与韩信作别，上马回营去了。

韩信的"席卷三秦"之计，是统观全局的上等谋略，所虑无不确当。此计实施之后，深秋九月，三秦大地便处处是铁骑纵横、烟尘弥天。各方兵马，犬牙交错。不要说雍军那一面，就连韩信的中军大帐，也无人能对战况了如指掌。

废丘城内的章邯，见汉军并不攻城，猜想韩信必已分兵各地，刈除枝叶，心中便是惴惴，但城外一箭之地就是铁甲千重，与外界音信完全隔绝，他也只能听天由命。

自从送走各路兵马之后，韩信心中便了无牵挂，只等各路军将的捷报。倒是刘邦对战局有些放心不下。各军临行时，他曾嘱咐再三，每下一城，务必派斥候及时回报。可是，半月过去，并无任何消息传回。

春夏之时，三秦地界风调雨顺，入秋即见今岁大熟。废丘城外的乡民都喜不自胜，家家酿酒，村村祭祀。刘邦却无心微服去同乐，只是派随何去找了一位觋师，课了一卦。

那卜者看看，对刘邦道："六五爻，晋卦，卦辞曰：悔亡，失得勿恤，往吉，无不利。"刘邦一字字听下来，一头雾水。卜者却大赞是吉卦。

刘邦这才放了心，重赏了卜者，只一心等候佳音。

事也凑巧，就在占卜之后不过旬日，从韩信中军大帐转呈来的捷报，便接二连三，无日无之。秋高气爽，暑热渐消，刘邦心情顿然开朗，于大帐内铺开舆地图，逐一核对，梳理案头日渐增高的羽书，直看得昏天黑地，终于弄清了各军的杀伐行止——

樊哙、曹参、周勃这一路，三将率别军昼夜西行，果不负厚望，连战皆捷。恰如韩信所料，在壤乡之东，西行汉军与雍军轻车部迎头撞上。三将挥兵大进，在壤东、高栎之间聚而歼之。后又在郿县附近寻到了赵贲军，将其三面围定。赵贲不支，率残部向东奔逃。曹参、周勃率部急追，在咸阳以西将赵贲军追上，大破之。赵贲趁乱逃脱，仅以身免，东奔而去。

樊哙则率军一部，由西而东，攻城略地，连破郿县、壤乡、岐山、扶风、柳中、槐里等城，将秦川逐次平定。

到九月下旬，樊哙、曹参、周勃各领其部，在咸阳城下会齐，合力攻城。咸阳经项羽纵兵焚毁，已残破不堪，不费半日，汉军即破城而入。

咸阳百姓，都额手称庆。汉军遂将咸阳更名为"新城"，由曹参率一部留守，樊哙、周勃则引兵返回。不料，樊哙、周勃刚离咸阳，潜踪多日的章平忽又现身，纠合旧部突袭咸阳。曹参率部反击，大破之，将章平生擒。

再看灌婴、郦商两路，分别向塞、翟都城进发，一路大肆耀武，沿途各县皆望风归降。两军分别行至栎阳、上郡附近，司马欣、董翳终于撑持不住，派使者送来降书。灌婴、郦商入城后，即拔旗易帜，安抚民众，行汉家之法。

灌婴、郦商各自料理妥当，便带着司马欣、董翳返回。至此，韩信之谋，便告功成。除陇西、北地两郡之外，三秦要地，尽被汉军席卷而下。

秋分日，刘邦看过赵衍刚送来的军书，心中踏实了，知塞王、翟王都已先后起程。往日如鲠在喉的三秦，转眼烟消，前后仅费时一月，看来这个韩信，非同小可，实是不世出的一员神将！

他抬眼看看，赵衍尚在等候回话，便问："你去大将军帐下伺候，觉大将军如何？"

赵衍答道："昔商君有言，'明主在上，所举必贤'。大将军之才，可称国士无双，此乃大王的福气。"

刘邦颇觉诧异："哦，你也如此说？那么大将军将兵，到底奥妙在何处呢？"

"下官亲见他运筹军事，万事总先想到根本。"

"不错！这本领，寡人不能及。"

赵衍连忙道："哪里！大王胸怀宇内，方揽得如此人才。乱世英雄辈出，个个如熊罴虎豹，须得圣明如大王者，方能驾驭。"

刘邦一时就有些走神，恍惚了一下，方吩咐道："我这里无事了，你回去吧。听说章平昨已押解到，你去知会大将军，劝劝这竖子，降还是不降，想清楚了。"

赵衍见无余事，便叩首退下。

刘邦抚弄了一下案头堆积的军书，感慨颇多，不由得想道：韩信此人，恐不是大将军之名就能笼络好的，今后还要加倍善待。这便是所谓槛中之虎吧，驾驭得法，便是神将，倒是与章邯有些相类。今后任用，恐还须多费些心思。

这时，随何进来禀报："两王的起居处所，已准备妥了，新设了军帐数顶，可安置两王与其家眷、随从。一应待遇，等同公卿。"

刘邦吩咐道："这两人，你要应酬好，两人身边的眼线，也由你布置。我要的只是两王的虚名，为我壮壮声势。"

"小臣明白。其实此二人是何心思，大王全不必顾虑。"

"为何？"

"塞王、翟王，无非是前朝循吏，自从降了项王，便是在夹缝里求生，为的是保全身家富贵，与章邯绝不可同日而语。今既已收其土地人民，此等所谓二王，便等同于行尸走肉。大王如在军中寂寞，不妨唤来下棋解闷儿。"

"哈哈，你倒是刻薄！日前大将军也是此见。"

"小臣愚见，不敢与大将军比。"

"唔，倒没看出，你还有些见识。还要多多历练，汉家初兴，需用人的地方，怕是要多。"

"小臣当努力。"

随何退下后，刘邦踱至帐外，见渭水滩上的新翻麦地，黑油油延至天际，心头便觉舒畅。 此刻虽还不能说天下在握，但这最初一步，已踩得很坚实。 假以时日，天下纵有千万顷这样的良田，也终将归于汉家。

　　九月末梢，废丘被困已近一月，城上城下，都觉困顿不堪。章邯预感汉军必会耐不住，或趁城中兵民疲惫，发起强攻，遂知会全城军民，务必有所防备。

　　果然，就在前几日，曹参引军从咸阳返回，汉军声势大振。刘邦果如章邯所料，不耐烦起来，教各部备好冲车、壕桥与抛石炮，便要攻城。 韩信不能劝阻，便也顺水推舟，想试探一下章邯实力。 准备就绪后，刘邦一声号令，汉军便在四门外一齐扑城。一时城上城下，杀声骤起。

　　在南门外，樊哙督促军卒，冒着箭矢堆起土堆，竖起一座楼橹。 人在楼上瞭望城内，各处虚实皆可见。 汉军有校尉登楼，以旗示意，三千"板楯蛮"遂万箭齐发，箭镞密如飞蝗，直射城头。

　　因章邯平日督查甚严，守城兵民也早料到有这一天，都打起十二分精神，奋力抛下滚木礌石。 有那汉军云梯，堪堪挨近，未等搭上城墙，城上就劈头盖脑一阵滚油沸水浇下来。 攀爬的汉军，立脚不住，都风吹瓦片般纷纷滚落。

　　樊哙耐不住，抛去兜鍪甲衣，赤膊持刀，发一声雷吼，攀上三丈高的冲车，催动车辆抵近城墙，意欲跳上城头。 未料守军猛地抛下火种，引燃车上皮甲，霎时便有冲天火起。 军卒们死命护着樊哙逃下，所幸无险，只是眉毛胡须全被燎焦。 一日下来，城下汉军死伤累累，寸步难进。

　　城上伤亡也是不小。 那汉军冲车，高于城墙，进退自如，宛如游动壁垒。 车上藏有巴人弓弩手，居高弩射，箭无虚发，城上兵民稍不留意，便有中箭者翻身倒下。 汉军推出抛石炮，更是隔空抛来巨石，惊天动地，如霹雳滚落，竟然将城楼顶盖生生砸塌了大半。

激战两日，各有损伤。 章邯却是越战越勇，布置兵民轮换上城，连妇孺也多有加入，昼夜不懈。

汉军攻了两日，士气稍挫。 至第三日晨，便没有了前两日的喊杀声。 城上守军遂高声叫骂，一心要煞煞汉军的锐气。 艳阳之下，却见汉军伏于土堆后，竖起盾牌，挽弓张弩，只是默不作声。

见城外无端沉寂下来，章邯反倒心生警觉，不知汉军要弄甚么花样出来，便携了一张雕弓，于城门之上巡视查看。

候了一整日，也无甚动静，眼看日头偏西，才见对面有人影晃动。 正狐疑间，忽听对面楼橹上，有汉军校尉喊道："大王请勿放箭，有故人前来相会。"

章邯放眼看去，见楼橹上果然有两人露头，皆是峨冠博带、锦绣衣袍。 听两人张口喊话，方知是司马欣、董翳。 章邯心头不禁一沉，知塞、翟两地已是失陷了！

只听司马欣喊话道："上将军，别来无恙？ 下官这厢拜过。 今汉王兴起义师，吊民伐罪，为秦人报项王屠灭秦人之仇，三秦百姓，望风归顺。 我与董翳两人，不忍见百二山河再遭兵燹，愿化干戈为玉帛，遂于前日相约，欣然易帜了。"

董翳也道："上将军大恩，待我等如弟子，当没齿不忘。 今不忍见将军坐困孤城，玉石俱焚，特来相劝。 不如就此解甲，泯去恩仇，以换得秦地百年安泰。"

章邯闻言，不禁火起，大骂道："竖子！ 章某何来尔等不肖弟子？ 既然派兵相助，临事如何便倒戈？ 无廉无耻，屈膝事敌，居然还如此巧言，只恐尔等百代祖宗，在地下都要愧煞！"

司马欣道："将军休要误会。 下官只望将军审时度势，择路而行。 今秦川数十城，皆竖汉旗；秦民箪食壶浆以迎，都庆幸山河更替，万象刷新，我等岂能坐视将军抱残守缺？ 将军高标孤傲，人所敬仰，然今日力有不逮，徒伤兵民性命，何不与汉王以兄弟相待，彼此输诚，也好共襄大业。"

董翳也附和道："外援不至，孤城日蹙。 今将军不如息兵，效法昔日在洹水之南弃旧图新，改投明主，也好赢得秦民世代感激。"

章邯怒不可遏，高声喝道："衣冠禽兽，无过于此！ 昔在洹水之南，为赵高所逼，报国无门，故而转投项王。 项王待我，并无猜忌，岂是赵高之辈所能比？ 今沛县无赖刘邦，擅开战端，叩门掠地。 我为自家守土，天经地义，又何来迁执？ 何来不智？ 何来不明大义？ 尔等惜命，宁愿苟全，弃诸侯之尊而不顾，情愿做刘邦门下走狗，岂知天下人并非都这般无骨。"

司马欣忙道："上将军请息怒，下官寸心，苍天可鉴。 汉军凌厉无前，早已今非昔比，项王分与我寥寥残兵，怎当汉军坚甲利刃？ 即便有心，亦无力回天。 望将军不咎既往，从弟子之请，临渊止步，化敌为友，亦可惠及关中百姓。 弟子今日泣血哀告，全为将军着想，兵戈从来凶猛，回首尚有转圜，请将军三思。"

章邯听也不听，挽开雕弓骂道："人间何世，出此悖逆之徒？ 昔为袍泽，念尔辈尚知大义。 不想斧钺之下，尔等良心全丧，形同狗彘，实不知人间还有羞耻二字。 纵是你金玉满堂，他人鼻息之下，可活得比我多二三日？ 章某不幸，生于末世，然君子之义未泯。既为诸侯，便只知家国，家国不保，死有何憾？你二人若再饶舌，定教你永世不得开口！"说罢，张弓便是一箭，直将司马欣头顶大冠射得粉碎。

城上众人便是一阵喝彩，也齐齐射出弩箭。楼橹上汉军连忙以盾牌挡住，两王吓得面如土色，跌跌撞撞下楼去了。

章邯见两王果然叛离，不禁气血攻心，一阵晕眩，几乎要站立不稳。身边军卒，忙将他扶定。正要下城歇息，忽闻对面楼橹上又有汉军大呼："大王暂留，有尊驾至亲，前来叩拜！"

对面楼橹上，众军卒一声呼喝，遂将一人推出。只见那人囚首受缚，战袍褴褛，境况甚是凄凉。

章邯便是一惊：原来章平已被汉军所擒！

那章平也无言语，只是昂然而立。因事发突然，两边的军卒都纷纷探头，朝此处张望，孤城上下顿然悄无声息。

章邯心头一阵剧痛，几欲晕倒，强忍了忍，说道："为兄害苦了你！"

章平并不答话，只昂首望天。

章邯知章平必不会降，但心中定有郁结，于是叹道："我家本为土著，身受国恩，贵为九卿，若不是赵高弄权，使我困于洹水之南，我或不败。我若不败，则秦必不亡。然事已至此，只有忍看国破，无力回天，此罪百身莫赎，千秋犹痛，都不必说了。只可惜你随我降楚，已获上卿，却未享得几日荣华，便遭此奇耻大辱。你若不平，或可自便，然我意已决，死亦不降沛县匹夫！"

章平浑身一颤，仰天长叹一声，问道："兄长，还有何嘱咐？"

章邯霎时热泪盈眶，缓缓说道："昔年与弟在马背嬉戏之时，尚历历在目，有如昨日。兄唯愿光阴倒流，然可得乎？今盛时已逝，乱世未休，人安得圆……"一句未毕，竟几欲泪下。

章平便急切道："兄欲为项王而死吗？"

章邯勉强立稳，慨然道："项王有道或无道，另当别论；然他待我，如待国士，我有何由要叛？我若降了刘邦，又有何利可图？我若叛楚，则无异于卖主偷生，又将何颜以对天下？兄决意死国，义无再辱，吾弟则不必随兄取舍。吾母尚在，幼弟年少，皆须托付于弟。想我章邯自领兵以来，杀周文、破陈涉、降魏咎、斩田儋，兵锋所至，如猎狐兔，焉得不算大丈夫？秦亡之后，城狐社鼠皆趁乱而起，我羞与此类同活于当世，倘若就戮，便是成全，此生更有何憾！两军阵前，多说也无益，你且回去吧。"

章平闻言，忽地跪下，大呼一声"兄长——"，便悲不能言。

章邯摇摇手，遂再无一语，转身喝令众守军："弓弩伺候！"

城上兵民闻令，都跃然而起，弯弓搭箭，对准了楼橹。楼上汉军兵卒，看看劝降无望，只得匆忙将章平带下。

章邯挺立城头，任秋风吹拂面颊，只觉五内如焚。

此时残阳如血，染得废丘城头，红红的一片，似火海中的残垣。城楼上的中军大纛，经几日激战，中箭无数，已是乞丐衣衫般残破了。

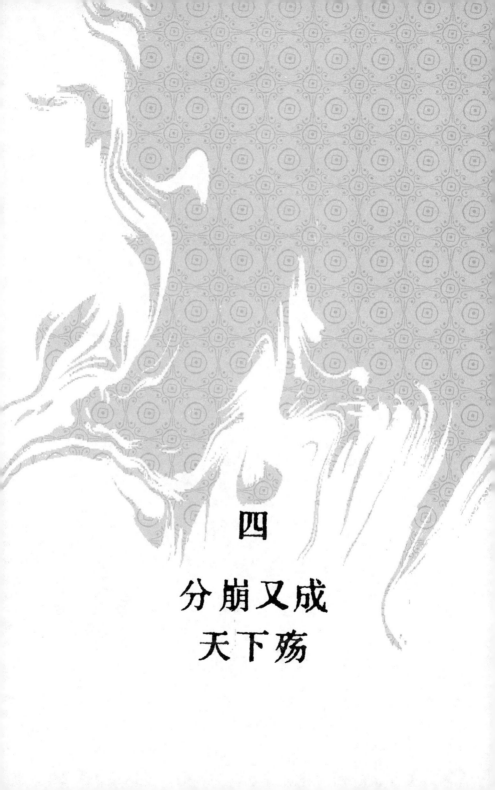

四

分崩又成
天下殇

九月杪，白霜骤降。千里楚地，一派苍凉。然而在楚都彭城，却无人感到有寒意。

　　自从五月项羽自咸阳凯旋，楚人无不欢喜腾跃。当年秦灭楚时，楚地家家颠沛流离，各户都有子弟殁于战场，楚人遂恨秦入骨。如今霸王焚咸阳，为楚人泄恨，赫赫暴秦，一朝覆亡，乃是何等快意！

　　当初大军归来之日，阖城百姓夹道以迎。城中父老结队而出，向项羽献上牛酒，民众欢声，响彻衢巷。数月以来，这股得胜的喜悦一丝未减，楚人只觉得天天都像是在过年。

　　项羽归来，亦觉踌躇满志，便征调民夫，兴建霸王宫室。楚民只知天下得太平，全系霸王恩德，都踊跃前来服徭役，不数月，王宫即告建成。

　　此外，项羽仍觉杀伐斗狠的豪气未尽，又派人在彭城南山上，垒土筑起高台一座，上有殿阁数间。每日项羽有闲暇，便偕美人虞姬，同至高台之上，观看骑士操演马术。百姓远望之，都极感欣羡，称此高台为"戏马台"。

　　戏马台雄踞于高丘之上，台上翠柏森森，殿阁错落，规制甚巍峨。南侧有一半月形观演台。落成之时，正逢三秋，天清气朗时节，项羽登台检阅马军秋操，城中万民争睹风采。楚之军威，极一时之盛。

登此台远眺，可俯视江淮百里云烟，彭城千门万户，历历皆在脚下，不由人不生出廓清天下之慨。此台流韵千年，其飞檐斗拱，迄今仍有不灭的豪雄气。

这日在戏马台下，官道两侧，处处有赤旗飞扬。一队执鞭甲士从道上呼啸而过，高声传警，吓得路人纷纷躲闪。

眨眼工夫，大道上便空无一人。诸色百姓都知道，这是霸王要来观看操演了，便远离大道，躲在一旁观望。

如此又过了片刻，见有五百名铁甲骑士，骑清一色白鬃马，手持长戟，络绎而来。呼喝之声，雄浑威严，间杂着马蹄踏踏，摄人心魄。骑士队列之后，便是一辆"辟恶车"①。百姓们望见辟恶车，便知霸王銮驾就在后面，都纷纷跃起张望。

果然，霸王车驾随之缓缓而来，车上有金钺、华盖，皆斑斓耀目，不可逼视。

西楚霸王项羽，乃是人间罕见之伟丈夫，此刻他一双重瞳子②炯炯有光，傲然立于车中，俨如尊神。他身后的一位女子，便是虞姬了，一派风姿绰约，望之若仙人。楚地军民，皆称她为"虞美人"。

郎卫们簇拥着两人登上高台，在西院正堂凭栏立定。项羽雄视台下，将右臂一举，便是一声雷霆之吼："操演！"

---

① 辟恶车，前导仪卫车，因用以被除不祥，故有此称。

② 重瞳子，指眼睛有双瞳孔，瞳孔中间粘连，宛如一个横卧的"8"字。

台下的数千名马军骑士，早已等候多时，此时便一齐应答，山呼海啸，直达数里之外，惊起一片鸦雀。喊罢，数千劲卒便飞身上马，操演起来。只见那马队纵横开阖，迅捷有序，可知平日便是训练有素。

偌大跑马场上，立时就有无数骠骑，左右穿插，忽南忽北，看得人眼花缭乱。

见到如此场面，随来的郎卫们就是一片喝彩，然那项羽却凭栏无语，只是一脸的闷闷不乐。众人不知何故，皆不敢造次，唯有虞姬并不惧霸王，见夫君似有不快，便问："大王，何故愁眉不展？莫非齐地之乱，要搅动天下了？"

项羽头也不回，只将紫色大氅朝后一撩，啐了一声道："田荣，齐地一匹夫耳！寡人要他半夜死，他怕是活不到平旦。兴兵倡乱，也就是盗贼的勾当，能乱得了三齐，如何就能搅动天下？"

"如此，大王还担忧甚么？"

"我是恼恨那鼠辈刘邦。鸿门宴上，饶了他一命，在汉中方得喘息，便又猖狂起来。昨得河南王快马急报，说刘邦见田荣作乱，便也心痒，竟敢发兵关中，侵夺城池。现已将章邯牢牢困在废丘，又逼降了司马欣与董翳。"

"啊？章邯也败于他手？那关中岂不是失了！"

"正是。小人之心，实难猜度。"说到此，项羽便无心看那操演，拉着虞姬坐下，又愤然道，"天下方定，今又是烽烟四起，全是饱食而生事。始作俑者，乃田荣老贼也，寡人非将他烹了不可！前月，陈馀在赵地、彭越在梁地，也都相继叛楚，与田荣勾结，赶杀诸侯，真真蛇鼠俱出，鬼魅显形，全不将我这霸王放在眼里。"

虞姬便嫣然一笑："夫君，普天之下，焉有敢与你争锋的？ 他们倒是也怪，仗已经打了三年，莫非还没够吗？"

"尔虞我诈，人之本性也。 若得天下太平，就要杀尽这班豺狗！"

"臣妾只知道，有夫君在，别家马蹄就踏不到楚地来。 楚地百姓，秦末皆惨极，也该安稳几年了。"

"说得好！"项羽便拔出腰间长剑来，在几案上拍得啪啪作响，"美人，若想安稳，须刀剑锋利。 与贼人打交道，不砍他头颅怎么成？ 有那善辩之士常言'恃力者亡'，不过是些腐儒之见，言之何用？ 千秋百代的事，就是一个杀！"

"我不懂，那田荣又如何了？ 无非是个假冒的齐王，怎能令大王如此动气？ 大军才歇息了几个月，难道又要去管别家的事？"

项羽便笑："美人身居宫中，居然也看得懂天下事？ 其实区区草寇，何所惧哉！ 只是不耐烦亚父①整日在耳边絮聒。"

"夫君，那亚父范增，可是个好人。 今日的讨贼方略，还应多多就教于他。"

项羽遂将长剑收起，叹口气道："倒也是。 今春鸿门宴上，亚父就曾劝我杀掉刘邦，可惜叔父项伯心存怜悯，我亦念及同袍旧谊，未将他脖颈斩断。 养虎遗患，竟让他成了气候，到而今反要来伤我。 若遵了亚父之计，怎会有这三秦之乱？"

正在此时，中郎将桓楚前来禀报："亚父与虞子期将军，在台下有事求见。"

————————————

① 亚父，项羽对范增的尊称，意为尊敬范增仅次于父亲。

项羽便对虞姬笑道:"才说老鸦,老鸦果然又至。"遂吩咐桓楚,"可转告亚父,台上观演,众军嘈杂,不便于议事,今晚寡人将去他府上求教。 虞子期将军嘛,请他上来吧,寡人也正想见他。"

那虞子期,乃是虞姬之兄,勇武多智。 当年秦末尚未大乱时,项梁叔侄因事杀人,为避祸逃至吴中,因缘际会,结识了虞公与虞子期兄妹。 虞姬后来便随军侍奉项羽,虞子期则从军征战,如今已是军中翘楚了。

须臾之间,虞子期便健步跨入西院,向霸王略一揖礼。 只见他一身精制软甲,紫袍当风,端的是一派风流倜傥。

项羽便招呼他入座,问道:"虞兄,所禀何事,有如此之急?"

虞子期神色肃然,拱手禀道:"大王,刚接到斥候急报,说刘邦已派了薛欧、王吸两个将军,率一支人马悄悄出了武关。"

项羽一惊:"他要做甚么?"

"据报,此路汉军正前往南阳,欲与南阳豪强王陵联兵,往沛县去迎刘邦眷属。"

"哈哈! 好大的胆子,敢来我鼻子底下借路? 那个草寇王陵,又是甚么来头?"

"那王陵,原为沛县大族,与刘邦以兄弟相称。 当年刘邦依附我军而坐大,王陵不甘居其下,故未跟从,自己带了几千人马,在南阳一带游弋。"

"原来如此! 斗筲小贼,不足为虑。 不过刘邦所遣的这一路贼军,倒是要挡他一挡,不要坏了我彭城的安宁。 阳夏、扶沟一带,我军并无驻防,等于门户洞开,这如何能行? 此事容我与亚父商量。"

"大王，下官有一条好计，可教那刘邦乖乖退兵。"

"果真？ 你讲来我听。"

"此去刘邦家乡沛县丰邑，不过百里有余，若是骑马，昼夜可至。 我愿领五十骑劲卒，去把那刘邦眷属尽数劫回，如此，既可断了汉军东来之念，也可借以震慑老贼。"

"子期兄，此计甚好，先将那个老的抓来！ 你就去办吧。"

虞姬却在一旁插嘴："夫君，你去捉人家父母妻子，臣妾以为不可。 天下争雄，乃大丈夫事，与那老弱妇孺并无干系。"

项羽遂挽起虞姬的手，笑道："妇人之仁，真不可救药。 既然他可以背盟，就不许寡人弃义？ 好吧，想那刘邦毕竟与我兄弟一场，人伦道义，不可全抛。 虞兄你便留意了，若逮到刘太公等，好生侍奉就是。"

虞姬挣脱手道："那还不是一样？ '哀哀父母，生我劬劳'，哪一家没有至亲？ 又何忍牵连骨肉？ 无论交兵与否，总还要将心比心。"

那虞子期便斥责道："军国大事，听大王处分！ 小妹无须多言。"

虞姬回头看看兄长，便嗔道："人家孤老妇孺，你一个大丈夫，怎么下得去手？"

项羽便摆手道："美人倒是怪了，今日里，非要与寡人讲王道。 也好，就不必争了，令兄去劫回刘太公，等于迎贵客到彭城。 兵荒马乱，将彼等家眷接来，未尝不是一件善事。"

虞姬便扭过头去道："好，大丈夫的事，我不多嘴了！"说罢便朝远处看去，不再作声了。

虞子期领命走后，项羽对虞姬道："美人如此心软，如何应付

得了人世险恶？我看天下最是欲壑难填的，便是人心。昔日暴秦
猖獗时，诸侯贵胄皆辗转号啼，痛不欲生；我项氏叔侄拼得九死一
生，灭了秦之一统，各复其国，令彼辈有了脸面，彼辈却又相杀起
来，哪里还有个知足！"

虞姬笑道："昔列子有言，'此众态也，其貌不一'。这不为怪
吧？凡泱泱人群，必有各色人等。大王，你怎能强求人家一样
呢？"

项羽便大笑，起身道："不错，美人赠我良言，寡人且谨记。
今日就早些回宫去，不看操演了。那刘邦老儿，搅得寡人没了兴
致。"

"夫君，我看你与刘邦相斗，多亏有亚父出谋划策，不然还不
知要出多少纰漏。"

"哼，那也未必！"

回王宫的路上，项羽与虞姬均未乘车，只是各骑骏马，并辔而
行。

仪卫队列走过官道时，仍如来时一般威严。只见路上尘头起
处，长戟密如丛林，寒光映日。那刀戟丛中，霸王与虞姬的披
风，飘飞如帜。路上彭城百姓望见，都纷纷拥上来观看，欢呼声
随之而起，响彻云霄。

项羽面有喜色，扬手回应，一面便对虞姬道："昔日始皇帝游
会稽，渡钱塘江，我与叔父项梁一同观看，曾放言：'彼可取而代
也。'叔父只当我是狂言，而今怎样？"

虞姬笑靥如花，答道："夫君只管得意就是。臣妾以为，楚人
今得解脱，欢呼腾跃，乃是真心拥戴，你受之亦无愧。称霸之
功，遗泽万世，岂是那荼毒天下的秦始皇可比的？"

"哈，可知这霸业功名，是如何得来？ 乃是巨鹿一战，将天下都杀怕。"

"大丈夫斗勇，杀就杀嘛，但不要累及家眷，臣妾心软。"

项羽便仰头大笑，顿觉一天的烦恼都无踪影了。

夜来人定时分，项羽带了桓楚一人，微服骑马，来到范增的大将军邸。 守门卫卒辨出是霸王驾到，都慌忙弃戟，伏地行礼。 范府的家老①范延年闻声迎出，大吃一惊，也连忙伏地拜道："大王，我家主公尚在公廨，并未归来，或稍后可归。"

项羽纳闷道："亚父何事尚未归？ 我进府内，且等他一等。"说罢便命桓楚守在门旁，自己走入府中，进了范增的书房等候。

家老范延年为项羽掌好灯，奉上了一盏滚热的秋葵羹，便躬身退出。

定都彭城以来，项羽还是头回造访范增府邸。 早就知范增起居清雅，今日从富丽堂皇的霸王宫来，更觉范府简朴，连帷幕都未设置一幅，直如家徒四壁一般。

项羽便想道：昔日鸿门宴上，刘邦托张良馈赠玉斗，亚父怒而砍碎，一丝也不痛惜，看来并非做作。 这耄耋老者，古风尚存，对国事又忠心耿耿，实属难得。 虽常有逆耳之言，今后还须耐下性子多听听为好。

他见几案之上，有一幅范增手绘的四方形势图，便饶有兴味地看起来。 猛见楚国的北、西两面，都有红字标出乱贼所在，兵锋

---

① 家老,家臣中的长者。

指向，触目惊心，头便忽地涨大了。

想起五月以来的四周不宁，项羽便怒气难平。秦灭后，项羽主盟于戏水，命诸侯罢兵，各就封国，原是开了太平盛世之端；却不想那无情无义的田荣，因未封到王，便乱闹了起来。

此次封王，是因功封赏。所谓的功，即是看灭秦之战出力大小。项羽自认为分封甚公平，其操持之清白，天日可昭。可那些旧王族与枭雄，或是嫌封地贫瘠，或是怨封王无份，都四处妄言，说是霸王分封全凭亲疏。遭此非议，项羽满心愤懑，只无处可发泄。

田荣还不肯就此罢手，有意要给项羽更多难堪。当初反秦之时，梁地有江洋大盗彭越，在巨野泽畔拥兵万余。秦灭之后，却寸爵未得，当然心怀怨望。田荣见有隙可乘，便给了彭越一个"将军"名号，命他在梁地作乱，从中搅局。

到七月间，赵地又生变故，秦末的两位豪杰陈馀、张耳，互相攻杀起来，全不顾往日的兄弟之谊。

看看这分封以后的天下，怎一个"乱"字了得？无怪范增老翁近来每日都唠叨不止。项羽在灯下，将那范增绘的地图看来看去，渐渐也理出了头绪来：

当下作乱的各路豪强，仅仅是占地为王，一时还跑不到楚国的地面来捣乱，是否要立即发兵征讨，需要斟酌。各路作乱者皆为蠹贼，唯有刘邦、田荣两家野心甚巨。如须讨伐，该先攻哪一家为上策，也须今晚与亚父商讨。

项羽正彷徨间，范延年手提灯笼，将范增引进了书房。项羽连忙起身，两人互相拜过，范增便责备道："大王如何微服前来？如遇刺客不轨，岂不要惊了大驾？"

项羽便大笑道："寡人又不是始皇帝！在楚地，想必也无人想要刺我。"

"大王身负天下安危，总要小心才是。"

"亚父尽可安心，我与壮士桓楚两个，即便百名刺客也近不了身。倒是这般时候了，亚父有何事在公廨淹留？"

"日暮时分，老臣从公廨归来，恰好路遇钟离眜将军，与他说了些话。"

"钟离眜？有甚急事要吩咐他？"

"为韩信之事。"

"韩信？那个跑掉的执戟郎吗？"

"正是。汉军在关中大败章邯，可谓今非昔比，老臣觉此中必有缘由，不敢大意。据闻，汉军新拜大将军者，即韩信也。此人在楚为执戟郎时，与钟离眜互有来往。自他投汉之后，营中曾有传言，说是韩信脱逃时，所持印信文书，皆由钟离眜私相授受，但此事经老臣详查，并无实据。我与钟离眜今日相谈，就是想探问韩信的根底。"

项羽便轻蔑一笑："亚父所虑，过重了吧？韩信那竖子，不过胯下匹夫耳，焉有登天的本领？刘邦那里，也实在是无一个上得了台面的。"

范增则正色道："老臣以为并不如此。鬼谷子有言：'君臣上下之事，有远而亲，近而疏，就之不用，去之反求。'说的便是遗漏了鼻尖底下的贤才，殊为可憾。"

项羽霍地起身，双眼圆睁："亚父莫非是说，寡人对韩信，就是'近而疏'了？"

范增也起身，神情执着，昂首道："当然！早先韩信来投我军，我见他面貌清癯，中有蕴藉，非为久居人下之奇才，便在尊叔父面前极力举荐。然项梁君厌恶韩信面黄肌瘦，未予重用。大王掌兵之后，也仍未提拔，以至韩信郁郁寡欢，终投汉营去了。今与钟离眛说起，那韩信确乎有些韬略，常与人言及天下事。刘邦那匹夫，自侥幸先入关之后，其志所在不小，今又遇韩信之才，就更是如虎添翼。今日三秦已全入他囊中，此等匹夫，贪心不足，必有东向之志。臣甚为担忧，来日坏我天下者，或正是刘邦与韩信！"

项羽便挥了挥袖，复又坐下："哈哈！韩信，淮上小儿，实无足挂齿。就算那老吏刘邦，也无非是乡下出来的一个怪才，我看他之所图，不过关中而已。即便心怀异志，寡人手下只须将军龙且①一人，便可令他出不了崤关。"

范增道："刘邦虽出身下僚，然绝非草芥之辈。鸿门宴上，大王心慈，未取他头颅，恐是大王生平最大之误！将来，还不知要断送多少江东子弟的性命，方平息得了他这祸乱。今章邯被围，命在旦夕，臣以为，应从速发兵解救，勿使刘邦在关中坐大。"

项羽想到白日里虞姬叮嘱，口气便缓和下来，说道："刘邦肇乱，寡人并非毫不在意。进剿乱贼一事，今西有刘邦，东有田荣，两者孰为重？今晚正要请教亚父。"

范增答道："当然是刘邦。"

项羽却不以为然："我看田荣在我肘腋，左右勾连，唯恐天下不乱。这才是心腹大患，该当立剿，铲除祸首。"

---

① 龙且，人名，此处"且"读作 jū。一般认为，《史记》所载"司马龙且"之"司马"，乃是官职，而非复姓。

范增迟疑片刻，缓缓捋须道："也罢！事不宜迟，可在五日内发兵伐齐。"

项羽却摇头道："大军一动，牵连甚广，将士们歇了不过才几日，又逢岁首①将至，不宜操之过急。寡人之意，尚须静观些时日。"

范增便一惊："那废丘孤城难支，章邯岂非性命不保？如此，三秦藩篱将尽失了！"

"章邯被困，死生由命，就让他自求多福吧。对他，寡人已是仁至义尽了。"

范增闻言，便不搭话，起身绕室徘徊，久久不语。

项羽望见墙壁之上，范增的影子已显佝偻，忽地就起了怜悯之心，便恳切道："亚父今晚所言，甚为有理。我西面之韩地，迄今尚未复国，如复韩国，楚之西便有一屏障可倚，也好防范刘邦。此事明日便着人去办。"

范增闻言，停住脚步，疑惑道："那个留在彭城的韩王成？莫非要让他就国吗？"

项羽便轻蔑一笑："韩王成，贵胄公子也，百无一用。将他降为穰侯之后，似也仍无长进，不如杀了算了。原吴县令郑昌，起兵后一直随我左右，可堪大用。寡人欲封郑昌为韩王，命他率劲卒一部，西去阳夏，复建韩国，以防刘邦东窜。"

范增闻之，精神便是一振："哦？那好呀！韩司徒②张良今何

---

① 秦用颛顼历，以十月为岁首，至汉初仍沿袭。汉武帝时，改用太初历，始以正月为岁首。

② 司徒，官职名。西周始置。在各代各国，职司与地位略有不同，此处相当于丞相。

在？不也在韩王府中？也一并杀了算了。"

项羽思考良久，方道："那倒不必了！张良固然助过刘邦，然今日已归韩。此人曾在博浪沙谋刺始皇帝，毕竟是个义士，杀之可惜。韩王成一死，谅他也难成气候，就随他去吧。"

"此人多诈，务必看管好，勿使逃走，免得又成刘邦羽翼。"

"亚父所嘱，寡人谨记。"

范增忽然又想起一事，便道："说起韩王成，老夫又想起义帝。这孺子百无一用，已成我大楚霸业赘物，不如遣人除之。"

项羽面露犹豫，迟疑道："义帝为我叔侄所推举，却不思报恩，反而偏袒刘邦，令那老贼先入关。寡人早有除义帝之心，可是遽然除之，西楚恐负恶名……"

范增眼中，便有精光一闪："大王可无须过问了，臣自会处置。"

项羽想了想，说道："那也好，须不露痕迹才是。"

两人说话之间，只觉室内寒意渐浓，入骨入髓。范增忙唤来范延年，吩咐去取些炭火。吩咐毕，忽又想起，急忙道："适才我见桓楚候在门外，如此天气，岂可久立？"当下，便命延年去请桓楚进来。

项羽嘿嘿笑道："那武夫，如何登得此等雅室？"

范增便也一笑："天下初定，不可亏待壮士。"

桓楚进得书房，伏地便向范增一拜，起身之后，便叉手西向而立。

范增望望他，赞道："果然壮士！"

说话间，范延年将炭火钵端来，又给各人上了滚热的秋葵羹。范增忙招呼桓楚坐下，三人便一面烤火，一面议事。

炭火殷红，微香四溢，不一会儿便将室内烘暖。项羽顿觉心旷神怡，不禁慨叹道："我辈九死一生灭秦，原想诸侯复国，万民解缚，可享万世太平，寡人与虞姬，也好去那虞山脚下携手优游。岂料人心不足，你争我夺，都想在刀兵之下取利。搅得寡人费神，连此刻这般悠闲，也是难得的了。"

"故而，大王如欲灭齐，须倾国而伐，一举而定，千万不要再仁慈了。韩非子曰：'奸起，则上侵弱君。'大王岂是那无拳无勇的弱君？"

项羽浑身便一颤："诚如亚父所言。"

范增叹道："今朝这一刻，关乎千年万代，大王可不要再迟疑了。"

桓楚在旁插言道："江东子弟，如有八百，便可教齐之蟊贼不敢猖獗。请亚父勿虑！"

范增这才释颜一笑："唯愿如此。"

返回王宫的路上，时已宵禁，街衢空无一人。古时通都大邑，夜里为防盗贼出没，皆实行宵禁，巷口的栅栏落下，禁止出入。唯有三五更卒，在街头值夜报更。

夜里清寒，项羽与桓楚从范府出来，不由都打了个寒噤。桓楚手提灯笼在前引路，项羽骑马在后，两人只顾疾行。马蹄踏踏，于空巷之中，更显得清脆。

行不多时，忽见前面有一人骑驴，在陌巷中悠悠独行。桓楚不由心生警觉，立刻拔剑在手："大王，谨防刺客！"说罢，便急趋上前，要看个究竟。

桓楚赶上那人，拿灯笼照照，却见是一老者，骑一匹瘦驴在赶路。

项羽也急忙打马上前，见那老者虽不似歹人，然举止却有莫名的诡异，便与桓楚互看了一眼，跳下马来准备盘问。

那老者葛巾布衣，须发皆白，身背一副竹琴，似无甚可疑之处。只是他坐于驴背，面却朝后，状甚古怪。项羽于是便问："太公，何处去？"

那老者也不慌乱，勒住缰绳，悠然答道："家在阴陵，今欲归乡。"

"来彭城何干？"

"垂垂老矣，百病缠身，昨来彭城买药，然市面凋敝，遍寻无果，只得连夜返回。"

项羽闻言，不由心生怜悯："此时宵禁，太公如何要独行？"

老者瞟一眼项羽道："偌大彭城，可有老夫一个住处？我不急归乡里，更往何处落脚？"

桓楚便道："拿符牌来我看看。"

那老者便哂笑："乡野之人，哪有甚么符牌？只有里正出具的文牒，写明了来处。"说罢，递出了一根竹简。

项羽接过来看，原来老者是阴陵县炉桥人。文牒上，姓名、处所、事由、签押都明白无误，于是便问："太公，城中夜行犯禁，为何更卒未加阻拦？"

"我一个老朽，即便有心做江洋大盗，也是提不动刀剑的了。"老者说罢，便朗声大笑。

桓楚闻此言，也忍不住笑。项羽便道："太公，虽然宵禁，夜间仍有强人出没，我等还是送你一程为好。"说罢便骑上马，与老者并辔缓缓而行。

行了几步路，迎面走来一队巡卒，远远喝问是何人夜行。 桓楚也不答话，只将宫中灯笼高高举起。 巡卒望见大大的一个"项"字，便是一惊。 近前细看，见是霸王微服夜行，都吓得白了脸，忙退后肃立，目送三人走远。

　　那老者倒骑在驴背上，正与项羽相对。 项羽便问："太公在阴陵世居几代了？"

　　老者答道："老夫并非阴陵人，原籍是在相县，世代耕读。 秦末大乱时，县城竟两遭屠戮，百户萧疏，人民无以为生，只得与老妻迁至阴陵务农。"

　　项羽便一惊，勒住马缰，一双重瞳盯住老者问："相县？ 那不是泗水郡么！ 可识得刘邦？"

　　老者淡然一笑："泗水郡人，焉有不识刘邦的？"

　　项羽便勃然怒道："你果然是汉军刺客！"

　　桓楚也猛地用剑逼住老者，面露狠意。

　　那老者却不惧怕，轻轻拨开剑锋，跳下驴背，将竹琴取下来，淡然说道："老夫除此琴之外，身无长物，军爷可以搜查。"

　　桓楚喝道："如何就晓得我是军士？"

　　"哼，大凡持剑者，便都以为能横行天下。 乱世里，如此霸道的，若非军士，便是盗贼！"

　　听老者谈吐不凡，项羽便喝住桓楚，问那老者："阴陵来此，五百里有余，若只是买药，何不遣家中子弟代劳？"

　　这一问，直问得老者怆然神伤："这也休提了！ 家中原有三子，一随故将军项燕抗秦，一被征去骊山，皆有去无回，骸骨尚不知留于何处。 家中仅余幼子一人，与我一同侍弄稼穑。 然终是耐不得饥贫，前一月投奔了彭越，吃酒啖肉去了。"

听老者提及先祖项燕之名，项羽心中便一软，无心再与老者计较，便道："太公，提了我灯笼去吧，城门守卒见此物，必放你出城去。"

老者便深深一揖："不必了。日不出，燃灯何用？"

项羽一惊，半晌才道："老丈，人心不善，夜里行路还须小心。"

老者便道："昔曾闻孔子言，'子为政，焉用杀？子欲善而民善矣'。望能善待天下万民，老夫在此谢过！"

项羽心里惊诧，脱口问道："莫非太公知我是谁？"

那老者也不理会，自顾坐上驴背，这才回头道："我非神仙，岂能万事皆知？唯知横行者得不了天下。"说罢，加了一鞭，便飘然远去了。

项羽甚感震惊，良久，才喃喃道："莫非是老子未死，又进了函谷关？"

当夜，范增送走项王，辗转反侧于榻上，听着窗外枯叶萧萧，竟整夜未眠。刘邦回军关中之事，于范增看来，有如噩梦。当年入关之时，范增曾亲见刘邦竟能巧扮圣人，忍住贪财好色之欲，驻军霸上，无一兵一卒骚扰咸阳，便认定此人必为项羽的唯一敌手。

此等深藏机心之徒，必不会久安于其位，入夏以来，刘邦果然趁乱而起，与田荣遥相呼应，劫夺三秦。此前在鸿门宴上的卑躬屈膝，显见得是权宜之计了。这匹夫，欲与项王分争天下之心，已昭然若揭。

可惜项王对此全不在意，只倚仗江东子弟天下无敌，看轻了刘邦的本事。昔荀子曾曰："以疑决疑，决必不当。"看那年纪仿若自己孙辈的项王，虽神勇无匹，然一遇事机，则犹疑不决，迟早要生出大祸端来。

可恼的是，项王身边，尽是些鲁莽之徒，并无一个能看得长远的。项氏族人，各个都占据内外要津，其中稍有智勇的还好，有那昏聩如项伯者，便要坏事。若是他人，在鸿门宴上贻误大事，足够下油镬烹几回的了，然项伯却安然无事。诚然，项王呼范增为"亚父"，待之如亲尊，然楚营之内皆是项家天下，对项伯这类谬种，又能奈何？

范增想自己在家乡居巢，饱读经史，本可优游林下以终天年。然亡国之恨，终究难以释怀，恰逢秦末乱世，便起了经世之念，想要一展平生未竟之志。

彼时见武信君项梁揭竿而起，气象不凡，范增便前往薛城投奔，果蒙项梁重用。可惜项梁命中无福，轻敌而亡。这之后，范增也曾一度心灰意懒，但见那项羽英气勃勃，尚有可为，念及项梁的知遇之恩，这才肯拼了命地辅佐项羽。

几年来跟从项羽征战，死人见了不知有多少，才终成霸业，范增深感满足。想那三皇五帝以来，耄耋从军、暮年有为者，更有几人？

了却灭秦的心愿之后，范增便视名节为至高无上，谢绝加官，也不提携家乡子侄，唯愿青史留名。然而高兴了才不过几日，便见好端端的天下，又有春秋乱象迭起。数月以来，范增食不甘味，只是怕万一天下有所闪失，还谈甚么名垂千古？

范增看目下时势，如看日月之食，再明白不过。可是项羽却浑然不觉，居然为怜惜士卒，就一再延宕征讨叛贼之期，真真是岂有此理……

睡在隔壁的范延年，听见范增半夜三更仍在叹气，便爬起来，热了一钵"寒食散"端进来。

范增坐起，勉强喝了两口，便叹气道："我并非体弱，而是国事纷繁，忧心难解。今有一大事要托付你去办，不可延搁。"

范延年忙叩首道："亚父尽管吩咐，小人竭诚去办。"

"那汉家刘邦，狡计万端，不知目下在弄些甚么名堂。关中近况危急，河南王来信也是语焉不详，故而寝食难安。今思之再三，须遣你微服远行，去往关中打探一回。"

"小人从命，只是府中……"

"府中一应琐细事，都交给长史去办，你无须挂心。当初大军离咸阳时，我已布下了若干眼线在民间，这就将姓名、处所都写给你，到得关中，逐一探访。将那刘邦近况、汉军动静、关中民情等，尽量打探清楚。"

"亚父放心，小人这就收拾行装，明早城门一开，就出城去。"

"往返三千里路，你要辛苦了！多带些钱去，如遇刁难，可以打点关节。"

"小人明白。"

范延年伺候范增将"寒食散"服下，便退了下去。

此家老，忠厚老成，乃范增的一位族人，年近五十，沉稳练达。自范增薛城投军起，就随侍左右，此事交他去办理，范增极是放心。

待曙色微明时，范延年便打点停当，向范增道过别，出门上路了。

次日上午，范增乘车去公廨，走到半途中，忽见前头有兵丁阻路，路旁可见百姓成群，都面露惊恐，纷纷交头接耳。

骖乘急忙下车去打听，少顷，返回来道："禀亚父，是彭城尹与朝中廷理①，正在前面穰侯府……哦，就是昔日韩王府内勘验。昨夜，有强盗明火执仗，翻墙入室抢劫，连杀数人，将穰侯也给杀死了。"

范增大怒："岂有此……"但话还未说完，便忽然想道：莫非项王已按昨夜所定之计，派人下手了？ 于是便命骖乘，去请廷理过来说话。

廷理得知亚父到来，急忙趋前，将案情对范增说了一遍。 范增亦无心细听，只是问："韩司徒张良，亦在穰侯府中寄居，可还安好？"

"禀告亚父，昨夜歹人并未伤及张良，然府中长史报称，张良于今日凌晨忽然离去，不见踪影。 下官以为，张良恐为盗犯内应，嫌疑甚大，应传唤到案，现已着人在城内四处缉拿。"

范增不由一怔，遂草草应道："哦，知道了，你忙去吧。"

那廷理退后一步，向范增揖礼作别。 御者见问话已毕，便将马车掉头，猛甩了一鞭，疾驰而去。

路上，骖乘愤然道："堂堂都城，怎的天天都有盗案？ 廷理衙门也未免太过仁慈。"

范增神情抑郁，并不搭话，只仰天叹息一声，自语道："昔日放归刘邦，今又不杀张良，无乃妇人乎？ 优柔如此，我辈恐无葬身之地了！"

---

① 廷理，楚国官职名，掌执法、刑狱之职。

骖乘和御者闻听，面面相觑，全不知亚父此言缘何而发。 车行了数条街，忽听范增吩咐道："先不去公廨，转道往钟离昧将军府。"

将军府距此仅三条街衢，片刻即至。 闻听亚父来访，钟离昧连忙从室内迎出，立于中庭恭候。 范增一见，便拽住他衣袖问："钟离将军，楚或有大难，将军愿与老臣共赴国难否？"

钟离昧不知此话从何说起，只是正色道："在下生死已托付项王，有何事须办，亚父尽管吩咐。"

范增使个眼色，两人便进了密室，屏退左右。 落座之后，范增也不寒暄，直截了当说道："今来，乃为义帝事。"

钟离昧听到"义帝"两字，脸色就白了，知道事情重大，于是拱手道："亚父请讲。"

"义帝在郴县，不安于位，常怀怨望，或有大不利于楚，宜果断除之。"

钟离昧顿感不安，额头出汗，犹豫道："义帝，为天下所共尊……"

"恰是如此。 今我北、西两面，皆有骚乱，义帝若煽惑天下反楚，事将不可收拾。 项王于此甚感不安，今有密令，务必除去。"

"可是……"

"将军不必疑惑。 义帝虽为已故楚王后裔，但秦末已沦为牧羊小儿，项梁将军起事之时，是老臣主张从民间寻得，以为虚君，便于号令天下。 今天下已定，义帝亦安享荣华，却不思报恩，反多有怨望。 田荣乱起，他若在郴县遥为呼应，必将动摇我根本，故绝不可留。"

钟离眛一凛：“亚父，须下官前往郴县吗？”

范增便笑道：“哪里，杀鸡焉用牛刀？你与九江王英布，平素交情如何？”

钟离眛松一口气道：“英布与下官，情同兄弟。”

“如此，便请将军派得力校尉一名，潜赴江南，密语九江王，只说是你得亚父密嘱，项王要除义帝。事须做得不留痕迹，免得为天下诟病。”

“项王为何不下密诏？”

范增便又笑道：“将军迂执！此等事情，如何可留蛛丝马迹在世上？”

钟离眛便心领神会：“九江王是盗贼出身，操持此事，易如反掌耳！”

“正是。所派校尉亦须前往衡山王、临江王处，转达此令。”

“九江王一人足可胜任，何必另嘱他人？”

范增沉吟片刻，才答道：“此事关系重大，或有迟疑不决者，将贻误事机。依老臣推断，密嘱三家，其中必有一家可遵令施行。”

钟离眛这才恍然大悟：“亚父慎思，下官万不及一。”

范增便起身告辞：“将军，今日所议，天知地知而已。”

“请亚父放心，即使斧钺加颈，下官亦不外泄。”

“还有一事。上柱国陈婴，是国之重臣，目下在义帝左右为辅。须密嘱九江王，切不可将他误伤。”

“下官谨记。”

钟离眛将范增送至门外。临登车时，范增望一眼钟离眛，忽又不经意说道：“前执戟郎韩信，今春投奔汉营，现已为汉大将军矣！”

“下官亦有所耳闻。”

“此前，朝中曾有流言，皆言韩信脱逃，是得将军相助。我已查明，此事系子虚乌有。项王那里，老臣已为将军辩白，无须再挂心了。”

钟离眜闻罢，悚然一惊，脸色白了又红，半晌才道：“亚父之恩，下官没齿不忘。今日事，鬼神亦不知。传令之人，今日即可出发。”

范增含笑一揖，这才登车去了公廨。

后晌，范增从公廨返回，路过穰侯府，见府中已设置了灵堂，门前白幡缭绕，哀声四起。旅居彭城的一众韩人，闻韩王成暴薨，都感悲伤，络绎不绝前来吊丧。

范增遂命御者将车停下，凭轼望去，见众吊客神情忧戚，似内心有难抑之痛，便想道：韩王成虽非强者，但当初毕竟是首附项梁的一方诸侯，曾与张良同领一支弱旅，在韩地谋复国，与秦军苦斗多时，不能算作昏庸无能。如今却不明不白死于非命，着实令人不忍。

这世上，大概仅有他范增知道，韩王成缘何而死——项王忌恨韩王成，完全是因张良之故！

张良父祖数辈，皆为韩相。秦末乱起，张良立志复国，在下邳投了沛公军。后刘邦领军投项梁，张良便趁机向项梁提议，扶起韩王成，以图复韩。之后，张良便随韩王成在韩地抗秦，辗转流离，颇为困窘。

正当此时，恰逢沛公军西征咸阳路过，助韩攻下了十余城。韩王成感念刘邦，遂命张良随刘邦西行，以为回报。刘邦有张良从旁谋划，才得以夺关斩将，先入了关中。缘此之故，项王竟迁怒于韩王成，戏水会盟后，六国中的其他诸侯均可就国，唯韩王成被项王扣押在彭城。

其实，刘邦之所以能抢先入关，皆因义帝有所偏袒，至于有无张良相助，结果都是一样。然项王如今却因惺惺相惜，不忍心杀张良，反倒让韩王成做了个枉死鬼，实是匪夷所思。

因此范增想：项王毕竟年轻，做事常不能权衡轻重，此后与刘邦缠斗，还不知要生出多少事来。

想到此，范增不由深深叹一口气。望着韩王府的一片缟素，怅然良久，才吩咐御者道："走吧，回府去。"

数日之后，虞子期带领五十骑从沛县返回，向项王禀报，此去扑了个空，并没有逮到刘太公。

那刘太公，名叫刘煓（tuān），字执嘉，先前在老家沛县金刘村务农，后移居丰邑城内，在中阳里安了家，以经商为生，攒下偌大一份家业。太公性素旷达，乐善好施，在本地颇有些人望。此次虞子期轻骑前来抓捕刘太公，事机虽密，但不知在哪个关节上，不留心走漏了风声，功亏一篑。

当初刘邦带兵离开沛县，也带走了家中孔聚、陈贺等二十二位舍人，家眷则托付给了留下的一位舍人审食其①。就在虞子期到达之前，审食其闻听风声，带着刘太公夫妇、刘邦妻吕雉（zhì）和子女等亲族，从丰邑逃至乡下，先躲了起来。虞子期带人遍寻间

---

① 舍人，古代豪门大户的门客或左右亲信。审食其，读作 shěn yì jī。

里，全不见刘氏亲族踪迹。

但此行也并非一无所获，在沛县，虞子期探得王陵之母尚在，便顺道掳了来。项羽闻报，不由失望，教人将王陵老母带上殿来问了几句，发觉这老妪居然略知诗书，便心生一计，吩咐中涓①，将王陵老母暂置于后宫，好酒好肉招待。

半月之后，正如项羽所料，新封韩王郑昌率军抵达阳夏，转眼便将汉军逐出了南阳郡，王陵等人退至南阳以西，与楚军相持。之后便有一项王信使，从彭城快马驰出，直奔南阳，暗中将一封信交给王陵。

王陵接密信阅之，大吃一惊，知老母已被项羽劫持，权衡再三，只得屈从。遂瞒过了汉将薛欧、王吸，派密使令狐横前往彭城，与项王商谈降楚事宜。

冬月下旬，令狐横单人匹马进了彭城，项羽得报，便在宫中设宴招待。席上，特请王陵老母东向而坐，以示至尊。

项羽笑对令狐横道："王将军之母，即是吾母。自吾母至彭城，便住在宫中，无日不欢。"说毕，回头看了看王母。

那王母神态怡然，全无一丝愁苦之状，只微微颔首。令狐横见了，便把心放下，拱手对项羽道："大王义高于天，下官代王陵将军，在此谢恩！"

"王将军意下如何？"

"下官来时，已与我家将军约好，待下官面见了太夫人后，即回报南阳大营，次日便可易帜。我部今有三千人马，皆为南阳壮

———————————

① 中涓，指君主亲近之臣，如谒者、舍人等。亦作涓人。涓，洁也，言其在内掌清洁洒扫之事。

士，有万夫不当之勇，愿为大王效劳。易帜之后，下官再来接太夫人归营。如此措置，不知大王可否恩准？"

"哈哈，如此甚好。王将军曾是沛县豪雄，名震一方，寡人也曾多有耳闻，私心倾慕，不知为何却投了那无赖刘邦？"

"时势所迫，英雄亦有迷途之时，请大王万勿怪罪。那刘邦空有仁厚之名，然兵疲将弱，素以巧取豪夺为长技，怎比大王坦荡磊落？大王扫灭暴秦，英名盖世，四海皆倾心臣服。"

项羽便大笑："阁下是个会说话的人。今阁下已眼见为实，吾母身心俱泰，与在故里一般无二，可转告王将军放心来归。倒是那刘邦，袭取了关中之后，是否有意趁势东进，愿阁下见教。"

令狐横乍闻此问，不禁怔了一怔，随后便答："汉王刘邦，秦亡之前不过一乡间小吏，目光所及，不出方圆十里。军兴之后，侥幸先入关中，见旧都繁盛，已是梦寐难求。下官猜度，汉王如能守住三秦，便可保他三代富贵，他怎肯抛舍头颅，来捋项王的虎须呢？"

一番巧语，说得项羽仰头大笑："阁下之见，与吾意正合。刘邦固然贪鄙，但也要投鼠忌器吧？"说罢便起身，亲执勺斗，为王母与令狐横斟酒。

令狐横连忙谢过。那王母也不言语，捧起酒樽，便一饮而尽。

项羽带笑赞道："豪杰之母，雄风亦同，侄儿在此恭祝太夫人安康多福。"

饮罢一巡，项羽忽然想起，便问令狐横："汉军上下，可畏惧寡人？"

令狐横道："我军上下，对大王无不敬畏，诚因职司所在，不得不与楚军相抗。"

"那刘邦，他也怕寡人吗？"

"这个……依下官陋见，恐怕也是。譬如，三秦方定，汉王便急遣一军，来联络我家将军，欲往沛县迎家眷。此举，显是对大王有所忌惮。"

"嗯，有道理。"项羽大喜，便命人再上珍馐美馔。

席间，钟磬丝竹之声，绕梁不绝。堂前美人歌舞，更是令人目眩神迷。那令狐横纵是巧舌如簧之人，初历此境，也只是恨一双眼睛不够用。觥筹交错中，不觉便饮得半酣了。

此时，忽见王母从座中欠身，向项羽施了一个万福："乡鄙老妪，蒙大王盛情款待，不胜惶恐。吾儿何德，有劳大王延揽？即便竭诚来效，亦不能报大王于万一。老妾之意，令狐先生应速返阳夏，须臾勿迟，将大义对吾儿晓谕明白，及早择路，方为万全之策。"

项羽大喜，赞同道："吾母明智，令狐先生可即返回。"

王母便离席而起，说道："令狐先生，我来送你一程，有几句话，要请先生转告吾儿。"

那令狐横虽贪恋楚都豪奢，但使命在身，只得起身，与项王告辞。项羽遂命中涓拿出黄金十镒①，赠予令狐横。

令狐横叩首谢过，便手捧黄金走下殿去。那王母也随令狐横走下阶陛，一手牵住他衣袖，似有话要嘱咐。

行至御路之上，王母看随侍的涓人不在近旁，便忽然泣下，嘱

---

① 镒(yì)，古代重量单位，合二十两（一说二十四两）。

道："令狐先生保重，请为老妾传话给吾儿，务必好好侍奉汉王。汉王是仁厚长者，生的是一颗仁心，知道悯民，终有一日可得天下。请嘱吾儿，勿以老妾之故，怀有二心。人皆以仁义为颜面，岂能大难一来，便颜面扫地？妾意已决，将以死为先生送行！"

令狐横听得目瞪口呆，正不知如何应对，忽见王母伸手过来，抽出令狐横所佩宝剑，往自己颈上便是狠命一抹！

远处的涓人与郎卫见了，都一片惊呼。那令狐横手捧黄金，拦挡不及，眼睁睁看着王母血溅衣襟，倒地不起。

这一幕，项羽在殿上恰好看得清楚，不觉惊出一身冷汗。阶下众郎卫一拥而上，将令狐横逮住，推至项羽跟前。令狐横心知大祸临头，伏于地上，只是叩首如捣蒜。

项羽便问："老太婆说了些甚么？"

令狐横不敢隐瞒，一五一十转述了。

项羽勃然大怒："乡野村妇，愚顽至此。受刘邦蛊惑，甘为奸邪，不奉正祀，其可悯乎？来人，将这愚妇的尸身烹了，让她求仁得仁好了！"

郎卫们一声"从命"，便在殿前架起铜鼎，灌满了油，点燃木柴烧起来。此时令狐横早已瘫倒在地，语无伦次，只恐霸王一怒，将他也扔进这沸油鼎中。

项羽见令狐横的模样，冷笑一声："你起来，好好看着老太婆升天，回去说与你家主公听。与寡人作对者，终归要化为乌有。纵是逃逸于四海，必也无所遁形！"

令狐横听得汗流浃背，股栗不止，连声应诺下来。项羽遂一挥袖，命中涓在阶陛之上摆好几案茵席，又命乐工奏起丝竹，便怡然坐下，观赏殿前的袅袅青烟。

令狐横惊惶万状，几欲晕厥。好不容易挨到事毕，连那受赐的黄金也不敢要了，狼狈逃出楚王宫，连夜奔回南阳。

入了冬十二月，不见范延年返回，亦无音信传来，范增心绪便一天天焦躁起来，每夜睡不安稳，只睁眼望着窗上的竹影摇曳。那枝丫，模样诡异，状似鬼魂徘徊于中庭。

楚之国运，成了范增最忧心的事。自从三秦失陷之后，他便有了隐隐的不安。楚之大业中，那些足可溃堤之穴，似在渐渐增多……

为此，他特地知会了掌军政的司马①龙且，凡有西面来的军情、线报，务要抄送到自己这里一份。他要从那些零零碎碎的简牍上，嗅出刘邦这狡兔的心思来。

当初范延年远行不久，关中就有坏消息接踵而至。十月初，常山王张耳遭陈馀攻袭，兵败国除，他不来投奔项王，却跑去了刘邦门下。这个枭雄的选择，堪可玩味，无疑助长了汉王声威。

十月末梢，又有河南王申阳，抵不住汉军的软硬兼施，降了刘邦。那申阳，原是张耳的嬖臣②，当初率军先攻下秦之河南郡，在河边迎楚军南下，故此项王赏给他一个王。前月张耳只身投汉，没有甚么作见面礼，想必劝降河南王便是他拿出的大礼。

申阳降汉，非同小可。其都城是在洛阳，距彭城不过千里而已；中间一马平川，无险可守。此地如今归了汉家，于楚来说，

---

① 司马，楚国官职名，掌军政和军赋。商代始置，位次三公，与司徒、司空、司士、司寇并称"五官"。汉武帝时，重置司马一职，为中级武官。另设"大司马"之职，为大将军的加官。

② 嬖(bì)臣，受宠幸的近臣。

可谓剑指眉睫！

　　到冬十一月里，情势更为恶化。刘邦派太尉韩庶子信，率一支劲旅东出，袭破了阳夏，大败韩王郑昌。那韩庶子信，与汉大将军韩信同名同姓，乃是故韩国的一位庶出公子，早早便投了汉。此人亦有相当见识，在故国颇具声望，一到韩地，便有韩人望风归附。

　　不想那郑昌败后，竟然也降了汉，刘邦便封韩庶子信为新的韩王，人称韩王信。这个汉家卵翼下的新韩王，定都阳翟，随即纵兵四出，韩地就此全失。

　　自此，彭城以西不足八百里处，便已成刘邦染指之地。

　　当初项王分封的十八诸侯中，现已有六位被刘邦或剿灭、或收服。天下三分，汉已据有其一。如此得寸进尺，怎么得了？

　　范增每过十天半月，便在他亲绘的天下形势图上，用红笔圈去一大块，失地之痛，如剜心割肉。他揣摩，刘邦还定三秦之后，并未挥师东向，然其东邻各国的易帜，却如秋风扫落叶一般。汉家谋略，正如孙子所言，"如滚圆石于千仞之山者，势也"。想那刘邦，岂是此等善谋者？即或他帐下的新锐韩信，亦不似胸中有此大格局。

　　究系何人在为汉营谋划？范增一连想了几日，忽然中夜坐起，以手击榻——那张良从彭城潜逃，踪迹皆无，定是重归了刘邦帐下！

　　他断定，汉家如今这种"求之于势"的谋划，必是出自张良手笔无疑。眼下刘邦身边，有了张良、韩信这一文一武，羽翼已成，势难禁制了。悲乎项王，对此竟全无警觉，仍在犹豫不定，以为诸侯易帜不过是邻人的家事。

范增不由长叹一声，心想，楚今后之命运，实难参详了，只能祈求天佑。

数日之后，正是雪落江淮之时，范延年风尘仆仆赶回，累得几乎瘫倒。范增忙为他拂去身上雪花，教府中舍人煨了热汤来灌下。延年稍稍恢复后，便道："主公，小人一路驰趋，马都跑死了两匹，片刻不敢延搁。"

"路上可有惊险？"

"尚好。只是在咸阳，恰遇纪信巡城，撞个对面。他与小臣曾在鸿门宴上有过照面，见我眼熟，盯了我两眼，所幸没认出我来。"

"一路所见如何？"

延年急切道："主公，刘邦野心甚巨，万勿宽纵，否则楚运危矣！"说罢一阵晕眩，险些跌倒。

范增忙扶延年坐好，听范延年细述。

果不出范增所料，张良逃出彭城之后，曾藏匿于韩地，十月中便潜入关中，汉王将他收在帐下，封了成信侯，并无实职，只管运筹帷幄。数月之间，汉军便轻取河南诸地，不战而收十数郡、降两王。这些战果，不单是出于张良计谋，而且张良还曾亲往河南劝降了申阳。

而后，韩庶子信率军入韩，亦是张良随同前往。韩地城池，望风而降者甚多，均是张良摇唇鼓舌为之。

听到此，范增便忍不住恨道："纵虎归山，果受其害！"便急问刘邦近来的动向。

范延年道："小人听关中各地暗潜游士讲，那汉王之心，可用八个字概而言之，即'厉兵秣马，志在东略'。前月收服河南王与韩王时，刘邦曾随军出函谷关，进至陕县。在陕县，关外父老相率以迎，竟视汉军为'王师'，夹道欢呼……"

未等延年讲完，范增便陡起怒意，拿起案上一个碧玉笔洗，"砰"的一声，摔了个粉碎："无知愚民！今日之喜，便是彼辈明日之悲。秦行一统，而天下顿成囚笼；楚分天下，则是为万民解脱。道理浅显若此，何以对楚恨之入骨？"

范延年见主公震怒，遂不敢再述此事。以他之所见，秦民之所以拥汉，乃是因项王在新安坑杀降卒，太过残暴，致秦民怨恨，转而人心向汉。即便有贼寇反楚，亦愿相助，况乎汉王是堂堂正正的诸侯……

延年便转了话头，又道："刘邦因冬季雪大，不利于军伍，便还军栎阳。近日又将汉之都城，从南郑迁往了栎阳。"

范增闻之一凛，不禁脱口道："栎阳？那不是秦献公时的旧都吗，他要做甚么？"

"因咸阳宫皆被焚毁，不堪再用，故刘邦将栎阳旧宫收拾一新，作了汉家宫室。汉丞相萧何亦迁入栎阳，主持政令，搜罗关中及巴蜀钱粮，以供军资。"

"昔年秦孝公初见商鞅，便是在此城。刘邦竖子，莫非想效仿孝公开疆拓地？"

"然也。小人在关中所见，刘邦所为，无一不是王者气象。他曾下诏令，放开秦皇苑囿，让百姓耕作，以补稼穑之不足。又免去巴蜀及关中新附之地税赋，推举县乡三老①，安抚百姓。小臣

---

① 三老,掌教化的乡官。战国魏即有三老。秦曾置乡三老,汉增置县三老。

与秦民谈及世事，皆曰今关中大安，自秦始皇登基之后，就未曾见过。"

范增似有所触动，稍后又摇头道："又是张良、萧何之谋！"

"还有，十月间，刘邦曾下诏毁秦社稷①，建汉家社稷，现已竣工。臣闻市井传言，刘邦曾对大臣言，秦时仅有赤黄青白四帝之祠，与'天有五帝'之数不符，故自诩为黑帝，汉社稷便以黑帝为尊。"

范增大惊："哦？ 是你亲眼所见？"

"小人亲眼所见。彼辈冬至祭享，就是在汉社稷内操办，刘邦亲受诸侯、百官称贺，俨如帝王。"

范增霍然起身，望着窗外瑞雪纷纷，只是捋须不语。良久，才回身问道："关中还有何事？"

"主公，关中山河五千里，已落他人手中，看得小人心痛呀！原先尚有陇西、北地两郡未降，前月，汉将郦商攻下北地，樊哙攻下陇西，现只余一个废丘，那雍王章邯还在苦守呢！"

"唉！ 章邯迂执，气节可感天地，可惜项王却不急。"

"前月，樊哙、刘贾等人，皆因军功加了将军。栎阳城内，处处张灯结彩，鼓乐喧天，全不似萧瑟寒冬。"

范增冷冷一笑："燕雀之辈，所见者狭。天下之大，成败尚无定论，有何可贺？"随后便吩咐延年下去歇息，他要好好理一下思绪。

---

① 社稷，皇帝、诸侯祭土地神与谷神之所，乃国之象征。

次日一早，宫中来人传项王谕旨，告知午时在戏马台有朝会。彼时战乱，西楚方兴，朝会并无定时定所，规模亦很随意，都是项羽兴之所至，随时来唤。

范增连忙将范延年所述，择其要者，拟了一个节略。午时将至，便披起一件敝旧羔裘，乘了车，冒着雪后清寒去了戏马台。

进了山门，拾级而上，台上东院的正殿，便是朝会场所。范增见来的人里，武将要偏多些。范增入座后，便有项伯、项佗、项声、虞子期、龙且、季布、钟离眜、桓楚、周殷、曹咎、周兰等一干文武，陆续到来。

不多时，项羽与虞姬进了殿。两人各披一领紫狐裘，皆是雄姿英发。众人顿觉眼前生辉，都纷纷起身行礼。

落座之后，项羽也不客套，开门见山便道："今日朝会，邀来诸君，要商议的是讨伐田荣事。田荣作乱，已有多时，寡人已无可再忍。诸位是如何想的，尽可畅言。"

龙且头一个忍不住，嚷道："田荣五月即反，如何等了他七个月，大王还未动手？"

项羽便道："他纵然擅自称王，也还可忍，然此贼子野心忒大，拟与陈馀联袂伐楚，故寡人决不可忍！"

众人便是一片愤愤之声，都攘臂挽袖，纷纷请战。

季布待喧哗过后，忽然问道："大王，莫非放过刘邦不理会了？汉袭取三秦，又助韩庶子信夺去韩地，实过于嚣张。"

项王道："刘邦固然无赖，与田荣互为呼应，趁火打劫，然欲灭汉，须倾全国之力，不可兵分两翼。寡人意已决，先灭田荣，再挟得胜之威，回军灭汉。"

项伯拊掌赞道："如此方略甚妥。"

钟离眛却似有疑虑，说道："今韩已易主，等同归汉，我彭城之西，再无屏障。如汉军偷袭，不须旬日即可抵我城下。我军如全力东出，则后方堪忧。"

项羽便笑："天下有何人如此大胆，敢打到寡人彭城来？此不过杞人之忧。寡人之意，我军如能席卷齐地，则刘邦必丧胆失魂，岂敢迈出函谷关一步？"

范增这时便道："老臣却是为楚担忧。"

项羽遂敛起笑容，向范增拱手道："忧从何来？愿闻亚父见教。"

"日前韩王成暴薨，韩司徒张良忽然隐踪，老夫曾遣一得力家臣，远赴秦地探察虚实，昨日方从秦地返回，称张良已潜回关中，又为刘邦军师矣！"

项羽闻之，十分惊异："此事当真？"

"那家臣绝不敢妄言。想数月以来，楚之西面并无大战，然河南一带，两王却相继废灭。如此不动声色之谋，依老臣猜度，均系张良所出。刘邦欲图山东，已是昭然若揭。我军即使枕戈待旦，也仍须防他重演'暗度陈仓'，况乎我全军东向，彭城岂非正成香饵，引得汉军来袭？"

龙且便拍案道："莫非他有虎胆？"

范增瞟了一眼龙且，从容应道："兵法曰，善用兵者，如常山之蛇，击尾则首至，击首则尾至。而我军东向，深入齐地，有数十城须逐个拔除。设若汉军袭我背后，则我首尾不能相顾，此乃兵家大忌也！"

龙且却不以为然道："亚父学问高深，然末将只知，壮士不容他人掌掴！"

钟离眜便笑道："奈何左右脸颊，均有掌印了！"

众人便一起哄笑。

项羽也并无恼意，随着众人笑笑，说道："诸君可放言无忌。出兵乃国之大事，多议一议也好。"

周殷性素沉稳，此时便道："亚父所言，也有道理。微臣以为，汉与齐这两家，权衡利害，究竟哪家为我之大敌，须有所分辨，方可定下出兵之策。"

范增便拿出写好的节略折子，递给项羽："家臣西去，探访甚详，大王可一览。刘邦在关中，抚慰民众，兴建社稷，广施教化，俨然是来日天下之主了。其心叵测，其志必在东略，数月来他棋枰上每落一子，必在我要害处，不可不防。"

项羽在座中读了折子，对范增道："亚父有心了，难得如此详尽。然刘邦乃巧伪人，行事一向如此，每至一地，必收揽人心，亚父若为此事而忧，无乃太过小题大做了？"

"见微知著，岂是小题？刘邦在三秦的经略，大异于寻常诸侯，锋芒所指，必是我西楚。那田荣不过一介武夫，盘踞齐地，不过是占山为王。东西两敌，孰轻孰重，岂不一目了然吗？"

项羽便摇头笑道："亚父论事，无所不中；然此事还是揣度有误。寡人昨日收到一封密信，乃张良自韩地来函，说的就是田荣、刘邦事。"说着便拿出一束简牍，上留有火漆印痕，对众人道，"张良密信说，汉王未能称王关中，耿耿于怀，今欲得关中，如约即止，不敢东向……"

众人大感惊奇，接过密信互相传阅。

项羽随后又拿出两份密札，说道："随信还有两份文牍，乃齐赵两地互通的谋反书信。口说无凭，有文字为证。张良在信中称，齐欲与赵并灭楚，嘱我万勿掉以轻心。正是此信，促我决意伐齐。齐赵，我毗邻也；关中，远隔山水也。田荣、陈馀，已磨刀霍霍，刘邦掠地，不过贪恋关中富庶。孰轻孰重，还不分明吗？"

范增接过几份密札，细细看过，不禁满腹狐疑："张良自从潜回关中，即入刘邦幕中，是姜子牙一类人物，不单是参与谋划，还亲往韩地劝降。此信虽自韩地发出，但焉知不是受命于刘邦？真伪虚实，须细加辨别。"

虞姬此时从旁插嘴道："臣妾看来，亚父所虑，怕是更周全些。"

龙且便嚷道："然齐赵两地，火已要烧到眉毛了！"

项庄也道："门前寻衅，已无可再辱！"

虞姬不以为然道："辱不辱，是你等大丈夫的事。臣妾只知楚军不过十万，分派不了两处使用。田荣一个蚤贼，僭越称王，我看过不了数月，必将不战自乱。那刘邦却是枭雄，轻取三秦，对我已是虎视眈眈，我军不可不防。"

项伯此时站起身，高声道："不错。老夫以为，今大楚虽两面有警，然齐赵乃心腹之患，刘邦却是远在天边，癣疥之疾也。孰轻孰重，人尽可察。那刘邦虽诈，难道能飞过这千里阻隔吗？鸿门宴未除掉刘邦，固然令亚父耿耿于怀，但彼时他曾吓得半途退席而去，今日又有何依恃，敢来向西楚耀武？"

话音一落，龙且、桓楚、项庄等人便是一片叫好。

项羽便笑道："今日所议之事，依寡人之见，可以定论了。寡人观望齐地之乱，已七月有余，实无可再忍。正月之初，我大军须尽出，攻伐齐地，务求一战而定。九江王英布那里，寡人这就发信，召他率军前来。楚之雄兵，在彭城消磨日久，也该重整旗鼓了。各位爱卿，即日伐齐，尽可一展身手，也好青史上留得一个大名！"

龙且又问道："那陈馀小儿呢，如何打发？"

项羽道："齐赵眼下尚未联兵，暂不去理他。齐地若下，何愁陈馀？"

季布忽然想起，对项羽道："可禀报义帝，向天下发一檄文，则我军更为师出有名。"

项羽闻言，忽而沉默，半晌才说："已得九江王报称，一月之前，义帝在郴县穷泉地方，被无名盗贼所击杀。左右近臣，几无幸免。"

众人一声惊呼，都面面相觑。唯范增与钟离眜对视一眼，侧了头去，假装无事。

静默少顷，项羽才道："义帝驾崩，实出意外。所幸辅佐义帝的上柱国陈婴，大难不死，已逃至九江王处，不日即可返回彭城。"

龙且惊讶万端，不禁脱口道："九江王？莫不是他图财害命吧？"

项羽怒道："此等大事，不要妄言！"

季布闻此噩耗，唏嘘不已，遂问道："须为义帝发丧吗？"

项羽摇头道："义帝性命不保，国之耻也，发丧就不必了。寡人已命九江王，将他好生厚葬就是了。寡人与义帝，恩恩怨怨就此了结，我等还是专注西楚的大事。今日所议，大势已见分明，克敌宜由近及远，先灭田荣为上。"

众将见有仗可打，大都踊跃相庆，唯季布、周殷等人沉默不语。

龙且拍了拍胸脯道："大王焉用亲征？ 只须我与钟离眜两人领军，即可平定齐地，如烹鱼肉耳。"

项羽遂起身道："不可！ 齐乃大国，入敌境，克城不易，非比两军旷野对阵，寡人决意亲征。 为防彭越驰援田荣，着令萧公角领别军一支，往梁地击彭越。 彭城仅留亚父、虞子期驻守。 除此之外，各位皆随我伐齐。 正月吉日，克期发兵！"

众将便纷纷起立，抱拳应道："唯大王之命是从！"

项羽遂将紫狐裘向后一撩，指着窗外雪景道："诸君，如此河山，怎能辜负？ 与亚父相比，我辈都还算是少年辈，尚需历练。然天赐我韶华，亦赐我大任，今生今世，必欲扫尽鼠辈而后快！"

众将闻言，无不振奋，齐呼："大王圣明！"

喧哗中，范增暗叹了一声，起身向项羽一揖，一语不发便跨出了大殿。

正月初一，十万楚军齐集彭城，遍野尽是赤旗、甲衣，声势极壮。 项羽在戏马台上检阅三军，不觉志得意满。 唯九江王英布称病未到，只派了一员偏将，领四千兵卒前来助战，颇令人不快。龙且便恼火道："英布这贼子，有异心了吗？"

英布原为乡里恶少年，因犯法被刺字黥①面，人亦称他"黥布"。 后被调发修骊山陵墓，因不甘受凌虐，便逃到长江上做了水贼。 秦末大乱，他与番阳令吴芮合谋，也拉起一支人马来，投了

---

① 黥(qíng)，古代刑罚之一，在脸上刺字并涂墨，以为惩戒。

项梁。 之后英布在楚，每战必为先锋。 咸阳分封时，项羽赏识英布之勇，便封了他九江王。

此次英布不来，戏马台上，众将便是一片议论。 项羽亦心有不满，却是一笑置之："九江王功高，正当养尊处优，此乃人之常情耳。 他来或不来，楚军皆是天下无敌，此事毋庸再议。"说罢，回头对范增道，"亚父，区区田荣，便不劳你亲往了，等我提他首级来给你看。"

范增神色如止水，只是拱手道："大王无往而不胜，老臣并无疑虑。"

待到正月初，项王一声号令，各路楚军便分头杀入齐境，摧枯拉朽。 原以为田荣在齐经营多时，物产又足，须有一些硬仗要打。 岂知那田荣不过是关起门来称王称霸，下属文武，只知搜刮民财，欺下诳上。 若无事时，俨然一泱泱大国，一遇楚军入寇，则各处无不土崩瓦解。

那楚军作战，与各军都不同。 将领们不大讲究阵法，只凭一股狠意，士卒击技与勇力都在各军之上。 遇战，皆如狼似虎。 可反复冲击而士气不惰，遇战况不利亦不溃散。

此次楚大军一动，便漫山遍野都是赤红旗甲，如烈火燎原一般。 那齐军当年并未参与巨鹿救赵，未见过楚军这般气吞万里的凶猛，甫一开战，即溃不成军，只恨爹娘少生了两条腿。

不数日间，楚军便杀到了城阳。 田荣倚仗一身悍勇之气，率齐军精锐也来至此城下，欲与楚军决战。 但结果仍一样，齐军大败，一哄而散，城阳亦被攻破。 田荣只得带了数百骑，落荒而逃，向北狂奔七百里，窜入鬲（gé）县。

鬲县，便是后世的平原郡。 败逃至此，也是田荣自己要寻死，仍不改暴戾本色，强令平原百姓纳粮筹款，以充军资。

那平原百姓，原就没受过田荣甚么恩惠，今见他穷凶极恶，便都不买账。商议之下，索性聚众造反了，一时间纠集起万余人，将平原城团团围住，一举攻破。混乱中，田荣竟被百姓棍棒齐下，活活打死。

田荣一死，齐地实际上便告平定，但项羽气恼齐民跟随田荣反楚，便下令纵兵焚杀。每破一城，必焚烧民宅，堕坏城墙。降卒一律坑杀，老弱妇女统统拘系，肆意凌辱。

攻下城阳后，项羽将此前的一位旧齐王田假，立为新的齐王。这个田假，是在秦末田儋死后，由百姓推举出的一位齐王，系战国末代齐王之弟。当初在位不久，就被田荣逐走，奔至项羽帐下寄食，今日总算荣归故里。

然而城阳百姓，皆不认这个田假，反倒怀念起故主田荣来了，拥戴田荣之弟田横将军，起兵反楚。那田横，是个凛然壮士，在各处搜罗残兵余众，立誓复仇，一时竟得了数万人。须臾之间便夺回了城阳，逐走了傀儡田假。

彼时项羽正率军攻城略地，忽见田假狼狈奔至楚军大营，一问缘由，不禁勃然大怒。他恼恨田假竟如此不争气，想想留之无用，便命人将田假暗中处死，即率大军回攻城阳。

数日内，楚军便将城阳团团围住，几十辆冲车四面里攻打，人如蚁聚，箭如飞蝗。放眼看去，城阳就如火海中的一座孤岛，不日即将被火舌吞没，化为灰烬。项羽立于城下，踌躇满志，想那田横纠合的不过是些乌合之众，怎堪楚军这狂怒一击？

然而攻了数日，城阳只是拿不下。原来，那城中军民早被楚军杀怕，心知一旦城破，则万无生路，于是个个死命防守。城中百姓家家出人，户户纳粮，合城同仇敌忾。 楚军健卒虽长于野战，但在此坚城之下，却是死伤枕藉，寸功未得。

项羽这日便骑了乌骓马，带了桓楚，绕城看了一圈。 发觉各处守军，都是拼死在守，那滚木礌石，下雨似的抛下，楚兵再善战亦是抵挡不住。 到得北门一处，忽然发现此处全是妇人把守，城上呐喊声虽大，却是莺莺燕燕。

项羽抬头望去，见城上妇人老弱皆有，前仆后继，奋力抛石，竟一丝儿也不让须眉。 于是便发怒道："我西楚雄师，竟奈何不得妇人乎？"

随后便调龙且营中死士数千，专攻此处，务求三日破城。 项羽来了拗脾气，每阵都身先士卒，背负捣土筑墙用的木杵，冲至阵前，在城下垒起高台放箭。 一面又下令，聚拢云梯车一字排开，蜂拥扑城。

哪晓得这一众妇女，由田横夫人带领，皆抱必死之决心。 楚军的云梯刚刚靠近，便有成桶的污物泼下，臭气熏天，令人几欲窒息。 未等楚军稍作喘息，又有铁镬滚油兜头泼下，直烫得楚军哀声连天，接二连三地滚下。

城下弓弩手见了，眼都冒出火来，眨眼便是万箭齐发，城上妇女仍冒死不退，倒下一个，便又立起一个。 连攻几日，连项羽也有所悟：原来那妇女若不要命，男子也莫可奈何。

见攻城不利，项羽便不免焦躁。 这日，他实在不耐烦，便命项伯登上城外高台，劝田横速降。

高台之上，众军士用盾牌将项伯护住，项伯引颈大呼："楚左尹项伯在此，请你家将军田横出来说话！"

不一会儿，只见田横一身劲甲，登上城楼，回应道："我即田横，有话便讲。"

项伯便拱手道："军中未便行大礼，项伯在此拜过将军。 将军大名，如雷贯耳，在下倾慕已久。 今西楚方兴，天下归附，请将军判明大势，勿以卵击石。 如举城来降，项王必赞将军大义，封将军为齐王，可保万世富贵。"

田横怒气填膺，指着项伯骂道："你说此话，无异于狗彘心肠！ 楚师无端入寇齐地，所过残灭无已，妇孺皆屠，狠毒更甚于暴秦。 尔等逆行，必遭天谴，我田横兴义师，便是要报国破之仇。 尔等倒行逆施，还想图万世富贵，岂非梦呓？ 丧尽天良之徒，还有何脸面来劝降？ 速去掘好墓穴，等着受死吧！"

项伯又道："将军豪气可嘉，然人力难胜天意。 如能息兵戈，开门输诚，仍不失为齐之英雄。 请勿疑虑。"

"妄言！ 应息兵戈的，是尔等禽兽！ 楚逆犯境，滥杀无辜，已是天人共愤，天下皆看清了你辈虎狼本性。 我田氏，乃齐之宗室，世代传国，树堂堂正正之旗，不似尔等蛮邦鄙夫，趁乱窃国，妄称霸王，实则草寇。 你项伯亦是略知诗书的人，可知古往今来岂有以杀人而成大业的？ 回去告诉你那莽夫侄儿，若退兵而去，或可保得一个诸侯可做，若一意孤行，必为天下所共诛，落得碎尸万段，死无葬所。"

"这个……将军意气用事了！ 令兄并非为我楚军所害，而是暴民所害。 彼等暴民，全赖我大军荡平。 今后，齐楚可为一家，浑然兄弟，何苦以军民性命做赌？ 今降旗一竖，则万民如释重负；若大军破城，纵然生民万户，皆顷刻间烟飞，将军也必罪无可逭，到那时便悔之莫及了。"

"屁话！ 我只知忠勇报国，邪不侵正。 尔等要试我齐人锋锷，尽管拿头颅来试。 你家主公，灭得了王离、章邯，灭不了我匹夫田横。 流血乃军伍本色，如何吓得了慷慨之士？ 唯你这腐儒，才如鼠辈只知偷生。 军中是较量勇力之地，你这老贼，无须在此多费唇舌了，速去复命吧！"说罢，他将手中令旗一挥，城上便是一阵金鼓齐鸣，箭镞乱飞。 兵民混杂一处，摇旗呐喊，全无力竭之意。

项羽在城下看得清楚，气得目眦欲裂，严令三军轮番攻城，昼夜不息，不计利害也要攻下城阳。

彼时范增未在军中，见项王暴怒，众将都不敢劝，只得不顾死伤，发力攻城。 过了旬日，季布看看如此下去，徒增伤亡，于是便向项羽谏道："顿兵于坚城之下，不是日久之计。 不妨四出掠地，克服齐之全境，或可令田横绝望而降。"

项羽觉此计甚好，便留下龙且围困城阳，自己亲率大军北进，直打到潍县、缘陵、夜邑一带。 楚军过处，城乡又是一片火海。然战局自此却有所逆转，渐渐地有利于齐国了。 田横在城阳，立了田荣之子田广为齐王，齐民更觉前程有望，都在四处兴起兵戈，与楚军作对。 楚每略一地，都须争夺再三。

齐地战事，竟一直拖延下来，数月不见分晓。

血火厮杀中，堪堪已入三月，春暖花开了。 不久有梁地战报送还，说萧公角一军，为彭越所败。 项羽便更觉焦躁起来，细思自军兴以来，无有一战有过如此的无奈。

这日，项羽与项伯在大营中商讨，已破各城如何遣人去打理。项伯便道："杀人太多，齐民怨恨过甚，今后可略为宽仁为妥。"

项羽怒目嗔道："民乃贼也，不杀，何以使之惧？"

项伯却摇头道："然民不可以屠尽，即便仅余数千，彼等又可生生不息，如之奈何？ 若欲使齐地不复叛，则终须怀柔。"

项羽闻听此话，不由想到那骑驴老者所言"子为政，焉用杀"，亦正是此意，心下就是一怔。 那夜，或是老者即在有意讽喻？ 于是对项伯道："也罢！ 寡人便稍缓，可令各军暂且封刀吧。"

正在此时，忽有谒者进帐，呈上文牍一件，说是殷王司马卬有紧急军书送到。

项羽心中一跳，预感不妙，忙拆军书来看，原是司马卬告急：刘邦已举倾国之兵，出临晋关，渡河东来。 旬日之前，魏王豹已望风而降，汉军正分数路突入河内。 司马卬退守都城朝歌，料势不能敌，亟盼楚军来援。

项羽大怒，将那军书狠狠掷于地上："张良竖子骗我！"

项伯在旁，拾起军书看了，也是着急，叹道："这如何是好？ 我与敌正僵住，分兵断无可能。"

项羽想想，不禁怒气填膺："刘邦、张良，皆诡诈小人也。 以诈术行世，骗千秋之名，世间不知多少豪杰，都将死在这班小人手中！ 然兵家恃勇而胜，岂能以诈术而决胜负？ 我偏不信邪，只一刀一枪与他拼个高低。"

项伯便劝道："大王之志，天下皆知。 如刘邦敢冒犯大王，如冰雪投入鼎镬，管教他有来无回。 只是眼下困局，如何脱得出来？"

项羽便如笼中困兽，在帐中来回踱步："若我回军，则攻齐功亏一篑，此举万万不可。 想不到那刘邦老儿，真的就敢背后插刀。 如今，只盼得殷王能多撑几日了。"说到此，项羽瞪了项伯一眼，"当初，你也是主张对齐用兵的，今日如何？ 尔等眼光，还不如虞姬一个女流……唉! 若听信亚父之言,鸿门宴上动手,早便一了百了,事何至于此!"

项伯闻言,更加惶恐,不住地擦汗,想了片刻建言道:"或者,大王可速回军,防守彭城?"

"回军? 笑话! 刘邦莫非有吞天的胆子,敢来犯我楚境?我只担忧司马卬那厮,守不住朝歌。"

"老臣有一计,可遣使者,同来人一起赴朝歌,诈说我楚师不日便要还军,直抵朝歌,教那殷王不要慌乱。 殷王闻此,必会死守朝歌。"

项羽心知这不过是自欺欺人,然别无良策,也只得依了。

项伯正想去派遣使者,项羽却叫住他:"那殷王,去年八月便有意叛楚,幸得寡人派了都尉陈平,去把他阻吓住了。 陈平回报说,殷王已安抚好了,万无一失,寡人还赏了陈平二十镒金呢。若殷王今日再叛,寡人就要把陈平那个废人给烹了!"

项伯闻言,惊得一颤,手上的军书哗的一声坠地。 他望望项羽,见那满腮髭髯偾张,蕴含怒气,似正在朝外喷火。

项羽扫了一眼项伯,冷笑道:"国之重臣,临阵却计无所出!去教那龙且与钟离眜二将军,各领兵马五千,一去定陶,一去巨野,成掎角之势,扼住刘邦东窜之路。 两地距齐甚近,一日便可至,他二人今日就走吧。"

"唉,各领五千兵马,当得何用?"

"震慑而已! 莫不成,刘邦真敢前来犯境?"

项伯这才恍然大悟,忙拾起地上军书,唯唯而退。

待项伯走后,项羽越想越气,一脚踢翻几案,怒骂道:"庸人,庸人! 满坑满谷,如何恁多庸人!"

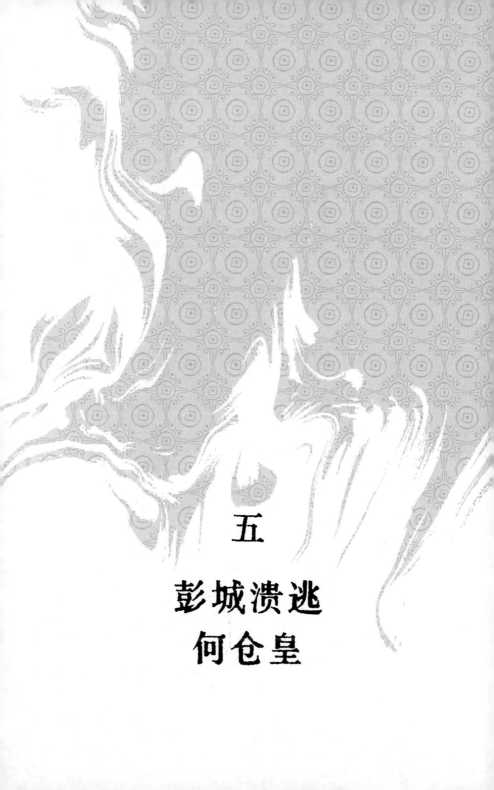

五

彭城溃逃
何仓皇

时值汉王二年（前205年）春三月，刘邦亲率大军突入河内，顺利如有天助。东征之初，刘邦便有谕令传檄各地，凡举一郡或率万人来归者，即封万户侯。河内郡这一带，素为平川丰饶之地，官民都不忍见生灵涂炭，郡县遂望风归附。汉军声威，立时震动半个天下。

　　刘邦一路收降，军伍如滚雪球般壮大，堪堪已有四十万之众。平川道上，只见黑旗黑甲的汉兵，遮天蔽地而来，宛似前不见首、后不见尾的一条巨龙。

　　殷王司马卬坐困都城朝歌，日夜盼项王发兵来救。可是直到将那北飞大雁望断，也不见有片羽飘落，只得闭了城门死守。向日从三秦遁走的赵贲，此时已降了司马卬，充作主将，统领城防事宜。

　　这等角色，哪里挡得住汉军滔滔洪流？大将军韩信略施小计，便教先锋灌婴在朝歌城外，以老弱之兵示弱，引得赵贲率军倾城而出。灌婴引军退了不远，一个回马枪杀来，殷军只顾捡拾汉军遗落的旗帜甲胄，猝不及防，一时便大乱。

　　未等乱军全部退入朝歌，灌婴军早已追到，一鼓作气杀进了朝歌，将那殷王司马卬俘获。唯有赵贲狡诈，脱去甲胄，混入乱兵中，往楚地投项王去了。

进占朝歌后，韩信又遣曹参率一支人马，趁势攻下了修武。至此，彭城已在汉军刀锋下不远处了，旬日可至。

刘邦松了一口气，自忖出关以来，不费甚么力气就连降三王，可谓顺乎天意，全无阻碍，便命全军在修武这地方稍作休整。

自定都栎阳之后，汉家初具兴国规模，君臣上下便有些脱略形骸，不似从前那样拘谨了。刘邦虽不是混世的声色之徒，但当了多年乡间小吏，也未能免俗，竞逐声色这一雅好，当即复发。此次出兵，大营里携带了些妖娆婢女，为刘邦所好。时令正是桃红柳绿，刘邦倍觉神旺，闲来无事，便教身边两个婢女伺候洗脚。

这日在修武大营，刘邦正优哉游哉地洗脚，忽有谒者随何来报，说已降殷王司马卬来见。

刘邦正洗得上瘾，也不起身，便吩咐道："召他进来吧。"

司马卬身着便服，满心惶然，正不知是祸是福。进得大帐，见刘邦这个架势，倒是吃了一惊。但兵败被俘，不死已属万幸，更有何尊严可言，便伏地恭谨拜道："臣司马卬觐见大王。"

刘邦挥挥手笑道："哈哈，司马兄，殷王！别来无恙乎？"

司马卬诚惶诚恐回道："大王，休再提甚么殷王不殷王。臣原为赵王歇手下裨将，因缘际会，受项王之赐，浪得虚名，怎敢与大王称兄道弟？"

"你不提我倒还忘了，当初我沛公军攻下颍川，恰逢司马兄也要渡河南下，与我争抢入咸阳之功。你我二人，还险些兵戎相见呢，哈哈！"

"惭愧！微臣当初实不知天高地厚。汉王天威，臣怎敢冒犯？当初在河畔相遇，遥望大王营垒，威仪赫赫。臣思之再三，不得不退避三舍。"

"不错，你倒是有些眼力。 罢罢，那些恩怨，今日都不必再提了。 兄深明大义，今日归了汉营，便是一家人。 寡人已经吩咐下去了，兄之诸侯王待遇，一仍其旧，决不委屈了你。 既然归汉，便与寡人同心，与那项王争个高下，不知司马兄可有志于此？"刚问罢，刘邦忽觉自己的模样未免不雅，便挥退了两个婢女，穿上鞋履，整好衣冠，要听司马卬如何答复。

司马卬未料刘邦能如此恳切，心头便一热，答道："大王宽仁，臣当奋身图报。 况乎霸王残暴，已惹得天下汹汹，今日伐楚，正如昔日之讨秦，臣岂能无动于衷，置身事外？"

"那好，就请司马兄去河内各地，招降旧部，重整兵马。 待大军休整几日，你便与寡人合兵一处，也好共享天下。"

"谢大王厚恩。 天下大势，臣也是了然于胸的，并非随风转蓬之辈。 如今降了大王，更绝无二心。"

刘邦忽然想起，便叮嘱道："既成一家，司马兄可不必拘谨。前已有塞王、翟王、常山王、河南王、魏王相继来归，多半都随军而行，就在大营起居。 你若无事时，便可与之常来往，饮酒下棋，不亦乐乎？"

司马卬答道："军务紧迫，不敢言喜乐。 塞王、翟王，当初是因降了楚才得王，故而可放心作乐。 鄙人不才，却是一刀一枪拼来的王，只知大丈夫合该战场上死！ 容臣下招降了旧部，为大王争得些脸面再说。"

"也好，司马兄倒是爽快人！ 我等作乐的日子，将来还多着呢，目下就有劳司马兄奔忙一场了。"

司马卬领命，便叩谢退出。

刘邦看他出去，对侍立在旁的随何叹道："这司马卬，人倒也踏实。所谓'慷慨之士'，说的就是此辈吧。与塞王、翟王那些滑头相比，大为不同。天下之士若多类此，我将省却多少心思。"

随何便道："项王暴虐，大王仁慈，诸王当看在眼中。"

刘邦喜不自胜，于是屈指算道："寡人今已有六王在手，还有那赵王歇、代王陈馀，寡人也已遣使召他们来助，汉家势大矣！那项王，身边只得江南三王算是盟友，如今又各自按兵不动，天下将属谁，便无须再问了。"说罢，便唤婢女赶快端水上来，继续洗脚。

随何见帐中无事，便告退出去。不一会儿却又引了副将魏无知进帐，叩首道："项王帐下陈平，从楚营逃出，来投大王。"

刘邦便大笑："那陈平，也来投我了？鸿门宴上，与他曾有一面之交，只记得他仪表堂堂，好个美丈夫。你见过了？"

魏无知禀道："陈平与臣早年即有旧交，昨已问过他投汉缘由，似并无欺诈。臣素知他抱经世之才、挟奇谋之术，若大王能用，置之帷幄，不久必建奇功。"

"哦？你说与我听，如何他要来投汉？"

"去年八月，殷王闻大王回军关中，立即呼应，欲举兵叛楚，项王便命陈平领数千兵马前来河内，欲以武力震慑，阻吓殷王，勿使其叛楚。然陈平并未用兵，仅凭三寸不烂之舌，即吓住了殷王。今殷王复又叛楚，归顺我汉家，项王大怒，便欲烹了陈平。陈平闻风，派人把那往日的印绶、赏金送还给项王，只身仗剑，渡河来投我。"

"美丈夫也有如此眼光？如今我刘季，可不是在汉中蜗居之时了。天下英雄，眼看他一个个来投，真是快哉！"刘邦大笑不止，吩咐道，"寡人洗脚，正在兴头上，莫教他搅了我的雅兴。随何，你去将陈平安顿好。夕食时候，有那近日来投的一干人等，都请来，寡人一并宴请。"

随何领命，便与魏无知一道退下了。

当日后晌，刘邦在大帐赐宴，与七位新近来投的宾客共进夕食。此时刘邦已从韩信归心的事上得了经验，知道有志之士慢待不得，于是郑重更衣，着汉王锦袍赴宴，态度甚恭。

席上有张良、韩信作陪。二人昔在楚营，都与陈平相熟，于是三人执手问候，言及往事，都不胜感慨。

待众人落座，刘邦便举杯劝酒道："寡人求才若渴，众壮士来投，正中我下怀。昔我得张良、韩信，已如有天助；今又得七位英豪，岂非龙添鳞爪，欲腾于天了？哈哈！我举大军伐无道，用得着诸君的地方甚多。诸君前程，不必挂虑，今朝可畅怀痛饮。"

众人由衷感激，都举杯盛赞汉王功德。刘邦便摆摆手道："谋大事，诸君请陈言务去，这些歌功颂德的话，今后可全免。寡人与诸君，兄弟也；尔等入汉营，即是归家。"

一席话，竟说得众人热泪涟涟。席间即有一人起身，感泣道："海内志士相率反秦，岂是为前门驱虎、后门迎狼？那楚霸王横暴天下，无人敢当。唯大王敢捋虎须，兴义兵东来，天下何人不敬佩？今我辈来投，非为前程，乃为大义耳。"

刘邦闻言，哈哈大笑，连饮三杯以贺众人。

酒宴不觉便有了一个时辰，刘邦看看众人已尽欢，便道："今日时辰晚了，各位可就客舍歇息。"

众人皆伏地叩谢，独有陈平不拜，霍然起身道："大王，臣为谋大事而来，所言不可过今日！"

刘邦一怔，见陈平一身白袍，长身美仪，其风姿飘逸，丝毫不亚于张良。当即便笑道："陈平兄，果然并非徒有其表！那么……好，散席后就请留步，寡人今晚与你作竟夜长谈，如何？可不要学当日韩信，一赌气跑掉了。"

　　韩信便朝陈平拱手道："陈平兄，既入汉家，凡事须耐得磨。兄今得大王礼遇，远胜于弟在汉中筹粮那时了。"

　　众人便一齐发笑，都纷纷向陈平敬酒。

　　是夜，刘邦换上便服，屏退左右婢女，与陈平灯下对坐，帐外只留随何听候传唤。

　　刘邦先谢道："鸿门宴一别，寡人念念不忘。彼时全赖陈平兄与项伯全力维护，寡人方得逃生。竟不知兄在楚营并不得意。"

　　陈平便道："项王待我倒也不薄，只是他刚愎自用，不听劝谏，反喜听谗言。遇事不顺，便苛责属下。我这里一肚子好计谋，全成了废柴。"

　　"哈哈，项王量小寡恩，一贯如此。兄此次从楚营来，可还顺利？"

　　"逃离楚营，倒无惊险。只是渡河时，险些丢了性命。"

　　刘邦一惊："怎么说？"

　　陈平便细述道："臣昨日乘舟渡河，不想那艄公数人，看我衣冠楚楚，疑心我腰间藏有宝货，欲在中流将我谋害。我见彼等神色不对，便脱去衣袍，裸身助他撑船。彼等水贼见我腰间空空，除男人胯下那'宝货'而外，一无所有，遂收起贼心，臣方得安然渡河。既渡河，臣连那袍子也不敢要了，狼狈逃来汉营……"

　　刘邦忍不住哈哈大笑："大丈夫，此事不为耻。兄之机敏，正与寡人相同！"寒暄既毕，又促膝向前，低声道，"寡人要听你谈正事，有何言相告？"

陈平敛容道："汉王今来此地，距彭城仅有咫尺之遥，其间无一屏障，何以大军逡巡于此，半月不进？"

刘邦捋须思谋片刻，方答道："唯虑孤军不可深入。待稍后，即与诸侯联兵而进。"

陈平便从怀中摸出一卷绢帛秘图来，交予刘邦道："此乃我离楚营之后，凭记忆所绘。彭城一带山川形势、驻军防务，尽在此图中，大王可一览。楚军十万，倾国伐齐，此良机千载难逢，大王还犹豫甚么？"

"陈兄高明，然我今出函谷关，连收三王，项王能不警觉乎？如回军击我，将何如？"

"项王行事，从来不留余地。若他防备陛下，便不会贸然伐齐；今既伐齐，必心无他顾。闻大王东出，他至多遣一支别军来阻吓，岂能尽数班师呢？"

刘邦便打开秘图来看，看了片刻，忽而拍案叫绝道："陈平兄，你果然是秀外慧中。此图，你今晚就好好与寡人讲解一番。"

陈平稍有迟疑，而后叩首一拜，慨然道："臣毅然投汉，只为能一展生平之志。"

"这个……兄在楚营，项王给你个甚么官儿做？"

"都尉。"

"那么好，寡人今亦封你为都尉。一来，典护军，掌将校任免与调遣；二来，做我亲随，换下周绁，由你来做我的骖乘，以备随时顾问。"

陈平忙伏地谢恩。

刘邦便一挥手，教他不必客气："魏无知说你有经纬之才，果不其然。 今夜，寡人便与你定下攻彭城大计。"说罢，便朝帐外唤道，"随何，寡人今夜不睡了，你自去歇息吧。"

这一夜，两人谈到时近平旦，陈平方告退。 刘邦将他送至帐外，大笑道："我汉家，今日有两位出谋划策之士了，且都美貌如妇人，此岂非天意乎？"

刘邦定下了取彭城大计，兴奋异常，天明后亦不歇息，立即写了手谕，教随何送至太尉幕府，着令将陈平的任命向各军下达。

晨操过后，一众将军看到任命状，不禁大哗，皆有不服之心。 周勃对众人道："陈平何人？ 楚之逃卒也，大王何以抬举若此？ 未知本领高下，便与之共乘一车，还要监护我辈老将，天下哪有这等道理？"

众将也是一派愤恨之色，纷纷攘臂不服。

到午时，随何有事去周勃营中，听到众将七嘴八舌，群情汹汹，连忙回来向汉王禀报。

刘邦闻报，只是一笑："沛县旧人，迄今仍一无长进！ 寡人当初，险些放跑了一个韩信，今日便绝不再错失陈平。"自此，全不理会军中议论，对陈平愈加优厚，还赏了他一些金钱，充作日用。

陈平就任之后，即协助刘邦整军。 所有部署皆代为处置，命令甚严。 几日下来，军中闻陈平之名，都觉悚然。

见陈平地位岿然不动，便有人开始趋奉，而沛县诸人则更加不服。 如此过了些时日，众将实在耐不住，便推了周勃、灌婴向刘邦进言。

这日，刘邦正在阅读陈馀来信，忽见二将闯进帐来，不觉诧异。

只听周勃怒气冲冲道："陈平虽美如冠玉，然肚里有何货物，实不可知。 臣等闻他昔日居家，曾乱伦盗嫂……"

刘邦愕然："甚么盗嫂？"

灌婴插言道："即是与嫂子胡来。"

"哦，果真？ 这又如何？"

"此人诡诈多变，实难从一而终。 昔日事魏王咎，为人所不容，于是逃亡归楚；归楚后又不称意，于是归汉。 今大王赐他如此高官，令掌护军，无乃太过抬举了？ 臣闻陈平举荐诸将，出贿金多者，可得好官职；出贿金少者，便无好差。 陈平若此，岂非一副小人嘴脸？ 臣看陈平，乃反复无常之徒也，愿大王详察，勿为奸究所惑。"

刘邦听了，不觉有所触动，便挥手道："此事寡人已知，待详察后再议，你们下去吧。"

二将走后，刘邦便叫了魏无知来，劈头盖脸责问道："你举荐陈平，人却道陈平盗嫂纳贿，可有乎？"

魏无知倒也不慌，只镇定答道："盗嫂一事，所谓缘何，臣实不知。 臣与陈平，无事不谈，他家事臣亦尽知。 陈平少丧父母，与兄嫂同居，其兄见他好学，便独力躬耕，任陈平四处游学。 其嫂不忿，甚忌陈平。 有人曾谓陈平：'你家贫，食的甚么竟如此肥美？'其嫂便恨恨道：'所食无非糠麸耳。 有此小叔，还不如无！'其兄闻言大怒，遂休掉了那妇人。 所谓盗嫂，不知何出，只怕是千古奇冤了。"

刘邦便抚膝笑道："原来如此。 且夫……嫂便不可盗吗？ 那纳贿之事怎讲？"

魏无知答："确有此事。"

刘邦便有了怒意："那么，你说他是贤人，又是何意？"

"臣之所言，乃陈平之才能；而陛下所问，乃其人之德行。即便他守信有如古之尾生、贤德有如古之孝己，然却不通争战胜负之术，陛下要他又有何用？今楚汉相争，臣举荐的是奇谋之士，足以利国家而已。至于盗嫂、纳贿，又有何妨呢？"

刘邦沉吟半晌，才道："你说的有道理，然细节不堪，大节还可信吗？"

"臣闻陈平少时，恰逢乡里社日①，乡人推他主宰分肉，所分斤两甚为公平，父老皆称善。陈平便道：'嗟乎！倘若我陈平来宰天下，亦如这分肉一般！'以臣观之，此即为大节。"

"竟有这等事？好，你先退下，待我当面问他。"

待魏无知退下，刘邦思来想去，仍觉此事不甚妥当。前日一高兴，赏了陈平高位，然一旦所托非人，若半途叛汉而去，岂非要贻笑众人？于是即唤了随何，两人都着便服，骑马去了陈平大帐。

走近陈平军帐，猛见门口卫卒面熟，刘邦急忙下马仔细打量，心里便奇："此人为何如此酷似张耳？"然心下却明白，以张耳身份，不可能来为陈平执戟。

饶是如此，刘邦还是情不自禁朝那卫卒一揖，险些就要动问"张兄久违了"。那卫卒见汉王如此客气，竟然手足无措，慌忙伏地还礼。

那军帐中，陈平正与两名校尉商谈，见刘邦突然进帐，两校尉都神色慌张，连忙退下了。陈平便起身，恭请刘邦入座。

---

① 社日，古代百姓祭祀土地神的节日。

刘邦也不客气，坐在陈平案前，看看帐内陈设，果然有不少豪奢之物。又随手翻了翻案上书籍，见都是《老子》《管子》之类的黄老之书，心下便暗道："这个书生，倒不迂腐。"

陈平望见刘邦神色似略有不豫，心里也猜中了七八分，于是叩拜道："陛下莅临敝处，必有指教，臣洗耳恭听。"

刘邦想想，便直截了当问道："寡人今来见都尉，是有一事不明，特来请教。先生早年事魏，有始无终；后事楚，又叛离而去；今又从我，可耐得几日？有信用者，能如此三心二意吗？"

陈平闻此言不善，便知有人在刘邦面前进了谗言。此类事，他平生所遇甚多，便也不恼，只心平气和辩解道："臣早前事魏王咎，魏王不听臣言，故而离去，转事项王。哪知项王更不信任高士，所用之人，非项氏一族，便是妻兄妻弟，有如开夫妻店，哪里有治天下的气象？臣在楚营，便闻大王能用人，故而来归大王。臣已向大王讲明，项王昔日所赐黄金，臣已全数奉还，渡河而来，又险遭水贼劫掠，系裸身入汉，如今不受贿金，又何以为生呢？"

刘邦闻言，面色便稍缓，但仍摇头道："图大事者，贪财又有何用？"

"臣正是为大事而来，故而不拘小节。臣之谋划，如有可采用者，大王便可用之；如无可用者，大王近日给臣的赏金，都分文未动，可原数封还官库，臣只乞求退居林下，优游卒岁好了。"

刘邦一下便怔住，心里将陈平的话掂了一掂，忙摆手道："先生高义，非村俗者可及，算了，勿与他人赌气了。近日寡人只忙于军务，忘了先生实已一贫如洗。此事寡人且记下，兄今后之吃喝用度，便可无虑了。"

陈平一笑："众口铄金，人皆不可免。臣陈平，生来就是箭靶，无端被谗。做事或直行，或诡道，总听不到人家一句好言语，日久倒也惯了。"

刘邦便大感尴尬，忙扯住陈平衣袖道："先生万勿萌生退意，我与项王争高下，正有赖于君。我沛县旧部所言，乃妇人之心也。彼等只配为寡人牵马执鞭，何如先生之高致？寡人已知错了，先生可宽恕吗？"

陈平慌忙下拜道："不敢，不敢。"

刘邦便一指案上书籍道："先生所喜黄老之言，正与寡人相同。同气相求者，天地间亦难寻一二，小事便不用计较了。"

陈平连连叩首道："谢大王知遇之恩。"

刘邦告辞走到帐外，又见那卫卒，便问陈平："你这左右，怎的如此貌似张耳？"

陈平掩口笑道："前日巡查各营，见此卒相貌酷肖常山王，几不辨真假，便收来做亲随。每日恍似常山王为微臣执戟，不亦有趣乎？"

刘邦遂大笑："你这书生，就是好强。可记得老子曰：'强梁者不得其死'？"

陈平辩道："臣亦闻老子言，'强大处下，柔弱处上'。故有此安排。"

刘邦叱了一声："鬼才！"便上马而去。

从陈平大帐回来，刘邦心中已有数，即命随何速拟任命状，加陈平为护军中尉，掌考核全军功过赏罚，另有厚赐一笔，亦不在话下。

众将见了陈平新的任命下来，都似兜头被浇了一瓢凉水。心下便叫苦：每进一言，陈平便加官一级，如此下去，还了得吗？

于是，皆不敢再言。

刘邦受陈平鼓动，心有所动，便起了直捣彭城之念。只怕错失了良机，天下就再难属刘。然自思军兴以来，尚未与项王交过锋，胜负实难预料。踌躇之间，便召张良来询问。

张良应召来到帐中，听了刘邦的一番谋划，又俯身在陈平所绘的秘图上看了半晌，方道："臣虽略知天下大势，然全从强弱之势上分辨，军旅之事则一窍不通，此事恐还须详询韩信。"

刘邦便笑道："子房①兄，昔日为我谋烧栈道之计、离间楚与齐赵之计，都何其精妙，如何今日便胆小起来？"

张良便答："《周易》曰，遇敌，或鼓或罢，最可忧的是位不当也。大王之德，令天下归服，故而进兵以来，所向披靡。现正值彭城空虚，大王若统天下之兵击彭城，看来并无不当。然楚大军在齐，一旦回攻，我将如何应付？"

"子房兄所虑，唯此一节吗？"

"然也。"

"我兵多，他兵寡，有何忧之？"

"强势非为兵多之故。楚乃善战之兵，我乃杂凑之兵，不应以数目多少而论强弱。"

"我以有道伐无道，岂能言弱？"

"兵家较量，唯在谋略。有道而无谋，也不免大败亏输。想那春秋之时，宋襄公乃无道乎？"

见张良固执己见，刘邦无奈，只得叹一声道："那好，兄且歇

① 张良，字子房。

息，待我面询韩信再说。"

送走张良后，刘邦便命随何去唤韩信来见。待韩信一进大帐，刘邦便拉住他衣襟，邀其坐下，拱手道："出关以来，无坚不克，直教寡人喜出望外。大将军用兵，真乃天下无双。"

韩信忙客气道："此乃势也，微臣不敢掠美。关中形胜，居天下之高处；大王吊民伐罪，亦居道义之高处。居此高位之势，滚滚而下，何人能当之？"

"诚然！说得好！我军既蓄势已久，可否于今日破袭彭城，一举拔除项王那老巢？"

韩信闻言便不语，也似张良一般，将案头那幅秘图看了又看，半晌才道："战，危事也，不可不察其危。孙子曾以水上投漂石为喻，言石漂水上，是为借势；然漂石之力亦有尽时。我军一鼓作气，连下河东、河南、河内这'三河'，势已达于鼎盛。不若休兵一年，待齐楚相争、两败俱伤之后，再兴兵伐楚为好。"

"哈哈，将军如何也胆小起来？今我已降伏关内外六王，所收兵马，连寡人都不知究竟有多少，总有四十万之众吧，怎能言势将尽呢？往昔在汉中，我汉家兵马仅四万有余，将军便力劝我东征；今日胆量，如何反不如弱小之时了？"

"蕞尔三秦，焉能与项王相比？项王勇猛，纵横天下，我军从未与之一战，不得不慎。昔年我在楚营，深知其彪悍。今汉军扩充甚猛，人马杂乱，尚待操练年余，或能与楚军相持。汉家之生死，皆系于与楚一战，大王请慎思而行。"

刘邦见韩信有所退缩，胸中反而起了莫大雄心，睨了韩信一眼道："将军莫非担心不敢项王，会坏了你一世英名？若畏惧楚军强盛，寡人还可召陈馀相助，以赵、代之兵南下击楚。那楚军本就陷于齐地，难以脱身，纵是分兵来救彭城，又焉能以一当十？"

"大王，今燕赵梁齐，皆与楚为敌；我何不蛰伏年余，坐看他成败？"

"将军目光短浅了！ 一旦楚军灭齐，必声势大盛，彼时他再掉头来击我，我倒是骑虎难下了，不若趁他无暇西顾，便一举堕灭彭城。 彭城乃楚之根本，根本一失，则他大势去矣。"

见刘邦攻彭城之意已决，韩信便不再言语，只是微微摇头。

刘邦卷起秘图，笑道："胆小不得将军做，你这将军，倒是如何做的？ 今吾意已决，日内即赴洛阳，彼处地广物丰，极利大军云集。 待人马聚齐，便克期出征。 将军若有疑虑，可领别军一支，在洛阳为我应援。 记得昔日在汉中，将军曾言寡人将兵之才，不过十万而已。 明日寡人就要将兵四十万，为将军前驱，踏破那彭城给你看！"

韩信慌忙伏地谢罪："微臣戏言，不可当真。"

刘邦便向韩信一伸手："把你那柄汉王剑交还寡人吧，有此物护佑，有何敌不能克？"

韩信忙解下汉王剑呈上，又道："大王，须防项王突然回军。"

刘邦便哂笑："方才张良也有此言，君子本应无畏，如何都胆小如兔了？ 将军请放心，陪着你用兵数月，寡人看也看会了，自会小心。"

旬日之后，刘邦便下了号令，汉军从渡口平阴津，南渡大河，抵近中原重镇洛阳。 早已归汉的河南王申阳，带领群臣与地方父老，郊迎三十里，焚香跪拜。 汉王车辇在此处停下，刘邦下得车来，与申阳寒暄了几句。 见早前归降了申阳的陆贾，竟也在出迎队列中，不禁就大笑："陆贾兄！国之辩士，不想居然被别人说服了。然江河万里，终要归海呀。今后，兄便随我左右，可不要再跑掉了。"

陆贾满面羞愧，伏地谢罪不止。

刘邦便令申阳君臣骑马，随在车驾行列之后，浩浩荡荡向洛阳城进发。

洛阳曾为秦三川郡的郡城，当年沛公军西征，便是在此城下，击杀了李斯之子李由。而今重返故地，刘邦便觉有一股豪气冲天。

此刻刘邦身着紫袍，头戴天平冠，按剑而立。他身边，骖乘陈平一袭白袍，执戟肃立，有如玉树临风。道旁洛阳百姓，早熟知沛公大名，今望见刘邦车驾如此堂皇，都惊为天人，纷纷跪于道旁，山呼万岁。

刘邦扬扬得意地对陈平道："当年秦王出关灭六国，也不过如此吧？

陈平笑答："大王明日，还将受彭城百姓欢呼，那才是得意！"

"先生在楚营，可见过如此场面？"

"托大王之福，寒门如我，今生能如此，实有转世再生之感。"

"咄！寡人不要听这些奉承话。今我军开进洛阳，如箭在弦上，即日便要直下彭城，再无止步的余地了。然寡人日前征询张良、韩信之意，两人却都暧昧不明，实教人不放心呀。"

"大王勿虑，两位所忧，无非是怕楚军回击，难以抵挡。人都道彭城乃四战之地，无险可守，其实不然。项王定都彭城，必经高人指点，绝非小儿见识。臣看那彭城，三面环山，独有西面为一马平川。我军他日就是从西面攻入。项王他如欲从齐地反扑，则彭城三面之山，皆为我屏障。"

"哦？此一节，寡人还真是未曾想到。"

陈平便面露得意之色："此即老子所言，'国之利器不可以示人'。另外，彭城还有一奇：东北西三面，又皆环水，分明是以汴水、泗水为池，唯南向可通车马，何人敢言其易攻难守？"

刘邦便惊异道："那么，他日如何攻得下？"

"若楚大军现下麇集彭城，则我军唯有望洋兴叹；然他却空城而去，实乃天意也！"

刘邦遂抚膝大叹："如此，我更有何惧？"

如此一路说话，堪堪将近洛阳北门，道旁欢呼声愈加震耳，刘邦环视左右，频频挥手，忙个不亦乐乎。

忽然，前导车队停止不进，前面人声喧哗，似有人拦道滋事。陈平一惊，忙将长戟在车轼前一横，准备护卫刘邦。

此时前驱队内一名校尉，飞马来报："前头有数十名乡老，望尘拦道，要见大王。"

刘邦这才放下心来："原是民要见官，真吓煞人了！就唤他们来见吧。"

不一会儿，只见有三十多位本地老翁，来到刘邦车辇前，伏地跪拜，口诵恩德。

刘邦便朝那领头的一位问道："老丈，姓甚名谁，何方人氏呀？"

那苍髯老者答道："小人乃洛阳新城三老，敝姓董，翘盼大王日久，今率众乡老来见，乃有一言相谏。"

"原是董公三老，久仰久仰！不知父老们有何事指教，都请起来说话吧。"

众乡老便都起身，那董公便突兀问道："大王在秦地，可曾闻义帝驾崩？"

"哦？此事当真？关山阻隔，只有风闻而已，不能坐实。"

"去年十月，义帝在郴县冷泉，被一伙无名强人所弑，遗骸弃置蒿莱，备极惨痛！大王可想过，何人恨义帝如此？长沙郡百姓皆心知肚明，纷纷传言道：乃是项王暗嘱英布，假扮强盗而为之。"

刘邦闻言，脸色就白了一白，连忙跳下车来，扶住董公道："寡人孤陋，实不知此情，公可细细与我道来。"

"义帝宽仁，与世无争。为项王所放逐，已是沦落蛮荒了，何人还会嫌他碍眼？除项王更无他人！人言'顺德者昌，逆德者亡'，项王弑主，为逆天之贼，天下应共讨之。不知大王率军数十万，来河南有何贵干？"

"实不相瞒，正欲与项王争个高下。"

"古人云：'明其为贼，敌乃可服。'向日大王与项王共事义帝，君臣有序。今项王弑杀义帝，大王岂能熟视无睹？今大王来此，却师出无名，无非欲与项王争尺寸之土。你这汉军，义又何在？理又何在？名为楚汉不两立，实皆为掠地争利之帮伙，岂有高下之分？诸侯及百姓，缘何要拒项氏而迎汉家？"

一番话，说得刘邦冷汗直冒："哦呀！如之奈何，请先生教我。"

董公道："以老夫之见，何不令三军素服，为义帝发丧，将项王弑主一事，传檄昭告天下。老夫又曾闻'兵出无名，事故不成'，大王若以此之名东征，天下必将共仰之，事又何愁不成？大王之功，在此一举。将来青史之美名，堪比上古三王了。"

刘邦连连颔首道："久不闻大雅之论，足令人汗颜！若非董公，寡人险些入了迷途。寡人这便遵董公之言，传檄天下，为义帝发丧，召天下诸侯，人无分亲疏，地无分南北，共讨叛逆，定教他项王成涸泉之鱼。"

董公便深深一拜："山东诸国之民，曾苦秦久矣。今暴秦虽亡，复又见楚之凶顽，创伤累累，何日是个尽头？故六国百姓，皆翘首盼望有圣人出。我辈今日叩马拦道，也正是为此。"

刘邦便感慨道："闻长者一言，胜过读书三载呀！敢问老人家高寿？"

"小老儿无才，八十有二。"

"哦呀！看你精神还健旺，何不投军，为寡人之左右手？"

那董公便笑道："草野匹夫，死期将至，还谈何仕进？老夫当年曾耳闻沛公事迹，感念大王在秦约法三章，为一代仁德之君，唯愿大王终成天下之主，永除秦之苛政，则万民有福了。"

刘邦心头一热，眼泪都险些流出来，忙吩咐陈平："你安顿好这些长者，各赏白米一石、绢一匹，派员护送归家。"

陈平领命，便下车来招呼众乡老，那一干人等都纷纷拜谢，老泪纵横。

入洛阳城后，刘邦未及喘息，随即斋戒三日。三日后，便在洛阳南门外搭起了义帝灵堂。刘邦亲率百官出城，为义帝发丧致哀。

这日，数百文武官员皆免冠，祖露右臂，一身缟素，跪伏于义帝灵前，号啕大哭。三军将士皆以白布缠头，列阵致哀，一时哭得天昏地暗，引来洛阳民众观者如堵。

百官致哀毕，陈平即登上高台，高声宣读汉王告诸侯书：

> 天下共立义帝，北面事之。今项羽放杀义帝于江南，大逆无道。寡人亲为发丧，诸侯皆缟素。悉发关中兵，收三河士，南浮江汉以下，愿从诸侯击楚之杀义帝者。

文告宣读完毕，三军又是一阵号哭，震天动地。

刘邦对董公谏言的妙处心领神会，把这哭义帝的场面尽力做足，一连举哀三日，轰动天下。其实那义帝，不过是个懵懂少年，至死都不免浑浑噩噩。但刘邦在此时，倒也想起他许多好处来："若不是义帝命沛公军先行西征，我刘季哪里能夺得'先入定关中'的美名？"如此一想，真也就悲从中来，越发哭得伤心了。

这场大戏演毕，不消几日，刘邦便获齐王广与彭越回函，均称愿欣然从命，与刘邦联袂击楚。唯有陈馀回函多了个枝节：请汉王立诛张耳，则赵、代两国便无二心，愿从汉王伐楚。

阅毕陈馀的回函，刘邦却是犯了难："张耳，吾兄也。昔年在外黄县，他为县令，我为他客卿。今势蹙投我，杀之实为不忍。然陈馀可统赵、代两国兵马十万，拒之亦是不忍。"

思来想去，没有办法，只得召陈平前来商量。

陈平便道："陈馀之兵，不可拒之；然张耳之义，大王亦万不能负。只得将那陈馀骗了，诳说已杀了张耳，哄他出兵就是了。"

"不见头颅传去，他陈馀怎肯相信？"

陈平将那眼珠转了两转，忽然问道："大王可还记得臣下那名卫卒？"

"哦!"刘邦立即领悟了陈平之意,却不由沉吟起来,"这个么……"

"如今,只得舍小义而成大义了,且借那卫卒的头颅一用。"

"那兵士也是无辜,千里迢迢,从军随我到此。"

"大王,妇人之仁,万不可存。 那士卒,只须厚待他家眷就是了,多给些钱财,以为安抚。"

刘邦叹了一声:"也罢! 此事须你亲自操办,万勿走漏风声。我这里只教张耳兄易装别居,避一避人耳目就好。"

"大王可无虑,此事世间再无第三人知。"

"那卫卒,姓甚名谁?"

"他名唤郑勇。"

"家中可有兄弟?"

"有,其弟郑忠,也在我汉军吃粮,现为军候①。"

"那好,就将那郑忠拔为郎中,为我亲随,统领侍卫。"

"这……有些不妥吧。"

"有何不妥? 世上人心皆同。 以功名利禄笼络之,便无一个疑人。"

君臣二人谋妥后,陈平便叫来两名校尉,给那卫卒胡乱安个罪名,一刀砍下头颅,用锦函装了,遣使飞递赵国。 陈馀收到这个赝品,也难辨真假,于是慨然应允出兵。

刘邦得报大喜,当即召集群臣,议定了开拔日期。 议毕,便教韩信检点了所有兵马,得知竟有五十六万之多!

———————————

① 军候,汉军低级官职名。各部之下设曲,五百人为一曲,带队为军候。

刘邦吓了一跳:"兵马如此之众,如何筹粮,倒成了大事。"

韩信建言道:"可致信萧丞相,令他速从关中运粮。另,我军一入楚地,便是敌国,不必顾惜,可就地征粮,多多益善。"

刘邦觉此言有理,遂放下心来,将那出兵路径、各部配属布置妥当,这才来到河南王宫,召那几位诸侯王来,通报出兵之事。

刘邦端坐上首,睥睨座中,见六位诸侯王都十分恭谨,一派低眉顺眼模样,心中便顿感得意,拱了拱手道:"寡人讨逆公告,现已呈送各位,想必也正合各位之意。至昨日止,我已集齐兵马五十六万,大军不日将起程,不知诸君可有心与我亲征?"

那六位诸侯王归汉之后,尚寸功未建,白白享受着汉王的尊崇,心下正自不安,闻言便争相表白道:"汉王义举,乃千载未有之盛事,我辈岂能坐视?愿从汉王军前效力。"

刘邦便朗声大笑:"伐楚大业,众望所归也,岂是诸君从我?而是我从诸君也。诸位既愿不避锋镝,亲征上阵,便请河南王申阳、魏王豹、殷王司马卬各领本部人马同行。其余诸王,则在中军为我顾问,如此可好?"

诸王便都叫好。塞王司马欣拱手道:"汉王功德,堪比商汤周武,我辈欣逢盛举,可赢得百世美名。"

"哈哈,塞王,迷魂汤就无须灌了!明日出征,不比巡游,诸位须冒死奋进。寡人以为,魏王豹乃五代将种,精通兵事,统军事宜便交由魏王豹调度。诸王兵马,皆一律换上汉军旗帜,以便识别。"

诸王对此并无异议,纷纷大放豪言,颇有灭此朝食之意。正在此时,谒者随何上殿来报:"代王陈馀、赵王歇遣使从赵都城来,言赵、代大军十万,不待我军发动,便已越境南下击楚了,声势甚大。"

刘邦闻报，拊掌大笑："如此再加上韩王信、齐王广，汉家麾下便是十王伐楚，项王的天下，也该倾覆了。"

这时节，正是春日晴和，刘邦命卜者算了一个吉日，即布置誓师出征。

誓师之日，刘邦披挂整齐，立于演兵场的高台之上。演兵场上，齐集了中军的四万人马，皆是汉中旧部，一路杀来，每战皆捷，士气正在盛时。

刘邦见状，踌躇满志，拔出汉王剑，指天誓道："王于兴师，修我戈矛，与子同仇！"众军都齐声随誓，声震九霄。

誓毕，刘邦执剑对众军道："我天下义军五十六万，今顺乎天意，讨逆伐楚，为义帝复仇。汉家立国，志在取天下、治万民，大业可否成功，就在此一战！彭城距此，路途千里，众儿郎须不避辛劳，昼夜兼程，力拔彭城，克竟全功。"

众军闻言，都血脉偾张，山呼万岁。刘邦挥一挥手，接着又道："儿郎们随寡人一路征战，九死一生，寡人心知其苦，必不负众人。那楚地繁华，富甲天下，端的是个好地方。待破了彭城，楚宫的子女财帛，允众军任意拿取，绝无禁忌。生为大丈夫，有此一战，不亦幸乎？"

众军又是一阵攘臂欢呼，几近癫狂。誓师完毕，各营便分头忙碌起来。

四月末梢，刘邦颁下号令，命韩信领一万兵马留驻洛阳，与关中萧丞相相呼应，守牢后方。命曹参、樊哙、周勃、灌婴率部北出燕赵，与陈馀合兵一处，为北路之军；刘邦自率夏侯婴、卢绾、司马欣、董翳、司马卬、张耳、申阳、韩王信、魏王豹等，领大部联军径直东向，为中路军；另遣薛欧、王吸、王陵等一路，为南路军。三路大军克日起程，分兵合击，约好在彭城之下会齐。

出征那日，洛阳城四门大开，汉家将佐二百员、兵马数十万，从城中浩浩荡荡穿过，向东而行，脚步踏踏如山摇地动。城内万人空巷来观看，只见尘头起处，甲兵如蚁，旌旗蔽天，百姓都不禁瞠目结舌。

此时，千里之外的彭城，尚不知将有大战将至，歌舞升平一如往日。唯大将军府邸中，范增忧心时局，数夜未眠，常于深夜起身，独在中庭徘徊不止。

自项羽率大军赴齐地之后，范增便教彭城守将虞子期下令，向西派出探马五百里，遇警即报。春日以来，闻听汉军已攻下河内，楚之西翼至此全被剪除，范增就更觉不安，一刻也不敢松弛。

日前彭城守军又得报，说项王已派龙且、钟离眜两将军，各领五千兵马，开赴定陶、巨野两地，拱卫彭城。范增看罢军书，仰天叹道："唉，国事何如儿戏也！"

但他仍心存侥幸，想那定陶、巨野一带，均为楚军当年鏖战之地，虎威犹在，尽人皆知。刘邦纵然搜罗了数十万虾兵蟹将，莫不成真有豹胆敢踏足楚地？于是，便将范延年唤来，嘱他轻装简从，速赴定陶一带打探。西线军情究竟如何，定要从实报回，万勿报喜不报忧。

范延年领命，便带了几名家仆，驰马向西北而去。

范增放心不下，又亲往守城大营面见虞子期，急切问道："西北面有警，显见刘邦居心叵测。今河内已失，彭城不啻为汉军刀俎上鱼肉，将军有何打算？"

虞子期亦是一脸焦虑，答道："亚父当日所言，今竟然一一应验！ 我彭城，仅有区区老弱残兵五千余，汉军若来，如何守得住？ 我已快马飞报项王了，唯愿项王能从速回军。"

范增便是一顿足："羽书飞驰，一万封也不顶用。 如今齐楚战事，正相互杀得眼红，项王哪里肯退兵？"

虞子期便面露绝望："莫不成我辈只有殉国了？"

"说甚么笑话！ 老夫今来，是为奉劝将军从速准备。 万一汉军杀至，我百官、典籍、宫中珠玉宝货，不可委于敌手，须护送撤往齐地大营。"

"亚父，你是说……彭城不能守了？"

"守，我辈便成涸泉之鱼。"

虞子期便凛然道："那好，下官这就去打点，免得到时仓促无措。"

果然，数日内，便有范延年身边家仆连连来报，汉军在修武小驻之后，便转道洛阳，已集齐四五十万之众。 那刘邦又会同诸侯，公告天下，为义帝发表三日。

"天将堕矣！"范增心中哀鸣，急忙收拾好了行囊，将家眷打发回乡去隐匿了。

这日黄昏，又有家仆飞马来报：汉军五十六万，从西北倾巢而来，连破煮枣、外黄两城。 因煮枣军民顽抗不降，汉军樊哙所部破城后，尽屠全城。 刘邦领军进至外黄，收留了彭越军三万人，对彭城已成泰山压顶之势。

范增再也坐不住，连忙打马驰往城中大营，滚下马鞍，不待通报便闯入，拽住虞子期衣袖，急问道："煮枣、外黄已失，将军可知？"

虞子期正在帐中急得团团乱转，见范增来，忙出示军书一封，慌张道："适才得龙且将军流星急报，定陶前日已被曹参、夏侯婴攻破，这可如何是好？"

范增闻言大惊，竟一下颓然倒地。虞子期慌忙来扶，又急唤兵卒端上热水来，给范增灌下。

舒缓少顷，范增脸上渐渐有了血色，想起刚才在路上，见彭城的街衢之上，勾栏瓦舍，仍是游人如织，全不知将有大祸降临，不觉就心痛："数年基业，将毁于一旦！"

虞子期便安慰道："亚父莫慌！龙且与项佗两位将军，已奔回彭城，正在半途中，巨野尚有钟离昧将军死守。"

范增缓缓摇头道："无济于事了……"

虞子期扶范增坐好，两人便在灯下商量应急之策。忽见卫卒前来通报："亚父家老范延年求见。"

范增见范延年竟然寻至此地，便心知不妙，急唤召入。只见那范延年蓬头散发、满身血污泥渍，踉跄撞进帐中，叩首便道："小的遵命前去打探军情，亲见那汉军铺天盖地而来。大军过处，遍野稼穑，顿成烂泥！数日之前定陶城破，前日，巨野亦失。汉陇西都尉郦商大军杀入，小人于巨野城破时逃出，钟离昧将军被乱军裹挟，去向不明。"

范增听了，微微苦笑，反倒是镇定了下来，问虞子期："将军身边亲兵，得力者能有几何？"

"五百有余，尚能一战。我可与此城共存亡！"

"唉，事已至此，死有何益！请将军速去宫内，接虞姬出来，勿惊动他人，免得众人闻讯慌乱，人马杂沓，到时反而逃不出去了。老夫家眷尽已遣散，死生只我一人，别无牵挂。我是劝将军莫失了虞姬，到时如何向项王交代？"

虞子期不由满心悲愤，应道："下官领命，这就去办。亚父，你也不必回府了，暂且栖身营中，万一有不测，也好与下官一同退走。"

次日凌晨，龙且、项佗率两千败军，从定陶狂奔五百里，进入彭城。市井百姓，这才知大事不好，霎时就乱将起来，商铺关门歇业，居民亦络绎逃难。

龙且为楚军第一猛将，他一入城，虞子期便将守城要职让与他。龙且便集合了残部与城内各军，看看约有七千人。如此兵力，堪当何用？且城内守军，多半是只配烧饭、养马的老弱。龙且不住摇头，也只得打起精神来，布置防御。

那彭城百姓，原以为西楚开国，定带来万世太平，哪知才及一年，灭顶之灾就将至，顿觉惶惶不安，一日之间，逃散甚多。龙且见民心如此，怕动摇军心，便下令关了四门，命城内各里正，将那坊间丁壮尽数搜罗，驱赶上城，以作困兽之斗。

时交五月立夏，刘邦大军陆续开到砀郡、萧县一带，逼近了彭城。汉军过处，难以分清队列，只见四处旌旗蔽天，兵戈如林，看得楚民无不心头震恐。

这五十余万人马，互为应援，声势甚壮，个个都想抢入彭城发横财。渡汴水时，三军争渡，各不相让。若偶有一军士落水，部伍中便大声喧哗，毫无忌惮，将佐竟不能禁制。

待渡过汴水，不等号令发下，众军便争先趋进，将那彭城团团围住，蚁聚般向城头攀爬。堂堂楚都，如今竟如羔羊入了狼群一般，怎能招架得住？任龙且在城头往来奔突，呼喝指挥，亦是于事无补。

汉军杀声震天，势如狂潮一浪浪卷来，鼓噪了不到一日，便将彭城西门、南门相继攻破。龙且彼时正在北城，望见西门"楚"字大旗被砍落，不由长叹一声，便骑马从走马道疾奔下来，直趋城中大营。

在辕门，恰遇见虞子期同虞姬、范增骑马奔出。几人稍事商议，便带了五百亲兵，直奔东门。趁攻城汉军不及防备，打开城门，杀开一条血路，冲了出去。奔至泗水之滨，幸得亭长早已有备，征集了数条民船听候急用。数人便与众兵卒上了船，仓皇渡河而去。

范增立于船头，回望烟火四起的彭城，一时竟悲不自胜："天意乎？天意乎……"

正值范增一行向北狂逃之际，有一支长龙似的马军，衔枚掩旗，从官道上相向而来。

原来，汉军攻陷定陶之后，项羽便在城阳附近大营接到急报。看罢龙且飞传来的羽书，项羽勃然大怒，一掌拍下去，险些将几案砸断："刘邦老儿，欺人太甚！"

案上膏油灯被这一掌打翻，帐内顿时一片漆黑。适逢桓楚在侧，连忙重新将灯点燃，只见项羽僵倚座中，目眦欲裂，只是按剑不语。周殷、项伯、项庄等人闻讯赶来，见项王这般狂怒模样，皆不敢作声，只呆呆侍立帐中。

项羽心头，正自倒海翻江：那诸侯作乱，倒也罢了。想不到小人胃口竟如此之大，倒要来吞天了！当年所谓的十八诸侯，谁家不是拜我所赐，才捞得个诸侯王做？如今刘邦檄文一出，竟有十王一齐打出反楚旗帜！老贼背盟犯境，拿下定陶，显见得就是志在彭城，越发猖獗得没有边了。

最可恼恨的是，若以堂堂正正之阵，一万个刘邦也无胆量与他项羽对垒。可那老儿，却偏偏选了田横倡乱的当口攻入楚境，正是要趁火打劫。

往日亚父对此已有预料，但项羽彼时只想，那沛县村夫何来此胆？因此不以为意。如今五十余万汉军齐入楚境，铁蹄惊破好梦，分明是西楚之奇耻大辱！

想到此，项羽髭髯皆张，霍然起身，低吼了一句："刘邦老儿，不折断你脖颈，我誓不为人。"

这一声虎啸似的怒吼，直惊得众人肝胆欲裂。季布、桓楚、项庄等将领，连忙跪下请战。项羽只是举手示意众人静默，又思忖了半晌，才喝了一声："抬我长槊①来！"

卫卒们连忙抬来长槊，又七手八脚为项羽披挂整齐。项羽这才环顾了一眼众人，下令道："只须季布、丁公随我，发军中精骑三万，衔枚掩旗，即刻起程。"

桓楚便跃起道："末将亦愿往。"

"你等只在这里专心攻打，不可松懈。"

项伯放心不下，便道："定陶既失，我军退路便已断。今西面煮枣已失，东面邹鲁、瑕丘，都有樊哙所部出没。今大王率区区三万人，将欲何往？"

项羽便有一腔无名怒火上涌，斥道："住口！我欲何往，无须尔等操心，只要多学些亚父的聪明便好！"说罢持了长槊，迈出帐门，翻身跨上了乌骓马。

————————

① 槊(shuò)，古代兵器，即长矛。硬木制成，槊柄长约六尺，槊头呈圆锤状。槊分为步槊、马槊两种。此处为马槊，亦称"丈八长矛"。

不多时之后，这一支马军就奔出营门，不见旗帜，不闻人声，只闻马蹄急骤，颇有一股诡异之气。

那彭城距城阳并不远，马军两日便可到，但汉军已将退路遮断。项羽便率军向东，避开了南面定陶的汉军，取道鲁县，从杂乱无章的汉军中，寻路穿插而过。半路正遇钟离昧被郦商杀败，逃遁于途，便收作一处，继续前行。过鲁县之后，这支奇兵，才又悄无声息地折向南方，奔胡陵而去。

如此狂奔旬日，所过之处，正是楚国北部疆域。这一带，被那樊哙领别军一支，搅得天翻地覆。路上逃难的人众，络绎不绝。项羽路过的胡陵，恰是刘邦家乡丰邑附近。日出后不久，马军前队忽然一片喧腾，原来是恰好捉住了逃难的刘邦家眷十数人。

项羽得报，在马背上仰天大笑："贼子，这便是你的报应。"便命人速带上来审问。

那刘太公，眼下一个儿子虽贵为汉王，但并无分文送回家中，即使片纸只字也未见到一个。太公一家身处楚地，只得掩门闭户，但求无祸。近几日兵荒马乱，乡里富户纷纷逃亡，那舍人审食其，亦带着刘氏全家老小避乱在外，不想正被楚军截住。家眷中一男一女两个孩儿，被乱兵一冲，早不知去向了。

刘太公与吕雉被拉到项羽面前，项羽便喝问太公："你子刘邦，受寡人恩惠，得封汉王。那匹夫不安分守己，反而侵夺关中，攻入楚境，大逆无道至极。犯了此罪，当诛九族，你还有何话可说？容你等再活几日，待我捉到刘邦，当一并烹了，教你父子骨肉不分！"

刘太公哪里见过这等场面，早吓得汗流浃背，伏地请罪道："竖子无知，老翁我亦管教不得呀。"

项羽哂笑一声："蠢材。"便教军士将刘太公等收押于后队，待日后处置。

又走了不到半日，迎面遇见范增、虞子期一行，狼狈逃来。虞子期慌忙下马禀道："汉军已破彭城，我等兵弱，实无力守住。"

虞姬、范增等也下马相见。虞姬竟是把持不住，放声大哭。

项羽心如刀绞，叹道："悔不该未从亚父所谏，遭此暗算，令天下人皆耻笑！"

龙且便伏地请罪道："臣实无能，唯乞一死。"

项羽便问："只见你等几个逃出，宫中如何？"

"宫中宝货美女，尽被掳去矣。"

"哇——"项羽气得险些坠下马来，以手拊膺半晌，才缓过一口气来，吩咐道，"路上险恶，你等不必逃了，都随后队走吧。龙且将军请随我来。"说罢便大喝一声，催军急进。

全队又疾驰了一日一夜，到次日晨，丑末寅初，三星已斜，堪堪将要抵近彭城。钟离眛策马追上项羽，不无担心地问："城下必是汉军云集，我军将如何扑城？"

项羽头也不回道："绕过彭城，全队随我走！"说着将马头一拨，便率队往彭城之西的萧县斜插过去。

这一队骑兵，绵延约有十里之长，在处处是汉军的楚地穿插，竟然畅行无阻。楚民路遇这股奇兵，不见有旗帜亮出，只道是诸侯军侵掠过境，都远远避开。虽有汉军游哨也曾远远望见，但谁个能想到，楚军竟能自五百里外从天而降？

待大队到得萧县地面，天还未亮，只见前面有九营汉军驻扎。看军帐数目，约有十万人之多，显是在此守护彭城至洛阳通道的。

以汉军观之，楚军在北，威胁只应来自北面，此地安顿九营，不过是一着闲棋。因此个个都放心大睡，连岗哨也未设一个，营中唯有更灯高挂，似半睡不醒模样。

项羽便将手一摆，传令下去："都不许喧嚷，全队悄悄围拢过去，只管砍杀。"

龙且大惑不解："大王，如何跑到这里来攻？"

项羽冷笑一声道："刘邦他做梦也难料，寡人将从西面来攻。先灭他九营，再扑彭城。"

候了片刻，待全队陆续抵达，项羽便打了个极响的呼哨。哨声蓦地刺破静夜，骑士们闻声，便一抖马缰，疾风骤雨般卷向了汉营。

那汉军在帐中被惊醒，只闻马蹄如潮而至，随即就有长矛苇丛般纷纷刺来，顿时惊得一片哀号。

楚军三万骑士，心怀失地之恨，驰驱了两夜一日，都恨不能将汉军一口吞下。此时顿如开闸之水，无可阻拦。黑暗中并无一声呐喊，只拣着那徒步奔跑的，闷声尽情砍杀。九营顷刻间便成鬼域，处处可闻剑戟声与汉军的哀鸣。

不费一个时辰，十万汉军几被杀尽，在梦中便做了鬼魂的，不知凡几。偶有侥幸脱逃的，都四散而去。

此时天已熹微，满眼可见汉营狼藉一片，全不成样子。龙且来回杀了几趟，不由精神大振，对项羽道："如何，这就去取彭城？"

项羽这才稍解心头之恨，长出一口气道："辱我者，当死如鸡狗！"当下将长槊一挥，高声喝令，"儿郎们，打出旗帜，与我去取彭城。"

众骑士遂猛发一声雷吼，潮水般向彭城扑去。

此时刘邦正在楚王宫中，拥着宫中两个姬妾，于卧榻之上宿醉未醒。

初进城之日，汉军上下皆欣喜若狂。就连抱定灭楚之志的刘邦，也恍似在梦寐中：这大胜，来得太容易！未过旬日，就连破龙且、钟离眜两军。原想在彭城之下必有一场恶战，却不料守军半日之内便作鸟兽散。所谓西楚雄霸，也不过尔尔。

破城之日，众军拥进楚宫哄抢财货。陈平大急，忙奏请刘邦："请大王尽速下令弹压，否则怎么得了？"

刘邦只挥挥袖道："军士所图，不过这些金银财宝，就随他们去吧。"而后想想，陈平所谏也有道理，便唤来曹参，吩咐道，"萧丞相不在，三军全无规矩。楚宫中财宝，如此乱抢也是不好。着你亲领中军一部，将那财宝打理清楚，分发各部，不可有所偏私。众军随我征战，都不要亏待了。"

曹参问道："大王总要留一些才好。"

"你斟酌办吧。"

"宫中那些女子、涓人，该如何处置？"

"这个么……统统都给寡人留下。"

曹参领命而去，拣那奇珍异宝留下给汉王，其余楚宫财物，只一夜工夫，便被搬运一空。有那抢不到宫中财物的兵卒，便沿街拣了大户哄抢，一时闹得天翻地覆。

次日陈平又奏报，有士卒劫掠民财。刘邦只得下令：众军掠财，楚之达官贵人不论，然不得骚扰平民富户。又令各部解散休沐，任由开怀痛饮，只须不上街劫掠便好。

刘邦与一干重臣住进楚宫，日日置酒高会，将那楚都名士也都邀进宫来，一同欢会。城中有一位名儒叔孙通，曾为秦朝文学博士，在始皇面前当过差，秦末在薛城投了项梁。今见刘邦率军浩荡而来，如王师入城，便领弟子百余人前来投汉。刘邦见之大喜，当即拜为博士，收在军中。

樊哙此时亦在彭城之北连连得手，率别军一支横扫楚境，将楚军完全隔在了齐国。攻下薛城后，樊哙便派了中郎将王恬启、缯贺，飞赴彭城报捷。刘邦得报，更是大喜。

王恬启禀道："日前攻煮枣，城内兵民抵死守城，我军伤亡甚重，樊将军一怒，城破后，便将煮枣屠了城。樊将军特遣末将向大王请罪。"

刘邦便笑骂："这个无脑的屠夫！不过，屠就屠了吧，下不为例。"

"谢大王开恩，我等这就返去复命。"

刘邦望望王恬启，笑道："小舅，你二位不必那么辛苦。北方今已肃清，便无须返回了，就留在彭城，为寡人护驾吧。"

这日，正在酒酣耳热之时，刘邦忽然想起，便对陈平道："前日进兵途中，张良随韩王信去了陈留，踏勘新都。今寡人身边谋士，何其少也！那郦食其、陆贾不亦随军了吗，怎的不见？"

夏侯婴禀道："两人自洛阳出兵之时，就一直在我处。昨日曹参那里，送了几车楚宫典籍过来，两人漏夜清点，顾不得来吃酒了。"

"赶快请来，寡人与两位夫子有要事相商。"

不多一会儿，夏侯婴便将两人带到。刘邦笑对郦食其道："如此盛会，岂能少了你这'高阳酒徒'？"

郦食其谢道："臣高阳贱人，老而无用，耻在闾里充任监门吏，做守门犬。蒙大王恩典，贵为国士，已怡然知足矣。今楚宫典籍，堆积如山。天下不久即将归汉，此即为治国宝典。昨日至今，臣与陆生忙于整理，无暇他顾。"

"儒生就是不知轻重！这等事情，他日再忙也不迟。两位赶快入座，寡人有事要请教。"

刘邦又唤来陈平，与三人共饮了一回，便道："出兵之日，张良、韩信都曾劝寡人，要防项王从齐地回军。今日我身边，唯有尔等三位国之谋士，唤你们来，须为寡人出谋划策。"

陈平便道："出兵之日，哪里会想到彭城旬日便克？故而张良、韩信有此虑，也不为怪。如今项王深陷齐地，彭城一失，其军心必然瓦解。他若奔回，则我军以逸待劳，可一举歼之。"

郦食其不以为然，反驳道："陈中尉将此事想得容易了。楚军精锐，分毫未损，若他全军南下，我军须得打起十二分精神来应付。"

陆贾则献计道："濉水、泗水环抱彭城之北，乃天然屏障也，若遣重兵置于沿岸，则可拒楚军于两水之北。"

陈平挥手止住陆贾话头，笑道："樊哙将军领别军三万，已尽扫邹鲁、瑕丘，昨日得报，其前锋已进至薛城，楚之全境皆易帜矣！二位大儒，可以放心了。来日我大军从彭城北上，便是楚军土崩瓦解之时，还谈何回军？"

郦食其却摇头道："来日决战，胜负尚未可知，可置之不论；然北来之敌，却不可不防！"

陆贾思忖片刻，又道："依老夫之见，数十万军滞留城内，总是不好，不若将半数部伍置之城外，以为拱卫。若项王敢于回军，则我军可于城外与之决战。"

陈平道："城外城内，都是一样。依臣之见，若要做得万无一失，可在城西萧县布下十万人马，护住我粮道，则他项王纵是天神下凡，也奈何不得我。"

刘邦听了一阵儿，也理出了头绪来，拍案道："就如此吧。以十万兵马驻扎萧县，以保粮道；其余大军皆大半置于城外，有警即出。"

陈平即拊掌赞道："嚯矣！此为万全之策。"

刘邦便唤来随何，命他去向三军总领魏王豹传令，如此这般分派布置。随何从刘邦这里取了虎符，便急急去了魏王豹大营。

陆贾此时恭维道："大王善于纳谏，远胜过项王独断；今楚汉之争，仅此便可窥见胜负。"

刘邦朗声笑道："昔日韩信看低寡人，说我只能将兵十万，今寡人将兵五十六万，且应付裕如，史上能如此者，怕也是寥寥吧？"

郦食其却摇头道："昔商周牧野之战，纣王之兵七十万，武王之兵只有五万，然商纣之败，就在顷刻。故兵多，不应以为恃。"

刘邦一怔，随即瞪视郦食其良久："老儒，寡人岂是商纣？"

郦食其忙叩首道："古今之理皆同，请恕臣直言。孔子曰：'临事而惧，好谋而成。'今各军都在狂饮滥嫖，臣深以为惧。"

刘邦便忍俊不禁："老儒，又来废话！我军旬日便攻下彭城，即便纵酒几日，又有何妨？过几日再收敛也不迟，那项王能插翅飞来吗？"

陈平忽然插言道："在臣看来，郦生可以谋国，然不宜谋兵事也。"

"哈哈，正是此理。"刘邦说罢，便不再议，只顾招呼众人喝酒。

之后数日，楚王宫内，自然仍是夜夜明烛高烧，欢会达旦。刘邦将随军带来的咸阳女子，全都遣散了，只将那楚宫娇娃左拥右抱，宛似置身天堂一般。

这日，正睡至平旦天光，随何突然闯进寝宫，也顾不得榻上三人都正赤身裸体，便急急唤醒刘邦："楚军马军数万，已经踏灭萧县九营，冲向彭城来了。"

刘邦睡眼惺忪，一时回不过神来："甚么楚军？ 哪里有楚军？"

"项王亲领数万骑士，东出萧县，前来扑城了。"

刘邦慌忙唤姬妾伺候，一边穿衣，一边问道："萧县？ 当真？项王如何能飞来？"

再听宫墙之外，已是一片人声杂沓，大呼小叫。 刘邦便知情形有异，忙教随何帮忙束好甲胄，提了剑问道："众将何在？ 魏王豹何在？"

话音刚落，昨晚栖身宫内的夏侯婴、曹参、周勃、灌婴等将，都一拥而进，纷纷乱嚷道："楚军已至，大王快走！"

"慌甚么，都昏了么！ 那五十六万大军何处去了？"刘邦定了定神，吩咐道，"曹参、周勃，速去城外魏王豹大帐，助他调兵，在城外与楚军决战。 灌婴率精壮骑士，护卫好郦食其、陆贾一众文官。 陈平、夏侯婴随我，这便登车出城。"

众将拥着刘邦刚出西门，便见数十万汉军刚刚披挂好，正在九里山下乱糟糟地布阵。 中军大纛下，魏王豹连兜鍪都来不及戴，只声嘶力竭地对左右下令，显见得是乱了章法。 刘邦冒火，正待驱车前去责备，忽听前军一片惊呼："楚军来了！"

五 彭城溃逃何仓皇

汉军自出关以来，所过皆望风而降，不觉便成了骄兵一支，又在彭城安逸了数日，更是斗志全丧。楚军声威，为天下所知，汉军原就有所畏惧，今仓促上阵，望见楚军赤旗卷地而来，能不魂飞胆丧？前军发了一声喊，便都一哄而散，潮水般朝着城北旷野逃去。

前军一动，中军便不能支，跟着也向后退却，魏王豹弹压不住，反被裹挟着后退。中军大纛一退，全军皆望见，哪个不想快跑，数十万汉军顿成溃逃之势，绕过九里山往东北退去。

车驾之上，刘邦手搭遮阳一望，只见远处尘头大起，楚军马队正如火龙般倏忽而来，其势诡异，锐不可当。此时汉军正是兵不见将，将不见兵，望见楚军逼近，只顾扯开腿逃命。有那想逃回城内的，却见城内也有乱军正在逃出，只好都向城北拥去。

刘邦这才如大梦方醒，从天上跌至了地面。眼看自家的无数兵卒，倒曳戈戟，狼奔豕突，他便知：数月以来的荣耀，不过是沙上楼厦，今已崩颓了。对手项羽在巨鹿所获的无敌声威，绝非他刘季能与之相抗的。

情势危殆，再不容犹豫。刘邦只得教夏侯婴狠命策马，随众军也向城北逃去。众将各自骑马，紧紧护卫在后，只恐万一有个闪失。

楚军清晨偷营刚刚得手，士气正盛，此时又见都门外有大股汉军，便都狂怒万分，刀矛齐下，左劈右刺，直杀得几十万汉军自相践踏，丢盔弃甲。九里山下，随处可见汉军所携旗帜、军械、珠宝散落一地。

此次汉军溃退惨象，堪称空前绝后，以至于一千多年后的《水浒传》中，仍载有歌谣云："九里山前作战场，牧童拾得旧刀枪。"

歌中所悼，便是此役。

那汉军好似逃命的羊群般，被追得魂飞魄散，忽见前头有濉水、泗水两条大河拦路，插翅也难飞越。众军望着那滔滔河水，心知死期当至，当下便都喧哗起来。队伍略顿了一顿，后面就有楚军如狼似虎般杀到，可怜那无数汉卒，只有河边十数条船，哪里能抢渡过去？各个哭爹叫娘不及，只得冒死往河里跳。楚军见有天助，更是煞气冲天，一波又一波地迭次冲击，寒光闪处，刀剑落下，不知有多少汉军立时便身首分离。如此不过一个时辰，竟有十数万汉军被赶下了滔滔濉水，喂了鱼鳖。殷王司马卬见颓势难挽，领部下数千与楚军作拼死之斗，不旋踵即被楚军斩杀于阵中。

余下逃得快的另一半汉军，见势头不对，皆朝西南山地奔去。残军攀过山地，逃至灵璧地面，正在庆幸总算逃出，冷不防又是一条睢水拦在前面，其水势凶猛，更甚于濉水与泗水。众汉军一阵哀鸣，只得止住脚步，匆忙结阵自保，欲与那追来的楚军作拼死之争。

刘邦心知再战亦是无益，便唤过夏侯婴道："你识得项王，快去阵前与他讲和。就说我军尚能一战，但情愿止戈息兵，退回关中，今生永不犯境。"

夏侯婴领命，便撇了兵器，独自驾一乘战车，来到项王大纛之前，双手举过头顶，高声喊话，要与项王讲和。

那项王听到，便拍马而出，抵近战车，以长槊逼住夏侯婴护心镜，怒目圆睁斥道："早知如此，何必当初？鼠窃狗偷之技，只能哄得那些乡人。我楚之天下，乃一刀一枪拼得，可欺乎？可罔乎？岂是村野诈术可以掀翻的？若刘邦希求活命，须得寡人这条长槊答应。快去告诉那老儿，说寡人念及兄弟一场，可给他留个全尸！"

众楚军便挥剑举戟，一齐起哄，怒骂刘邦无赖。夏侯婴见无转圜余地，只得调转车辕，悻悻奔回汉阵。

项羽见汉军逃不掉了，更是如恶神附体，杀心陡涨。数月以来所受的羞辱，一齐在胸中爆发，誓要把这些庸众斩杀干净，令世人再不敢忘恩负义。遂怒喝一声，挺起长槊，一马当先朝汉军冲去。那些楚军骑士，都奋身跟上，长戟短剑交相砍杀。楚之彪悍骑兵，成群踏入汉军阵内，有如巨象踏入禾田一般。汉军虽在绝望中拼死反击，但怎能挡得住马蹄来回踩踏，眼见得一尺一尺地被挤向河里。睢水之滨，霎时便是一片哀声震天。

项羽杀得兴起，挺槊跃马，疾呼道："刘邦贼子何在？活擒此贼者，赏金二十镒。"楚军随即一片欢呼，冲击势头更猛。汉军诸将见绝无生路，便都作了决死的准备。曹参、周勃擦去脸上血污，拔剑在手，对众残军大喝："背水一战，有我无敌。前进者赏金，退却者杀无赦！"残余汉军，只得结成团阵，抵死拒敌。

此时天低云暗，睢水边有萧萧风起，吹送着呐喊与剑戟铿锵之声，飘于旷野，十里之外皆清晰可闻。

厮杀了近一个时辰，汉军终于支撑不住，顷刻便崩溃，任那前面是万丈深渊，也要跳下去逃命了。经此一退，又有十数万汉军，活活被赶下了河去。睢水北岸，顿染成血海，河中尸积如山，睢水竟为之不流！

魏王豹是联军主将，早被楚军团团围住，脱身不得，魏王豹身被重创，倒在车中奄奄一息，眼见得就要陷没于阵中。残余卫卒死死护住魏王豹战车，剑戟杀伐之声，闻之令人惊心。

汉王车驾左右，众将皆被冲散，全不见一个踪影，护卫军卒仅剩千余人而已。 就在一丈开外，楚军重重围了三匝，眼见得插翅难逃。 刘邦被逼得几欲发狂，回头看看骖乘陈平，只见陈平脸色惨白，六神无主，手中长戟早已失落。

"吾命休矣！"刘邦哀鸣一声，持剑在手，命夏侯婴策马作最后一冲。 偶一抬头，忽见霸王大纛，如同火树擎天，鲜红刺目，刘邦眼前便恍似一片血海，跟着人就踉跄了一下。 陈平连忙伸手去扶住。 刘邦重重叹了一声："陈平兄，我等都小看了项王，今日就将这头颅交出吧。"

陈平哀告道："大王，切莫如此呀！"

刘邦只充耳不闻，以衣袖缓缓擦净剑上污痕，似有自刎之意。陈平见势头不对，忙拉住刘邦衣袖不放。

夏侯婴惊得连忙将车停住。 此时车旁正有数将随侍，其中王恬启、陈武①、陈涓、缯贺、奚涓等人见状，也急忙高声劝阻。 周緤更是飞步跳上战车，将刘邦死死抱住，大呼："天可塌，大王不可死！"

正在这命悬一线之际，忽地从西北方吹来一阵大风，席天卷地，眨眼便是一片黄尘蔽日。 其风之烈，甚为古怪。 其所过之处，飞沙走石，墙倒屋颓，连百年老树也被摧折。 楚军目不辨物，人马不能站立，阵脚便大乱，只顾自相践踏。

此风即是所谓"罡风"，从天直落，无物不摧。 汉王车驾上的伞盖，喀啦一声即被折断。 刘邦头戴的皮弁，也被吹上了天去。

刘邦被吹得头晕目眩，心中却一阵狂喜："此乃天助我也！"遂

---

① 陈武,史籍亦作"柴武"。汉初将军,自薛城从沛公军,后封为棘蒲侯。

急命夏侯婴驱车向西奔逃。

绝处逢生，即在此时——南北皆有河流阻拦，东面是海，活路只有向西一条。

夏侯婴本就是善御者，此时更是使出浑身解数，将车驾赶得飞也似的快，马踏乱军，一路冲撞，逆风跑出了十数里，终于突出重围。

刘邦犹自惊魂未定，回首看去，身后尚有数十骑侍卫相随。片刻之后，狂风渐消，后头又是一片尘头，有数百楚军骑士正策马追来。刘邦望望随从，便对奚涓、缯贺两将道："你二人为寡人断后，来日必封你们为王。"

奚涓、缯贺二将，情知此乃生死关头，都慨然领命，调转马头便向来敌杀去。陈平望望二人背影，叹道："二将此去，便不知死活了。"

刘邦侧身叱道："何时还善感？夏侯兄，快逃便是！"

返身迎敌的那二将，纵然骁勇，但怎能挡得住数百楚军，车驾只跑了数里，后面又见有大队楚军追来。来者显是认准了刘邦车驾，眨眼便有数骑冲到了前头，将车拦住。为首一将大喝道："汉王休走，项王寻你多时。"

随侍的陈武、陈涓诸将情急之下，都怒目偾张，持戟挺剑。中涓周緤、徐厉等亦不打算再活了，赤了臂膊，准备要拼命。

刘邦看去，见来将是楚营的丁公，便起了个念头——这位丁公，往日亦曾是项梁麾下，与刘邦同为僚属。刘邦此刻，便想以旧谊感化，于是肃容敛气，深深一揖："丁公，久不见矣。两贤何必相难呢？"

丁公乃季布之舅，由此之故而入楚营，不过是个寻常将佐，爵位仅为县公，乍见名震天下的汉王如此抬举，一时竟受宠若惊，只是暗喜，却不知如何应对。

此时两边的军士剑戟相向，皆都静默，耳畔只闻战马喘息声。

僵持良久，丁公才道："今日之事，奉项王之命，臣不敢妄自违命。"

刘邦坦然道："君若放鄙人一马，来日开疆得地，必不忘君。若君不怜我，必欲趁我孤弱而缚之，则我刘季又能作何想？当束手就缚，以成全丁公。"

那丁公看看刘邦，头上冠冕已失，发束散乱，满面尘灰，一副落拓之态，忽就起了怜悯之心。沉默片刻，便将手中长戟收住，勒马退了两步。其属下军士见此，也都收起剑戟，让开了大路。

刘邦知丁公已高抬贵手，便松了口气，又深深一揖："丁公高谊，鄙人今世不忘，容来日再谢！"

夏侯婴闻言，驱车便走，一路狂奔，终得逃脱了楚军追踪。行到日暮时分，后面仅有缯贺一人赶了上来，满身血污、数被创伤，泣告道奚涓已然战殁。

刘邦登时流泪道："天不亡我，乃汉家有奚涓、缯贺也。"

残阳之下，众人互相看看，个个都面似鬼魅，忙去溪边将脸上血污洗净。想想白日的惨败景象，犹自后怕。

如此疾行了一程，堪堪已逃到了泗水郡地面，夏侯婴忽然想起，便道："何不北上丰邑，将太公与嫂夫人顺便迎回？"

刘邦想想，不禁颇然："唉，彭城一梦，何其速也！家翁与我四载不见，竟未及迎回。好，这便去吧。"

入夜，路过一荒村，一行人不敢贸然入村借宿，只偷拿了些稻草捆来，在那旷野中权且安歇。众军卒采来葵藿，掘来芋头，用兜鍪煮了吃，算是充了饥。随何便请刘邦、陈平等人脱下血染的战袍，教军士拿去溪边略做漂洗，又点起篝火来烘干。

刘邦倚着稻草捆，披衣而坐。眼目刚一阖上，就恍似看见楚军赤旗逼面而来，又似见水边有无数蝗虫般的尸骸，不禁悲从中来，号啕大哭："可怜三十万儿郎，就这般去了！司马卬兄竟活活战殁，教我如何向天下交代？"

陈平便劝道："大王休要悲伤，成败之数，乃天定。依臣看来，我军今日逃出的，应有十万之多，过几日，都可回归的。"

刘邦流泪道："寡人大言炎炎，傲慢轻敌，妄自与项王争雄，只道是义高于天，必获完胜。岂知征战就如弈棋，劣手怎能轻胜高手？悔不该不听张良、韩信劝谏，枉送了儿郎们这许多性命。"

陈平先前也是力主取彭城的，此时亦愧悔交加："臣有大罪。"

刘邦喟然叹道："你哪里有罪？罪在寡人！寡人大愚，曾读《太公兵法》多遍，却忘了一句'根深而木长'。我汉家之根，尚不深也，你我君臣，都须耐下心来。取天下，毕竟不是烹鱼呀。"

"是，臣当力戒浮华。"

"取彭城，没错；错在忘乎所以。那项王，乃古今第一勇士，岂是我倚赖兵多便能击败的？"

"大王所言，是为至理。"

"唉，以三十万条性命，才换来此理，无乃太过乎？"刘邦说罢，又险些泣下。

陈平大惭，只能连声叹息。

随何侍立在侧，见两人越说越沮丧，便劝道："与楚周旋，来日方长，大王请早些歇息，有王恬启等诸将警戒，尽可放心，"

正在这时，忽有军士喊道："有奸细！"

王恬启便霍然跃起，带着陈武、陈涓、缯贺等众将去追。 周緤猛地掀翻刚煮好的一锅葵藿羹，跳将起来，与徐厉一左一右，将长戟交错护住汉王，不一会儿，军士们押着一长髯壮士来到篝火前。

刘邦抬眼看去，不由大惊："美髯客！"忙喝退众军士，向来人施以大礼。 夏侯婴在旁见了，也是一惊，连忙整衣施礼。

那美髯客也还以大礼，拜过，便笑道："泗水畔诸英雄，今日气象大不同了。"

刘邦赧颜道："兄长休提。 愚弟鲁钝不才，致有彭城之败，到死也要愧煞人了。"

"刘兄客气了。 数年来便有耳闻，知你等已成大事，鄙人唯有敬服。 偶遇不利，何足道哉？"

"数年不见兄长，无日不念，不知又云游去了何方？"

"当日别了诸位，东行到了琅琊，看天海无涯，忽觉人生不能穷尽万里，漫漫长途，终有尽头处，于是便欲折回，返乡去做个荒村野老。 却不想天下就乱了起来，山河阻隔，有家而不得归。 待到世事稍靖，才得间道而行，欲辗转回乡。 方至楚地，又逢刘兄兵至，地方上一日三惊，我亦仓促避乱，不意在此巧逢刘兄。"

刘邦听到此，大为感叹："兄还是奇崛一如往昔，在下自愧不如。"说着便抽出佩剑来，用衣袖拭了一下剑锋，"兄当年慷慨赠剑，弟时时以此锋锷自励，然终究志大才疏，初试锋芒，便一败涂地。 如今，想做个田家翁而不得了。"

美髯客便仰头大笑："兄何必颓丧，曾不闻老子言'善建者不拔'？ 事有不成，必是因建树不周。 那滔滔东海，也非几瓢便可舀干的。 早年在泗水滨，我曾与兄大言天下事，今日只觉自家当日虚妄。兄等乃旷世豪杰，兴兵济民，匡扶天下，方为君子正途，可不要半途而废。"

刘邦连连摆手："垄亩老吏，做不来大事了！不如跟你去躬耕林下，图个快乐。"

那美髯客便正色道："刘兄顺天应人，已夺得半个天下了，为何还要妄自菲薄？人生一世，最难的就是成大事，哪怕是英雄豪杰，也须有时势相称，天不予，人奈何？纵有一身屠龙术，也只能终身陷于草莽。刘兄能趁势而起，操弄天下于股掌中，遂了生平的山河之志，真是要羡煞我了。"

"哦？兄既然有如此胸怀，何不与弟等携手，共图一番大业？"

"做大事，亦须乘兴。兴尽便觉意态萧索，百事不想再为了。若数年前受兄长邀约，我当舍命相从。然此数年之间，人世纷扰，在下我又看破了许多。暴秦虽亡，世道却全不是往日之所期，正所谓远道不可至焉。人力渺小，所求多属徒然，我还是归耕垄亩为好。"

"兄还是要弃我而去呀……"

"刘兄以仁德为本，从者如云，不缺少我这一个。"

刘邦惘然若失，叹道："当年我辈敢于举事，缘于兄在泗水滨激励之语，今稍能驰骋于天下，不意兄却急流勇退了，可惜可惜！"

"弟以为，人间至福不是位高，而是如愿。刘兄揭竿而起，横绝天下，以草莽布衣而创万世基业，自是豪雄。弟隐没山林，遣光阴于垄亩，无负无累，亦有乐趣。道虽不同，惬意却无二致，不知比那委屈终身要强多少倍。"

"然兄不能同行，终是惘然。"

"哪里！ 老子曰：'执大象，天下往。'刘兄若是执掌了天地之柄，何愁才俊之士不来归附？ 只是，兄今与强者争天下，须耐得缠斗，务以兄之所长，削磨他之所短，天长日久，强弱自然易势，可万万急躁不得。"

刘邦闻言，内心大起震动，拱手谢道："兄长一言，令在下茅塞顿开。 今日之辱，当是弟逼能所致，来日当低首下心，将这残局从头收拾起。"

经美髯客这番相劝，刘邦始觉稍有振作。 众人围坐篝火边，披一身幽凉夜气，觉这荒野小憩，倒是别有一番意趣。

刘邦与美髯客聊起泗水亭往事，都慨叹当年是何等豪气干云。那陈平、王恬启、缯贺等在侧，听了也不禁神往。

陈平道："闻客人数语，实获我心。 列子曾曰，'天下有常胜之道，有不常胜之道。 常胜之道曰柔，常不胜之道曰强'。 彭城一战，惊心动魄，在下方知大言当不得饭吃。 我汉家欲胜项王，当以柔克强，从容图之，万万急不得了。"

刘邦遂大笑道："经此一战，陈平兄也算有了难得的历练。 这柔的功夫，正是陈平兄平素之所长，来日便看你如何施展了。"

看看夜已渐深，那美髯客便从容起身，向刘邦一拜："遍地刀兵，此地亦不靖，诸位英雄还须多加小心。 在下这便告辞了。 今日偶遇，几如梦寐，今生恐再也无此奇缘。 今日别过，愿兄等大业早成，众生也好早些享太平。"

刘邦一惊，满心惋惜，然已知美髯客禀赋异常，志不在此，纵是万般不舍，也只能起身相送。

美髯客拱手道："各位请留步。 诸兄皆经天纬地之才，其事也必成。来日青史上留名，何其壮哉！弟亦生于秦末板荡之世，且先悟于刘兄，然则一事无成，终成百代寂寂无闻之尘土。两相对比，弟不胜欣羡之。"

刘邦便有黯然之色："兄退后一步，便是家园；我等退后一步，则是粉身碎骨，或负千秋盗贼之名，岂能与兄之洒脱相比？"

那美髯客却道："刘兄，唯其如此，方得鱼化为龙，子孙万代亦不做凡夫，方为正途！"说罢，朝众人又是一揖，便飘然而去，隐入了夜幕中。刘邦与众人目送其远去，皆抚襟叹息，怅然良久。

次日晨起，随何悄悄潜入附近村庄，向民家索要了些热粥饭，给众人胡乱吃了，便匆匆上路。好在楚地正值兵荒马乱，楚民见到这一小队人马，都避之唯恐不及，也无人来问。

如此连走两日，到了第三日平旦，终于回到丰邑老家。放眼看去，只见市井荒芜，城郭残败，炊烟断绝。老家中阳里，街市上竟不见一个人影。

刘邦见故里淳朴如故，一草一木都熟悉到入骨，不由便伤感起来。想那军兴四载，做了许多光宗耀祖之梦，却万没想到，今日归乡，竟是如此狼狈！

到得自家门口，刘邦下车来看，却见庭院一片死寂，几根木条将门钉死，读门板上写的告示，才知竟是被县衙封了门。所幸告示上只说"反贼眷属皆窜去"，想那老爹与妻儿，必是由审食其带着逃命去了。

正在惆怅间，夏侯婴忽道："远处有不明之人，正探头探脑，大王还是快走吧！"

出得丰邑，一行人想到，定陶或还在汉军手中，便急匆匆向西奔去。一路之上，但见逃难百姓络绎不绝。夏侯婴眼尖，忽然发现前面的两个幼童，不正是汉王的一儿一女嘛！

原来刘邦的公子刘盈、女儿鲁元①与家人失散后，相依为命，辗转于途，不想恰好撞见刘邦一行。夏侯婴急忙将车停下，抱了两个小儿上车。两小儿饱受惊吓，一路啜泣，忽见到已略觉陌生的阿翁，都破涕为笑。刘邦见到自己的至亲骨血，亦是高兴，便急问太公与吕雉下落，两小儿却茫然不知。

载上小儿走了不远，忽见后面又是尘头大起，远远有一队楚兵追来。王恬启回头望望那旗帜，不禁大惊："是楚将季布追来了。"

原来项王在睢水河畔未寻到刘邦，知是趁大风之际逃脱了，便遣季布、钟离眜各领五百骑分头去追。季布一行寻到泗水郡，侦得刘邦踪迹，便一路追了过来。

刘邦大急，催促夏侯婴加鞭快走，夏侯婴抡起鞭子，狠命策马，车又飞也似的跑起来。跑了数里，拉车的四匹马因连日驰驱，力渐不支，车速缓慢了下来。刘邦频频回望，见追兵愈来愈近，不觉焦急万分，一迭连声地催促夏侯婴。

夏侯婴纵是驭马圣手，当此关头也是无奈："马疲，臣技只此耳。"

刘邦看看两个小儿，忽然来气："天不灭我，然小儿女欲灭我乎？"说罢，一脚便把两小儿踹下了车去。陈平拦阻不及，不觉惊

_____

① 刘邦女儿名字不详，后为鲁元公主，故《史记》称其为"鲁元"。

呼："大王，这如何使得？"

夏侯婴回头看见，也不言语，猛地将马勒住，跳下车去将两小儿抱回。如此行了不远，刘邦不禁又怒："无用赘物，留之何益？"说罢，一脚又将两小儿踹下车去。

夏侯婴不忍，复又停车，将小儿抱上车。两小儿见阿翁如此凶狠，都惊得大哭，只死死抱住夏侯婴不放。

如是三回，刘邦终于暴怒，拔剑在手，喝道："夏侯竖子，看我斩了你！"

夏侯婴也不理会，将刘盈、鲁元抱上车后，只徐徐而行，待两小儿抱紧自己后，方才策马疾行。

刘邦怒火顿起，破口大骂不止，其间，有十数次欲举剑砍了夏侯婴。夏侯婴装作不知，头也不回，只顾赶车。陈平在旁看不下去，便苦劝道："大王，若无夏侯兄，我辈何人能疾行如此？"

刘邦想想，只得大骂三声娘，将剑收起。

那夏侯婴早在沛县做小吏时，便是驭车好手，此时更是将车赶得疾如流星。如此狂奔了半个多时辰，天色渐黑下来，后面楚军担心遇到大股汉军，便不再追了。

刘邦这才松一口气，骂道："小儿累赘，险些误我大事！"

夏侯婴却道："季兄，我辈打天下，不就是为儿女吗？"

刘邦一时词穷，只得将怒气压下，嘴上却是半分不让："昏话！儿女可再生，头颅可以再生吗？"

一入定陶地面，众人便觉出，战氛并不似泗水郡那边明显，田间农人，皆稼穑如常，一行人这才放下心来。

此时已入夜多时，众人都觉饥渴，便想寻个落脚处。见前面隐隐有两三灯火，知是一乡间庄院，一行人便上前叩门。不多时，见一老翁拄着木杖，出来开门，后有一家童提灯照明。猛见是一伙军爷叫门，不禁愕然。刘邦连忙下车，恭敬施了一礼："老丈，在下一行，赶路至此，欲借贵府歇宿一夜，望长者垂怜。"

那老翁打量刘邦，见他玉带紫袍，不似常人，便延入庄内，将众人及车马安顿好，又命童仆赶紧备饭。

待入得正堂坐下，老翁便拱手问道："将军乃何处公子？看尊容气度，酷似王侯，然何故到此地来？"

刘邦见老翁面善，知是本分庄户人，便答道："我乃汉王，自关中来，与项王交战不利，迷失道路，误至贵府，有扰清静了。"

那刘邦曾两次领军过定陶，乡野之民，无人不知其大名。那老翁闻言，慌忙伏地拜道："大王仁德，天下归服，老夫不知是尊驾光临，失礼了。"

刘邦忙将老翁扶起，问道："尊丈贵姓？是何方人氏？农桑之业可还好吗？"

"老朽贱姓戚，世居定陶，耕读为生，迄今已有五世了。秦末以来，此地屡经刀兵，百业萧条。乡鄙小民，只不过图个苟活罢了。"

刘邦便叹了一声，又问："兵荒马乱，不知令郎可好？"

老翁答道："老夫曾有一子，秦末丧乱，在军中战殁了。今只有一女，年已及笄①，尚未出阁。"说罢便唤女儿戚姬出来，拜见刘邦。

刘邦见那小女子，虽然服饰粗陋，却也饶有韵致，一时便痴

---

① 及笄（jī），古代特指女子满十五岁、到了可以盘发插笄的年龄，即为女子成年。笄，簪子。

了，眼睛发直。

夏侯婴在侧，忍不住轻咳了一声。刘邦才回过神来，忙向老翁致谢："在下避难至此，蒙长者垂怜，不胜感激。"

"哪里！大王仁声满天下，老夫请还请不来呢，今日乃蓬荜生辉呀。我且去嘱家人重整酒席，要好好款待。"

这一晚，刘邦一行才算吃上了一顿饱饭。那戚姬善解人意，含羞敛衽，为刘邦等人执壶斟酒，又殷勤照顾刘盈、鲁元，一桌人皆其乐融融。

吃到酒酣耳热时，刘邦愁云顿开，豪兴复萌："项王今日偶然得手，然天下万民皆厌之，少待时日，寡人必有天下。"

老翁道："大王之相，贵不可言，料日后必有万世之福。"

刘邦眼睛眨了眨，忽然便问："我看令爱十分懂事，不知是否已经许配？"

那老翁见多识广，知刘邦之意，当下便答道："小女尚未许字人家，前者曾有相士看过，言及小女将有大贵。今大王驾临寒舍，若小女有幸，得以侍奉大王，当是应验了此言，不知尊意如何？"

"哈哈，这、这怎么敢当……"刘邦又瞄了一眼那戚姬，更觉此女美艳不可方物，忽然就手足无措起来。

陈平便劝道："大王，此乃天予，如何不取呢？"

刘邦支吾两句，便又道，"罢罢，长者既有此美意，寡人却之不恭，唯有领受。那么，就在此指月为誓，我当终身善待令爱，与之共享荣华。"

那戚太公连忙教戚姬拜谢，刘邦喜上眉梢，忙解下腰间玉带，以作定礼。戚姬满面含羞，接了玉带，又深深道了个万福。

此时夏侯婴再也耐不住，起身便走。刘邦诧异道："夏侯兄，何事？"

夏侯婴道："白日多载两小儿，车驾便不胜负荷，今夜更要好好修一修了。"

刘邦明知其意，也不便于发作，只得打个哈哈掩饰道："忙的甚？坐下饮酒！"

陈平暗中拉了拉夏侯婴衣裾，夏侯婴只得坐下，低头喝起了闷酒。

戚太公便命戚姬进屋去，重新梳洗打扮，再来伺候汉王。

酒过三巡，戚太公问道："大王此行，欲往何方？"

"定陶县城为我军所据，今拟往定陶。"

"不可！定陶汉军，前日已遁走，城内虽尚无楚军，然已有楚县公回城理政。大王此去，岂非自投罗网？"

"果真？幸得尊丈指点。"

"老夫闻知，下邑尚有汉军一支，将军者姓吕，兵势甚壮。前日有一斥候路过，曾借宿敝舍，对老夫谈及此事。"

"哦？下邑？那不正是吕泽将军……"刘邦脱口道出守将姓名，却忽而将后半句咽了下去。原来，那吕泽乃是刘邦的妻兄，汉军早先往征彭城，途中攻取了下邑，曾分兵一支留驻，即是吕泽所部。

得此消息，刘邦大喜，便对众人道："下邑，芒砀山所在，乃是寡人举义之地，必可护佑我再起。"随即又问夏侯婴："此去下邑，几日可到？"

"要四五日。"

"那好，明早便折往下邑。车若要修理，你便去修吧。"

夏侯婴负气道："不修了！ 待压垮了再修。"

刘邦闻之，狡黠一笑，也无怪罪之意。

当夜，主客相敬，把酒尽欢，叙了许多古往今来的事。 至夜深时，由戚太公将诸事安排妥当，那戚姬便与刘邦合衾同寝了。

熄灯之后，旷野寂静，唯闻虫声唧唧，人恍似到了蓬莱之境。在这荒村僻野，能有此等奇遇，连刘邦也觉甚不可思议，转瞬便把那刀光剑影全忘掉了……

六

背水之战
惊太行

翌日，刘邦带着众将与戚姬，辞别戚太公，便趁着晨雾未散，向南急趋下邑。途中，忽见斜刺里有一彪人马赶了过来，隐隐可闻大声呼喝："汉王慢行！"

刘邦几日来已成惊弓之鸟，忙抓住夏侯婴腰带问："为何如此奔逃，仍甩不脱楚军？"

夏侯婴也是一惊，回首望了望，忽而一笑："是韩王旗帜，莫非张良赶过来了？"

刘邦引颈翘望，见为首一白袍书生骑在马上，果然是张良，便急令停车等候。张良策马趋近，跳下马来刚要跪拜，刘邦便朝他伸过手去："子房兄，甚么时候了，还要多礼？赶快上车来。"

待张良上得车来，刘邦紧挽住他手，忍不住泣下道："寡人不听卿之言，致有今日之辱！"

张良忙安慰道："臣闻彭城兵败，恐大王有失，急率部前来接应，一路皆闻败报，不胜惶恐。知下邑所聚汉军甚多，疑大王在此，不意途中竟然相见，岂非天意乎？今我军虽败，然所幸三河尚未动摇，大王请速往下邑，聚拢残兵，再作打算。"

话毕，两下便合兵一处，继续南下。这日，终于望见下邑城外的汉营了，众人欢呼一声，便疾驰抵近。卫卒见是汉王一行驾到，又惊又喜，连忙开门迎入。

见驻守汉军旗帜整齐，军容甚壮，刘邦这才放下心来，以手拊膺道："驰驱数日，几欲累成一摊泥了，今日总算归家。"

那下邑营中，几日来已有曹参、郦食其等人奔逃而来，此时闻报大喜，忙拥出大帐来迎。吕泽当先伏地跪拜，恭请汉王更衣沐浴。

刘邦摆摆手道："大事尚未议，此等小事急甚？"遂跳下车来，招呼随从都下马，解下鞍鞯来，令众臣围坐成一圈议事。

众人不明何事竟如此之急，只得都坐下。刘邦蹲踞于鞍鞯之上，对众人道："项王勇猛，我刘季万不能敌，彭城之败，非为偶然。这一路上，寡人已想好，愿将关东之地让与他人，与天下豪雄共击项王。但不知天下谁个能与我共济大事？"

夏侯婴纳闷道："如此，退回关中即可，何必与豪雄共分天下？"

陈平便一笑，插言道："那项王不死，我汉家何以安身？"

刘邦即额首道："不错！且睢水之败，乃寡人平生之奇耻大辱，为报此仇，关东又算得甚么？"

夏侯婴便怏怏道："如此，微臣便没有话说。"

张良想了片刻，问道："大王可是想好了？"

"为灭项王，在所不惜。今吾意已决，子房兄也不必多言了。"

"既如此，也罢。依臣之见，九江王英布，乃楚之枭将，近来与项王有隙，项王东征齐地，天下都知唯英布按兵不动，此即为可用之人。另有彭越在梁地，曾与田荣相约反楚，也是一个能分天下的枭雄。此二人，可以急用。再有一人，便是韩信。汉王手下大将数百，唯韩信可托付大事，独当一面。 大王果欲让出关东之地，可让与他三人。 如此，四方同心勠力，楚即可破也。"

刘邦听了，思忖少顷，便一拍膝赞道："子房兄高见！ 与我共天下者，无他，唯此三人也。"但想想又愁闷起来，"彭越与项王有不共戴天之仇，可为我所用；韩信为我大将军，也自不待言。 此二人，寡人可招之即来，然英布那厮，乃项王的股肱之臣，何人能说动他背楚呢？"

众人一时便都缄默。

刘邦转头问郦食其道："狂夫子，君能否？"

郦食其摇头道："臣与英布旧日无私，无从置喙。 且此公桀骜不驯，素受项王恩宠，恐不易说服。"

刘邦便焦躁道："甚么汉家？ 文武数百，竟没有一个能当大事的！"

此时侍立在旁的随何道："小臣愿为大王效劳。"

刘邦回头望望，笑了笑，便又叱道："军国大事，开不得玩笑！"

"小臣绝无戏言。 小臣籍贯六邑，与九江王算是有些渊源，愿前往六邑去劝降，如不成，不过是舍却小臣一颗头颅；若事成，则可为大王建百世之功。"

"当真？ ……好，你既然有胆量，就带吕泽麾下二十人前往。 见机行事就好，成或不成，务要保住头颅回来。"

"小臣随大王日久，如何劝说诸侯，听也听会了。"

刘邦便大笑："好个随何，有长进！ 彭越那里，也由你在中涓指派一人前往劝说。 先筹办去吧，稍后择日启程。"

随何领命，便自去提点布置了。

刘邦这才将车上的戚姬唤下来，引见给营中诸人，众将略感惊异，都起立施礼。刘邦一笑，对吕泽道："大事议毕，可以洗洗澡了吧？"

如此在下邑大营歇了几日，果如陈平所料，失散的汉军残部闻汉王在下邑，都陆续来归。连日来，已有周勃、灌婴等历尽千辛万苦，先后归来。刘邦与众将相见，都恍如死后复生，执手涕泣不已。

经询问，刘邦方知：有几路诸侯在溃败之后，已叛汉归楚。塞王司马欣、翟王董翳趁乱脱逃，投奔了楚营。代王陈馀携赵王歇引兵回赵，发觉刘邦竟然以假张耳的头颅哄人，一气之下也叛了汉。汉营除殷王司马卬战死之外，尚余魏王豹、河南王申阳、韩王信三人，仍追随左右。

众将说起诸侯王叛去，都切齿痛恨。刘邦历经了生死之变，倒是豁达了许多，挥了挥手道："寡人大败，不能保人家性命，跑就跑了吧，无须理会。且将这笔账记下，落井下石者，总不得好死。"遂教人厚赏了魏王豹与河南王申阳，以安其心。

这一日又有王陵归来，进帐便伏地大哭："前日得报，太公与嫂夫人、审食其外出避难，均在乱中被楚军掳去，留作人质了！"

刘邦吃了一惊，呆了半晌才道："兄休要悲伤，令堂昔日在楚，为汉家舍生取义，此仇亦是我刘季之仇，来日必报。今家父等又被项王所拘，谅他还不敢加害。纵是项王横暴，那项伯、范增亦须顾忌天下非议，必不会杀家父，此事容徐图之。"

此后旬日间，刘邦在下邑收拢败军，堪堪又得了五万兵马，声势复壮。连那博士叔孙通，也蓬头跣足，率百余弟子徒步寻踪而来。显见得天下归心，一如既往。刘邦便与张良、陈平商议，如何收拾残局。

张良道："我军新败，项王必不会罢手，不知何时还会遣马军来袭。此地离彭城太近，似可后移，以为防范。"

陈平亦道："子房兄所言极是，成败不在一城一地。楚军势大，我军须避其锋芒，应寻得一座大城固守，暂且与项王中分天下，容后再说。"

刘邦也深以为然，便率军退至砀县，在砀县又得樊哙引军来归，汉军这才士气稍振。因有彭城轻敌的前车之鉴，刘邦还是不敢大意，又引军退至虞城，方才止步。遂吩咐随何，速往六邑说服英布叛楚。另刘邦早在举义之时，便曾与彭越联手，合兵会攻昌邑，两人交谊甚厚。此时，刘邦知这位老友可以救急，便又急忙派人与彭越联结，命他袭击楚后方粮道。

看看布置已妥帖，刘邦这才引军退至荥阳城内，征发民夫加固城池，准备固守此城，与楚相抗。

进了荥阳城后不久，韩信也从洛阳领军来会合。从彭城败退下来的众汉军，望见"大将军"旗幡，都欢呼雀跃，士气为之大振。刘邦见之，更加信服张良所言"与之共天下者，唯三人也"之论，以为是千金不换之谋。

刘邦与韩信在城内行宫相见，想起当初拜将时的倾谈，都不胜感慨。刘邦道："将军来此，寡人便放心了。一次战败，终身胆怯，我日日唯恐楚军又来。"

韩信道："项王素好名，又轻慢天下豪杰。此次大胜，必沾沾自喜，以为汉家脊梁从此折断，因此断不会全力来攻，大王可无虑。"

刘邦满面愧色道："寡人不纳忠言，自觉统军之才堪比将军，终致睢水受辱。唉，休提了，几乎丧命！"

"大王亦不必自责，强弱互易，乃兵家常事。我汉家平定三秦之后，便是有十个项王，也奈何不得我了。今我军据有关中，根深蒂固，虽彭城得而复失，但终究二分天下居其一。他项王即便浑身是胆，也不过一员猛将而已，东冲西杀，浪得虚名，岂如我汉家得地利、获民心？日后我汉家方略，就是与他缠斗，十年八载，终可见个分晓。"

"好好！将军今后，不可再退避不前了，要与寡人共进退，且需独当一面，为我分担。"

"微臣所有名位，皆由大王赐予，当舍命以报君恩。凡有征讨攻伐的事，大王尽管驱遣。"

刘邦大喜，遂拉起韩信的衣袖："将军，你随我来看。"

两人便相偕登上荥阳城头，刘邦指着远处尘头道："那便是楚之马军斥候在耀武。此次彭城之败，就败在我无马军。那楚军几万骑士倏忽而来，倏忽而去，着实是吓破了寡人的胆。"

韩信便哈哈大笑道："大王，楚军多为江淮之人，哪里有甚么精锐马军？天下骑士之勇、战马之良，当首推关中。我汉军素无马军，唯有傅宽将军带了千把骑士，当然吃亏。今可挑选原秦军骑士五千名，编成我汉家马军。有此一军，便可驰骋山东而无敌。"

刘邦双目大睁，炯炯有光："果真？军中有何人善骑射，可做我马军统领？"

"李必、骆甲，此二人可当此任。"

"哦？这二人是何等来历？"

"皆为秦地重泉人，系原秦军骑将，投我汉军已有些时日了，我为治粟都尉时便与之相熟。 两人皆精熟骑射，长于治军。 有此二人，不出旬日，我汉家便可有天下头等马军。"

"甚好！ 莫非此为天助？ 寡人便拜二人为骑将，统领马军。"

韩信一时却沉吟起来："……亦有不妥。 此二人本是秦降将，骤为我军骑将，恐众军不服。 请大王另派一员大将为主，此二人为辅，事则可成。"

刘邦便笑将起来："当初拜韩兄你为大将军，不亦为破格？"

韩信微微一笑，只道："今日事急矣，不可有万一之疏漏。"

"我看众将之中，唯灌婴年少勇武，寡人加他为中大夫，统领马军，以为主将；李必、骆甲为左右校尉，以为副将。 你看如何？"

"大王圣明，如此便可无虑了。 我汉家马军如练成，可纵横千里，直捣楚地腹心，断其粮道，乱其后方，日后大有可施展之处。"

"此正为寡人之意！ 自今日始，马军即为汉军之中坚，配属大将军统辖。 此外，也要给他们一个大大的好名号，不如就叫'郎中骑'，以示笼络。"

"好名字！ 郎中，官府侍卫也。 如此，骑士们当更加用命。"

刘邦遂仰天大笑："文有张良，武有韩信，我汉家还愁何事不成？"

韩信连忙一躬谢道："韩信不才，哪里能与国师并论？"

"好，此事你即去办吧。"说罢，又解下汉王剑授予韩信，"此剑，还是由将军你佩戴，寡人佩之，恐不祥。 此后荥阳一带防务，尽由你统管。即便是这天下，也由你与寡人共享。"

韩信慌忙伏拜道："谢大王隆恩！"

君臣将大事议毕，韩信正欲退下，忽有守城军士来报："城西有数万大军，正铺天盖地而来。"

刘邦脸色便是一变："项王又杀到我背后了？"

两人便急趋西门，登上城楼眺望，只见远天尘头大起，人马杂沓，喧声可闻。刘邦急命四门紧闭，各军严阵以待。待远处大军渐近，这才看清楚了，尽是汉家旗帜。为首一将，疾驰到城下通报，原是刘邦堂弟刘贾率队前来。刘邦这才知道：此军之来，乃是萧何闻听彭城之败，恐刘邦兵员不济，便打破惯例，将关中二十五岁以下、五十六岁以上男丁尽行征发，编成新军，由刘贾压队，调来增援荥阳。

刘邦便大笑道："原是萧丞相送了大礼来！快打开城门，将援军好生安顿。"

刘贾将新兵名册交予韩信，待清点无误，便自回关中去了。韩信翻验名册，愕然发现萧丞相之子、萧氏族属十数人，也尽在册中，当下便去新兵营中探望，见果真都在，心中大感蹊跷。

待与刘邦一说，刘邦也是一怔，嗣后会心笑笑，说道："丞相这人，到底是老成。"

韩信纳闷儿，翻着眼睛想了想，忽然领悟："原来如此！"

君臣两人对视一眼，都摇头笑笑。刘邦便道："丞相将子弟、族属尽数送来从军，又搜罗所有男丁送至荥阳，只为证明他绝无反心。老萧与我是何等牵连，我又如何能疑他？只是有了君臣之别，他便也要用些心机了。"

当日，适逢王恬启统领宿卫当值，正按剑立于汉王身后。刘邦与韩信所议，皆听在耳朵里，不由插言道："别人能反，独萧丞相不能反！"

刘邦略略惊诧，问道："小舅何出此言？"

"田中有瓜，若是同藤所生，何来异心？"

"哦？"刘邦望望王恬启，笑道："至理，至理！这个话说的，才像个舅舅的样儿。"

正当此时，荥阳城内，处处腾起了喧哗。原来，这一队来援新兵虽多为老弱，但因感激汉家安邦济民，皆有赴死报效之心，且与那从彭城败回的汉军之间，多有兄弟、叔侄之亲的，见面都大为欣喜，全军欢呼不止。汉军自此，堪堪已聚拢了十余万，声势大振，已不亚于当初出关之时了。

又过了几日，刘邦正与张良、陈平、韩信、郦食其等人议事，忽有探马来报："魏王豹率本部人马归国，前日一过河，便派重兵截断河口，在平阳传檄天下，叛汉联楚。项王已派了项佗为魏相，前去助魏反汉。"

刘邦大惊，愤然道："这个魏豹，日前不是说老母有病，乞假省亲去了吗？此等竖子，欲叛汉，便大大方方叛去好了，竟要拿老母之名来骗人。真是世道不古，豚犬都会说谎了！"

韩信甚感奇怪，说道："那魏王豹，虽经彭城之败，然仍随大王左右，不曾擅离，如何今日便忽而叛去？"

刘邦意气难平，骂道："真真混账一个！寡人看他始终跟随左右，只道是并无二心，来乞假探母，岂有不准之理？何曾想到，这世家名人之后，也是满口的谎话。"

韩信想了想，恍然大悟："大王，必是项王派遣奸细前来，说降了魏王。"

"唔！ 将军所言不错。 前月十一路诸侯联兵，征讨彭城，教那项王丢尽了颜面。 如今他将我的手段学了去，也在笼络诸侯了。 魏豹叛汉，非同小可，若他发兵南下，则轻而易举可断我关中通道，这又如何是好？"

"大王勿急！ 那魏王豹不过一个侯门子弟，徒有虚名。 微臣愿领军前往平阳，将他一鼓荡平。"

陈平便道："臣以为，可先不必发兵。 大王待魏王仁至义尽，他之叛离，也是见我汉家今日势蹙，故生出势利之心。 今我军自彭城归来，甲士无不疲劳，炎天暑热，不宜轻动，可命一善辩之士前往劝说，令其回心转意，也好免去刀兵之劳。"

刘邦闻言，连声称妙。 当下便问郦食其："寡人欲劳驾老夫子一趟，前往魏都平阳，劝魏王豹回头，夫子以为可否？"

郦食其慨然道："微臣与魏王有旧，愿以大义说之，必使其迷途知返。"

刘邦大喜道："爱卿若以嘴上功夫，劝得魏王豹回心转意，寡人便赐你魏地万户。"

郦食其忙伏地受命："臣不敢，千户即可。"

待郦食其衔命前往魏都后，不过才几日，那楚营一支马军果然耀武扬威来攻。

原来，项羽在彭城得手，便看轻了汉军，此时又想沿袭旧计，命季布领五千精骑，长途奔袭荥阳，指望一夜间获胜。

正如韩信所料，项王此时因齐地纷纷复叛，足踏泥淖，故未曾全军出动。

此次楚军轻兵前来，本以为汉军不堪一击，但时势已与一月前大不相同了。 彼时汉军在彭城，骄狂轻敌，全无防备，因而一触即溃。 而此时新编成的汉家"郎中骑",则多为勇武彪悍之秦人,与项王有不共戴天之仇,上阵全无恐惧,唯有报仇雪恨之念。 因之在荥阳一线,楚汉两军之强弱,便有了不易察觉的变化。

那楚之马军冲到荥阳之南的京县、索亭,一心想重睹汉军兵败如山倒的景象,却不料从荥阳方向忽然冲来一支汉家马军,通身黑甲,人高马大,直惊得楚马军措手不及。

楚马军于匆忙之中掉头不及,瞬时阵形便被冲乱。 新编的汉军"郎中骑",刚得了这个隆宠无比的身份,都急于立功报恩,见了楚军分外眼红,在京、索一带驰骋冲杀,三战三捷,将楚马军杀得丢盔弃甲。

较量了几日,季布见得胜无望,只得率残兵遁去,两军便在荥阳以东僵持了起来。

灌婴得胜回城,刘邦大喜过望,扯住韩信的衣襟,对众将道:"昔日拜将,诸兄弟多有不服,今日如何? 韩大将军,果为汉家神将,郎中骑编练不过旬日,便有此功,我汉军雪耻之日,不远矣!"

韩信便道:"郎中骑仅仅五千,便收今日奇效,来日应增至万名,必无敌于天下。"

刘邦遂大笑:"好,寡人便广招燕人、胡人与楼烦人,为我骑射精锐。 日后亡命于途者,将不再是我刘季了!"

郎中骑首战告捷,刘邦大大松了一口气。 一月以来,一路屡遭惊吓,此时松弛下来,忽觉遍体不适。 这日,便召了韩信来交代:"有你大将军在此,荥阳一线便固若天堑,想那楚军已无力逾越。 今寡人不适,暂回栎阳将息,前方军事便托付将军,并任你为左丞相,打理前方军政。 如魏王豹来降便罢,不降,则将军可引军攻之。"

古时自周至秦汉，都是以右为尊，韩信所获这"左丞相"之职，便是"副相"之意，显见得刘邦已视他为萧何之下第一人了。韩信内心一喜，忙伏地拜谢，随之谏议道："河东魏王，燕雀而已，待秋凉再灭不迟，大王请放心将息。 那废丘还有一个章邯，应着意灭之。 如此，三河以西的半个天下，便尽属汉家，从此后顾无忧，大王也好一心谋楚了。"

"哈哈，那老贼，寡人未曾有一日忘记。 此次回栎阳，寡人将带樊哙、曹参、周勃同行，便是要拿下那老贼。"

"那好！ 臣在此便再无牵挂，一心督军。"

韩信受命督军之后，日日操练不止，务使士卒不再惧楚。 严责之下，果有成效，汉军的士气逐日高涨，已将那彭城惨败淡忘了。

且说那郦食其受命说服魏王，心知事关重大，不敢怠慢，遂星夜驰往平阳，入魏宫求见魏王。

魏王豹此时早被楚国密使说动，执意叛汉，见了郦食其，知是来劝降，便只一副冷嘲面孔给他看："故人远来，是为说客乎？ 白首老儒尚劳碌如此，寡人自愧不如了。"

郦食其一揖道："在下前来，非为汉家之谋，实为故人之交。 言或谬妄，大王不听就是了。"

魏王豹笑笑，叱道："苏秦张仪之辈，皆是这一套言说。 好吧，你有话便说，不要啰唆了。"于是便焚起一炷香来，闭上眼睛听郦食其陈说。

郦食其正欲摇唇鼓舌，不料魏王豹忽然睁开眼睛，冷冷道："你也休要说了！ 大丈夫，何人愿瞧别人家眼色？ 寡人不才，终是世家出身。他刘邦不过一乡村鄙夫，偶一得志，便将我等诸侯群臣呼来喝去，如使奴仆。稍不如意，则污言秽语骂个不停，全无尊卑礼节。你这高阳酒徒忍得，寡人我却忍不得。人生一世间，如白驹过隙，能自主一日便是一日，我实不愿再去见他了。"

郦食其道："大王此言差矣！汉王虽不拘小节，然仁心厚德，为天下所共推。今与楚相争，成败之数，连小儿亦能看清。大王既已投明，何又返身投暗？如此反复，可是致福之道吗？何不仰赖汉家大业，以保万世富贵？"

魏王豹便大笑道："故友虽是大儒，所论也不过书生之见。你这等文人，无才无智，无非是想寻个明主，吃一碗饱饭而已！前日有一相士，曾为我后宫薄姬看相，言其可母仪天下。既然寡人姬妾可母仪天下，寡人岂非有望做天子了，又何必仰人鼻息呢？"

"术士之言，如何可信？"

"那么，苏秦张仪之言，便可信吗？"

郦食其见魏王对刘邦积怨甚深，不是空口白话便能说服的，只得辞别魏王，快快而归。

这日，刘邦正在打点行装，忽有卫卒来报："郦食其先生从平阳返回。"

刘邦便道："他一人回来，谅是那反贼魏豹不肯回心，就请老夫子进来吧。"

郦食其风尘仆仆进了行宫，满面愧色拜道："臣有辱使命，那魏王豹抵死不肯从。"遂将劝降始末，一一复述。特别言明，因魏宫卜者说那薄姬将"母仪天下"，故魏王豹死不肯降。

刘邦怒道："甚么母仪天下、父仪天下？反贼愚顽，一至于此。莫非有恃无恐乎？"

"臣无能，说不动这朽木。"

"老夫子，这不怪你。你说说，如今楚汉相持，胜负未定，为何魏王豹不肯从我？莫非他判定了天下必归楚？"

"倒也不是。魏王豹对微臣讲，他后宫有一薄姬，曾找人看相，说是将来可母仪天下，故而魏王豹不肯屈居于大王之下。"

刘邦一怔，回味了片刻，才大笑道："甚么母仪天下！他的人，他的国，不出数月，就都是我囊中之物。这个魏豹，做的甚么千秋大梦？"笑罢，又问郦食其道，"他果然有如此美姬？"

"不错，臣在魏宫亲眼所见，端的是仪态万方。"

"就是那个……薄姬？"

"是薄姬。"

"好也！届时，命韩大将军将这美人也一并擒来，让寡人也消受一回。你与我说说，他以何人为主将？"

"柏直。"

"此人无非乳臭小儿，何能当我韩信？那么他骑将又是何人？"

"冯敬，乃秦将冯无择之子。"

"唔，此人虽贤，然仍不能当我灌婴。他步将又是谁？"

"项佗。"

"这个项佗，不是定陶的楚军败将吗，如何能当我曹参？今我伐魏，可无虑了，老夫子以为如何？"

郦食其道："就请大王下令，命大将军韩信携曹参、灌婴二将，前去伐魏。"

刘邦便笑道："老夫子，此行是否有所悟？读万卷书，也不如会舞枪弄棒。魏豹他要吃罚，唯有韩大将军能伺候他。此事不急，寡人要回栎阳歇息几日。待秋后天凉，再来给魏豹备罚酒吧。"

六月末梢，天气渐至酷热，刘邦越发撑不住了，便带了戚姬与一儿一女，由樊哙、曹参、周勃领一支精兵护送，奔回了栎阳。

此次出兵仅三个月，旋起旋落，刘邦再见到萧何，竟恍如隔世。君臣见面，都唏嘘不已。刘邦道："萧公，亏得有你在关中维持，寡人才可进退自如，否则真如丧家之犬了。"

萧何连忙道："哪里！平定三秦，东出临晋，这都是大王定下的方略，微臣不过料理些钱粮杂务，何功之有？"

刘邦大笑，拍拍萧何肩膀道："丞相谦逊了！汉家根本，就在关中，这还是你为寡人谋划的。今我虽败归，但元气未伤，这便是丞相的大功，将来定要画像置于庙堂，令子孙万世感念之。"

萧何惶然道："这哪里敢当？"

寒暄已毕，君臣两个便坐下来，将那内政之事商议了一番。

刘邦问道："关中平定，将至一年了，境内民心究竟如何？"

萧何便答："十个月来，每略一地，便仿秦制设置郡县，派员治理，迄今民心大顺。今春大王东渡河，半有天下，臣在关中，则兴修汉家宗庙、社稷与宫室。如此外王内圣兼举，关中以西，我汉家已渐成一统。臣以为，既然要问鼎天下，便要有王天下的气象，如今汉家已有此气象，何愁民心不归？"

刘邦颔首道："丞相说得有理。汉家兴国，至今尚未立太子，寡人便将刘盈立为太子吧，免得小民疑惧观望。"

萧何面色一喜，叩首道："此乃安万世之举，臣为大王贺！"

刘邦开怀大笑道："你这老吏，又来奉承我！这关中的民心，还不是丞相为我争来的？寡人索性将人情做到底，大赦境内有罪之人，令秦民感恩戴德，都愿做萧丞相治下的顺民。好了！奉承的好听话，无须萧公你来讲，留给关中百姓去讲好了。近来，可曾有甚么不如意之事？"

萧何面色便一沉，叹息道："政事无虑，然天公不作美。今春大旱，关中各地灾情甚重，农家颗粒无收，几近民不聊生呀。"

"哦？"刘邦一惊，忙问道，"百姓可以食薄粥度日否？"

"有薄粥倒好了！今关中大饥，臣正急得无可如何。日前下郡县巡访，见货价腾贵，米一石贵至万钱，马一匹贵至百金。草野之民，无以为生，已是人相食、饿殍遍野了！"

"啊？"刘邦惊得面色一白，急问道，"商家为何无平价米可粜？"

"商家贪利，都趁机囤积，哄抬米价。栎阳城内，为一口食而破家者，比比皆是。官仓存粮，须供给军需，一粒也不敢动。臣计无所出，只得以三牲六果祭天，祈福禳灾。"

刘邦急得跳了起来："拜老天有何用？春苗无收，老天能为你下谷雨吗！"

萧何不禁愕然，涨红了脸问道："大王之意……难道要派兵丁四出，向商家索粮赈灾？"

刘邦复又坐下，抒须半晌，沉吟道："不可不可！秦民归顺不久，如此强索，岂不是与商家为敌吗？商家若离心，则关中更不可收拾了。"

萧何长叹一声，几近哽咽道："臣前次征发民间老弱，以充援军，贫民都踊跃投军，全是为了一口军粮活命呀。"

刘邦面色便分外暗淡，想了想又问道："巴蜀年成如何？"

萧何道："巴蜀倒是无虞，今年是大熟之年，然连月用兵，铠甲弓矢所费甚多，府库亦无钱去巴蜀籴粮。"

刘邦便将案一拍："移关中饥民至巴蜀就食，并垦荒种粮，以解倒悬。"说罢便起身，仰头叹息道，"萧公，我等君臣，不可在此坐而论道了，这就与寡人下郡县去看看。唉！人相食，饿殍遍野……如此，汉家还要这天下有何用？"

次日，丞相府下了移民令，不数日间，关中饥民数万，便由各县官府送往巴蜀去了。民间粮商闻汉王归来，也怕官府一怒之下强征粮食，遂不敢再抬粮价，市面上又见到平价米，秦民自是感激不尽。

刘邦在栎阳、咸阳等地巡行一遍，见灾情虽重，但闾里风气尚称祥和，百姓各安其位，遂对关中吏治大为满意，狠狠夸了萧何几句。

萧何拱手谢道："臣不敢居功。秦地安宁，皆因汉家以大义治国，百姓皆服。"

刘邦便冷笑一声："你我都是老吏出身，这种话你也信得？所谓大义，即是能吃饱饭，且吃得安稳。若吃不饱饭，大义便是狗屁！"

萧何闻之瞠目，一时竟不知所对。

刘邦便指点着那街衢民居，又道："你看那些富庶人家，都有后仓，关中便是我汉家后仓，钱粮人丁，皆由此出。寡人即使受十方诸侯来拜，遍地颂声盈耳，也不过是虚浮门面，抵不得踏踏实实一碗米。"

萧何顿时面红耳赤，嗫嚅道："臣知道了。"

刘邦毕竟是起自民间，对升斗小民的柴米油盐、喜怒哀乐，皆了然于心。 关中灾情如此，刘邦觉如芒在背，不啻又一次睢水大败。 辗转思虑了数日，便有诏令颁下，将前朝始皇帝游猎用的千亩上林苑，撤去防卫，任百姓进入，随意开垦，以解民困。 又下令将监牢刑徒统统释放，令其各归其乡，务农自新。

安置灾民事毕，刘邦这才有了闲暇工夫，在栎阳旧宫召见中枢臣僚。 此时汉家方兴，三公九卿尚不齐全，有的只有属官，而无主官，然在此济济一堂，亦颇见气象。

刘邦见到卢绾，分外亲切，执手说道："数月不见，关中全赖诸兄支撑。 汉家今日已见规模，沛县故旧当论功行赏，明日封太尉，非卢兄莫属了。"

卢绾喜形于色，连说："不敢当，不敢当。"

刘邦见柱下立有一人，面貌陌生，然其举止颇有风范，便问左右是何人。 萧何连忙代答："此乃张苍，原为前朝侍御史，现亦在朝中掌监察纠劾，甚是得力。"

刘邦便道："怪不得。 直立如松，是个做官的样子！ 我军在关东略地，新置郡县现也奇缺干员，张御史明日可随我赴荥阳，暂去军中效力。"

张苍忙伏地拜谢。

刘邦哈哈一笑，对众官道："前方厮杀，颇为吃力。 尔等在关中虽也辛苦，然毕竟无性命之忧，故诸君尚须多多努力，待天下息了刀兵，方能过上太平日子。"

众官伏地齐声感恩。 刘邦兴致越发上来，命少府在侧殿开筵席，大宴群臣。 半日中，君臣觥筹交错，尽兴方散。

酒宴过后，刘邦回到寝宫，颇觉心神不宁。 萧何在旁道："太常寺现已有了太卜，不如唤来课一卦，便知吉凶。"

刘邦眯眼想了想，便道："也可。"

少顷，萧何将一白发老叟引至寝宫。刘邦斜倚在榻上，懒得起身，只示意左右为老叟赐座。

老叟坐下，刘邦见他须发皆白，颇有仙风，不禁起了敬畏之心，忙坐起问道："请问先生尊姓，是何方人氏？"

那老叟答道："臣小姓许，名终古。世居太乙山。"

"太乙山？老人家可识得'四皓公'吗？"

"认得。是那东园公、夏黄公、绮里季、甪里先生，四位先生与在下平素颇有交往。"

"汉家方兴，连先生亦愿前来效力，不知那四皓公能否下山？"

许终古便连连摇头，笑道："是微臣终未脱俗吧。那四皓公，绝非浊世之人，恐不是利禄名位所能打动的。"

刘邦道："原来如此。看来寡人是无福一睹真容了。"

寒暄毕，许终古便摆起香案，从怀中摸出卦筒来，朝香案拜了一拜，口中念念有词，开始起课摇卦。

三摇已毕，刘邦问："如何？"

许终古看了片刻，解道："九二爻。卦辞曰：'需于沙，小有言，终吉。'此为需卦的一个'既济'卦。沙中行走，终不是那么容易；小有杂议，然终究是吉。"遂向刘邦叩首贺道，"大王，此卦极好。占于军事，可谓无不利。"

刘邦闻听不是大吉，略感失望。许终古便一笑："大王自举义起，征战至今，濒死而生者有几回？"

刘邦道："鸿门宴，彭城之败，算是两回吧。"

"可见世间事，必多磨难。大王可闻'三折肱而成良医'之说？"

"有耳闻，那又怎样？"

"如有三折肱，则天下必属刘。"

刘邦怔了半晌，方才有所领会，大喜道："许公有大智，数语便如拨云见日，此恩虽万金不足以报答，这里且受寡人一拜。"说罢便要跪拜。

许终古大惊，连连叩首道："大王，使不得！臣乃草野之人，信口开河罢了。唯大王好德，项王恃力，今中原竞逐，孰昌孰亡，连关中孺子亦不疑。臣只是不知陛下还有何疑虑？"

刘邦大笑，遂命少府厚赏了许终古。

占卜之后，或是因心情甚好之故，刘邦浑身病痛竟然全消。遂唤来萧何、卢绾、樊哙、曹参、周勃等人，指点着舆地图道："关中诸事已毕，唯有章邯这老贼，仍在废丘做困兽。寡人带尔等兄弟回来，便是要为老贼送终。"

樊哙大喜道："章邯被困十月有余，不战不降，真气煞人也。季兄只管下令，拼得几千条性命，我等也要拿下废丘！"

刘邦狡黠一笑："孤城一座，人困粮绝，不必伤到儿郎们性命。大将军已为寡人献了破城妙计，尔等到时再看。"

君臣将那军事议定，萧何便奉命去筹军粮。至七月梢，万事俱备，刘邦加卢绾为太尉，总领全国军事；加曹参为假左丞相①，统领关中之兵。君臣一行，率大军来到废丘城下，与围城兵马合为一处，准备攻城。

---

① 假左丞相，即代理左丞相。

那废丘城下，目下是刘贾领军在围。昔日刘邦、韩信围废丘时，已在城下挖出无数沟堑，将城死死困住。城南还有樊哙当初领兵筑起的高台，昼夜可望见城内动静。其台之巨，俨若城池，如今汉兵都唤为"樊哙城"。

废丘四面皆山，围城汉军遍布各隘口，即便是城内兵马侥幸突出，也必被汉军围堵。因此，章邯纵有翻天覆地手段，十个月来，也只能眼巴巴地做困兽。

见城上军伍旗帜仍然严整，刘邦便道："这老贼，端的是有些骨气，为项王死守此城，至今不悔。却不知项王用他，鹰犬而已。迂执之人，终究还是看不透那枭雄心机，竟要无端做个陪葬。"

曹参也感慨道："事有非常，人亦有不可理喻。入歧路者，棒喝也是难醒。"

刘邦想想，便道："章邯总还是个将才，待寡人再劝他一劝。"说罢，便与三将骑马奔至城下，躲在楼橹之后高喊，"我乃汉王刘邦，东征大胜归来，恭请雍王出城，也好尽释前嫌，共襄国事。"

那章邯在城上早看得明白，立即答话，仍是中气十足："刘邦老儿，你一日不讲假话，便活不得吗？甚么东征？哄得了别人，却哄不过我。你劳师远征，以卵击石，想必是输光了家当，狼狈逃回的吧？若是大胜，那彭城仕女如云，你怎能舍得归来？这区区废丘，又何劳你亲自来督阵？我章某坚守此城十月，不见汉军攘得寸土，今日你又多了甚么本事，可尽管用来。"

"雍王谬矣！你坐困愁城，可见到项王有一兵一卒发来？项王之心，童叟皆知，偏是你居高堂之上，独独就看不清楚。人各有期许，不可划一，然雍王抛弃身家性命，宁为独夫守节，却是可惜了。"

"哼，此时来说这虚言浮语，又有何用？若有胆量，便放马过来，纵然废丘可破，你却擒不到一个活章邯！"

见章邯一如既往地死硬，刘邦便不再喊话，对众将慨叹道："章邯老儿若在战国，或可为荆轲、聂政。日后我所封诸侯，还不知有几个可愚忠至此的？"

樊哙发怒道："老贼之弟章平，今尚在栎阳囚系，不如解来城下，当着老贼的面，砍头祭旗！"

刘邦望望城上，摇摇头道："孤臣孽子，倒也可怜。不要难为章平了，待他养好伤后，放他归乡去吧。"

周勃耐不住，问刘邦道："韩大将军有何攻城妙计？"

刘邦便用手朝前面一指，众将随着看去，见那废丘城近旁，有一条大河，名曰白水，由西北滔滔而下，汇入渭水。刘邦便道："见那绕城之水了吗？稍待几日，便教老贼翻作鱼鳖！"

过了几日，汉营安堵如故，毫无动静。章邯见刘邦并未来攻，便有些起疑，不敢放松。

这夜，暴雨如注，城上人马皆难以行走。章邯知汉军必不能来，正待歇息，忽闻南门外一声巨响，城南一大段城墙，竟于顷刻间轰然倾颓，有滔滔洪水排山倒海般涌入，声势骇人。

暗夜中，王宫外立刻喧哗一片，章邯奔出去看，见洪水已淹没了南城，将人畜屋舍尽皆席卷而去。城内兵民，乱作一团，呼救声此伏彼起。

章邯心知不妙，急忙点起数十名亲兵，蹚水直奔城北的高冈处。再回头看时，洪水已涨至丈余，无数民居，尽化作点点孤岛。

原来，是夜樊哙奉刘邦之命，领军至城南白水边，将上千沙囊投入水中，致河水壅塞，不得畅流，全部倒灌进了废丘城内。待城墙颓倒，曹参便一声令下，千余名板楯蛮从缺口泅水而入，杀声震天。

章邯正自惊疑间，却见洪水忽又退去，原是城外汉军已将沙囊掘开，河水复归其位。水退后，更有大股汉军高擎火把，从四门杀入。古城此时，阴惨宛如末日。眼看陷落在即，章邯哀叹一声，便欲率残部东逃，暂去桃林塞，再作打算。却不料经洪水一冲，部伍已全部溃散，哪里还能寻得到人影？

不消片刻，章邯所暂驻的高冈，便被汉军团团围住。章邯身边亲兵拼死护卫，奈何冈下箭矢如雨，眨眼间亲兵便被射得如刺猬一般，纷纷倒地。

汉军趁势一拥而上，火把高照，刀剑齐出，逼住了孤零零的一个章邯。

章邯耳闻满城哀声，悲愤难抑，跌足道："一世英名，竟为鄙夫所害。天有眼乎？我死不瞑目呀！"说罢拔出佩剑，直指上苍。

众汉军为章邯声威所震慑，不觉都向后退了一退，不敢冒犯。不想那章邯只是长啸一声，便猛地挥剑自刎。汉军将士一时怔住，动也未动，只见那章邯魁梧身躯晃了两晃，便如魏阙断壁，轰然倒下。

四面汉卒举着火把围拢来，见章邯死了，都一片欢呼，刘邦、卢绾亦闻讯赶到。刘邦拿过火把来照照，以足尖踏住章邯尸身，笑道："当年若能殉秦，老英雄何至于此？"说罢便命卢绾教军士将章邯盛装入殓，就在这高冈上好好葬了。

黎明时分，大雨停歇。汉军大索城内，俘获了几个章邯部将，有吕马童、季良、季恒、孙安等，都押来跪在了刘邦面前。

刘邦睨了众人一眼，问道："主公死了，尔等降也不降？"

"降，降！"几人皆伏地叩头。

刘邦冷笑了一声："都是不能随主公去的！吕马童，你主公项王尚在，难道你也降吗？"

吕马童不敢抬头，只答道："汉王仁德，吕某愿从明主。"

刘邦便一甩衣袖："罢了！恩恩怨怨，都休再提了。曹参，降将便交予你吧，好生调教，为我汉家出力。"

八月秋凉，刘邦论功行赏，以樊哙灌废丘有功，遂将长安附近的杜县改为樊乡，赐予樊哙做食邑。另曹参亦有大功，则赐予宁泰一带为食邑。二将之名位，自此更加显赫。

昔日教人寝食难安的雍王，终化为冢中枯骨，刘邦心头的这口恶气既出，便将那雍王之号废掉，将雍地一分为三，改置中地、北地、陇西三郡，又改废丘为槐里，关中气象为之一新。

看看境内已大定，刘邦便留下太子刘盈监国，萧何辅之，嘱二人好生安民，一切可便宜从事，不须上奏。又调刘贾驻守桃林塞，作为关中的屏障。

刘邦则带着众将，重返荥阳，要一心谋楚了。进得荥阳城内，见前方汉军已操练得有模有样，不由心中大喜，遂命韩信为主将，曹参、灌婴为副将，领一支精锐前去征讨魏王豹。日前刚编练好的郎中骑，也由灌婴一并带去。

刘邦嘱咐韩信道："此去乃别军一支，渡河后再无应援，务必谋而后动。可知会上党郡守任敖，从旁照应。此人乃我沛县故旧，必会全力相助。"

韩信拜谢道："大王心思细密，臣当与沛县旧部输诚相待。"

"那便好！寡人当年起事，家中二十二位舍人皆弃商从戎，征战至今，军功尚不显。今将军北上，便将那孔聚、陈贺等人也带了去吧，日后有功，也好加为将军。"

"臣谨遵命。"

韩信领命后，心中暗自庆幸：从此便可独当一面了！当下便点起兵马，浩浩荡荡来到河西临晋关。

前次汉军出关，正是由此地渡河东去。今日魏军翻作敌军，隔河与汉军相拒。魏大将柏直，即坐镇于对岸的蒲坂。

汉军甫至，便在河边搜罗了一番，却只得了民船十数条，远不敷用。大河湍急，所获民船简陋破败，欲渡大军可谓难上加难。柏直隔河看得清楚，在心里冷笑，只命魏军备好弓弩，严阵以待，料定汉军插翅也难飞过来。

这日，韩信在河岸驻马看了片时，不禁心生踌躇，想这滔滔河水，若无舟楫之便，如何得渡？难道这东征首战，便要被个渡口难住了？

此时他身边有一校尉，名唤高邑，正持剑护卫，见大将军满面愁云，知是由这河水而来，便道："末将家乡居于水畔，自幼习水，有一计，无舟亦可渡河。"

韩信精神便一振："哦？是何计？"

高邑跨前一步，将他之计谋，略述一遍。韩信听罢，大喜道："无名小将，居然可立此大功！来日封侯，必有你高邑之名。"

回到大营，韩信便唤来灌婴，命他发动本部军士，起造木罂。

灌婴一时摸不着头脑："将军，何为木罂？"

韩信便道："可知民间所用的罂吗？将罂捆缚成筏，便是木罂。将那士卒所用的枪矛，捆扎成方格，一格一罂，连接起来，便成大筏，既可渡军士，亦可渡军械。"

灌婴恍然大悟，回营后，当即督军建造。不过两日，数百木罂便告完成。韩信却下令将木罂都交与曹参所部，只教灌婴引军一万，将那河边民船都插满旗帜，彻夜擂鼓，作势将要渡河。彼岸的柏直见了，不敢大意，下令全军遍布河岸，终夜不眨一眼，生怕漏过一个汉军。

这边，韩信却与曹参亲率精兵两万，带着那些奇形怪状的木罂，急趋上游的阳夏。

待汉军到得阳夏，见此处河水更急，两岸连一条船也寻不着，对岸魏军只道是天险在此，万夫莫开，竟然连步哨都未设一个。曹参望见对岸情景，不禁大为叹服，连声大赞韩信神机妙算。

韩信纵马跃上高坡，英气勃勃，宛若天神。众军备好器械，肃立河岸，如万支弓弩皆拉满了弓弦。只见韩信屏息良久，忽将令旗一挥，士卒便都放了木罂下河，用刀剑做桨，奋力划动，不消半日，便都渡过了河去。

这两万汉军，一路竟如入无人之境，进至东张这地方，才见前方有魏军营盘。汉军士卒疾行一路，早就手痒，此时不待令下，便一齐掩杀过去。魏将孙邀见势不好，夺路便逃，眨眼便不知了去向，余众也一哄而散。

小胜之后，汉军趁势进抵安邑城下，将城团团围住。城中的守将王襄，见己方兵弱，难堪大用，急得连连派出斥候，向平阳求援。

那魏王豹正在平阳提心吊胆，只恐蒲坂渡口有闪失，忽闻汉军从北方杀到，不禁魂飞天外，急忙命柏直领军回防平阳，自己则亲率一军北上，欲救安邑。

然未及魏大军赶到，安邑便被汉军攻下，守将王襄亦被生擒。魏王豹不知此情，仍急如星火地北上，行至曲阳这地方，恰与汉军迎头撞上。

汉军哪里会把这魏军放在眼里？一阵鼓鸣之后，韩信、曹参便挥军大进。魏军全无历练，不等接战已阵脚大乱。魏王豹见势不妙，拨马便逃。全军见主帅已逃，便也跟着狂奔。

汉军在后急追不舍，直追到了东垣这地方，终于赶上，将魏军死死围在核心。魏军士卒见没了生路，只恐枉死在这旷野上，便都纷纷弃甲投戈，伏地乞降。

魏王豹见大势已去，叹了口气，便也下马伏地请降。那曹参冲到前面，一把揪住魏王豹衣领，提将起来，破口骂道："汉王待你如同兄弟，为何要临阵叛去？如此首鼠两端，就不怕污了你世家的名声？"

魏王豹也不求饶，只说："我自去向汉王乞死，与你等无干。"

韩信便一笑，命曹参放了魏王豹，温言相劝道："阵前请降，岂有死罪？魏王还是同我等一道，收降魏地，如此将功折罪，再往见汉王不迟。"

魏王豹想想，亦是无奈，便一揖道："虽生如死，更有何求？魏某从大将军之命就是。"

汉军连战皆捷，越发气盛，遂一路南下，进抵平阳城下，与从蒲坂渡河而来的灌婴合兵一处。

魏大将柏直登上城头，见魏王豹已被汉军擒住，顿时六神无主。魏王豹在城下喊了几声，柏直便面色惨白，扭头望望国相项佗。

项佗知大势已去，叹了一声，道："柏直将军请便，我自潜出城去，回彭城复命。将军不杀之恩难忘，今生若有幸，或可再会。"说罢便唤了亲兵，下城易装，趁乱逃去了。后项佗潜回楚地，项羽颇赏识他胆略，命他做了掌军政枢要的柱国，镇守彭城，此为后话。

柏直又犹豫了片刻，终无勇气殉国，便下令守军开门迎降。汉军正等得不耐烦，忽见城门大开，都踊跃欢呼，鼓噪着一拥而入，直冲进魏王宫，将魏王豹的父母妻子也一并俘获了。

入城次日，曹参、灌婴等将，便携上魏王的降书，分头去招降各地的城邑。各城守军，势单力薄，都乐得不战而降，先后纷纷易帜。不出一月，魏地五十二城，便告平定。报捷羽书从魏国各地传回，韩信大为高兴，下令将魏地置为河东郡，就地选官。

这日，韩信看看诸事已了，便唤了赵衍，到自己帐中饮酒。赵衍在军中历练多日，此时频获擢升，已成了韩信心腹，闻韩信邀约，便携了一樽从魏王宫掠来的美酒，进了大帐。

赵衍将盛酒的龙虎樽放上案头，韩信便笑："君王器物，将军也敢擅用？"

赵衍道："自有农夫陈胜称王，大丈夫，便何人做不得诸侯王？"

韩信素喜赵衍胸有大略，遂屏退左右，招呼赵衍坐下对饮。此樽酒，乃上好的宫中醴酒，才饮过数杯，二人便觉微醺。韩信乘兴问道："经略魏地一月，你有何心得？"

赵衍答："兵家曾言，'将在外，君令有所不受'。如此打仗，方才痛快！"

韩信望望帐外，沉吟不语。

赵衍便又道："彭城之败，我军折损大半，然日前在荥阳整军，不过才数日，楚军便拿我无可奈何。以下官观之，大将军似宜独当一面，少些牵绊才好。"

"我也正有此意。平阳大捷，不日即将班师。一旦返回荥阳，万事又由不得我了。"

"大将军何不请命，北出燕赵，以建绝世之功？"

"燕赵外强中干，易于建功，我倒是早有所谋。只是尚未想好：人生一世，究竟是位列三公好呢？还是做个诸侯王好？"

赵衍双目炯炯，直言道："汉家定鼎，就在今后数岁间。或一统，或两分，汉王都将大封诸侯王。与做大将军比，自是做诸侯王更快意些。"

韩信想到朝中那些沛县旧人，个个骄横不可一世，便叹道："朝中之事，多有掣肘，确不如做诸侯王痛快些！"

赵衍又低声道："况且天下也未见得只有两分，三分天下，亦是可能的。"

韩信闻言色变，厉声喝道："呔！此话不许再提！"

"末将知罪，不再提就是了。"

"明日，你押解魏王一行返荥阳。到时禀明大王：我欲北上平定燕赵，与荥阳互为呼应。待扫平燕赵，再东略齐地。届时便可就近出奇兵，轮番攻楚，断其粮道，扰乱其军心。"

赵衍大喜，似有话想说，却又咽下，只应道："下官此行，定不辱使命。"

韩信便笑道："今日酒中之言，皆为戏言耳。"

赵衍也笑将起来："那是当然！"

刘邦此时高卧荥阳，心里踏实得很。这荥阳，乃是中原一座重镇。在秦始皇时，便是三川郡的郡城，位居要冲，占尽地利。北面为广武山，城南有一条索河。西边之虎牢关，直通洛阳、长安；东则有早年魏惠王开凿的"鸿沟"，引入大河之水，再从此处东去入淮水，有舟楫之便利。自古以来，此地便为兵家必争之地。陈胜王举义时，吴广率军一部攻到此地，却顿兵于坚城之下，三月而不能克，最终殒命于此。

至为紧要的，是在城北敖山上，秦曾建有一座粮仓，名曰"敖仓"，仓内广积军粮。此时汉军在敖仓与荥阳之间，修了一条甬道，道旁筑高墙作掩护，以保荥阳的军粮输运。如此一来，荥阳城就更加坚不可摧。但是如今，韩信带了精兵前去伐魏，留守的汉军与楚军相抗衡，便觉有些吃力。刘邦无法，只得将后方的卢绾、刘贾也调来荥阳助守。

荥阳城下，成了楚汉相峙的胶着处，常有楚军铁骑往来，叫骂耀武，又数次破袭汉军粮道。刘邦不能忍，打开城门去迎战了几回，但都被楚军占了上风。看看技不如人，刘邦只得忍了，下令闭门不战。

这一月里，刘邦每日无心谋大事，只管坐看军卒在校场操练，巴望着韩信早些得胜归来。

这日，谒者来报，有赵衍一行在辕门叩见。刘邦一惊，忙传赵衍进中军大帐，开口便道："赵衍，到了大将军帐下，你今日甚有出息了。此行伐魏如何？为何不见大将军凯旋之师？"

赵衍拜道："托大王洪福，大将军伐魏，已获全胜。魏地凡五十二城，皆望风而降。今大将军特遣下官归来，有奏书呈递大王。"说罢，便将韩信所写的奏报递上。

刘邦刚看了几句，知道魏地已无所虑了，便满脸都是喜色："好好！魏国既除，就分置为河东、上党、太原三郡吧，都交给萧丞相去打理。寡人侧翼，从此太平，再无后顾之忧了。"

赵衍叩首道："大王请阅毕，大将军还有所请。"

"唔？这个白面书生，如何不速速回军，难道还嫌官职小吗？"刘邦嘀咕一声，便又埋头看奏折，看罢大喜道，"大将军既有意北伐燕赵，寡人如何能不允？三分天下，就是赐给他一分，亦是理所当然。他打算添加多少兵马？"

"再添三万即可。"

"唉，难啊！此前卢绾、刘贾已分兵一部，南下袭楚，荥阳一带的防务，原本就很吃紧呢……"刘邦不禁沉吟起来，半晌才道，"也罢。恰好萧丞相发来的援兵尚未动用，就令他们接防荥阳，换下精锐，寡人这便给大将军派去。荥阳这里，有寡人在，尚可勉强支撑。赵衍，你可回禀大将军，在魏地稍事休整，便可相机北进，军中一切，皆由他便宜从事。"

"谢大王！"

刘邦此时才猛然想起："那个不知好歹的魏王豹呢？"

"奉大将军之命，末将已将魏王豹及家眷一并解来，现在辕门外待罪。"

"哈哈，这个吃罚酒的家伙！宣他进来吧。"

"遵命。"

"哦，且慢！"刘邦忽然想起，便问道："魏王豹家眷中，有一位薄姬吗？"

"有。此次也一并解来了。"

"那好，去请魏王豹一行进辕门，寡人出帐迎接。"

在中军大帐外，魏王豹一见刘邦，慌忙携家眷跪下，口称谢罪。

刘邦抢步上去，单膝跪地，将魏王豹扶起道："魏王何必见外？你我兄弟一场，偶有龃龉，算得了甚么？今日你幡然来归，便仍是我兄弟。"

魏王豹道："臣罪当诛，谢大王不杀之恩。唯愿做一布衣，躬耕林下，再不与闻庙堂之事。"

刘邦执了魏王豹的手道："哪里话？魏王英年有为，正是建功树勋之时，既迷途知返，后必有大业可期。你就与我同在这荥阳军中吧。寡人祖上，亦是魏人，一脉相承，你我岂止是情同兄弟？待杀败了项王，你我同享天下。至于家眷么……"说着，便眯眼去瞟魏王的身后。

魏王忙将父母妻子向刘邦一一引见。待轮到薄姬上前施礼时，刘邦眼前一亮——果然是个国色天香的美人，不禁就恍惚了一下："哦……哈哈，好！依寡人之见，前方战事频繁，魏王家眷恐不便留在此地了，寡人拟派一支人马护送至栎阳，由萧丞相照看，必万无一失。魏王吾兄，你的家眷，便如我的家眷一般，请不必顾虑。"

魏王与家眷们都喜出望外，忙伏地称谢。

安顿好了魏王，刘邦便召来文武重臣，商议伐燕赵之事。众臣听了赵衍详述伐魏获胜的经过，又闻韩信拟北伐燕赵，都一派雀跃。

张耳在汉营当了多时客卿，更是耐不住寂寞，自告奋勇道：

"大王，陈馀乃忘恩负义小人，欺我仁义，夺我国土。幸得大王仗义收留，不然我岂不是要辗转于沟壑了？不但如此，那厮趁天下诸侯伐楚之际，竟要取我头颅！故此，我在汉营无一日思茶饭，只想如何复仇。今韩大将军伐赵，乃天赐良机，弟请命前往，随同大将军伐赵，一雪前耻！"

刘邦便哈哈大笑："张耳兄，你这是公私兼顾了，弟是定要成全你。人有私欲，方能成大事，我焉有不从兄请之理？那就请张耳兄亲率援军赴平阳，与韩信会合。"

张耳喜极，叩头谢恩不止。

刘邦便道："好了好了，张耳兄还客气甚么？你的仇家，便是我的仇家；将来寡人之天下，便也是兄之天下。"

见张耳略有疑惑，刘邦便问道："兄的长子张敖，近来可好？"

冷不防有这一问，张耳怔了一怔，才说道："此子无才，大王问他做甚么？"

"哈哈，素闻贵公子才德兼备，寡人早有留意。我那小女，在丰邑老家，尚未许配人家，今日寡人就与张耳兄定下儿女亲，不知兄意下如何？"

"这个……"张耳慌忙伏地拜谢，"不敢当，不敢当。小儿无才，万不可辱没了金枝玉叶。"

"兄说的甚么客气话！好了，自今日起，你我便是亲家翁，你总该不疑我刘季的诚心了吧？"

群臣听了，都笑个不住。

刘邦却是不笑，只慨叹道："苍天终是不负我刘季！此去兵精将勇，看来逐次平定燕、赵、代、齐，不在张耳兄与韩信的话下。待到你二人得手，便可向南袭扰楚地，断其粮道，使之首尾不能相顾，天下则可图矣。只是那随何前去劝降英布，却迟迟不见回音，教寡人好不心焦。若老夫子在南边亦得手，则项王三面受敌，疲于应付，寡人雪耻的日子也就到了。"

陈平便道："大王且宽心。此为子房兄神机妙算，假以时日，势必功成。我军只须背倚敖仓，扼守荥阳，那项王迟早是大王俎上的鱼肉。"

刘邦看看陈平，忽然笑道："你只是哄寡人开心！一刀一枪地杀敌，谈何容易？陈平兄今日如此气壮，莫非忘了彭城丢盔之时了？"

众人便又是一阵哄笑。

陈平把脸绷了一绷，也忍不住笑道："文臣怯阵，不足以为耻也。"

刘邦敛了笑容，又吩咐张耳道："韩信，乃寡人之左右手，望张耳兄亦等同视之。"

张耳高声应道："岂敢违命！"

"去告知韩信大将军，攻下魏赵两地，即置郡县，永为我汉家疆域。寡人从栎阳来，带了张苍等几位干练之才，均可为郡守，此次也随张耳兄赴军前效力。"

张耳领命，遂拜谢而退。

在魏旧都平阳大营，韩信迎到了引军而来的张耳，设了酒宴为张耳接风。席上，韩信大喜道："赵、代原是大王旧地，今大王亲来助我，不啻猛虎下山，看那陈馀如何招架？"

张耳只谦逊道："在下来助将军，不过暂充副将而已，将军万勿呼我大王，直呼其名即可。否则，张某将何颜以对将士？"

韩信便道："常山王为秦末首义之士，我韩某不过一晚辈，礼数是定要讲的。既然如此，在下便以兄相称。此次伐赵，不知张耳兄有何高见？"

"我恨不能明日就砍下陈馀头颅！"

韩信哈哈大笑，端起酒杯敬道："兄果然豪侠！你我且痛快饮一回。"

酒至半酣，韩信又道："燕赵之地，我看今日已无甚豪雄，不过只倚仗陈馀一人而已。"

"不错！只须攻灭陈馀，北地诸国，可席卷而下。"

"然弟以为，剿灭诸国，不如先易后难。陈馀自封代王，却并未就国，一直未离赵王歇左右。现下镇守代国的，只是他的相国夏说。夏说，黄口小儿也，吾辈可从这代国下手。若一举灭代，燕赵必闻风丧胆，余事皆不足虑。"

张耳却道："我只要……"

韩信不容他讲完，便挥手笑道："张耳兄，勿急！复仇之事，只在旦夕之间。你我二人联袂，可称天下无敌。不在一月内取陈馀头颅，还有何颜面以对天下？"

张耳半信半疑，望望韩信，只得应允："也好，唯大将军之命是从。"

韩信遂又大笑，将杯中的酒一饮而尽，以空杯向张耳示之："兄只管抖擞精神。一月之内，此物必换成陈馀头颅。"

酒足饭饱之后，韩信便唤来曹参、灌婴，四人就在帐中议了半晌，将那伐代之事一一铺排妥帖。

韩信嘱道："曹将军，今日这平阳城内，我军堪堪已聚齐六万，汉家精锐尽皆在此。荥阳一线，恐只能勉强支撑。我军一日不胜，大王便一日不得安生，故北伐之事，宜速不宜迟，不可有一刻延误。待拿下北地四国，汉家也就有了万世基业。"

曹参听了，心中凛然，于是抱拳道："将军令下，末将必拼死向前。"

时值汉王二年闰九月，秋蝉高鸣，草黄马肥。韩信在平阳点起大军，大张旗号北上，以曹参为前锋，韩信自将中军，张耳、灌婴为后应。兵锋直指代国都城代郡。曹参亲率汉军前部，昼夜不息，转眼之间便兵至阏（yù）与。

这阏与地方，究竟在何处，后世争论不休，迄今未有定论。此处距代郡不过数十里，汉军扎下营来，便大张声势，每日鼙鼓如雷，惊得代郡城内日夜不宁。

那监国的代国相国夏说，偏是年轻气盛，不能忍受这鼻尖儿下的挑衅，遂点起城内兵马开赴阏与，欲与汉军一决高下。

两阵对圆之后，曹参亲擂战鼓，发起攻击。汉军挟灭魏之威，哪里把这区区代军放在眼里，都踊跃奋进。然厮杀了才不过片刻，忽闻主将曹参鸣金收兵。那汉军经过韩信训练，只知令行禁止，便不问情由，立刻偃旗息鼓，朝后退去。

夏说在阵前看到，不禁哈哈大笑："韩信匹夫，技止此耳！"便号令全军放马追去。堪堪追了二十来里，眼见得山高路险，前面汉军却连个人影也不见了。夏说不免内心忐忑起来，正犹疑间，忽闻一声呐喊，左右两边山林间，猛然杀出张耳、灌婴两路汉军来。

一惊之下，夏说情知上当，急忙分兵抵挡，却见前面奔逃的曹参所部，早已回头杀来。一霎时，三面汉军漫山遍野，冲入了代军大阵，直将那代军冲得七零八落。夏说这才知人上有人，天外有天，慌忙掉转马头朝代郡狂奔。

曹参岂能容他窜走，将令旗一挥，汉军便撒泼似的紧紧追赶。追到邬东这个地方，将夏说残部团团围住。一阵厮杀过后，代军非死即逃，只撇下夏说孤家寡人一个。汉军一拥而上，将他擒了，推至曹参跟前。

曹参手执长刀，于战车上哂笑道："如此小儿伎俩，何敢与汉兵相抗？还不跪下降了？"

那夏说却也是条好汉，虽兵败，却有不挠之志，将脖颈一挺道："我与汉家无冤无仇，尔等兴兵来犯，却不知究竟为何故？"

"小儿不知大道理！我汉家顺天应人，吊民伐罪，要向项王讨还公道。你家主公陈馀却出尔反尔，临战叛降。我兴兵来此，就是来问罪的。"

"笑话！项王在东，你为何不东去？欺软怕硬，匹夫所不为也，你堂堂汉家，为何偏要做这等龌龊事？你那主公刘邦，龟缩在荥阳，不敢去惹项王，却只敢来欺侮我小国，还有甚么脸面谈顺天应人？"

这一番话，着实惹恼了曹参："无知竖子，一败涂地还要巧言强辩，真是活得不耐烦了！"遂抡起长刀，大喝一声，一刀将夏说斩于车下。

众军见了，都一片欢呼，接着又摇旗鼓噪而进。那代军折了主将，哪还有心思守城，不过半日工夫，汉军便攻下了代郡。

韩信在众将簇拥之下，进了城门，立即遣人张贴告示安民，又遵汉王之命，将代地置郡设官，划入汉家。如此，在城中歇了几日，正欲筹划东击赵国事宜，忽有荥阳信使持汉王书信来到。韩信展卷一看，面色便有些不好，对张耳、曹参等众将道："楚军势大，荥阳城内我军精锐已全数北来，恐有空虚之虞。看来，须得曹参兄、灌婴兄领大军回防荥阳，以安大王之心。我与张耳兄则在此另行募兵，稍加训练，以备伐赵。"

曹参便有些犹豫："将军，我等此去，将全部精锐带走，伐赵之事，恐将付之东流了。"

韩信拍拍他肩膀道："曹参兄，尽管放心去。这代地之民，原也是彪悍的，我与张耳兄在此稍加训练，即可当精锐之师。那陈馀腐儒，莫要高看他了，当年背信弃义逐走张耳兄，不过是用了偷袭之计。今我与他堂堂正正对阵，陈馀死期，怕是挨不到冬至日了，曹参兄自回荥阳去便是。"

众将闻此言皆笑，那张耳脸红了一红，也跟着笑起来。

曹参遂与灌婴耳语几句，又拱手道："大将军独当一面，实为不易，现灌婴所部郎中骑，可留两千名在此，助大将军一臂之力。"

韩信大喜道："如此更有何愁？二位可放心回援。"

曹参、灌婴率大部汉军撤走后，韩信便在代郡城内广张告示，招募丁壮从军。代地民风，本就好勇，那市井中的无赖恶少、店铺伙计、贩夫走卒等，见了告示无不心动。数日之间，汉军便募得丁壮数千，加之先前俘获的代军，堪堪也有了万余兵马，对外号称五万，倒也似模似样。

韩信心中有了底，便拿出看家本领，亲临校场，督练新军。旬日之间，便把这一支新募之兵调教得可堪一用了。

按秦历，十月岁首，旧符更新。汉家新辟的这一片疆土，处处都有新年的喜气。韩信便与张耳商议好，军心如此，气不可泄，最好就在十月里杀出太行山去。

那边厢，陈馀与赵王歇早已得报，知汉军斩了夏说、灭了代国，都甚感震悚。陈馀急调倾国之兵西进，号称二十万，死死扼住井陉（xíng）口，以防汉军东出。

这井陉口，乃是太行山东面的一条通道。陉，乃是山崖笔直的断口，形似关门。所谓"井陉"，便是因四周山高，唯此处低洼似井。看地名，便可知此地有何等险峻。大军欲走此路去赵地，只能是鱼贯而过。如今，有二十万赵军扼守于口外，陈馀便再无所虑了，谅那汉军插翅也难飞过。

韩信在代郡耳闻此事，不禁心惊。遂不敢怠慢，唤了赵衍来，教他领十数名斥候，微服潜入信都，务要把赵国虚实打探清楚。

此时在赵王歇帐下，有一位擅奇谋之士，乃是赵国名将李牧之后、广武君李左车（jū）。这位李左车，颇有乃祖之风，对汉赵两方的优劣看得一清二楚。这日，赵王歇与陈馀召集文武百官议事，李左车便慨然出列，在堂上侃侃而谈："韩信渡河而来，虏魏王，新近又在阏与喋血恶战，擒夏说，风头甚健。韩信以张耳为辅，显见是意在灭赵。如此饿虎之师，乘胜远涉，其锋万不可当也。"

那赵王歇，不过是个饱食终日的庸君，赐给了陈馀一个"成安君"的封号，便将大事尽皆托付给了陈馀。陈馀也知赵王歇的斤两如何，朝中所有大小事，皆当仁不让。闻李左车此言，陈馀便是一怔："哦？以广武君之意，我堂堂赵军，就只能竖起降幡了？"

"非也。老子曰：'明道若昧，进道若退。'方才臣所言，只是讲了韩信的明处。他纵是神将，亦有他的昧处。"

"昧处？你说来听听。"

"军粮，便是他汉军的昧处。成安君必晓得那井陉之道，崎岖险阻，车辆不能并行，骑士排不成行列。汉军来犯，远行数百里，不用多想，那粮食也定是放在后面的。阁下若能拨给臣三万兵马，臣便可出奇兵，间道而行，绕至汉军队尾，截留其辎重。阁下则可在口外深挖沟，高筑垒，坚守营盘而不与其战。"

"这又能把他怎样？"

"他前不得战，退不得归，遍地又无粮可掠。如此不出十日，韩信、张耳之头，便可送至阁下案头。请成安君留意臣之计策，否则，我君臣必为韩信、张耳所擒！"

赵王歇在昏昏欲睡中，听得君臣都将被擒之语，忽地就一激灵，忙问陈馀道："成安君，事若如此，吾辈将如何处之？"

陈馀瞟了赵王歇一眼，冷笑一声道："我陈某不才，然为儒者也，举义兵，从不用诈谋奇计。兵法曰：'十则围之，倍则战。'今韩信之兵，号称数万，实不过数千，远涉千里来击我，已是疲惫之师。我有二十万大军，围也将他围死了！此区区小敌，若避而不击，日后若来大敌，又将何以应付？今日若被韩信吓跑，恐诸侯都将笑我胆怯，以后动辄来犯赵境的，怕就多了！"

陈馀大权在握，又擅论辩，如此一讲，赵国群臣无不随声附和。朝堂之上，顿时响起一片"灭此朝食"之声。陈馀便拿出了他的聚歼韩信军之计，欲退军十里，让出井陉口，诱敌深入。李左车见君臣昏聩若此，也只能一脸黯然，不再言语了。

却说那赵衍领了韩信之命，带了十余名斥候，分头潜入赵都，

　　　　　　　　汉风烈烈1

专找豪门权贵的家老、司阍,巧言结纳,贿以重金,欲打探赵国君臣的应对之策。那些家仆,个个见钱眼开,然而一涉军国机密,却都三缄其口,生怕惹祸。

赵衍结识了李左车家中一个司阍,送上了北地罕见的楚金版,约他到食肆吃酒。那司阍虽收了重金,却不来赴约,放了赵衍的鸽子。

这日,赵衍一人在食肆里自斟自饮,颇觉沮丧。忽听得邻座有人在大声议论朝政,转头看去,却见一伙赵国高官的纨绔子弟,正纵酒放歌,席间谈起朝堂上君臣议政,就如自己亲历的一般。赵衍心里一动,便端了酒杯凑过去,通名报姓,意欲结识。此时赵衍正装扮成秦地客商,衣饰豪华,那班阔少也不疑有诈,三言两语之间,两下里便打得火热。

在食肆里猜拳行令地闹了半晌,赵衍便将朝堂上李左车与陈馀之争,打探得一清二楚。回到馆舍,赵衍放心不下,又密嘱同来的斥候,分头去各个食肆,大张耳目,多探些消息回来。三两日间,各处的消息陆续传回,果然都一般无二。那赵国的权贵子弟,多不把赵王歇放在眼里,对陈馀倒是有所敬畏,以为有成安君在,赵之天下便无人可撼。赵衍坐实了传闻,这才换了行装,骑马潜行回到代郡,向韩信复命。

韩信得知李左车的计谋未被采用,心中大喜,便又问赵衍:"那井陉口,赵军可筑起高垒?"

"不见。赵军只在口外约十里之处,筑了一处营垒,都在磨刀备箭,似欲与我军在口外一决雌雄。"

韩信便一笑,也不再问,厚赏了赵衍,随后便与张耳商议:"陈馀迂腐,果不出我所料,兄尽可高枕无忧。然事不宜迟,迟则生变，我军明日就东下井陉口吧。"

张耳当然高兴，但细思之，却又心生狐疑："井陉口，乃死地也。 我区区万余新兵，如何能与他二十万大军厮杀？"

韩信便笑道："鬼谷子曰，'善变者，审知地势，乃通于天'。一个井陉口，如何就将兄吓住了？ 我就是要在这地势上做文章。"

张耳知韩信胸有大略，便也不问，欣然同意，两人就分头去勒兵点将。 韩信吩咐下去，征发城内裁缝、巧妇，昼夜不休，赶制了两千面黑边赤旗，其上绣有斗大的"汉"字，交与部伍中的骑士携带。 士卒们惊异大将军何以改换了旗色，却不敢多问。

月中，趁着新岁喜庆未消，韩信一声号令，万余汉军便拔营向东，迤逦而行。 出得苇泽关，便是奇险无比的井陉古道。

军卒们在山谷中左右张望，都纷纷咋舌。 此处果然是天下险塞，一边是峭壁劈面而立，一边是千尺深壑，望不见底。 军卒们战战兢兢走在路上，唯恐失足跌落。 韩信抬头望去，见有古松盘根于悬崖之上，势若腾龙，不由也是心悸。 暗想那赵家君臣真是蠢极，若依李左车之计，在此安排伏兵，古道必成汉军坟墓矣！

那张耳更是顾盼左右，张皇不已。 韩信回头看见，便笑他："兄何其胆小！ 斥候早已探明，古道之上，绝无一兵一卒。 若赵国有伏兵在此，休要说彼有三万，即便是三千，你我二人怕也断无生路了。"

"出井陉口，尚有二十万虎狼窥伺，你教我如何不惧？"

韩信便以马鞭朝前一指，笑道："只须出了此口，赵家纵是有百万大军，亦不过羊群耳！"

张耳闻言，半信半疑，便不再言语。

如此缓缓走了一日，眼见得寒鸦归巢，暮色四合，离井陉口尚有三十里远，韩信便命军士停下，就地歇宿。 当初在大河边献木罂之计的高邑，此时已被韩信擢拔为将，留在中军伺候。 韩信这时便将他喊来，如此这般吩咐了两句。

高邑得令，即持戟立于近旁，纹丝不动。 韩信解下了盔甲，寻得一块平地，以马鞍做枕，倒头便睡，听到张耳在身边唉声叹气，也不去理会。

睡到半夜，侍卫的高邑抬头看看天，见三星恰升至头顶，于峡谷缝隙中闪闪烁烁，便走过去轻拽了一下韩信战袍。 韩信忽地一个鱼跃，站起身来，随即传令全军，整装待发。

一阵口令迭次传过全队，前后便是一片剑戟撞击之声。 当此众军纷纷起身之际，韩信唤了骑都尉靳歙（xī）过来，命他率郎中骑两千人，各人手持一面赤旗，从小路直插赵营侧后的萆（bì）山，居高瞭望赵营。 又密嘱靳歙道："稍后我引军接战，先诈败，赵军见我奔逃，必空营来追。 你见赵军走远，便率轻骑奔入赵营，拔除他旗帜，遍插我汉家之旗！"

早些天，靳歙也曾疑惑这赤旗有何用，如此一听，便心领神会，立刻率马军而去。

韩信遂又唤来骑将傅宽与随军待命的张苍，命他们将干粮分发给各部军士："先教儿郎们权且充饥，待今晨破赵，全军再大会朝食。"

两将闻之瞠目，觉难以置信，然见韩信并无戏言状，便不敢多问，只佯作相信："诺！"

待众军囫囵将干粮吃罢，韩信便对傅宽、张苍道："赵军已先占了地利，在半山筑起营垒，让出水畔旷地，意在诱我冒进险地，好趁势擒之。 因此之故，他不见我大将军旗鼓，便不会来击，恐一击之下我先行退军。尔等可放心率万人先出井陉口，至绵蔓水之畔，背水列阵。"

那绵蔓水，在口外之南，与赵营相距甚远。傅宽、张苍不知韩信是何用意，心里惴惴，只得硬着头皮率军前往布阵。

那边赵军探马闻听绵蔓水畔一片嘈杂，便潜行来探，见曙色熹微中，汉军大队人马竟背水列阵，不由都指指画画大笑："是何小儿统军，无乃寻死乎？"

陈馀此时也披挂好，一派雄姿，坐镇于壁垒之中听候消息。闻探马回报，在水畔未见有韩信旗帜，陈馀便纳闷，弄不懂这支汉军到水边去做甚，只是严令各军不得擅动，继续探听。如此，两军便遥隔数十里，各擂战鼓，都知今日将有一场恶仗要打了。

待得平旦时分，红日出山，韩信才率数千中军，竖起大将军旗帜，金鼓齐鸣，堂堂正正开出井陉口。韩信军到得口外旷地，便面对赵营列好了阵。

陈馀在壁垒上看得清楚，几不能信这几个兵马就敢来搦战，不禁大喜过望，叫道："韩信送死来了！"正欲挥军而出，又疑韩信后有伏兵，故而只放了一半兵马出营。号令一下，便有十余万赵军从营门一拥而出，杂沓纷乱，全不成队伍，都一心想擒住韩信。

韩信见此，便对部众高呼一声："今日决战，非生即死。有斩一将者，立封为将！"中军闻令皆凛然，其部人数虽少，却因主帅亲自监军，故无不以一当十。赵军虽众，亦难得手。两军大战良久，忽见韩信军中阵脚动摇，士卒纷纷弃甲曳兵而退，连那"大将军韩"的中军大纛，也被抛在地上了。

陈馀在阵中，见韩信、张耳各乘战车仓皇退去，便将长剑一挥，奋力疾呼道："赵家儿郎，建不世之功，便在今日了！"

此时的陈馀，一袭大红战袍，银盔银甲，倍显英武异常。赵军望见，不由视之为神人，都欢呼雀跃，朝前奔去。

前面的韩信军兵，却越发混乱起来，把那旗鼓、兵甲弃置一地，只顾朝南面的绵蔓水畔逃去。留在营内的数万赵军望见，只道是今日得胜了，都一片欢呼，不等军令便空营而出，也去抢夺那汉军旗鼓。骚动之中，竟将赵王歇也扶上车辇，一起推了出来。

韩信、张耳率部奔逃了数十里，来到水畔，傅宽、张苍远远望见，忙指挥众军敞开阵门，将韩信部众迎入。两兵会合后，汉军都知此时身处死地，断无逃生之路，便只得返身死战。那赵军前仆后继，如潮而来，但就是不能得手。

且说在萆山上潜伏多时的靳歙，望见赵营果然空了，立率两千骑士纵马下山，驰入赵营，将那赵军的蓝边红旗尽行拔去，插上了两千面汉家赤旗！

那绵蔓水畔，两军缠斗了多时，陈馀看看不能取胜，才尝到汉军厉害，也知便宜是占不到了，只得下令回军，待来日再作商议。

众赵军昨夜为防汉军偷袭，几乎一夜未眠，今日一早又战得疲惫，闻听鸣金收兵，都巴不得一步便奔回大营。待行至营垒近处，才觉有些异常，但见营门紧闭，满营遍插红旗，似比平日多出了数倍。仔细辨认，那旌旗，竟不是赵家的蓝边赤旗，而是不知来历的黑边赤旗。

风过处，旗上有大字显露出来——两千面旌旗，竟是两千个"汉"字！

那些簇新赤旗，迎风飘舞，艳若红霞，于山林中耀出一片绚烂之色。赵军将士无不大惊，不知有多少汉军占了大营，又疑心赵王歇已被掳去了，顿时大哗，纷纷四散逃命。陈馀虽大声喝止，又亲手斩了几个逃兵，但颓势已不能禁。

正在混乱时，忽见韩信、张耳率汉军从背后追来，又闻营垒内一阵呐喊，靳歙也率两千骑士夺门而出，两下里便将赵军团团围住，放手砍杀。原为生擒韩信而留的旷地，现却成了赵军的葬身之所。

张耳蒙失国之辱，已忍受了一年有余，此时不由精神大振，催动战车冲到了前头。韩信见了，会心一笑，忙唤过赵衍来，叮嘱了几句。赵衍听罢，急忙策马追上张耳，跳下马来高声禀道："大将军询问将军阁下，陈馀与将军曾有旧谊，今日将如何处置？"

张耳冷笑一声："陈馀这小儿，本来事我如父，为夺一个诸侯王的冠带，竟欲取我头颅！如此狂徒，岂能忍之？乱世人心，不可说了；翻友为敌，便是天下死敌！"

赵衍躬身答道："下官明白了。"说罢便上马，反身复命去了。

韩信听赵衍禀明，微微一笑，急唤傅宽、张苍听命，吩咐两将各领五百精骑，不问其他，只要带回陈馀的头颅来。

再说那陈馀，眼见得旷野之上，赵军数目远多于汉军，却被杀得四散逃窜，仍不明白究竟错在了哪里，只得且战且退。忽见有两彪汉军，个个精骑锐甲，直奔他的中军大纛而来。慌乱中，陈馀的车右不知何时已跌下了车去，不见踪影，唯有御者死命赶马奔逃。

跑了数里，御者回头望去，见汉军仍紧追不舍，不觉绝望，对陈馀道："将军，速与我互换衣甲，随乱军逃命去吧！"

陈馀悲愤满腔，怒喝道："昏话！ 子路①尚知正冠而死，我岂能不如子路？"

御者无法，见三面皆是汉军围来，只得驱车向南狂奔。

傅宽、张苍所率骑士叮住陈馀车驾，穷追不舍。 一路上，陈馀残部屡遭截杀，散失殆尽。 堪堪跑到了鄗（hào）县地面，忽见有一条泜（zhī）水阻路，大浪滔滔，便是再也无处可逃了。

陈馀遂弃剑于地，悲叹道："昔刘邦水滨之败，竟成我之覆辙！"

傅宽部下百余精骑赶到，一拥而上，将陈馀逼至泜水边。 陈馀本是儒将，毫无蛮力，眨眼之间便被乱军杀死。 傅宽闻讯赶到，下马验明了尸身，一刀砍下头颅，便同张苍领军返回了。

那韩信、张耳在赵军废垒之内，刚刚收拢了降卒，又招呼众军朝食，正忙得不亦乐乎。 见傅宽、张苍引军返回，韩信便对张耳笑道："将有大礼馈赠吾兄了。"

但见傅宽疾驰上前，远远便掷出一个包袱，"砰"地落于张耳脚前，张耳俯身一看，遂仰天大笑道："小儿，居然也有今日！ 天道不欺呀，到底是谁取了谁的头颅？"笑罢，便向韩信请命，要亲自去擒拿赵王歇。

韩信摇头道："兄仇已报，此功就让与部下吧。"

话音刚落，只见靳歙带了一队骑士，押解着一个俘虏奔来。 至近处，众人才看清，那俘虏原来正是赵王歇。

未及半日，赵王歇即从君王沦为阶下囚，精神几近崩溃，至此

---

① 子路，即仲由，字子路。春秋末期鲁国人，孔子得意门生，勇武有力，重然诺，后为卫国大夫孔悝之家宰，在内讧中被杀。死前犹扶正头冠，大呼："君子当正冠而死！"

尚未回过神来。韩信问了他几句，他也只默然不语。韩信见此，不由便心头火起，斥骂道："这等诸侯，该是何样的猪狗？"便喝令左右，将赵王歇推出辕门斩首。

兵卒行刑完毕，提回首级复命。韩信冷冷看了一眼，吩咐道："且将两首级装入函中，待攻入信都，再传回荥阳报功。"说罢，又命军卒广张告示，晓谕军民，无论何人勿得伤害广武君李左车，有生擒李左车送营者，必赏千金。

此后数日，汉军四出，赵地全境传檄而定，全不费力。韩信遂率大军，浩浩荡荡开入信都，检点战果，安抚百姓。

踏入信都城中的赵王宫，只见魏阙高耸，处处画栋雕梁，壮丽非凡，倒让韩信吃了一惊，对张耳道："这宫殿，莫非是兄当年基业？弟今日方知，赵地物阜民丰，远胜秦地矣！那赵王歇，倒也享了几日好福。"

张耳也甚是唏嘘，感叹道："我在时，哪有如此堂皇？"

韩信左右望望，见宫中新年灯彩尚未除去，此时正似为汉军庆功，不由心花怒放："罢罢！你我一路劳顿，今日就破个例吧，不住大营了，且在这王宫里歇息一夜。"

正说话间，忽有赵衍来报："有百姓在闾里捉到了李左车，已绑缚了送来。"

韩信大喜，抢步迎出，命以赏金打发了来人，便亲自为李左车解缚，拱手赔礼道："委屈先生了！先生便是吾师，今请上座。"

那李左车重回往日熟悉的朝堂，百感交集，只暗想：若陈馀采纳了间道之谋，今日则是自己为韩信解缚了，如何会有亡国之辱？想到此，不由深深叹息一声，在主座东向而坐，默然无语。韩信也不在意，待李左车坐下后，便面西而坐，执弟子礼甚恭。

此时便有各路将佐纷纷前来，献上首级、俘虏，都齐声向韩信称贺。

这一仗从黎明出动，到杀败赵军二十万，时辰尚未过朝食，汉军此胜，简直不可思议。就连傅宽等一班沛公旧部，也看得眼花缭乱，不由对韩信钦敬之至。致礼完毕，那傅宽忍不住，便直通通地问："将军，兵法曰'右倍山陵，前左水泽'，今将军却反其道而行之，背水而列阵，这是为何？那万余新兵，喂鸟儿都嫌不足，将军却敢称'破赵会食'，我等原是不服的，然却大获全胜，此刻尚似在梦中。请问将军，此乃何术？"

韩信仰头大笑："傅将军，早知你会有此一问，如何忍了这许久，才来张口？此术，就在兵法之内，诸君何以视而不见？兵法曰'陷之死地而后生，置之亡地而后存'，便是此道理。且今日出师，部伍皆为新补士卒，我尚无恩于他们，便仓促上阵，正是所谓'驱市人而战之'。如此，便须置之死地不可，务使士卒人自为战，若给了他们些许生机，不逃光了才怪，如何能指望此辈为我所用？"

众将闻言，便都恍然大悟，伏地叩拜，纷纷称道："好计！非我等所及也。"

韩信忙示意众将起身："哈哈，自家人何必客气？想我韩信，昔以'胯夫'二字名世，潦倒街巷，多亏汉王不弃，委以重任，方能有今日场面。尔等随我出临晋关以来，这诸侯王的殿堂，已坐了三回，岂非时势乎？汉家运祚，正如日方升，我看诸君只须用命，封侯封王，大约也是指日可待。"

众将听得血脉偾张，都一声呼喝，拔出剑来，将那立柱砍得叮当作响。

李左车见了，便忍不住老泪夺眶，暗中只是摇头叹息。

韩信用眼角瞄见，转身向李左车一揖，恭恭敬敬问道："在下欲北攻燕、东伐齐，请教吾师，如何才能获全功？"

李左车欠了欠身，推辞道："臣闻'败军之将不可以言勇，亡国之大夫不可以图存'。臣乃败亡之虏，何足以参酌大事？"

韩信又施了一礼，徐徐而言："在下闻之，昔年，百里奚居于虞国，而虞国亡；赴秦国，而秦国称霸天下。如此天壤之别，并非百里奚在虞为愚、在秦则智，而是君上用与不用、听与不听之故。若成安君当初听了你的计谋，我韩信辈，怕早已被擒多时了，哪里还能在此侍奉足下？"见李左车仍是木然不语，便又拜道，"晚辈乃诚心问计，请阁下勿推辞。"

李左车看了多时，觉韩信虽然狂傲，但毕竟是大将气度，井陉口一战，谋划之绵密，疑为天人，不由人不服，于是便道："臣闻'智者千虑，必有一失；愚者千虑，必有一得'。故而狂夫之言，圣人亦择而用之，将军权当老臣就是狂夫吧。"

"哪里？吾师笑谈了。"

"然则，只怕老臣之计，未必足以为将军所用，今冒昧进一言，愿效愚忠而已。以老臣观之，井陉之战，两军高下已见分晓，陈馀素有百战百胜之计，然一念之失，便身死泜水之上。而将军连月以来虏魏王，擒夏说，一举而下井陉，未及朝食便破赵军二十万众，名闻海内，威震天下。今赵地农夫闻赵军溃败，皆以为死期将至，各家弃稼穑而不顾，狂吃滥饮，听天由命。凡此种种，皆为将军之所长也。"

韩信听得诧异，不由大笑："有这等事？那倒是要好好安抚一下了。"

李左车接着又道："然此战之后，贵军师老兵疲，实难再用。欲以此疲敝之兵伐燕，来日必顿兵于坚城之下，欲战，则力不能持久，日久则愈显败象，终不免矢尽粮绝。如此一来，不仅弱燕不服，齐亦拥重兵守境以自保。将军势必与燕齐相持不下，则刘项之争，自是胜负难料。凡此种种，则是将军之所短也。臣虽愚，也知善用兵者，不应以短击长，而应以长击短。"

韩信起先尚不以为意，听到此处，心头不觉一震，后背顿时冷汗淋漓，遂正襟危坐，拱手问道："吾师所论，确是切中要害，我将如何是好？"

"老臣可为将军献上一计：不如按兵不动，镇守赵地，抚恤孤寡。赵民必然感恩，争相携牛酒前来劳军。待众军饱食之后，将军可令部伍佯作开拔之势，刀剑出鞘，震慑燕人。然后派善辩之士，持尺幅之书赴燕，详述汉军之强，则燕不敢降。燕既降，便可遣使赴齐晓谕，齐必也闻风而从。届时纵有智者，亦不能为齐献计矣！如是，则天下事皆可图也。如此用兵，便是所谓先声夺人，而后以实力迫之。"

堂上众人，都听得无不瞠目，韩信不禁鼓掌道："好计，好计！韩某自投军以来，纵横天下，迄今未闻有如此高论者。名将之风，毕竟不衰呀。"

李左车便道："姑且妄言，不足为凭。老臣曾著有兵书数册，来日不妨供将军一笑。"

韩信遂起身施礼，谢道："广武君所著兵书，堪称国师之论，在下早有耳闻，来日定当焚香拜读。吾师请不必客气了，今起就留我幕中，代为策划，在下也好朝夕聆听指教。"

李左车于座中笑而不答，算是默许了。

众将见韩信平素傲岸不羁，今日对李左车竟如此恭敬，不由都吃惊。此后，汉军中便口耳相传，兵卒都知李左车有这"国师"美名了。

韩信听从李左车之计，立即调兵遣将，佯作伐燕之举，又修书一封，命赵衍飞驰送至燕都。那燕王臧荼，本是个武人，得知赵军覆灭经过，便知韩信厉害。虽楚汉之争尚未见分晓，但韩信大军已压境，生死即在顷刻间，哪容得他讨价还价。阅毕招降书后，臧荼当即善待赵衍，亲笔写了回函一封，略述敬畏之心，约定不日将亲赴信都，当面呈递降表与户口册簿。

数日之后，韩信得赵衍携回燕王信函，阅罢，喜得拍案道："大事已定，可向汉王报功了！"

赵衍侍立于案边，却低低提醒了一句："将军忘了做诸侯王的快活了？"

韩信闻言，脸色便一变，忙斥退左右，对赵衍道："我何尝一日得忘？莫非今日便可向汉王求封了？"

赵衍道："下官以为，此胜虽大，然亦不可贸然求封，须得汉家有了因军功封王的先例，再徐图此事不迟。"

韩信摇头道："汉家封王？不易啊。"

赵衍便道："张耳将军可为王。"

"他？"韩信猛然醒悟，不禁大喜，"不错不错！"

韩信遂起身，负手在大帐中踱步良久，猛地又道："赵衍，你随我鞍前马后，功劳不小，就留在赵地为官好了，我不日即向汉王举荐。"

赵衍料不到韩信有此种安排，也未及细想，便伏地拜谢。

次日，韩信便邀张耳骑马出城巡视。两人来到滏水之畔，驻马远望，见城郭宏伟，天高地阔，韩信就故意感叹道："山河绝美，合当在此归老！"

此话说中了张耳心病，激得他心神不宁，不由长叹了一声。

韩信便趁势劝道："弟不才，然已将完璧归赵，兄何不就此称王？"

张耳一惊，忙摆手道："使不得，使不得！"

"兄名闻天下，世所称贤。昔为常山王，实是赵国之主，今复位为赵王，有何不可？"

"汉王待我，恩重如山。今宿仇已报，我焉能得寸进尺？"

"天若有所予，人岂能拒之？弟以为，赵历来为大国，不宜置为郡县，正当以赵地为张耳兄封国。弟今日便致信汉王，一为告知汉王，我军下月即移驻修武，临大河之北为荥阳应援；二为恳求汉王，请封张耳兄为赵王。我雄兵十万隔河为汉王后盾，汉王必准弟之所请，兄台也就不必推辞了。"

张耳大惊，瞠目直视韩信良久，方深深一揖："将军大恩，张某当没齿不忘。"

韩信将马鞭一挥，哈哈大笑道："张耳兄客气了，见河山而不动心，岂是大丈夫？"

七

纪信替死
悲荥阳

这日，在荥阳城头，刘邦正遥望楚营旗帜，愁眉不展。忽有近侍来报，说韩信与随何同时有书信递回。这两处动静，正是刘邦日夜之所思，闻报不禁大喜，忙接过信函，先拆开韩信的手书来看。

知韩信旬日之间便平定了燕赵，且传回了陈馀、赵王歇头颅，刘邦心下便有一块大石落地，但又见信中为张耳求封赵王，不禁就沉吟起来。

侍立在侧的张良，见刘邦皱起眉头，便问："韩信那边如何？"

刘邦便将信函递给张良。张良阅罢，喜道："恭贺大王！魏赵燕逐次平定，天下便有了三分之二。韩信用兵实为神奇，齐地亦指日可待。自今日起，项王便已处下风，断难反手。"

"然韩信为张耳求封，此封不比塞王、翟王，是为实封。此例若开，天下土地岂非将被诸侯封完了？"

"大王勿忧。与平定燕赵相比，封王之事不足道也。大王敌手，唯项王一人而已，今若除去项王，何人能与大王争天下？况且日前事急，大王不是欲以荥阳以东让出，分与天下豪杰吗？"

刘邦被提醒，恍然大悟："几乎忘记了，如此就准了他吧。"稍后又道，"韩信来信，还保荐了多人，寡人拟以张苍为常山郡守、赵衍为河间郡守，也算充作我的耳目。然则，韩信该如何加封呢？"

张良道："韩信加官可缓之。若加到了顶，需他出力时又将如何？来日欲攻齐时，再加他赵相国不迟。"

刘邦想了想道："有道理。"接着又拆阅随何来信，阅罢，喜极而起："英布也入我彀中了，项王危矣！"

原来，随何一行二十人微服潜行，费时半年有余，一路涉险来到九江国都六邑。到得王宫门前，才敢换上汉家服饰，自报家门，请典客①通报求见。英布得报，吃了一惊，费了好一番踌躇，才派一名治膳食的太宰出面，将一行人留居于客馆，酒肉招待。如此一连三日，毫无应允晋见之意。

随何此来欲建大功，岂能耐得住如此冷落？于是对太宰道："在下奉汉王使命，冒死前来谒见大王，大王却托故不见，迄今已过三日，唯有朝夕饮宴，莫非我等是没见过酒肉的吗？"

那太宰颇觉尴尬，连忙否认："哪里哪里，我家大王，实在是忙。"

随何便更不客气："你家大王，偏安淮南一隅，有甚可忙？他不见我随何，无非是以为楚强汉弱。其实，此等谬见，正为我出使之缘由，九江王何妨拨冗与我一晤，容我当面陈说正误。若说得对，岂不是正中他的下怀？若说得不对，可将随何等二十人枭首弃市，以明尔等背汉向楚之志，岂不快哉？"

---

① 典客，秦置官职，掌邦交与边陲部族事务。汉武帝时改为"大鸿胪"，唐以后职权归入礼部。

一番话，说得那太宰惶恐不已，连忙回禀英布。英布闻报，颇觉这汉使是个人物，便下令召见。

随何见了英布这等枭雄，亦面不改色，劈头便道："汉王特遣臣下出使，不为他故，只奇怪大王何以独与楚亲？"

英布知随何必为说客，然他此时并无意背楚，便故意虚与委蛇："寡人对项王，是北向以臣事之，何来亲与不亲之说？"

随何便微微一笑："大王与项王同列为诸侯，而大王却北向以臣事之，必是以为楚势强盛，足可以国相托。然此前项王伐齐，身先士卒，颇为不易。大王理应尽发淮南之众，为楚军先锋。然臣闻之，大王仅发四千人以助楚，若是真心北面称臣，竟能如此敷衍吗？昔汉王大军入彭城，项王在齐回军不及，大王与彭城近在咫尺，理应大举淮南之兵，与汉王战于彭城。然大王统万人之众，却无一兵一卒渡淮，只袖手观其成败。若真心以国相托者，能如此吗？"

英布被问得尴尬，立即变色道："汉使休得无礼，你揣摩寡人心迹，无乃多事！"

随何却亢声辩道："不然！大王此举，乃是空名向楚，实为拥兵自重，臣以为万万不可取。大王之所以不背楚，不过以为汉弱而已；然楚兵虽强，天下却皆视其为不义之师。今汉王已收服诸侯，退于荥阳、成皋。两城深沟壁垒，坚不可摧，又有巴蜀之粮顺水源源而下。楚军若从齐地回军来攻，须入敌国八九百里，想运粮于途，又谈何容易？汉军若坚守荥阳、成皋，则楚进不得攻，退亦不得解脱，故而楚兵不足为惧。"

英布听得入神，面色不觉缓和下来："阁下以为楚军不能胜，然寡人却以为，天下无人可以破楚。"

随何道："诚然，唯汉一家，不足以与楚相争。然楚若灭汉，则诸侯因唇亡齿寒之故，必来相救。楚虽强，一虎亦难敌群狼。以此观之，楚不如汉。今大王不与渐强之汉交好，却托庇于危亡之楚，臣不免为大王担忧。"

英布似有所心动，但仍有疑虑："我淮南之兵，数万而已；若与楚为敌，岂非飞蛾投火？"

随何便笑道："这个，臣自然知晓。以淮南之兵，哪里便可以亡楚？事乃另有机窍——大王若背楚，项王必被淮南迟滞，迟滞数月，则汉家已得天下矣！此乃天赐机缘，臣恳请大王提剑而归汉，汉王必割地以封大王。届时，大王之疆域，又岂止是淮南一隅？汉王派我出使来此，便是为大王献此计，请大王三思。"

这随何，在刘邦身边历练了多时，竟练得辩才无碍，堪比战国纵横之士，今日身负使命，有进无退，更是将话说得淋漓尽致。英布素日行事，仅凭本能而已，从未以此眼光来看楚汉之势，听随何一说，不由心动，遂起身离座，向随何拱手道："寡人愿奉汉王之命。"

随和也还礼道："如此，臣深为大王幸甚，再无须为楚背负恶名了。"

英布遂将随何送出大殿，忽而想起，便附耳道："今有楚使亦在，动静皆察，故而此事暂不宜泄露。"

随何一口允诺，拜别了英布，回到馆舍，静候英布择日传檄反楚。

不料过了数日，九江王宫中却全无动静。随何等得心焦，给了太宰贿赂以打探消息，这才得知，原来有楚使一行，此时也住在城中，每日必谒九江王，催淮南之兵尽速援楚。随何得了消息，不敢怠慢,急忙闯进九江王宫。 见楚使正在宫中,坐于英布下首侃侃而谈,随何一急,便排闼直入,一屁股坐在楚使上座,高声道:"九江王业已归汉,楚有何依凭,竟敢催淮南发兵?"

英布万没想到随何会如此,不禁满脸惊愕。 那楚使见随何着汉家衣冠,出言咄咄,以为英布早已投汉,不禁大惊而起,夺门便逃。

随何遂向英布道:"事已谈妥,何必犹豫再三? 可立斩楚使,免得他回报项王。 如有万一,大王亦勿虑,可疾奔归汉,与汉军合兵一处。"

到此时,英布已是无路可退,只得吩咐手下诸人:"听汉使之言,这便起兵击楚吧。"遂下令杀了楚使,而后传檄天下,举兵伐楚。

随何便派人将这喜讯飞递回荥阳,自己则留下,助英布参谋军事。

刘邦知随何得手,心头紧绷之弦便松弛下来,日日置酒高会,又找来两个颇有姿色的婢女,时常高卧洗脚。

陈平此时已晋升亚将,参与军事,却常是忧心忡忡。 他劝谏刘邦道:"韩信、英布两处,固然可捣项王之背,然两处均不足以与楚相抗。 今楚失燕赵、九江,必有反扑,荥阳或危矣!"

刘邦哂笑道:"陈将军胆子之小,如何越发像个妇人了? 那楚军长于野战,短于攻城。 我一个下邑城,便拖住了项王,况乎荥阳、成皋!"

不料,此话才说了不足一旬,各地果然吃紧起来。 荥阳一线,楚军攻势渐强,各城汉军纷纷叫苦,刘邦只得飞檄韩信,命将赵军降卒尽数发来荥阳,又命韩信立即伐齐,以直逼楚之侧后,搅乱他后方。但韩信却回信说，楚军屡出奇兵袭赵，他与张耳往来奔波，疲于应付。今赵降卒已赴荥阳，赵地汉军仅万余，防楚尚且不够，如何还能分得出兵来伐齐？

刘邦阅罢韩信回函，知是韩信或想称王，此时不欲伐齐，便是在讨价还价。然以军功封王，刘邦却轻易不想开此例，又不知如何才能调遣韩信，只能连声叹气。

过了几日，英布那里也传来败报。原来项王正督军攻下邑，闻英布反叛，不由大怒，即命项声、龙且分兵去攻九江。英布倚仗勇武，率部与楚军连战几场，互有胜负。不意数月间，楚军连连增兵，声威大震。那英布所属九江兵，原在楚营时专为先锋，所向无敌；今忽而背楚，军士都不免气短，颇有同室操戈之感，久之便不甚用力。英布因之渐渐难支，一场大败过后，九江遂告瓦解。

英布无可奈何，欲引残部奔汉，又恐行迹暴露，为楚军追杀，只得抛下残部不管，与随何两人易服换装，抄小路奔至荥阳。

到得汉王行宫，随何先进去通报了，出来唤英布入见。英布新遭败绩，人地两失，心头不免惴惴，一心想得到汉王嘉勉，权作安慰。不料入得行宫后，一路帘幕低垂，曲曲折折，竟走到一间内室中来了。抬眼一看，只见刘邦正箕踞于卧榻之上，两边有婢女伺候洗脚。

英布吃了一惊，不禁满腔火起。想往日在楚营，终究是项王麾下第一猛将，何人敢如此慢待？今背主来奔，却遭此羞辱，当下便冷了脸，勉强忍住气屈身行礼。

刘邦似未留意英布心绪，只笑道："将军别来无恙乎？九江情势，随何已禀明寡人，将军可先安顿好，来日路途安靖了，再将眷属也接来。"

见刘邦只是随口漫问，并无厚赏之意，英布万分懊恼，险些气闭，当下手按佩剑，就想拔剑自尽。

刘邦仍是不察，只顾颠三倒四地说话，显是宿醉未醒。英布心中暗叹一声："如此庸主，也值得为他死吗？"遂应付了两句，告辞出来了。

随何在外面迎住，见英布脸色不好，心下便明白了几分，忙道："大王休得懊丧。汉王为人，一贯如此，小臣常被他无端羞辱，也要起些争执呢。请大王且先安顿下，再做计较。"

不一会儿，便有典客出来，引领英布前往馆舍就宿。到得住处，见屋宇宏敞，陈设堂皇，竟如汉王规制一般，英布便感大出意外。馆中早有一班侍卫、从官，垂手恭立，备极殷勤。再一问，所用饮食车舆，俱与汉王相同，英布这才释然，对随何道："我方才见汉王傲慢，曾大悔，不该轻信你巧言，自取其辱，险些就要拔剑自尽了！"

随何便笑："汉家另有规矩，与楚不同，将军稍后便知。"

果然不多时，张良、陈平等故旧，便相偕前来馆舍中探望。诸人请英布就上座，命仆役摆上筵席，彼此叙旧。见席上美馔，闻所未闻，诸人亦执礼甚恭，英布顿觉惬意，方知汉王笼络之术，并不在言辞之间。

翌日，英布入见汉王称谢。刘邦此时早已清醒，已知自己有失怠慢，便对英布好生嘉勉了一番，辞意恳切，竟与昨日判若两人。英布心中感激，当下便道："大王待我，情同兄弟，不比那项王，徒以空言笼络。臣于江湖上出身，素重恩义，今既遇明主，便甘愿效死。"

刘邦便命他遣人去召旧部，多多益善，以便合力拒楚。英布领命，即差使者潜去九江，招降旧部亲随。不久，使者归来，果然带回九江旧部数千人，并向英布禀道：九江军尽为项伯所收，英布妻子等一干家眷，也已被项王斩尽杀绝。

英布闻此噩耗，不由顿足大哭，当即奔入行宫向刘邦请命，欲率旧部入楚击项王。

刘邦听了不由怔住，忍不住潸然泣下："项王惨毒，竟至于此！"唏嘘了半晌，便劝英布道，"国仇家恨，你我相同，然将军旧部多散失，白手又如何击楚？现下楚军势强，万事只能徐图之。寡人这便拨与你万余兵马，暂去助守成皋，任是泼天的家仇，也须来日再报。"

英布这才知刘邦处事，内里还是相当厚道的，遂感泣不已，受命前往成皋去了。

刘邦包抄楚地的打算落了空，只能在荥阳城内苦挨，忽然心生不祥的预感，想到今后的日子怕是要不好过。

到了汉王三年（前204年）正月初，情势果然急转，眼见得荥阳城外，楚营的军帐日渐增多。这一日，有斥候从城外奔回，向刘邦急禀道：日前项伯刚从淮南来增援，将九江降兵全数带来，城外楚军猛增至六七万了。令人大骇的是：项王也已亲临城下楚营，不日即将督师攻城！

刘邦得报，慌忙登城，从城上望去，见楚军数目确已逾往日数倍。冬日原野上，十里连营，几成汪洋大海。

看那楚营内旌旗林立，烟尘蔽日，刘邦大叫一声："吾命休矣……"一语未毕，竟然晕厥了过去。

然未承想，一连过了几日，并不见项王来攻，像是他只在营中打瞌睡。 原来那项王昔日在齐、在下邑，均是攻城不利，心中已知楚军攻坚不如野战，此次便另有图谋。 他探得汉军粮秣皆由蜀地运来，就囤积在敖仓，敖仓已成荥阳的命脉，于是派钟离昧领了万余兵马，专去破汉军运粮甬道。

汉营也知粮道万不能失，早已有重兵护卫。 那敖仓是由周勃镇守，曹参则率游兵相助，兵力本不为弱；然运粮甬道绵延四十余里，汉军岂能沿路作列队防护？ 钟离昧看准汉军这一软肋，便引军杀向荥阳侧后，神出鬼没，屡破甬道，打得周勃焦头烂额。

甬道一被阻断，荥阳粮草便立时不济，兵卒不由都恐慌起来。 刘邦正要遣大军去助周勃，不想此时项王却不再瞌睡了，拔营而起，将数万大军列于城下，困住东、北、南三门，唯留一个西门无兵。

刘邦看看这布阵，便窥破了项王的肚肠：此举乃是想把汉军从荥阳逼跑。 荥阳一失，则中分天下的格局便被打破，楚军目前势大，汉军只能步步后撤，最后退回关中了事。

断粮道而困敌，这岂不是当年破章邯的战法吗？ 这一番布局，颇不似项王一贯的意气用事，而是要重演破秦的故伎了。 想到当年秦二世的素服出降，刘邦不禁打了个寒战。

眼下之汉军，则是战不能战，逃不能逃。 若狠狠心将韩信大军撤回，则平定燕赵顿成一场白忙。 刘邦为此，连日寝食不安，脚也没有心思洗。 苦思无计之余，只得召郦食其前来问计。

刘邦道："楚军势大，你我君臣坐困愁城，事若不济，我等皆授首矣！ 先生可有妙计，可略挫项王的气焰？"

郦食其答道："大王素视老臣为腐儒，然腐儒亦不能终日白食。 臣下早有一计，定可分楚军之势，使其应接不暇，荥阳之围便也顺势可解了。"

"哦？ 先生又大言乎？ 说来寡人听听。"

"昔商汤灭夏桀，仍封其后人在杞国；武王灭商纣，仍封其后人在宋国。 此为何？ 岂是为了仁义吗？ 否！ 乃是为前朝存续一脉，使其不至怨毒入骨，心生反意。 哪里会像暴秦，灭六国，又禁其祀祖宗。 六国后人，无立锥之地，能不反乎？ 今大王若能复立六国之后，则六国必争相拥戴大王，甘为臣属。 那楚国又岂敢与天下为敌？ 必收敛气焰，俯首来朝。"

刘邦于窘迫之中，似落水者抓住一根稻草，来不及辨其为何物，便以为有用。 遂大喜道，"好计，好计！ 可命铸工马上铸印，还要烦劳先生，潜出城去，各处走上一趟，寻得六国后裔，皆复其王位，令其佩印便是。"

郦食其见汉王激赏其计，甚为得意，忙趋出行宫，布置刻印去了。

印尚未铸好，恰巧张良有事来见汉王，逢刘邦正在进食。 刘邦一见张良，便举箸叫道："子房来得正好，正有事要说与你听！ 适才有客卿为我献一计，足可挫楚军气焰。"

张良也很高兴，在食案对面坐下，问道："计将安出？"

刘邦便将郦食其之计相告，然后问："子房兄以为如何？"

张良闻言，面色立变："谁为陛下出此计？ 陛下大势危矣！"

刘邦不禁愕然："为何？"

张良道："想那天下之士，抛妻子，别故旧，来从陛下征战，实指望来日功成，能封得咫尺之地；今若复立六国后裔，则彼辈更有何地可封？ 众豪杰必大失所望，各返故乡，自谋其路去了，还有何人来为陛下争天下？ 况且，除非楚不强，楚若强，则六国新立之王，又焉能不俯首事楚？ 陛下如何能令其臣服？ 若用此谋，陛下大势去矣。"

刘邦不服气，反问道："上古之时，分封天下而治之，其乐也融融。 如何周武王做得，我便做不得？"

张良便取了案上一把筷箸，放下一根，问刘邦一句，那武王当年文韬武略如何如何，大王你可能做到？ 言出箸落，计有七根筷子砰砰放下，刘邦竟无一言能对。 张良便一笑，不再说话。

刘邦不由僵住，将口中饭食一下喷出，指空大骂道："郦食其，你个竖儒，险些坏了你阿爷的大事！"说罢，急命左右跑去传令，将那所铸的六国印玺全数销毁。

此时，郦食其正做着授印六国的美梦，心想此等盛事必可上史书，我郦某或将万世留名。 不料，谒者随何匆匆跑来，传汉王的毁印之令，郦食其一脸的得意立刻僵住，颓然坐下。 左思右想，也不知此事为何忽然告罢，只得闭口不言。

如此楚军久围不退，汉王帐下文武，竟都一筹莫展。 刘邦着急，便问计于张良，张良亦觉无计可施，只劝刘邦沉住气。 勉强又过了十几日，刘邦终于忍不住，凡有臣下来奏事，必破口大骂"废材"，直骂得人人避之不及。 那郦食其打听到封六国之议，触犯了刘邦禁忌，更是惶悚不安，远远见了汉王车辇，立刻躲避。

刘邦万般无奈，只得唤了随何来，吩咐道："诸臣不能为寡人分忧，还须你跑一趟，赴楚营与项王议和。 荥阳以东，寡人就不要了，尽与项王。 如何讲，你自去斟酌，只哄得他退兵便罢。"

随何心知此乃与虎谋皮，也只得硬着头皮领命。 遂登上城头，向楚军喊话："今有汉王使者随何，出城去与你家大王议和，诸君可稍退，请勿伤害！"

城下有楚军将领听见，将令旗一挥，楚军便稍作退却，让出了城门。随何将马鞭一扬，单骑出城，直奔至楚营求见。

项王在帐中见了随何，冷笑一声："那刘季又有甚么花样？"

随何恭谨答道："汉王原与陛下系同门兄弟，并肩伐秦，有如孪生。后封到汉中，地远人稀，不免塞促，遂有东归之志。今汉已据有三秦，便无复他求，唯愿与大王以荥阳为界，中分天下，并收回韩信之兵。如此两家刀枪入库，共享天下，岂非乐事？"

那项王也正焦头烂额，闻听此言，心下就是一喜，便瞟了一眼身边的范增。

范增会意，他见刘邦于穷途之中尚不老实，欲施缓兵之计，便大感气愤，拿起所佩玉玦朝项王示意。

项王一见，顿时想起鸿门宴往事，心下也明白了，便问随何道："你这小臣，姓甚名谁呀？"

"在下名唤随何。"

"哼，好一个随何！伶牙俐齿的，可惜随错了主人。寡人看刘季本心，恐不在中分天下，否则不会去端寡人的彭城老营！今日穷途末路了，才想起来告饶，无乃太迟乎？你回去禀报刘季：若要息兵，便速回汉中，所侵掠诸侯之地，尽皆吐出，再来与寡人言说'共享天下'！"说罢，将袖一拂，便入帐后去了，不再露面。

随何无法，只得回到荥阳复命。刘邦听了，默默无语良久。适逢陈平在侧，于是转头去问陈平："天下纷纷，究竟何时能定呀？"

陈平便道："我只知，楚汉相争，汉家独能胜出。那项王只不过待人恭谨有礼，故天下廉洁好礼之士多愿归附；但于论功行赏之时，项王又颇吝啬，故士人也有不愿附楚的。大王你则反之，待人傲慢少礼，故高尚之士多不来附；然大王每于封赏之时，出手大方，有那贪利无耻之士便多来归汉……"

刘邦便截断他道："此事我亦知，便是有那盗嫂的，我亦接纳了！ 然寡人只教你献退楚兵之计，你说这些有何用？"

陈平脸红了一红，接着道："臣下说的正是此事。 大难当头，无人可用，便是大王之忧。"

"那么好，今后寡人便也学学那腐儒，说话客气一些便是。"

"如此甚好，若大王待人有礼，且出手大方，集两者之所长，则天下转瞬之间便可定。"

"你说得容易！ 项王那里，终究是人才济济。"

陈平便将头一昂道："否！ 大王你看那楚营，可助项王与汉为敌的，屈指可数，无非亚父、钟离眛、龙且、周殷之流。 此乃项王的骨鲠之臣，难于策反，然却可以离间。 大王若能舍得金①数万斤，拿去行反间计，离间其君臣，定有收效。 项王性本猜忌，心存多疑，我只须稍一用间，且看他如何自相残杀吧。 一旦他内乱起，我便趁势而击，则破楚又有何难？"

刘邦听罢，不禁转忧为喜，对陈平道："哈哈，这好计谋，果然是贪利无耻之士才想得出！ 区区之金，何足惜哉？ 此事就交由你去办吧。"说罢，便命随何传令给内史，提出金四万斤交予陈平，任其使用，支付与谁一概不问。

陈平得了这金，不由大喜，暗想有这许多钱，还有何事办不成？ 便是一座太行山，也可掀翻了。 当下便唤来几名得力校尉，

---

① 汉代以前,中国黄金产量不多,仅楚国掌握了炼金技术。故而先秦典籍中的"金",多指铜。

教他们改换了楚人装束，或扮商人，或扮士卒，想法混进楚营去，见人散财，也散播些流言出去。

如此不过几天，楚营中便谣诼纷纷，无非是说钟离眛等人埋怨功多赏少，不得封王，便生了投汉灭楚之心云云。

这无端生事之风吹进项羽的耳朵，果然有用。项羽无事尚且猜忌，闻此讹言，顿生疑心，于是宁肯信其有，渐渐疏远了诸将。那钟离眛等人察言观色，知是受到猜疑，愤懑之余不由心灰意懒，也不作甚辩解，只是万事都不大用心了。

此间唯有范增一人，受项王信任仍然如故，两月前刚封了历阳侯。然他日日催促项羽攻荥阳，竟也说得项羽起了疑心，不知范增是否也成了线人，鼓动攻城就是为消耗楚军兵力。项羽猜疑了几天，心头放不下，索性派了一名使者，携手书前往荥阳城，约汉王三日内单骑出城议和。

陈平闻报，拊掌大笑道："只怕你不来，来了就好！"当下疾奔入刘邦行宫内，如此这般叮嘱了刘邦一番。

那楚使入了城，向汉王递上手书。刘邦依陈平之计，便佯作醉酒，接过项王手书颠倒着看了看，胡天海地扯了几句，便倚在卧榻上睡着了。楚使万分讶异，却也不便多言。此时张良与陈平进来，将楚使引至园内馆舍安歇，命庖厨备好筵席招待。

不一会儿，便有那一班仆役，将无数美馔端上来，尽是鸡豚牛羊。那楚使看见，心下不免诧异：我一个小小的使者，何劳汉王以"太牢①之馔"款待？

---

① 太牢，古之帝王祭祀社稷时，牛、羊、豕（shǐ，猪）三牲齐备为"太牢"。

趁庖厨还在上菜，张良、陈平便陪着使者说话，殷殷问及亚父起居如何。那楚使不明其故，只是一一对答。

陈平便又问："今亚父可有手书来？"

楚使更加摸不着头脑，脱口道："我非亚父所遣，乃是项王使者。"

陈平便惊道："我以为亚父遣使，原来是项王使者！"遂与张良相顾一眼，面露尴尬。两人也不言语，立即起身而去。

楚使正在诧异间，忽有数个仆役上来，将桌上美馔一撤而空，此后多时，馆舍中便不见人踪了。那楚使一早进城，过了午时却连朝食还未进一口，早饿得饥肠辘辘。如此又苦挨了半晌，才有小卒进来，端上一些饭菜。那楚使看去，却是些葵藿、葱蒜之类，原先那些脍炙牛羊，影子都不见了。

楚使不禁心头火起，直欲发作，但碍于礼节只得忍了。不料尝一口菜，却不知是放了多少天的，已有了异味。喝一口酒，却是过了时的酸酒，味同陈醋。楚使再也压不住火气，拂袖而起，招呼也未打一个，就上马驰出城去了。

奔回大营，那楚使将一日所见禀报。项羽闻言大惊："老匹夫亦有异心乎？"忙叮嘱使者勿外传，便将此事装在心中了。

说也凑巧，范增恰在此时进帐来见，又催促项羽发兵攻城，说道："刘邦据有荥阳，诸侯便犹疑观望，不肯附楚。久之天下必然分崩，再难收拾。"

项羽对范增存了戒心，便好似未听见一般，只将那案上一块美玉抚来抚去。

范增看在眼里，没了耐心，将那美玉一把夺过，弃置一旁，愤然道："从前鸿门宴不杀刘季，今日看，岂不正是养痈遗患？今若不破荥阳，便又是放刘季一马，楚地又将数年不宁，大王还犹豫甚么？"

项羽倒也不怒，只冷冷道："亚父年岁大了，说话太容易。破这荥阳城，不知要折损我多少儿郎，岂是下棋那般快活？"

那范增是何等聪明，自投奔楚营以来，从未闻项羽如此说话，当下就一凛，知是项王听信谗言，有了猜疑之心，便大怒道："老臣追随大王日久，自以为忠心可对苍天；然人老便不中用，连尺短寸长也弄不清了。好在天下事已大定，大王可好自为之。臣也无他愿，只想乞赐骸骨，回乡终老便是。"

项羽沉吟片刻，便也不挽留，只道："亚父既已意决，明日便可起程。好在由此去彭城，路上倒是安宁。"

范增摇摇头，礼也不施一个，转身便走了。回到本营，立即吩咐范延年，将项王日前所封的历阳侯印绶，完璧送回。

范延年闻听主人要回乡，甚觉突然，心下便颇感不安，忙劝阻道："主公，项王喜怒无常，不是司空见惯了吗？不妨且忍他一忍。"

范增伤感道："他人可疑，我不容疑！你无须多说了，待收拾好细软，便与我同回彭城。"

至夜深时，忽闻门外有人叩门。范延年将门打开，一位壮士倏忽便闪身进来，原来是桓楚。

桓楚白日里闻听亚父竟然辞官了，心中不胜惊讶。忙跑去问项王，项王只是不耐烦，教他勿管闲事，便知定是范增直言犯上，遭了贬黜。想想范增素日待人宽厚，桓楚便心中不平，趁夜色来范府看望一下。

此时范增已经睡下，见桓楚进来，便要起身。桓楚连忙拦住，劝慰道："亚父，大王脾气如此，你且忍耐几日，稍后我与弟兄们将面谏项王。你哪里就能走？"

范增便摆摆手道："将军之意，老夫领了。只是这朝中事情，尔等武夫难知其中奥妙。老夫从军四载，已成天下少见的怪物，若再不辞归，必将为天下笑。"

桓楚听得难过，几乎要哽咽起来："然楚之大业，怎能少了亚父……"

范增便笑笑，嘱咐道："将军休作妇人善感。楚之大业，全赖尔辈，今后还须好好辅佐项王。"

桓楚又问："不知亚父何日归乡？弟兄们是定要为你饯行的。"

范增沉吟片刻，便道："还须勾留数日，不忙。你且回去歇息吧。"

桓楚叹息数声，想想无奈，只得告辞走了。

翌日晨起，范增便唤来延年，吩咐立刻出发。延年大惊，问道："众将不是还要为主公饯行吗？"

范增道："休得为他人招祸！你去民家买一辆马车来，你我二人这就上路。"

范延年遵嘱出门去，向民家买了一辆简陋的柴车回来。范增便唤过府中一众家仆，讲明事由，分发了一些钱财，各自打发了。家仆们都不忍离去，但看看范增面色铁青，毫无转圜之意，只得含泪各奔西东了。

范增又命延年，将那大将军府中一切物什尽皆弃置，只携了几件行李在身边，由范延年执鞭驾车，两人便上了路。

初上路之时，范延年虑及路途遥远，怕范增日久受不住，便频频催马。范增却道:"勿急,且慢行。"

原来范增仍心存侥幸,以为项王只是一时气恼,消气后必会遣使来追。不想踟蹰走了数日,大营那边人影也不见一个来,这才知项王心中猜忌,已难拔除。

此时正值四月初,莺飞草长,春光正好,范增内心却是一片苍凉。回想数年来随项王奔波四方,为夺天下费尽了心机。只巴望早日灭汉,为项王争得个混一宇内,自己也好安享荣华,含饴弄孙。不料项王忌刻,竟连老臣都怀疑起来了。如此的一个局面,若荥阳久围不下,则楚之天下,必为汉家所夺。自己若在项王身边,刘邦那诡计,倒还逃不过一双老眼去。可是如今……万事难料了!

想到数年心血,一朝将付之东流,范增便如万箭穿心。白日里倚在车上,只是闷闷不语;晚间在逆旅投宿,也只顾在孤灯下长吁短叹。

想那范增已年逾七十,怎禁得起如此颠簸?日夜愁思之中,便有寒热侵身,病了起来。范延年不敢怠慢,加紧赶车疾行。走了数日,范增忽觉背上奇痛,夜里到了逆旅中,教范延年掀开他衣服看,背上竟然生了一个恶疮。范增也不在意,只是勉力挺着,一心想早些回到家乡。

范延年看得心酸,便道:"主公,你以老迈之年出来投效,如今是这个样子,如何在家乡安居?那项王,也未免太过寡恩了!"

范增叹了一声:"人生在世,荣辱皆有前定。老夫从军,乃是依从本心,不计成败,因此也无须埋怨他人。只可惜武信君创下的大业,只怕是苟延不了几年了。"

范延年便道:"他人山河,随他人摆布去好了。主公如此忧心，这世上，可有几人能领情？ 你老人家且放宽心，我们尽早回居巢就是。"

此次范增回乡，轻装便服，百姓竟无人认出。 沿途官员知范增去职失势，都不大留意，因此范增过境，官府一无所闻，便也无一人前来迎送。 那世态炎凉，看得范延年心如寒冰。

最苦是那背疽一天天发作起来，愈见增大，人只能日夜俯卧，疼痛不堪。 这日走到砀郡地面，剧痛又甚于往日，范增一日里便昏迷三次，渐不能支。 范延年心里着急，不知所措，遂求告路边的乡村郎中，买了些金创膏敷上去，也不见效。

只听范增气喘吁吁道："此去向北二十余里，有一蒙泽乡，是为庄子故里。 吾师杨真人在彼处为庄子守墓，已有多年，他必可救我。"

范延年便急忙驱车前往蒙泽乡。 到得乡里，向路人打听，果然都知杨真人居处。 经人指引，主仆俩来到一处名唤青莲村的小村。 尚未进村中，便见村东南有一口古井，井旁有一白发老叟正在取水。

范增转头看去，猛然叫道："那便是，那便是！"

范延年连忙过去，向老叟恭恭敬敬施了一礼，讲明了来此寻访的原委。

那杨真人便担了一担水走来，一副仙风道骨，虽年逾八十，却是健步如飞。 范增欲爬起来施礼，那杨真人连忙唤住，放下水桶，上前撩开范增衣服，看了看背疽的情形。

范增忍不住痛，大呼道："先生救我！"

那杨真人也不作声，只舀了一瓢清水，递给范增道："此井为庄子炼丹取水处，井水清冽，可致神清气爽，你且喝几口。"

范增将水喝下，杨真人便挑起扁担，反身欲走。范延年连忙拦住，恳求道："杨太师，请救我家主人一命！"

　　那杨真人转过头来，淡淡说了一句："逆天行事，不可救药了！"说罢，迈开脚步，三步两步便隐没于柳丛之中了。

　　范延年还想追去，却见范增摆手道："不……不必了。此乃天意，天意呀！"

　　此夜，主仆两人宿于蒙县一家逆旅中，孤灯昏暗，宿处卑湿，似再无其他住客。范延年见范增神情似有所恢复，便为他擦了脸，洗了手足，扶他睡下。暗夜里，只听范增忽又呼痛，渐渐地竟陷于谵妄了，只不断呼喊："楚之将亡，何人可救……"

　　范延年大惊，忙起身掌灯来看，见范增已是气若游丝，知道熬不过今夜了，便立在床边守候。此时看窗外，暗夜如磐。鬼影般的树丛中，有几只鸱鸮夜鸣，显得诡异之极。范延年愈加心伤，想想就泪流不止。

　　如此挨到五更时分，范增大叫一声，背疽崩裂，血流不止，竟遽尔气绝了。

　　范延年想到亚父竟是如此末路，不由悲从中来，抚尸号啕不止。店家被哭声惊醒，掌了灯来察看，见此状，也只能自认晦气，遂与范延年一道，为逝者洗净了身子，换了衣服。

　　待到天明，范延年急去县衙报了丧信。那县公闻报，也是唏嘘不已，亲赴客舍帮助料理，差人买来一口薄棺，将尸身草草入殓。范延年便将棺木置于车上，告别县公，匆匆奔回居巢去了。

　　且说项羽在荥阳城外大营，忽一日，得蒙县县公加急递报，禀告说范增病故于本县地面，心中就是一震。项伯此时恰好在侧，接过呈文来看了，不免起了兔死狐悲之情，只不停地抹眼泪。

项羽呆坐半晌，想起往日亚父种种劝谏，多半言中，且并无夹杂私意，便突生懊悔，拍案怒叫道："中了刘邦那厮诡计，害我股肱也！"

项伯止住饮泣，哀戚道："范增固然迂执，然追随大王多年，不曾离去，无乃忠良之至乎？此次变故，定出于陈平诡计，欲剪我羽翼、除我忠良，致大王为孤家寡人也。"

项羽便叹了一声："如之奈何？人死不能复生，何人可补范增之缺？"

项伯想想，提议道："范增之忠，应通令褒扬，以激励我军士气。"

"叔父又迂腐了！此乃刘邦、陈平害我，寡人一时不察，只得将这苦水咽下。若大张旗鼓褒扬，岂非昭告天下我项某有眼无珠？唯有遣人携重金赴彭城，着令地方厚葬了事。"

"也只能如此了。贤侄，你虽贵为霸王，威震天下，但为叔我还是要劝你一劝，今后行事，应三思而行。"

项羽便瞪起了眼睛："你也不过只长我几岁，如何便处处充长辈？那范增生前，也未曾听你说过他几句好话！此老之事，休得多言了。范增辞官之前所嘱，克服荥阳为夺天下之关要，乃是至理，你我今后便尽力遵行之。"

项伯受了奚落，亦不敢多言，只道："亚父病故，众将必物伤其类，也须好好安抚才是。"

项羽道："这个我自知。亚父多年为寡人军师，今日既病故，你便接替上来，多想些有用的主意，勿再放虎归山了。"

项伯领命，唯唯退下。

项羽这才召钟离眜来，好言劝慰道："日前军中流言甚广，将军请不必在意，安心便好。"

钟离眜知项王已有悔意，便道："亚父忠心事国，为我等楷模。流言者，显系汉王伎俩，他若不中伤此等人物，难道还能中伤那三心二意者吗？"

项羽闻言略一怔，半晌方道："卿所言甚是。今后我等君臣，都不要互相猜疑，遵亚父之嘱，拿下荥阳，活捉刘邦那贼，方为正道。明日起，攻城之事便由你来统领。"

钟离眜闻命精神大振，遂领取了兵符，自去调兵布置了。

再说那刘邦得楚营线报，知范增一命归西，不禁大喜，对张良、陈平道："一餐饭，即除去我心腹大患，又省却我多少儿郎性命！陈平兄出此计，堪为绝世之才。"说罢命厚赏陈平，又叫来随何，吩咐今日起不必再赴楚营讲和了，只守着这荥阳与楚军相拒。

那张良在旁，却是闷闷不乐，刘邦怪之，问道："子房兄，范增死了，如斩去楚之头脑，如何不乐？"

张良忧心忡忡道："待项王醒悟，其报复必烈，我军不得不防。"

刘邦哈哈大笑道："范增在时，尚不能奈我何，何况他做了鬼呢！"遂不在意，又唤来婢女洗脚取乐。

不料，次日晨间，便有城上守将周苛、枞公来报，原先西门外的楚军，人数寥寥，不过虚应故事而已；然今早大军云集，四门皆是围得铁桶一般了。

那周苛原为泗水亭吏卒，跟从刘邦远在芒砀山起事之前，其忠直素为刘邦所重。就在卢绾晋升太尉前后，周苛亦加为御史大夫，此时正受命统领荥阳城防。

他禀报方毕，仿佛应验一般，四门外便一同响起喊杀声。 刘邦急忙率众人登城看去，只见遍地楚军有如红蝗，正不要命地拥向城下，竖起云梯、撞车。 更有那楚军主帅钟离眛赤裸肩背，与军士一道背负黄土，筑版垒土。 不消半日，城外便矗起壁垒座座，弓弩手遍布其间，将那羽箭泼水似的往城上射来。

刘邦与众臣急忙藏于盾牌之后，气不敢出。 闻听那四野冲天的杀声，刘邦变色道："素以为楚军不擅攻城，今日如何似癫狂发作了一般？"

张良便道："往昔项王与范增意见不合，攻城与否在犹豫之间，故楚军从未认真攻城。 今范增死，项王有所醒悟，以攻陷齐地数十城所积经验，来扑荥阳，我军能撑得过十日，便是侥幸。"

刘邦捶胸呼道："寡人又小瞧了项王！"

片时过后，楚军又将数尊抛石炮推近，朝城楼上抛石。 巨大礌石从天而降，声若奔雷，烟尘蔽日，惊得汉军心胆俱裂。 刘邦与众臣忙顶着盾牌，弯腰奔下了城头。

回到行宫，刘邦留下张良、陈平议事，叹道："老子曰，'慎终如始，则无败事'。 我与楚军在荥阳相拒一年，本是高明之策，日前项王亲来督师，我便应退。 不知慎终，迁执如故，遂成今日瓮中之鳖，卿等有何妙计解脱？"

陈平摇头道："前日西门楚军不围，尚可遁逃；如今四壁合围，唯有御龙而飞，方能逃生了。"

刘邦白了陈平一眼，叱道："卿便去捉一条龙来，可否？"遂掉头去看张良，张良也只是面有忧色，计无所出。

刘邦只得仰天叹道："今曹参、周勃皆在敖仓；韩信、张耳隔河而望；灌婴所领郎中骑则在京索一带警戒。 如今城内外音讯断绝，何人可来救我？"

张良道："大王不可绝望，如今只有坚守以待变。"

刘邦叹口气道："此前栎阳宫太卜曾有言，说寡人与楚斗，须三折肱方能成良医，鸿门宴与彭城，寡人已有过两折肱，险些死过两回。如昨日开西门遁逃，则万事大吉，如今这一回，唯有听天由命了。"

接连数日间，汉军不分昼夜，拼死守城，都觉筋疲力尽。因粮道断绝，城中军粮堪堪将要告罄。看撑不了几日了，军心便也动摇起来。刘邦见不是事，忙召集文武商议，坦言道："寡人傲慢，此次又着了项王一道。汉家命脉，系于一线，各位今日可畅所欲言，如何能得解脱，便是鸡鸣狗盗之计也不妨说来。"

张良道："今晨臣冒险上城观望，见楚营有粮车源源而至，想必是彭城运来了军粮。如此一来，我军更加势急，若诸君无所献计，明日只好相会于黄泉之下了。"

那枞公乃地方郡守出身，精通农桑，便献计道："近日粮荒，可令军民挖野菜、杀马匹度日。另可令百姓在房前屋后种菽，待绿叶长出，便可充军粮，与楚军相拒数月，也是可以的。"

张良道："缓不济急啊！我日夜忧思，乃是怕楚营有人为项王献计，将那城外荥水堵塞数日，再行决口，令洪水滔滔涌出，我辈便成章邯第二了。故此，解脱之道须在一二日之内想出，否则晚矣！"

众武将都是上阵杀人不眨眼之辈，待到须出主意时，便面面相觑，哪里能出一声。刘邦挥挥手道："罢罢，文臣束手，武人又能有何妙计？明日我等君臣便一道赴死吧！"

那樊哙便十分不忿，跃出一步道："大王何必说丧气话？兵来将挡，水来土掩。大不了城破，我背着大王逃走便是。"

刘邦拂袖斥道："你无须多嘴！"

随之便有纪信出列道："武将固然愚直，然臣等已将生死置之度外。荥阳城明日如有不测，末将愿粉身碎骨以当之。"

陈平一直无言，绞尽了脑汁在想计谋，此时见纪信出列，心里就是电光石火般一闪，猛然说道："臣有一计，可救大王。"

众人便一齐将目光投向陈平。刘邦也道："到底是文臣多智，你说吧。"

"上古春秋，曾有齐景公与晋交战失利，被晋军追杀。御者田父大义弥天，与齐景公互换了衣服，代景公被擒。后齐景公卒成霸业，田父之名亦流传至今。臣以为，今日解困唯此一途。可从众将中选一相貌酷似大王者，扮成大王出城诈降。楚军闻之，必放松戒备，大王便可趁乱逃出城去。"

樊哙便大呼："这有何难？我去便是了。"

夏侯婴却在旁哂笑道："樊将军，你那相貌，只可充个山大王而已。"众人便是一阵哄笑。樊哙面子上挂不住，作势要翻脸，众将连忙劝住。

刘邦不语，只以目注视张良。众将见了，也都静候张良发话。张良思索片刻，一击掌道："陈平兄好主意！"

刘邦遂连连摇头道："不可不可！楚军多如牛毛，无论哪位兄弟扮作寡人，此去都是踏入鬼门关，寡人实不忍就此折一手足。此事如可行，不若选一小卒充任。"

陈平便抗声道："大王糊涂！你可借得小卒一颗头颅用，却借不到一个活人可以去替死。若那小卒临阵畏惧，脱逃而去，则此计将满盘皆输。"

众将闻言，知是生死的关口到了，无可再退，一时便都默然。

陈平顺势便道："板荡之时，忠勇尤为难得，我以为诸将中必有大勇。尔等可互相看看，何人相貌酷似大王？"

众将正互相打量时，只见纪信跨前一步，高声道："酷似大王者，非纪某莫属。臣愿代大王往楚营诈降。临阵如有半步退缩，天雷殛之！"

众将一看，果然纪信相貌酷似汉王，平素因相熟而无人注意，满堂立时一片惊叹之声。

刘邦连忙起身道："不可！昔日鸿门宴遇险，纪将军已有过舍命亲随。今若令纪将军冒此大险，寡人即便可脱身而去，心又如何能安呢？"

纪信道："大王勿虑。末将乃武夫一个，或生或死，皆轻如纤尘。若荥阳城破，也一样是死。能替大王履险地而死，荣莫大焉，岂可权衡利弊得失？"

刘邦想起芒砀山旧事，悲从中来，哽咽道："我刘季，以草野出身，能打下这半壁河山，全赖诸君扶持。这种事，实教寡人下不得手啊！"

纪信便愤然道："我汉家，起自芒砀山草泽，坎坎坷坷至今，莫不成今日让人一网打尽？城破之日，必是玉石俱焚，与其到那时与大王同死，还不如今日便死更痛快些！"说罢，便拔出佩剑来，就要自刎。

众将大惊，急忙上前将纪信抱住。纪信涕泣道："弟不过舍一微贱之命，便可令诸君护送大王一同遁去，保住我汉家元气，岂不是大大的划算？来日休说这荥阳一城，即使那始皇帝当年万里河山，也都将属汉家，弟若以一死换得这众人前程，不亦快哉？不亦伟哉？"

众人闻言，无不唏嘘。刘邦走下来，垂泪与纪信道："愿苍天有灵，佑我兄安然无虞。万一有甚么山高水低，则令堂令尊、兄之妻子儿女，皆为我刘季骨肉亲眷，扶养至百代千秋。将军之忠勇，亦定会载于国史，留名千载。"

纪信便收了剑，慨然道："自芒砀山落草起，臣便不曾有活着回乡之念，今日死国，不正是死得其所吗？"

陈平见势，便提议道："既然如此，诸君便可速回营准备快马。今夜纪信兄出东门诈降，我等则从西门护送大王出逃。诈降事宜，还请纪信兄留下，子房兄与我还要筹划一番。"

刘邦道："也好！事已至此，各位就速去准备吧。"

众将便上前，一一与纪信作别。那樊哙、夏侯婴等与纪信交谊深厚，都万般不舍，执手良久。周苛早年与纪信同为一伍，是从血泊中一道滚出来的兄弟，心知此即为生离死别，猛可便仰天吼了一声："如何不得同死？"便掩面涕泣而去。

当下张良、陈平向纪信交代甚详，将诈降事宜安排得天衣无缝。陈平又执笔写了一封致项王的降书，召随何来，命他驰入楚军大营求降。

随何持降书进了楚营，见到项王，伏地便拜，泣曰："汉王被围，计无所出。知大王天威难拒，遂不敢以关中自守，情愿请降，解甲归田，唯愿项王开恩免诛，则为汉家君臣之大幸。"

项王阅罢降书，觉文字之哀戚，前所未见，不禁便大笑："刘邦老儿，竟也有今日？随何，为如此的主公当差，不亦愚乎？其实，无须老儿他来求降，我军细作早已探明，城中粮食，仅够三数日而已，不降又能如何？然则，既然降了，我岂有诛杀之理？留老儿一命，随时还可叙旧。 哈哈，不知你家大王，拟何时出城来降？"

"今夜子时，即开东门出降，请贵军稍作避让。"

"好说！ 你复命去吧，届时寡人与你家主公说话。"

待随何离开楚营后，项羽即唤来季布、钟离眜，告知汉王出降事，下令知会各营，子夜时分须在东门外严阵以待，一俟刘邦车驾出来，即遣士卒四面围攻，勿使走脱。 须将其绑缚，待平旦时分在三军之前枭首，以振军心，并告慰亚父在天之灵。

季布、钟离眜得令，都松了一口气，将大部军卒调至东门外等候。

到当日夜半，荥阳城东门轰然敞开，一队人马迤逦而出。 城外楚军见了，都齐呼"万岁"，一拥而上，高擎火把便要砍杀。 却见那前头的汉军队伍，皆为妇人，虽身着铠甲，手执兵器，而实不能一战。

楚军正感纳罕时，只闻队中有妇人高喊道："我等皆妇女也！城内无衣无食，死伤枕藉，无力再守。 今奉汉王之命，开门迎降，望军爷万勿伤害。"

众楚军这才放下心来，都挤上前来观看。 但见那妇人队伍，足有两千人之多，婷婷袅袅，鱼贯而行。 如此长蛇阵，行至几近四鼓，尚未过完。 楚军士卒生平从未见过此等奇景，哄传远近，直惹得北、南、西三门外的将士也奔过来看。

那妇女队中，老少参差，自是媸妍有别。 围观的楚军看得痴了，都只顾嬉笑评说，一时众声喧哗。 季布、钟离眜心下觉得蹊跷，然亦不明汉军此乃何等把戏，只是勒马死死盯住东门，只待刘邦出来。

那刘邦此时，却是早与大臣、近侍十余人，劲装结束，跨上了快马，打开西门疾驰而出。唯留下周苛、枞公守城。因潜逃不宜人多，另有魏王豹、韩王信等，则留下襄助守城。

刘邦率一行人出得西门，见四下里竟无一个楚兵，心中就暗赞陈平有奇智。他回头望一眼城楼，凄然道了一声："纪信兄，来日见吧！"便挥鞭打马，与众臣一起狂奔起来，转瞬即隐入夜幕中去了。

再说东门之外，楚军眼巴巴看着一队队妇女摇曳而过，堪堪天将黎明，方见后面有军士列队而出，个个手执旌旗羽葆，缓步走来。如此又走了许久，才见队伍末尾处，一辆戎辂车，黄绢披覆，堂皇富丽，由两排执黄钺的军士簇拥而出。

此车六骏并辔，黄盖高矗，辕马左轭插着一杆大纛，牦尾蓬勃如火。若不是汉王，何人可得如此威仪？

众人正惊异间，忽听得御者中气十足地呼喝道："兵尽粮绝，黍离之伤。今逢吉时，汉王出降——"

那围观的楚军，已是如潮涌至，先后争睹。自江东八千子弟兵跟从项梁反秦以来，迄今已杀伐了多年，经历过无数刀山血泊，眼见得汉王已降，兵戈将息，都心潮激荡，情不自禁狂呼起"万岁"来。季布、钟离眜见汉王如此穷途末路，也就未下令绑缚，只听任众楚军簇拥汉王车驾，行至楚军大营辕门外停下。

项羽此时早已升帐，只待汉王前来叩拜。却见那"汉王"端坐于车驾之上，既无言语，亦不下车，形同木偶一般。

项王得报，便是怒从心头起，亲自出辕门来看。却见那"汉王"仍是端坐不动，声响皆无，不觉心中起疑，喝令兵卒拿了火把来照。一看之下，方知受骗，不由大怒，一把扯下车上黄绢，问道："你是何人？ 刘邦那老儿现在何处？"

车中假刘邦这才开口道："我是大汉将军纪信。"

项羽怒道："刘邦无赖，言而无信，躲到哪里去了？ 直是个本性不改的沛县泼皮！ 你竟敢冒充汉王，欺骗寡人，就不怕碎尸万段吗？"

纪信仰天笑道："我家汉王，仁声满天下，为诸侯所共尊，岂能降你这不仁不义之徒？ 汉王昨夜，已安然出荥阳，回关中去了。 来日必集义师，与尔等决战。 霸王若有先见之明，不妨输诚于我汉家，尚可保得荣华富贵，若一意执迷，必落得死无葬身之地！"

项羽气得咆哮如雷："泼皮，疯了！ 狂悖至此，可活乎！"遂命人将火把扔向假汉王的戎辂车。

转瞬之间，车上饰物尽皆着火。 然在一片火海之中，仍能听到纪信的高声詈骂，"篡逆""贼子"之声不绝于耳，直教那楚兵听得心惊胆战。

此一节着实令人慨叹。 纪信舍身救主之忠勇，可称名震千古，汉以来百姓对之膜拜不已。 古荥阳城遗址（即今古荥镇），迄今仍有"纪公庙"一座，香火不断。

待项羽烧死纪信后，方才想起下令抢占荥阳城。 众军闻令，都纷纷掉转头，然来到城下一看，却早已是四门紧闭。 曙色之中可见城上列满汉军士卒，气势极盛。 未等楚军回过神来，转眼便有矢石滚汤抛了下来，教人无法近前。

项羽便叫来季布、钟离昧骂道："士卒无知，难道你等肩膊上也未生出头颅？ 活活又教那厮跑了！ 限令三日，拿下此城，否则你二人皆提头来见我！"

哪知那守城的主将周苛，非同寻常。他原为泗水亭卒，在沛县随汉王举义，资历极深，现又与萧何、卢绾同列为汉家"三公"，德高望重。汉王一行脱身后，周苛便与枞公集合城中军民，晓以利害，以大义相激励。城内人皆知楚军一旦破城，定会衔恨屠城，因此都狠下心来，与其城破被屠，不如战守而死。

一时城中军民便上下齐心，百姓拆房舍以作滚木礌石，军士杀马匹以充军粮，连妇孺也轮番登城助战，竟将那荥阳死死守住。楚军每日攻打不休，徒增伤亡，不要说三日，即使几个三日过去，也寸步未进。

这日楚军稍歇一日，魏王豹趁空上城，见过周苛、枞公，便去那垛堞后窥望。见楚军连营数十里，旌旗如遍地野火燎原，心知城破是迟早之事，面色便稍显阴沉。俄顷，他回头问道："城中粮食，可支撑几日？"

枞公答道："诈降那夜，百姓趁乱逃逸不少，故城中粮食，勉强还可撑持半月。"

"半月之后呢？"

"拟发动军民剥树挖草，暂充军粮，总之不能束手待毙。即便做了饿殍，也强于被屠。"

魏王豹是金枝玉叶出身，闻言便摇头道："若逼迫得紧了，还须为众儿郎想个退路。"

周苛望了望枞公，便道："魏王放心，城在我在。万一城破，亦有我精兵为阁下护驾。"

魏王豹便不再言语，下城去了。见魏王远去，周苛便对枞公道："这魏王是何人？反复之小人也！此前就曾叛汉，若今日再私通楚军，则此城明日即不保。"

那枞公会意，即提议道："不如诱杀之，免得为我后患，将来若是汉王怪罪下来，则由下官一体担当便是。"

周苛便笑："哪里要你枞公出头？周某忝为御史大夫，杀个叛贼，还是担当得起的。"

二人便计议好，诈请魏王豹至大帐议事。魏王豹不疑有诈，欣然前来。刚刚讲了两三句，周苛便猛然起身，拔剑直指魏王道："叛贼，今日受死吧！"挥剑便向魏王砍将下去。

魏王豹急忙闪身，致剑锋稍偏，但也负了重伤，不由惊怒道："如何自相残杀？混账，本王如有叛心，你等尚能安坐至今乎？"

周苛斥道："既然曾叛，便无信用，自辩又有何益！"说罢，便是又一剑砍下，结果了魏王的性命。

魏王豹伏诛之后，被暴尸闾巷。阖城军民闻之，无不气壮，在城头对楚军百般辱骂："内奸已除，何以亡我？"

项羽闻报，知魏王豹枉死，也是哭笑不得，骂道："愚夫若此，天可赐福乎！"

且说刘邦一行夤夜出城，即向北而奔，蹚过齐腰深的汜水，仅一个多时辰，即奔至成皋南门下。樊哙在城下高呼开门，守卒闻声大惊，忙唤醒主将英布，举灯验明来人，急急开门放了进来。

刘邦入得城来，点验随行人等，并无一人走散，连那郦食其虽颠得老骨支离，却也跟上来了。除张良、陈平、樊哙、夏侯婴、郦食其等一干重臣之外，还有近侍王恬启、缯贺、陈武、陈涓等随驾，不由便大笑："各位将军，我等君臣，如何只有亡命的缘分？来日封侯，也只得封你们各位亡命侯了。"

一行人在旧虢宫安顿下，刘邦便命英布速向荥阳派出斥候，严察楚军动静。众人刚卸甲歇息，樊哙便急唤军士上些热粥饭来。

待热粥端上来，转眼间便被众人一扫而空。夏侯婴放下碗箸，问刘邦道："如何？大王欲在成皋拒守？"

刘邦白了夏侯婴一眼，嗔道："区区成皋，岂能在此作茧自缚？楚军若追来，你我又将如何？"

樊哙便问："明日又向何处去呢？"

刘邦道："夏侯兄，亡命侯之号，今日唯你名副其实了。去为寡人找一辆车来。天明之后便出发，回关中。"

众人一惊，继而面露喜色。张良轻叹道："若无萧丞相，我辈即便想落草为寇，也不可得了。"

英布却甚感不安，问道："荥阳尚不能守，我成皋何以当之？"

"不怕！楚军若来，英布兄亦可撤守。"

"难道大王在河东苦撑一年，就此便撒手了？"

刘邦哈哈一笑，拍了拍英布肩膀："只要我等命还在，城可失而复得，兵亦是同样。寡人亦知今日一去，三河一带十万汉军，就只有眼睁睁地看着星散了。然汉家根基在关中，又岂是十万兵可比？寡人稍事休整，即刻便返回河东。"

英布仍是愁眉紧锁："如此失而复得，得而复失，何日可望功成？"

刘邦便撩起战袍，指点着身上创痕道："你看寡人，与楚相斗，身被大创十二，箭矢贯通者有四；然命还在，项王能奈我何？昔年项王分封，何其威武，我等虾兵蟹将唯有仰视而已；然苦斗三载，寡人愈挫愈奋，曾袭取彭城，中分天下。你说，孰为强，孰为弱？孰可为明日天下之主？"

英布经此开导，茅塞顿开："臣明白了。"

果然，待刘邦一行撤走后，项羽见荥阳一时攻不下来，便发兵来攻成皋。英布得了斥候探报，知纪信被焚死，楚军正集结欲来攻，吓得三魂出窍。他既无胆量、亦无颜面再见旧主，更不愿做纪信第二，便打开南门，率城内数千汉军向南逃去，但求离项羽越远越好。

再说那刘邦一行千里驰驱，回到栎阳，自有萧何打点好一切。刘邦果不背前诺，当即下令征发关中丁壮，旬日便集结起十万新军，席不暇暖，即欲誓师开赴函谷关，援救荥阳。

张良、陈平见此，皆面有忧色，陈平劝谏道："如此频繁征战，关中百姓不得休息，将何以堪？"

刘邦便反驳道："与项王缠斗，须无日无之。楚军千里远征，人困马乏，甚于我数倍。我若劳顿，彼辈便更不堪。旷日持久，必有胜负。"遂不听劝谏。

这日刘邦在栎阳宫中，正与陈平议事，忽闻新晋谒者仆射随何来报，有儒者辕生求见，欲就伐楚之事建言。

刘邦忽地想起郦食其之迂腐，便拂袖道："不见！听儒者之言，不如闲听蛙鸣。"

随何便赔小心道："那辕生亦料到大王不愿见，已有言在先。"

"嗯？他如何说？"

"那位辕生道：'汉王若拒见，则明年此时，关中定是处处可闻楚语了。'"

刘邦不觉怔住，继而哈哈大笑："又是个狂徒！好吧，唤他进来便是。"

那辕生上得殿来，却见是一位白衣秀士，倜傥飘逸，颇有美髯客之风。刘邦见了，不敢轻慢，连忙赐座，随即和颜悦色问道：

"先生何以教我?"

"关中征丁,直闹得鸡飞狗跳,大王真是要往援荥阳吗?"

"正是。 荥阳为我争天下之关要,不能轻失。"

"往日渡河东去十万军,皆善战之兵,日前回来了多少?"

刘邦脸一红,竟不能答,稍缓才问道:"先生之意是……"

那辕生即道:"以老练之师,尚不能与项王敌,何况新征之农家子?"

刘邦闻此数语,知是高人,遂敛容正襟,拱了拱手道:"请先生指教。"

辕生便道:"以在下观之,大王视项王为天下唯一对手,项王亦复如是。 然两强相遇,大王可是项王对手?"

"不如。"

"那么大王有何依凭,与项王恶斗?"

"楚军劳师远征,必有敝时,寡人就是要拖垮他。"

辕生便哈哈大笑道:"每战必败,如何拖得垮人家?"

刘邦脸色当下就是一沉。 连陈平也觉此言甚唐突,担心刘邦发怒,颇感惶悚。 但辕生全不以为意,继续侃侃而谈:"荀子曰:'凡观物有疑,中心不定,则外物不清。'汉家往日用兵方略,我看就是中心不定,混沌不清。 在下斗胆献上一策,请大王思之:欲保荥阳,必先弃之,此次新军万勿直赴荥阳,可出武关,南下至宛叶一带,大张旗鼓作势。 那项王必舍荥阳、成皋来攻。 汉军则于宛城高筑垒、深挖堑,与之相持。 兼之有韩信、张耳在赵,彭越在梁,随时可袭扰彭城。 届时,楚便是四面皆敌,左支右绌,首尾不能相顾,假以时日,必师老兵疲,有隙可乘。 此计虽朴拙不文,然远胜于大王欲驱羔羊入狼群耳!"

刘邦听出了其中奥妙，猛一击掌，喜道："先生真神人也。"

辕生谢道："姑妄言之。请大王勿怪罪。"

"哪里话！如此良策，寡人将如何酬谢才好？"

"在下乃是看不得项王跋扈，故而愿助汉家速胜，致苍生早得安宁。若在下有意助项王，必指点他沿河向西突进，踏破关中，重演灭秦故事。关中一失，则大王顷刻间便翻作盗跖，只能四方为流寇了。"见刘邦面露惊异，辕生便又笑道，"大王放心，我若不向项王建言，则世间便更无一人可为他谋划。哈哈！"

刘邦又惊又喜，郑重起身作了个揖道："先生高才，何不就此投我汉家，以为股肱？"

那辕生也慌忙起来，回礼道："大王若肯纳谏，便也不负在下一番胡思乱想。然高就之事，就不必提了。先朝始皇帝时，我等一众结拜兄弟，相约在咸阳兰池谋刺。事败，众人皆死，唯在下一人脱逃。苟活至今日，能目睹秦亡汉兴，已属幸事。至于做官当差的事，则不敢再想了，容在下告辞。"

刘邦听得瞪目，扭头对陈平道："陈平兄，汉家若有一二此等谋臣，你我何至于每每亡命？"

辕生辞别时，刘邦特地询问他家居何处，原来是住在城内赭衣巷。次日，刘邦便遣陈平送去米粮致谢。并嘱陈平：若能劝得辕生入彀，那就更好。

岂知陈平驱车到了赭衣巷一看，此地在秦末时便已成废墟，迄今未能恢复，连农家也无一户，唯有荒冢三五，枣林寂寂。陈平下得车来，登废墟而望，怅然良久，只得怏怏回去复命。

刘邦闻听，亦是愕然，知是遇到了世间大隐。便又将那辕生之策，与张良、陈平、萧何等人反复计议，觉无甚疏漏，便决意依计而行。 遣密使分头至韩信、刘贾、卢绾、彭越处，令其多多出动，不要教楚地有一刻安宁。

数日间，又接连得关外急报，知纪信被焚、魏王豹被诛杀，刘邦在悲伤之余，又有窃喜，忙教随何召来魏王遗孀薄姬问话。

那薄姬此时正为魏王豹服丧，一身缟素，却更显明艳。 刘邦强做悲戚状，安抚了几句，便道："魏王殉国，自是哀荣，然人死不能复生，夫人今后可有何打算？"

薄姬一时茫然，只道："臣妾心乱如麻，唯望大王庇佑，保魏氏一脉不绝，便是至福，更能作何想？"

刘邦便屏退左右，仅留随何在侧，对那薄姬道："夫人德色俱佳，如此寡居，岂非有悖天理。 今既然托庇于汉家，汉家自不负夫人。 不如就搬到寡人宫中来住，则饮食起居，均不至于寂寞。"

薄姬哀思满腹，竟不能即刻领会，犹豫着不肯作答。

随何忙提醒道："薄夫人素为大王所重，今有此上佳之归宿，何不谢恩？"

薄姬这才恍然大悟，沉吟片刻，知是别无选择，便叹了一口气："臣妾遵大王之命就是，然须善待亡夫遗脉才好。"

刘邦便大喜道："这个好说！ 魏王宫虽撤销，但一应供给不减，夫人从此可不必再挂虑。 此事交由随何去办，必天衣无缝。薄夫人今日便请留下，不必再回府了，稍后与戚夫人相见，彼此认作姊妹。"

那薄姬命运否极泰来，心中也是暗喜，但又不便流露，百感交集，竟流出眼泪来。

安排好薄姬的名分与起居，刘邦喜不自禁，对随何道："这薄夫人岂止是容色好，卜者说她日后将'母仪天下'，这说的便是帮夫运了。"

随何道:"夫唱妇随,自古已然。小臣以为,薄夫人得以归顺,乃是天意。然大王亦不要忘了纪信将军。"

一句话,说到了刘邦的痛处,满面的喜色不由便收敛了许多。

经过辕生的点拨,刘邦对天下大势之见,忽然就变得澄明了。原先张良计谋,将天下分为三四,与英雄共之。此计,固然成就了对楚之包围,然自家数度率军与项王大战,皆不能敌,乃是过于迂腐了。楚之能战者,唯项王一支劲旅,既四面围之,便要驱使他南北奔波,穷于应付,方能迫得这匹良驹疲累而死,否则汉家将永世望洋兴叹。

刘邦于是将灌婴及其所部从京索召回,命他速率郎中骑赴赵地,归于韩信麾下。从赵地时时袭扰楚之粮道,与彭越相呼应,将楚之后方搅他个天翻地覆。

灌婴遵命,在栎阳将员额、马匹补齐,便来请命开拔。临行,刘邦命灌婴转告韩信,要从速练兵,尽早伐齐。又对灌婴嘱道:"韩信、张耳练兵,实是一团混沌,何日能练好使用,全无消息。你灌婴决不可学韩信迟缓,马军不可歇息,务必日日越境击敌。"

灌婴领命而退。当日,便披一袭白袍,跨一匹白马,如天将下凡,率大队悄无声息奔临晋关而去了。

刘邦这里筹足军粮后,也不想多做耽搁,即下令再次亲征。那戚姬见宫中不明不白多了个"薄夫人",心头不快,便执意要随军出征。

刘邦摇头道:"楚军势大,寡人这一命,还是纪信以死方才换得,女人家哪里受得了?此去宛叶仍有凶险,夫人万勿冒失。后官事宜，唯你为大，如何就不能安下心来？ 今后可向薄夫人多多请教，来日天下，有得你坐。 比起那戚家庄的乡下营生，夫人还有何不满足？"

这一说，戚姬知君王恩宠无人可动摇，便打消了随军之念。嫣然一笑，自去与薄姬周旋了。

五月上旬，刘邦将一切铺排妥停，便亲率十万新军，不事声张地出了武关。 几日后，大军开至宛叶一带，分头占据了要津，即筑墙挖沟，将各城池加固得铁打的一般。 城内军粮，堆积如山，吃上一年也无告罄之忧。 军卒们又从四乡里征得千头黄牛，赶入宛城饲养，一旦缺粮，便可杀牛。

这日，刘邦立于宛城城头，正督促将士加高城墙，忽见天际有一彪人马驰来，恍如魅影。 众军正惊疑间，有眼尖的瞭卒便喊道："是黑旗，乃我汉家军！"

待到队伍奔至城下，刘邦这才看清，原是英布带着成皋守军到来。

在大帐内，君臣坐到一处，都倍感亲切。 见英布神情颇为惊异，刘邦便笑："英布兄，别来无恙乎？ 尚未谢你那晚的一钵热粥呢。"

英布便道："原以为大王此去，没有三年不会出关，哪想到半月后即在宛城相见。 昨夜臣接到探报，说大王队伍竟然近在咫尺，直疑是在做梦！"

"你出成皋，如何不向西逃？"

"臣原系楚将，受命在身，不得自主。 那项王疑神疑鬼，要坑杀二十万降卒，偏偏就派了我的差。 这脏手的差事做下来，我哪里还敢去关中？ 秦人怕是要连我骨头都一口吞了！ 我看这宛叶一带，亦颇为富庶，原想就在此地游击。"

刘邦哈哈大笑道："英布兄，这笔账你若不提起，寡人倒还忘了。作孽呀，在他项家为奴，有甚么好处？今日委屈了你，权且就做个游击将军吧，拨与你五千人马，北上袭扰项王。倏忽而东，倏忽而西，只不要被他困住便是。"

"此乃何意？"

"有大用。切记，还要打出我汉王旗号。到一处，便告知一处：汉王拥兵宛城，不日即解荥阳之围。"

"不妥不妥！万一招惹来项王，又万难脱身了！"

刘邦大笑道："若兄能招惹来项王，便是大功一桩。这宛城，现下兵多粮足，我就是要引项王上钩，教他在荥阳、宛城间徒劳往返。"

"哦，原来如此。明白了。"英布原系悍贼，战法上一点即透。当下大喜，便领了虎符，点起五千新军，打起旗帜浩浩荡荡走了。

此后的一切事态，便全如辕生所料。成皋以南楚军，遭了英布数次偷袭，都盛传汉王就在宛城，大军如云。项羽闻之，半信半疑，派出了斥候，扮作行商、贩夫，混进宛城去探听。

那宛城原是僻地，近日忽然成了外来商贩云集之地，有里正、乡老起疑，纷纷向汉王禀报。刘邦听了，心里暗笑，也不追查。不数日之后，项羽果然上钩，留下少数部伍继续围困荥阳，自己领了大军前来与刘邦决战。

那荥阳守军，人疲马乏，眼见得挺不了三五日了，忽见楚军大部撤围，都疑是做梦。半日工夫，又盛传汉王已兵至宛城，士气便大振，防守更是密不透风。

那楚军大队向南疾行，来到宛城城下，见城防严密，远甚于荥阳。城外堑壕，有水深没顶，堑壕后是密密麻麻的鹿砦，宛如枪戟。这般防守，如何破得？军卒们面面相觑，都在心底叫苦。

围城之初，汉军只是闭门不战。项羽带着一干文武来搦战，见城头并无兵马，唯有汉王大纛静静低垂，便高叫让那汉王出来答话。

此时城上有一将跃然而起，乃是夏侯婴。夏侯婴向城下深深一揖道："汉太仆夏侯婴，这厢有礼了，见过项王，见过各位故人！汉王连日身体不适，正在洗脚，不宜上城，有何事末将可代为转达。"

项羽便骂道："刘邦老儿多次脱逃，想必你便是第一功臣了！然封王封侯，亦不过一介马夫，有何颜面在此搭话？去叫那老匹夫出来。"

夏侯婴却也不恼，又一揖道："项王劳师千里，肝火正旺，待消了火，再与我家大王会话不迟。臣夏侯婴，恕不奉陪了。"说罢，将身一矮，便不再露面了。

楚军又叫骂了两天，城上却连鬼影也不见一个，只得硬着头皮攻城，以肉身填向那深沟鹿砦。守城的关中新军，此时忽地全都冒出头来，个个如初生之犊，奋力还击。楚军虽然善战，但已在荥阳蹉跎日久，面对此处坚城，一经接战便露出疲态来。

如此箭矢交加，相持了数日，项羽便觉事情不妙。分兵两处之后，两处皆是坚城，攻势显见得日渐乏力。本欲速战速决，将刘邦尽快逐回关中，以重兵扼住函谷关，便可保天下太平。然看今日之势，战事势必要拖延下来，只可怜了那些运粮老卒，千里跋涉，处处要提防卢绾、彭越袭扰。万一粮道阻断，十万楚军陷足于敌国，不溃散才怪。

项羽如此这般想来，便觉异常焦躁，每日总要把那项伯骂上几遍。这日，他唤了最得力的悍将龙且来，当面交代："攻城之事，由你总领，哪怕日损三千，也须五日内攻破宛城。楚汉之争，决于此战，成败都将唯你是问。"

龙且血涌头顶，吼了一声："遵命！看末将的吧。"回头便招募敢死营去了。

却不料，未等龙且将人马调集好，彭城那边，便有急报接二连三飞递而至。原是彭越在梁地又不安分，与汉军相呼应，屡屡南下，专事袭扰楚军粮道。

楚之粮秣须千里输运，络绎于途，路上防不胜防，每批都有二三成被那彭越军掠了去。留守后方的柱国①项佗与虞子期、项声等将，引兵清剿了几回，均不见效。每逢楚军杀至，彭越军便呼啸而去，隐于大泽之中，不见踪影。虞子期勒兵泽畔，望着茫茫白水，唯有恨恨。

近来，刘邦大军东出武关，汉家声势复壮，彭越胆子也越发大了起来，竟然引军南渡睢水，大张旗鼓进击下邳。楚将项声、薛公领军出城与之交战，竟然大败。薛公下落不明，疑是阵亡，项声独领残军困守下邳，几不可保。

看罢项佗的求援信，项羽知不可再顿兵于此了。下邳在彭城之东仅百余里，若下邳有失，彭城亦必不保。当下之势，若不回军救下邳，则后方必将溃乱。彭越的四五万水贼，如在彭城得了

---

① 柱国，官名，战国时楚置。原为保卫都之官，后为楚国最高武官，亦称上柱国。

手，那粮秣也将断绝，西征之十万楚军，必变作饿鬼无疑。

项羽便与项伯商议，目下荥阳、宛城都难以速克，顿兵在此，几同待死。唯有回军扫清彭越，稳住后方，方为上策。议罢，项羽便下令，全军拔营起寨，衔枚疾走，直奔下邳而去。大军路过成皋时，在城内留下三千余人，派了终公留守，嘱其小心应敌，待大军平定了后方，自有人来接应。

楚之十万大军，一夜间便如潮水般退去，宛城汉军见了，无不兴奋。刘邦探得楚军已远，当即开了城门率军冲出，直扑成皋而去。

那成皋区区三千楚军，本已孤悬敌后，安危堪忧。然平日傲慢惯了，仍如十万大军就在身后一般，见汉军前锋来夺城，都纷纷请战。终公此前从未有过败绩，头脑便一热，竟然开门出城，于旷野之上列起了堂堂之阵。

樊哙所部前锋，立时与楚军厮杀成一团。正值难解难分之际，后面汉王又率大军杀至，漫山遍野皆扬起黑旗。楚军未料汉军竟又纠集起十万之众，都不由气短，连忙奔回城内，拉起吊桥，将城门紧闭。

城内百姓久为汉家臣民，心已所属，闻汉王领兵重归，都奔走相告，一时便在城内鼓噪起来。有冒失者拿了棍棒，呼喝过市，与守城楚军相杀起来。

汉军见有内应，都一齐欢呼奔涌，将那成皋团团围住，稍一发力，便一鼓而下。残余楚军眼见无望，只得打开了东门，四散而逃。那终公被溃兵裹挟，竟不知所终。

自此，三河一带重归汉家。极目千里，再也无一面楚军旗帜了。日前，荥阳军民见楚军全体退去，便已是喜极而泣；今又闻汉王领兵收复了成皋，更是满城欢声雷动。

刘邦入城之后，驻守敖仓的曹参、周勃，原正惴惴不安，闻之不由大喜，遣了校尉来通报敖仓无事。 远袭江淮的卢绾、刘贾，闻三河大局已定，也引军归来会合。 汉家声势，为之大壮。 大河两岸的阔野间，处处可窥见汉旗隐约。

楚汉在荥阳相持，算来已有整整一年，强弱之势，转瞬就倾覆了过来。 刘邦心内也是狂喜，遂与陈平商议，要将那戚、薄两位夫人接来成皋。

陈平闻言，色为之变，疾言万万不可："项王用兵之诡异，臣等万不能料；韩信或能料，然其又不在大王之侧。 万一有变，两位夫人如何走得脱？"

刘邦想想此话有道理，也就作罢，对陈平笑道："项王虽勇，然已在我笼中。 那辕生所言，是上天为寡人开眼。 楚军此去救下邳，回程便是千里。 如此往返几回，足以拖得他皮包骨头了。"

当下他便唤来随何，吩咐道："军中乏味，去本地找几位女优来，须得容色好的。 那项王害我终日惶惶，紧绷了一年，眼下终可得稍缓了。"

项羽率楚大军千里疾进，半月之后，便望见了彭城。 大军自入楚境后，一路可见彭越军骚扰痕迹。 那彭越部下，无非是些水贼、愚氓、兵痞者流，最擅烧杀破袭。 还有些贫户子弟也裹挟其中，连兵器也不拿，只跟在大队之后劫掠。

楚士卒见那粮道附近，村村残破，自是心生痛恨，骂不绝口。那庄户人家见大军返回，竟如久霾见日一般，奔走相告，以为终于得救。 项羽见士气可用，军至彭城时，索性连城门也不进，只唤出项佗、虞子期等稍事商议，便疾风怒卷般朝下邳杀去了。

进至下邳附近，果然见彭越军在围城，正鼓噪纷纷。项羽大喝一声："彭越贼子，快来受死吧！"当下连阵势也不布一个，便挥军掩杀过去。

那彭越军见远处尘头蔽天，知是项羽杀回了，军中忽地就是一声呼哨，众兵卒掉转头来，似要布阵迎击。楚军正欲冲过来砍杀，却又闻一声呼哨破空而起，但见那彭越黑布抹额，满脸虬髯，登车高呼："阿爷不陪了！"便挥刀将自己的大纛砍倒。彭越众军望见，全队扭头便跑。

项羽急驱大军追赶，四野里的人马，如百股赤潮奔泻，煞是壮观。彭越军则一路溃逃，将那金银财宝散落一地。两日之内，就全数逃出楚境去了。但楚军毕竟是未得好好歇息，不似那彭越军吃饱喝足，竟眼睁睁看着前面一群乱兵，就是追之不及。

至六月初，楚境以北，彭越军便连个影子也找不见了。项羽派出哨探，回报说大约都遁去巨野泽上了，实难搜寻。项羽便不再进击，在薛城将大军驻下，召项伯、龙且、季布、钟离眜等人来商议。

项羽对众人道："日前斥候来报，我军离河东仅数日，成皋便告陷落，终公怕也是战殁了。当下局势，如何是好？"

项伯就叹道："如此奔波，士卒疲累已极，不如就在阳夏、扶沟一带屯兵，以阻汉军东来便可。"

龙且怒道："该龟缩不出的，是他汉刘邦。我堂堂大楚兵马，如何能龟缩在阳夏？"

项羽便笑道："龙且将军好胆略！寡人连日思之，方知是又中了刘邦老儿诡计。那彭越贼军，分明是调虎离山，扰乱我后方，令我不得进占荥阳。荥阳，乃争夺天下之要窍，占得荥阳，成皋便不在话下。两城若能归我，则汉军只能龟缩于函谷关以西，再不能为害。"

项伯一惊："大王又要回去夺荥阳？"

项羽道："不错！此次必得。"

钟离眜便摇头道："荥阳一城，已拖住我军年余，寸步难进。今日再夺，又谈何容易？"

项伯亦随声附和："兵法所言'以近待远，以逸待劳，以饱待饥'，是为大智也。往攻荥阳，不若固守阳夏，以不动而制其动，也令他汉军劳师往返，我则坐收其利。"

项羽便拍案而起，狞髯张目，怒道："叔父不如直说我大愚便是！然则，依小侄看来，你那兵法，全是读进了狗肚里面。孙子亦有言：'知战之地，知战之日，则可千里而会战。'我军不擅攻坚，故往日屯兵于荥阳之野，年余而无功。然我军亦有长处，便是极善奔袭。今汉军见我全退，必不设防，我千里奔袭荥阳，不难重演一回彭城故事。"

众将闻言，皆议论纷纷。季布拊掌赞道："大王此计甚好。'攻其所不守'，正是兵法精髓。"

见众人似无异议，项羽便一撩衣襟，一只脚踏上几案，高声道："我固然愚，但与刘邦斗了三年，愚人亦能开窍！奔袭取胜，全在于诡秘，今大军西行，牵动甚多，难免不走漏风声。故我军一路西行，凡路上所遇商旅、贩夫，一律以汉军斥候论处，就地斩杀，不留活口。待我军进至荥阳城下，只恐他酣梦还未醒呢！"

龙且等一众将领听了，都击节叫好，纷纷拔剑请命。

项伯迟疑道："士卒过家门而不能入，恐心生怨望。"

项羽一笑:"叔父有三寸不烂之舌,便劳你去各营晓谕一番吧。今日跑断腿,明日才得享不尽的荣华。寡人今日就悬赏:能斩刘邦者,封侯;生擒刘邦者,封王!"

果然,楚军依项羽之计,千里奔行至荥阳城下,那汉军全无察觉。入夜,前锋季布、钟离眛所部,选了矫健劲卒数十,每个由三五人用长竿顶起,从城下直推至城头。半夜里,枞公与守卒正在城上酣睡,猛可便听得西门楼上一阵鼓噪,仓皇中起身去寻军械,已经迟了。数十楚卒登上城来,砍瓜切菜般地杀散守军,开了城门,楚军大队便一拥而入。

那周苛在大帐被左右唤醒,满城已是一片喊杀声了。城内汉军,一月不闻楚军动静,先前的防备早已松懈,此时全无力招架,只顾分头逃命。楚军赶杀至天明,已将城内渐次肃清。周苛、枞公与韩王信,各率亲兵战至最后,均力竭被俘。

平旦之后,楚军在城外扎下大营。龙且便来项羽帐中,喜滋滋道:"果不出大王妙算,荥阳得手,何其速也!士卒们辛劳半月,今日就屠城如何?"

项羽连忙摆手:"爱卿,此令万不能下!荥阳为我西进根基。得荥阳,便是得了天下,日后须好好经营,你若屠了,河东民心如何能安?我之根基,又如何能固?坑秦卒而失关中的事,寡人再不能做了。"

龙且想想,也觉冒失:"俺龙且,想不到那许多,那便罢了。今刘邦那老贼,就在成皋,我领军去擒他如何?"

"休得急躁,士卒尚未朝食,待朝食过后也不迟。刘邦惯于患得患失,我军未动,他是不会跑的。荥阳城这里,是我万年根基,切勿疏忽。你且去知会各里正、乡老,务必安抚好百姓,矫正人心，肃清奸谍。务令他们明白，天下从此就姓项了。"

龙且刚领命而退，辕门外，便有一阵嘈杂声传来。原是季布、钟离昧清剿残敌已毕，将那周苛、枞公与韩王信押来了大帐。项伯闻讯，急忙赶来，欲对三人劝降。

项羽闻报大喜，遂升帐坐好，命人先提周苛进来问话。

那周苛样子甚是狼狈，战袍撕裂，兜鍪亦无，被五花大绑押至帐前。两侧有军卒持刀，一迭声地喝令他跪下。

周苛睨视项王一眼，昂首道："生平只跪汉王，不知还有他人！"

众军卒便齐声呵斥。项羽倒是不恼，摆摆手，令军卒为周苛松了绑，温言相劝道："将军守荥阳，经年不破，堪称当世大才，项某早便有倾慕之意。今见将军，果然人杰。"

周苛冷笑一声："此等赞誉，还不如詈骂受用。我周某不才，大意失了荥阳，唯有愧对汉王了。"

"以将军之才，为汉王所用，实为误投，不如降顺了楚营，重开天地。"

"汉王于我，如父如兄。自泗水亭起，周某便从汉王左右。尔等下邳恶少，彼时尚不知在何处嬉耍呢，有何资格来劝降？"

"哈哈，将军举义资历，项某亦极佩服。若肯降顺，我将封你为上将军，食邑三万户。如何？"

周苛仰天大笑道："我周某，身为大汉'三公'，荣宠无比。今日死国。死便死了，岂是尔等僭伪的万户侯可以打动的？"

项伯颇为周苛惋惜，此时见他固执，便急急插言道："楚汉相争，强弱分明，来日天下属谁，已无疑义。将军还是要识时务。"

周苛瞥了项伯一眼，斥道："尔等江下土豪，岂是汉王敌手？

时至今日，四面众叛亲离，楚亡指日可待，尔等不降，倒要我降吗？”

项羽闻言，勃然变色，喝道：“愚人要死，你活他不得！ 来人，备鼎镬，烹了这痴狂之徒！”

众军卒闻令，便在帐前架起了鼎镬，将那干柴烧得噼啪作响。满营军士都来围观，内心又喜又怕，直是鸦雀无声。 那周苛，端的是好汉一条，自顾负手望天，绝无惧意。

项伯看得心惊，脸色惨白，只能摇头叹息。

待镬中油滚汤热，项羽便挥了挥手，众军士一拥而上，褫去周苛战袍，将他高高举起，扔进那镬中去了。

结果了周苛，项羽又命将枞公提来，问道：“周苛已烹，你又如何？”

枞公亦是忠勇之士，昂然答道：“忝为同僚，只愧死在周将军之后，岂有他哉？”

项羽微微一笑：“死到临头，尚念同袍之谊乎？ 也算是好汉了，便容你留下尸骨吧。 来人，推出去斩了！”

军卒将枞公推出辕门行刑，接着又将韩王信拖入。 项羽厉声喝道：“韩王，哼哼！ 前面两个，一烹一斩，你又如何？”

那项伯与韩王信也算是故交，见韩王信已汗流满面，便不住地朝他递眼色。

韩王信答道：“命即如此，夫复何言？”

项羽便又道：“十八路诸侯，倒是你这汉家的韩王，寡人还不认得。 如何？ 若降了，寡人便认你这韩王。”

见韩王信迟疑，项伯连忙劝道：“人非蝼蚁，何必枉死？ 投了楚营，莫非就辱没你韩王了吗？”

韩王信望了望帐前鼎镬，叹了一声道："某愿降。"

项羽、项伯便同时露出喜色。项羽起身道："这便对了嘛！左右，为韩王松绑。你看，殷王、赵王、代王、魏王，跟随沛县老贼走的诸侯，哪个能善终？"

韩王信整了整衣冠，伏地拜谢。项伯便一把拉上他，到营内安顿去了。

待朝食过后，楚军酒足饭饱，便知即刻就要攻成皋了，各营都在厉兵秣马。龙且又来项王帐中嚷道："如何，该去取成皋了吧？莫教那老贼又跑了。"

项羽却道："儿郎们厮杀了一夜，都倦了。去传令各营，睡觉！"

"睡觉？"龙且登时目瞪口呆。

"勿再多问了！偃旗息鼓，不得喧哗，至日暮方可走动。"

龙且全不知项王葫芦里卖的是甚么药，咕噜了几句，便没好气地传令去了。

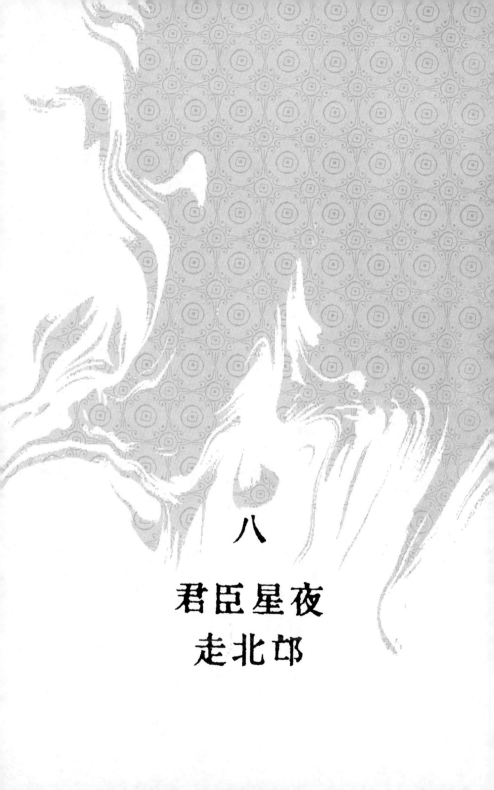

八

君臣星夜
走北邙

荥阳陷落的消息，当日至午时，便有逃出的军卒陆续来报。至下午，成皋东门外，又见有逃难的百姓，骑驴乘车络绎于途。汉家君臣，闻之大惊，本以为三河已成铁桶河山，不意项王又显神威，直是从天而降！

稍后，有斥候快马来报，确证荥阳已失，周苛、枞公两人，一被烹一被斩，已然殉国，唯韩王信降了项王。刘邦听了大恸，一跤跌坐于地，竟然闭过了气去。周緤等一众侍卫七手八脚将他扶起，灌了两口热汤下去。

良久，刘邦才苏醒过来，睁眼便打听楚军行止。那斥候禀报道："小的窥得甚分明，楚军阖营都在大睡，并无来攻之意。"众人这才放下心来。

夕食时分，逃来的军民越发多了，北门一带喧嚷连天。陈平对刘邦道："项王与我缠斗多年，也是越发狡诈了。难民中难免混有奸细，不如闭门不纳。"

刘邦道："不可，我汉家子民，临危托庇于我，我岂可闭门拒之？莫伤了彼等之心，且放进来吧，再作商议。"

随后，刘邦在大帐中邀集众大臣共食，一面也好商量对策。众人齐集，个个都面色凝重，虽案头摆有上好的酒菜，却无人动箸。 刘邦便道:"楚军来势凶猛,亏得我君臣未进驻荥阳,否则是再也逃不出了。"

郦食其道:"楚军固然凶悍,然其士卒毕竟为血肉之躯,奔行千里,已夺得荥阳,想必不会即刻来攻成皋,我军尚可从容应付。"

刘邦便一指郦食其额头:"世人之愚,便是如你! 书不知读得几部,但只配去哄那屠夫菜贩。 莫非项王千里而来,只为夺个荥阳?"

众臣亦不明楚军之意,有说楚军或明日即来的,有说成皋可暂时无虞的,议论纷纷。

张良沉思良久,此时便道:"我汉家朝廷重臣,除萧丞相外,几尽在此,大可不必慌张。 荥阳之失,乃周苛等人轻敌之故。 今成皋我军已有备,谅那项王或一时不至来攻。"

樊哙便道:"他即使来攻又如何,宛城我们不是也守过?"

言及宛城,众人信心便都一振。 陈平道:"成皋本就城高堑深,关中新军,如今士气正盛,守城并非难事。 且有曹参、周勃在敖仓,亦可为应援。"

夏侯婴揣摩刘邦神色,却道:"楚军势大,弃守成皋倒也无妨。 只是,如今哪里是个退处? 回关中? 往宛城? 倒是要好好商量了。"

如此七嘴八舌,至夕食完毕,众臣也未议出个头绪来。 刘邦遂叹口气,吩咐道:"日暮闭城门,勿再开启,明日再作商量好了。"

樊哙便一笑:"大王放心,那楚军现正睡得死猪一般,哪里就会今夜来袭? 我与英布兄通宵守在城头,不睡便是。"

刘邦掉头看看英布："倒不曾听到英布兄高见。"

英布苦笑一下："臣职在守城，唯有守至最后。楚王恨我入骨，我便是欲效韩王信乞活，怕亦不能，更有何话可说？"

众人便都一起骂起那韩王信来。刘邦摇摇头，忍不住泣下，一挥袖道："荥阳出逃，折了我纪信，现又折了周苛、枞公，寡人已不胜悲伤。韩王信亦是我多年兄弟，能活下来，我心甚慰。他之如何，各位毋庸再议了，都散了吧。守城与否，明日朝会再定。"

众人先后起身出帐，刘邦拉了一下夏侯婴衣襟："夏侯兄，且莫走，寡人有事问你。"

待诸人散尽后，刘邦屏退左右，问夏侯婴道："此地至大河之北小修武，路途几何？"

"过河后，不足二百里。"

"你这便回营，速备两匹快马。日落之后，你我二人开北门出城，不得延搁。"

夏侯婴大惊："去哪里？"

"渡河，去找韩信。"

"成皋不守了？"

"项王此来，志在擒我，再不逃的话，便迟了！"

夏侯婴执意不肯："楚军正在睡觉，他如何就能飞来？"

刘邦大怒，倏然起身，几欲拔剑："睡甚么觉？兵者，诡道也。今夜楚军必来袭成皋，与诸臣又议不出名堂来。再有一时三刻不走，明日便于楚营授首吧！"

"然文武诸臣如何办？部伍又如何退走……"

"都顾不得了。留得吾命在，还怕明日无人吗？"

"周緤、徐厉总要带上吧？"

"死生由命，众兄弟自求多福吧。此城太险了，挨不过今夜子时，你还发甚么呆？"

夏侯婴半信半疑，便要去备马，刘邦忽又叮嘱道："带上符节，路上用。"

眼看日暮天黑，两人便离了旧宫，骑上快马，疾奔至北门，夏侯婴高举汉王符节，喝令城门校尉开门。校尉下得城楼，举灯一照，见是汉王二人，不由惊愕，忙命人打开城门。刘邦催马便走，飞驰过城门后，回首低喝一声："关好门，不得声张！"便与夏侯婴一扬鞭，绝尘而去。

那校尉眼睁睁望着二人远去，不知发生了甚么变故，又不敢上报英布，只与众士卒面面相觑。

果然，刘邦、夏侯婴走了不到两炷香的工夫，成皋东门楼上的士卒，就发现东边似有大队人马奔来。细听，人马杂沓，铺天盖地，人数不知凡几。

"楚军来了！"众军立时喧哗开来，惊醒了正在城头打瞌睡的英布。英布喝令众人不要嘈杂，侧耳细听了片刻，脸色便是一变，传令去寻樊哙。军卒却称：樊将军昨晚饮了酒，根本就没上城头来。

英布怒骂一句，下令众军士张弓拔剑，死也要阻挡一时半刻。随即慌忙跑下城来，带领几个亲随，骑马来到旧虢宫寻找刘邦。

却不料，那旧虢宫司阍答道：汉王与夏侯婴，日落后便出宫去了，至今未返。英布急了，闯上大殿，令亲随军士去将众大臣都喊起来。

待张良、陈平、樊哙等一干人聚齐，众人都还睡眼惺忪。郦食其昨夜也是大醉，此刻正颠倒冠履，一脸茫然。

英布大叫道："楚军将至，兵马至少有五万。东门已告急了，汉王却遍寻不见。"

众臣闻之，一片哗然。张良将那司阍唤来，盘问再三，却也问不出甚么名堂来，只知入夜时分，两人出宫，骑快马向北而去了。

樊哙便顿脚道："好个贼太仆夏侯婴，莫非带了我那姐夫跑了？"

众臣不由大惊，立时慌乱起来。张良与陈平对望一眼，心里都有了数。张良便问英布："将军，城防由你做主，可否挡得住十日？"

话音未落，猛见东面城头火起，染红半个天空。英布走到殿前望了望，苦笑道："十日？东门即刻便守不住了！成信侯，您既亲眼看见，来日可为我作证，罪不在末将。"

众人又一惊，便要分头去唤亲随。张良则道："诸君稍安。事不可为，汉家栋梁万勿全体陷于此城，我等宜速离城，且以结队奔逃为上。此时一散，便永不复聚，故其余人皆顾不得了。樊将军，要劳烦你，请调亲兵数十来，护送我等，也自北门而出。夜黑路险，诸位须互加照看，不可走散。"

樊哙应命，正要转身，陈平忽而唤道："樊将军，老臣郦食其，乃国之巨宝，须得你派可靠左右紧紧护住。"

樊哙道："护军中尉放心，末将亲自带他走，包他万无一失。"

待人马齐备，樊哙将郦食其扶上马，忽闻东门那边一声巨响，霎时便人声大作。殿前街巷上，有无数的溃军奔来，一面奔逃一面大喊："楚军进城了！"

樊哙飞身上马，高喊一声："迟不得了，随我来！"说罢拨马便走，一行人连忙紧紧跟上，仓皇向北逃去了。

殿前唯留下英布与亲随，凄惶万端。众亲随皆拔剑问道："将军，我等将何往？"

英布望望夜空，见半天都为火光所染红，叹了一声："何往？跑吧！"遂翻身上马，带领亲随数骑，也向北逃去。

且说那刘邦与夏侯婴，易服变装，扮成富户样子，摸黑一口气跑出了十余里。两人均是逃亡惯了的，今夜又幸得皓月当空，只循着"黑土白水灰干道"的民谚，来辨别夜里路径，倒也无碍。看看已脱离了险地，刘邦便将马缰放松下来，回头一望，见身后天际已是火光冲天，不由就惊呼："成皋失守了！"

夏侯婴也回头望去，一脸惊愕："楚军夜袭！大王，你如何便猜到？"

两人驻马凝望半晌，都叹息不已。刘邦道："韩信不在寡人之侧，逼得寡人自学兵法。孙子曰：'敌近而静者，恃其险也。'楚军占了荥阳，距成皋不过三十里远，如何就睡起了觉来？其近而静，必有所恃。所恃者，定是夜袭也。你我若不逃，此时怕已成槛中囚俘了。"

夏侯婴唏嘘道："不知子房、樊哙兄等一窝子如何了？"

"让彼等自求多福吧，牵挂亦是无用。你先来看此地是何处。"

"前面即是北邙山，此处应为河阴亭。"

"走，你我去寻亭长。"

夜静更深，二人摸进小镇，在镇墟上乱转，敲门问了几家，直惹得人家詈骂，费尽周折才摸到了亭长的家。

楚军自破荥阳后，尚来不及派兵四出，故该地之亭长、里长，都还是心属汉家的。那亭长掌了灯来开门，见是两位南来客光临，又惊又喜，忙让进正堂内坐下，连连问道："客官，闾里都人心惶惶，不知成皋如何了？"

刘邦拱手谢道："有劳亭长！成皋尚安，然事急矣，今夜我二人须渡河。"

那亭长愕然："风大浪急，黑夜又如何过渡？莫非楚军又卷土重来？"

"楚军仍在荥阳，你莫慌张。我二人乃汉王特使，奉命去搬援兵，故急欲渡河。"

那亭长想想，便道："夜半渡河，必死无疑。二位客官，总要天明过渡才好，我这里，自有那天下第一艄公。请客官先去传舍歇息，天明我便来唤醒二位。"

夏侯婴望望刘邦，叹道："也只能如此了。"

刘邦犹豫片刻，要过符节，丢给亭长看："此乃汉王所颁符节，是否见过？眼下军情甚急，我二人这便随你去河边，哪里还有心思睡觉？"

此时，内室中忽传出女人的恼怒之声："何人半夜上门，寻鬼吗？"

亭长应了一声，连忙向刘邦赔笑："客官请稍候，且与我那浑家交代一下。"

刘邦一把拽住那亭长，唰的一声拔出剑来："你那内当家，如何要与闻此事？事关重大，休再啰唆，这便前头引路吧！"

那亭长见来人凶狠，也不敢多言，便匆匆备好了马，引刘邦、夏侯婴向北疾奔。

沿一条驿路盘旋而上，三人来至北邙山上。刘邦勒住马，回望伊、洛二川，于月色下，亦可见其明亮如练，不禁感叹道："依山带河，好一个归葬地也！我辈下世之后，不知是否能有此福分？"

那亭长道："看二位相貌，贵不可言，百年后归葬于此，岂不是容易？"

刘邦便笑道："你如何看我二人有贵相？"

"看客官相貌，有杀伐气，我猜是两位将军。"

"哈哈！你抬举了。世上有孤身的江湖客，怎会有光杆的将军？"

亭长猜不出二人的身份，只知必是达官无疑，便不敢再唐突。

刘邦见夏侯婴神色不爽，便问："夏侯兄，如何心神不宁？"

夏侯婴叹气道："唉，十万关中儿郎，眼见得就这般散了。"

"十万儿郎，不过是兴兵讨伐时有用；大局崩解之时，即便满地是人，也不堪一用！夏侯兄可还记得，睢水之败，是何人救的你我？"

"然全军散而复聚，怕是难了。"

刘邦只是一笑："这有何难？你只管看我手段。"

三人在山顶盘桓片刻，接着又小心翼翼下山。到得河堤上，果然见夜色中惊涛雄浑，雾气弥天，不知彼岸有多远，只闻涛声好不骇人。刘邦与夏侯婴面面相觑，顿时气短。

那亭长却从容道："客官请就地休憩片刻，天明后，自有熟手艄公来渡两位。"

曙色大亮后，那亭长果然在堤上一草棚中，寻来一苍髯老艄公。夏侯婴便向他询价，那老艄公却道："客官既是渡河去搬兵，老朽怎能收钱？送你们过渡便是。"

待人马都上了渡船，刘邦朝岸上拱手道："惊扰半夜，尚未问亭长大名？"

亭长忙答道："小可名唤曹贺喜。"

刘邦便深深一拜："曹公请受我一拜。河阴夜行，终生难忘，多赖亭长费心了。汉家不败，自有天命。若明日得了天下，曹公亦得共享，我当与公贺喜。"

亭长不由诚惶诚恐，也拜谢道："这教小可怎生受得？区区之劳，不值一提。客官吉言，能应验在我儿孙身上就好。"

刘邦又道："昨夜怕你惶恐，故未曾实言相告，我二人奔来时，成皋已失。来日祸福未知，公可早作安排。"

那亭长闻之，满脸愕然，瞠目不能对。

此时，老艄公一声呼哨，将竹篙一点，船便箭一般驶向中流。虽浊浪奔泻，处处怒涛，那艄公却是丝毫不慌，只用双桨左右轻轻点划，将船操弄得如臂使指，朝对岸斜插而去。

刘邦临风屹立船头，不由便赞出声来："老人家，好身手！"

那老艄公便笑笑："哪里是老朽能耐？客官可见否：河水汤汤，何人可逆流而上？唯有借其势，顺其流，人之膂力，也就多出了百倍来。"

刘邦颔首道："不错不错。长者之言，使人大悟也。"

此时晨雾稍歇，迎面有红日一轮跃起。大河上下，远望皆有鸥飞鱼跃。刘邦不由心情大好，迎风振衣，直欲引吭高歌。夏侯婴在侧，却仍是心事重重，见刘邦欲手舞足蹈，便轻咳了一声。

刘邦被惊动，望了一眼夏侯婴，又看看舟中景况，才猛悟到此时处境，便尴尬一笑。如此默默眺望了一会儿，复又高兴起来，问那艄公："此地，春秋时乃属郑国？"

"不错。"

"那郑声，老人家可能唱否？"

"尚可。"

刘邦便一拱手道："愿闻清音。"

老人笑笑，一面划桨，一面就引吭高歌起来：

风雨凄凄，鸡鸣喈喈。既见君子，云胡不夷？

风雨潇潇，鸡鸣胶胶。既见君子，云胡不瘳？

风雨如晦，鸡鸣不已。既见君子，云胡不喜？①

老人唱这歌曲，其声苍凉，然又饱含激越之情，听来令人心旌摇荡。

"好呀！既见君子，云胡不喜——"刘邦听得入迷，回味再三，遂拍拍艄公肩头，拊掌大赞。

船至彼岸，二人上岸后，对那艄公千恩万谢。老艄公阅世既久，也知此二人非同寻常，便道："老朽草民，值不得谢。活此一世，也不过类同鸡狗，故不问天下姓谁，只求太平就好。"

刘邦闻言，大为动容，遂深深揖拜道："晚辈谨记。"

登上北岸，夏侯婴辨明了小修武方向，二人便加鞭疾驰。这一带，是韩信军驻扎地面，尚觉安宁，只是一路上人烟稀少，连汉

---

① 见《诗经·郑风·风雨》。

军士卒也未曾见一个。如此狂奔了一整日，于黄昏时分，总算望见了小修武。

这小修武，城邑在修武县城东不远处，故而名之。此地为兵家所重，背倚巍巍太行，南控大河，地势可谓险要。刘邦、夏侯婴打马临近城池，便见城外有汉军大营，旌旗林立，帐幕密布，连营竟有十数里之广。

夏侯婴长出一口气，喜道："总算见到自家人马了！季兄，先去讨一碗热饭吃。"

刘邦却一摇头："不可！且转入城中，找驿馆传舍住下，早早歇了，万事明早再说。"说罢，拨马便走。

夏侯婴不明就里，只得紧紧跟上。

在传舍找了间房住下，便有仆役端了残羹冷饭来，两人草草用过，便抹了脸、洗了足睡下。熄灯后，夏侯婴于卧榻上辗转反侧，百思不解，终于忍不住问："季兄，随你多年，越发地猜不透你心思了。连日翻山越河，何等辛苦，为何要来这湫隘地方歇宿？"

刘邦也未睡着，便答道："你我二人，入韩信大营，以何等身份去见他呢？"

夏侯婴大奇："你不是汉王吗？"

"何为汉王？"

"带甲百万，半有天下，这便是汉王！还怕他不听招呼吗？"

"着啊！甲士在哪里？天下在何处？这陋室之内，除你我而外，更有何物可证？你道我是汉王，谁人又肯信？你这便可去问，那往来住宿的邮传使，可认我是汉王吗？"

夏侯婴大惊，不由坐起："季兄，莫非你是……"

刘邦便不耐烦，催促道："睡下睡下，明日还须早起！"

次日平旦，夏侯婴还在酣睡，便被刘邦摇醒。两人匆忙洗漱毕，穿戴整齐，便离了传舍，直奔城外大营而去。

行至辕门，守门卫卒皆不识刘邦为何人，横起长戟，喝令二人下马。

二人跳下马来，夏侯婴正欲开口，刘邦却挡住他，从袖中拿出符节，对卫卒道："我乃汉王使者，欲见大将军。"

刘邦掌上的符节，是一块极罕见的龙首铜节，镌有错金铭文，华贵无比，与卫卒平素见惯的虎符不同。众军卒传递看过，知是朝中来人，便不敢阻拦，将符节还回，开了营门。

二人昂然而入，策马跑了才几步，忽闻路边有暴喝声："何人闯营？可知军中不得奔驰？"循声望去，只见有一人虎步窜出，掣剑在手，拦住了去路。

刘邦定睛一看，原来是赵衍，便大笑道："我道是谁？赵衍，故人！不认识旧主了？"

赵衍这才认出是汉王，慌忙弃剑，便欲下拜。刘邦忙跳下马来拦住："今微服而来，瞒了我这身份，切勿声张。赵衍，你而今做到了甚么职级？"

"小臣现已是中军护卫。"

"好生了得！快引我去见大将军。"

"大将军昨夜与赵王共饮，子夜方散，此刻尚未醒来。大……哦，请两位先至大帐等候，末将这便去通报。"

"不必了，带我去大将军卧帐中就好。"

赵衍便引两人前往韩信帐中。行至帐前，刘邦忽然想起，便问："赵衍，自褒斜谷调你至军中，已有两年了吧？"

"不错，恰恰两年。"

"出生入死，倒是很老成了。韩大将军日前有书函，保举你留在赵地任郡守，择日我便给你批准下来。"

赵衍连忙拱手称谢："谢……谢恩！"

刘邦摆手道："故人不必多礼。我与大将军有话要说，你且去召集各营将校，齐集大帐之前候命，就说大将军要召集议事。"

赵衍领命而去。刘邦看看营中，或是因经年无战事之故，营内防备并不森严，韩信的帐前，竟连个卫卒都没有。刘邦示意夏侯婴在帐外等候，便一撩门帷，钻了进去。

帐内，韩信正高卧于榻上，鼾声如雷。刘邦四处看看，见奢侈之物颇多，知韩信已不是从前那个贫寒都尉了。榻前的红漆小柜上，放置有印信、虎符等物。那柄汉王剑也在，高悬于剑架之上，颇为醒目。刘邦走到韩信榻前，将印信、虎符拿起，又顺手摘下汉王剑，蹑手蹑脚退出帐外。

夏侯婴见了刘邦手中的物什，不由一怔，忽而便有所悟，连忙接了过来。刘邦便吩咐道："走，去中军大帐议事。"

二人走近大帐，见将校们已坐了满满一地。内中有认得汉王的，不禁便惊叫起来。待其余众人听得明白了，都连忙口称"汉王"，伏地叩拜。

赵衍已将韩信帐内的几案搬出，刘邦便撩衣坐下，命夏侯婴将印信、兵符与汉王剑一起摆上，随后对众人道："寡人昨自成皋来，今后，拟常驻本军，与尔等共生死。"说着将印信高高举起，略作展示，接着道，"自今日起，小修武大营一应军务，皆由寡人亲掌。赵衍，你去将那官佐名册拿来。"

赵衍在大帐博古架上寻得名册，恭恭敬敬递上。刘邦浏览片刻，又要了笔墨，一番勾勾画画，将各部官长略作对调，而后高声宣读。

将那官佐职位胡乱调任一番后，刘邦又道："现下楚军又来袭扰三河，为避其锋芒，我军略作转移。寡人看这小修武一带，汉家兵强马壮，士气可用……赵衍，目下北岸人马共有多少？"

赵衍道："回大王，小修武驻有人马十五万，另外五万，分驻于赵地各处。"

刘邦一惊，脱口而出："哦？大将军居然已有二十万人马了？何不起兵伐齐？"

"大王，数月来新兵甚多，尚待调教。"

"也好，从宛城至敖仓，我已有健旅千军万马。小修武本军，明日起也将沿河布防，以备楚军来袭，另也可随时渡河，往击楚军！"

众将校齐声应道："遵大王之命。"

刘邦面露喜色，瞟了一眼夏侯婴，又对众人道："项王处境，如今已似困兽，东西奔突，眼见得罗网已渐收紧，其败亡，指日可待矣！诸君皆是我汉家栋梁，博取军功，开万世富贵。破楚就在近岁之内，各自当奋力，无须我再耳提面命了。稍后议事毕，便请回营去办交接。午后，寡人还要逐营点验，看你们如何履职。"

众将校闻听有仗可打，都面露欢欣之色，应道："唯大王之命是从！"

刘邦便对夏侯婴一笑："如何？"

夏侯婴连忙打了一躬，不由得钦佩至极。

待众人起身散去时，刘邦忽将赵衍唤住，吩咐道："去请大将军与赵王来此。"

不一会儿，韩信睡眼蒙眬，踉踉跄跄来到大帐外，见帐门是夏侯婴在守候，便知果真是汉王来了，不由一激，神志陡然清醒，问道："夏侯兄，汉王来此何干？"说着便要进帐。

夏侯婴连忙伸臂拦住："大将军稍候，待赵王来了，一并传召。"

韩信情知不妙，惶然回头张望，见那张耳从后面亦蹒跚而来。夏侯婴即大声通报："赵王张耳、大将军韩信到！"便将两人引入帐内。

进得帐来，却见刘邦箕踞于座，头也不抬，一只手摩挲着大将军印。

韩信、张耳忙伏地跪拜。韩信道："宿醉未醒，不知大王驾到，臣等罪该万死。"

刘邦这才被惊醒似的，抬起头来："哦？是两位爱卿。贵处这营盘，好生令人羡慕！荥阳、成皋以西，我军将士皆夙夜不眠，精疲力竭；此处大营却是安堵如故，全无警戒。寡人与夏侯婴微服造访，竟也混进了门来。若是楚军刺客，岂不是可轻取将军首级于卧榻之上？"

韩信顿感惶悚，叩头答道："臣知罪。臣治军无方，甘受责罚。"

"再则，日上三竿，老阳照到屁股，仍能大睡，岂止农人贩夫羡慕，即使我这汉王，亦是万不敢想的。"

韩信、张耳闻言，更是汗流浃背，又慌忙谢罪道："臣等失职已甚，甘受免职处分。"

刘邦这才放下印信，正襟危坐道："哈哈，两位爱卿请起。来，坐着说话。当此用人之际，哪里能谈到免职？"

两人不敢起身，仍伏地回话。刘邦接着便问道：“我倒是想问大将军，麾下之兵，竟然已聚起二十万来，要惊煞大营诸同仁了。日前荥阳、成皋频次告急，军民皆望大将军出兵伐齐，包抄楚军，却不知将军竟是在此日日高卧，见死不救。这究竟是何缘故？”

韩信被说中要害，嗫嚅不能作答。张耳慌忙代为答道：“我等引军驻小修武，便是意在为南岸呼应，震慑楚军。日前曾受王命，欲东去伐齐；然既担忧楚军渡河袭我后方，又恐本军东移之后，荥阳因势孤而动摇。故而迟疑未动，非为他故。”

刘邦便笑：“张耳兄，你这赵王当得倒痛快，口齿也伶俐了不少。只是，贵军不动，齐地安然，楚军又怕你甚么呢？”

二人便齐声答道：“臣等愿立即伐齐！”

“哦？果真？”

“臣等愿往。”

“那好。两位爱卿，起来听军令吧。”

二人忙拜谢而起，拱手听命。

“着赵王张耳返回赵都，统辖赵地五万人马，巡行四方，职在守土。着大将军韩信，返回赵地募集丁壮，编练成伍之后，着即伐齐，勿得迟误不进。”

韩信与张耳互相望望，口中均未应命，都在纳罕：小修武的人马如何不见处置？却听得刘邦又道：“小修武本军，计十五万人，暂由寡人代为统辖，两位爱卿不必分神。另有郎中骑将灌婴、右骑将傅宽，率郎中骑万人，今在梁、楚间游弋，仍归韩信统辖，粮秣、补员，皆由赵地供给，本王亦不问其进退。假左丞相曹参，将从敖仓撤回，即任左丞相，亦随韩信伐齐，可为将军助臂力。”

韩信这才明白，原来自己被夺了军权。然汉王侵晨入营，生米已做成熟饭，完全没有转圜余地，也只得听命。遂答复刘邦，夕食过后，即带领亲随上路。

刘邦道："夕食时，寡人为尔等饯行，这便去准备行装吧。"而后，便大声招呼夏侯婴，"夏侯兄，满营都嗅到饭香，诱我馋涎，快去打一钵饭来吃！"

韩信、张耳出得帐来，见将士都已遵汉王之命，正在忙碌移营换将，不由相视苦笑。张耳道："两年经营，一朝成空，老夫不是在做梦吧？"

韩信嗒然若失，也发牢骚道："宿醉一宵，孑然两匹夫耳！"

"饯行时，还不知有何等凄凉呢。"

"饯行？看他人弹冠相庆？弟实无那般心情。张耳兄，朝食过后，你我就走吧。"

至下午，刘邦正待与夏侯婴巡视各营，忽有赵衍来报："大将军与赵王二人，各领亲随三数名，于正午时分已离营而去了。"

刘邦笑笑："将军无兵，自然要急了，随他们去吧。"当即教人拟谕令一道，任韩信为赵相国，印信待授，交予赵衍去追上韩信面交。并嘱赵衍道："你也随大将军去吧，由他分派你做个郡守。"

赵衍领命而去，夏侯婴不无担心道："韩信不会去投项王吧？"

刘邦更是大笑："投项王？乱说！倘如此，当初他又何必投汉？"

"唉，这十五万人马，骤然交予我二人打理，也是棘手。"

"勿虑，且等几日，张良等诸人自会来归。"

果不出刘邦所料，此后数日，张良等一行在南岸辗转，终在河阴打听到汉王踪迹，也都渡河来了小修武。

大营相见，樊哙、陈平、英布等人，原本都有一肚子怒火，要与刘邦理论：如何那夜就先与夏侯婴逃了？ 一干浴血相从的兄弟，莫非命就贱得一文不值？

岂料，当一众文武狼狈不堪奔至大营，见小修武连营十余里，旌旗如林，军容甚壮，几日来的火气便不由全消，皆是精神大振。

刘邦得军卒通报，早迎于大帐门外，满脸是笑，大声道："诸君，一路辛苦。 小修武今有我军十五万，只待诸君前来施展身手。 我刘季，不过是与夏侯兄先来了一步。"

张良等诸人听了，哭笑不得，只得伏地叩拜。 刘邦连忙扶起张良，并唤诸人都起来，先去沐浴歇息。 抬眼又看见郦食其也在，便不由大笑，上去拉住他衣襟："国宝，国宝！ 不想老夫子亦未落队，岂非天助我也？"

众人到此时，皆无话可说，只得拜谢了，由夏侯婴带去营中安顿。

此后又数日，自成皋逃出的官佐乃至士卒，闻听汉王在北岸，都纷纷来归。 小修武军营内，数日间，堪堪又新添了五万兵马。

刘邦将所部这二十万军，都打发至河边，临河一字排开，高筑壁垒，遍插旌旗。 隔河看去，不知其声势有何等浩大。 南岸偶有楚军小队骑士驰过，望之也心生惧意。

再说那项羽自破成皋后，觉河东战事胜券在握，自是踌躇满志。 在成皋置酒高会，听凭全军大醉了三日，而后誓师西进，由钟离眛统别军一支，袭破了敖仓。

那敖仓三面环山，北倚大河，本是易守难攻的地方，却禁不住楚军挟大胜之威，蚁聚而上，箭矢齐发。

此时曹参已奉刘邦之命，北上伐齐，余下周勃率部死守。 该部军卒，平日只擅游击歼敌，顶不住攻城的炮石齐飞。周勃看看守不住，只得弃城西逃，直奔入巩县（今称巩义市）才停下来。

刘邦在北岸接到军书，忧心如焚，知巩县万一有失，河东全线势必动摇。若楚军再乘胜向西，关中亦将不保。想到此，便急向巩县派出了精兵一万，又拨去粮草一批，传令周勃务必死守。

周勃也知，汉家命脉现即悬于巩县，于是督士卒力战，将钟离昧军死死挡在城下。七月炎天，楚军又似往日被阻于宛城、荥阳一般，寸步难进了。

两军僵持，日复一日，刘、项二人虽隔着一条大河，却都是寝食难安。

日前，刘邦见了敖仓失守的败报，连日的得意之态，便似遭当头一棒，全然无踪。思来想去，觉项羽终不能敌，辕生当日的嘲笑，并非无因。这日，拿好了主意，便召来众臣，商议当下进退方略。

刘邦面对一众文武，叹气道："反楚三年，竟在河东被阻两年，思之教人丧气！我敖仓一失，楚军粮便足了，再不惧彭越断其粮道，我又将如何抵挡？项王他如今也学乖了，控扼成皋，而遣别军西进，分明是要捣我关中腹地。唉，这运势之翻覆，何以有如做梦？"

陈平便劝慰道："大王休恼，三年苦斗，汉家已足踏楚之门槛，不可谓无功。"

"寡人所思，正在于此！莫非我乃燕雀怀了鸿鹄之志？昨夜反侧不眠，终是想放手了。今寡人欲弃守成皋以东所有汉地，退至巩、洛一带，与楚抵死相持，以保关中。诸君以为如何？"

刘邦此言一出，众臣便知他欲弃天下而保一隅了，心头便都一凛。因事关重大，满堂文武一时都默然。

不意郦食其猛然起身，高声谏道："臣以为万万不可！臣闻之，知天之所以为天者，王事可成；反之，则王事不可成。自古以来，王以民为天，而民以食为天。敖仓历来为粮谷转输之处，至今藏有粮谷不知凡几，何人据之，何人便可拨转天下。那项王，不过破落豪门出身，岂知敖仓之轻重？日间臣浏览密报，知楚军夺敖仓之后，竟以刑徒守之，重兵只知固守成皋，此正为天意助汉，不欲绝我之命！"

闻听郦食其如此高亢之语，君臣都是一震。刘邦仰视郦食其，忽觉有陌生之感，便急问："卿以为应当如何？"

"夺回敖仓，臣以为易如反掌耳！今汉家不取，却拱手让与项王，自绝生路，无乃太过乎？陛下今欲退守，岂知有何处可退？天下虽大，怎能容得两霸？楚汉相持，久而不决，百姓骚动，海内摇荡，农夫抛荒，织女怠工，人心皆不能定。你看这天下，成了何等样子？你还能退向何处？你退，他便能息兵吗？愿陛下再发大军，收复荥阳。如此，便控有了天下枢要。据敖仓之粟，塞成皋之险，绝太行之道，蹯飞狐之口，守白马之津。教那些诸侯看看，河山险要，尽在我手，彼等自然便知天下当属谁！"

老夫子一番慷慨陈词，令满座皆惊，都随声附和起来。刘邦也听得一扫愁容，连忙招手："老夫子，难得难得！不闻此宏论久矣，请坐下陈词。"

郦食其便提裾坐下，继续道："此间便是如此布置了，再看楚之侧翼。今燕、赵已平，唯余齐尚未攻下。那齐王田广，据有千里之地。田氏各宗室，背海阻河，狡诈凶狠，陛下即便是遣雄兵数十万，一二年间恐也未能破之。臣愿奉陛下明诏，前去说服齐王，使之愿为汉家藩国。如是，对楚之合围便可告成。"

刘邦拊掌大笑："老夫子，经了几次逃亡，你也不迂了。所议甚好，听得寡人流汗，如落入热汤盆一般，也不知你费了多少脑筋？甚好甚好，谋划甚周，寡人统统照办。"

樊哙也笑道："成皋出逃，末将险被老夫子拖累死，几次想踹你在路边算了，想不到老夫子还有些用处。"

刘邦便叱道："屠夫，不可教也！先生岂止是有用处？知书达理，便是国之根本。"

次日，随军太史令又报称："有流星现于大角。"众臣便都惊疑，不知将有何祸降临。

刘邦忙问吉凶，太史令禀道："此乃帝王作恶之象。今之恶君，即是项王也，天下百姓宜共讨之。"

刘邦闻听，哈哈大笑："上天也知我心耶？现此星象，以助汉家。"便下了军令至各营，命众军备足箭矢粮秣，不日即誓师出战，拔寨渡河。

众军既欲渡河，小修武大营也势必前移，将士们安逸多日，此时闻令，便是一片忙乱。

这日，刘邦立于大帐之外，正自踌躇满志，忽见帐前统领值守的校尉，乃郎中郑忠。不由便想起前年征彭城时，曾借郑忠之兄的首级骗陈馀出兵，心下就甚感歉疚，忙招呼郑忠过来问话。

刘邦问道："郎中在寡人这里，可还心安？"

郑忠答道："大王赏罚分明，小臣甚心安。"

这一答话，又令刘邦愧疚，便道："如此执戟，终无前途。我军不日即渡河夺荥阳，寡人这就遣你去军前效力，也好攒些军功，光耀门庭。"

郑忠却摇头道："日前成皋失守，小臣九死一生，方辗转归营。今若回军夺荥阳，胜负又是难料。小臣以为，我军与楚军交战，负多胜少。如此屡败屡聚，何日方休？不若派别军东进，入其腹地，断其粮道。大王再率军夺回敖仓，令他军中粟尽粮绝。楚军若成饿虎，指爪再利，又奈我何？"

刘邦闻言大奇，捋须沉思片刻，夸赞道，"好个郎中郑忠，一言点醒寡人矣！稍后必有赏，必有赏！"

回到大帐，刘邦即命随何唤来卢绾、刘贾，下达军令道："着你二人率步卒两万，马军五百，明日渡河东去，潜入楚境，与彭越勾连，专袭楚军粮道。倏忽来去，游而击之，勿与他作拼死之战。"

卢绾、刘贾向日在江南，率部做的便是这种勾当，深得其妙，此时便都心领神会，领命而去。

不数日，八月秋风乍起，卢绾、刘贾之部，便在白马津渡河。刘邦为郑重其事，特意轻装简从，亲送至渡口。

三人勒马立于沙岸之上，眺望大河蜿蜒而来，正如渡河的汉军，前后不见首尾。刘邦回头瞥一眼，见刘贾少年雄姿，煞是威风，便执鞭对二人道："我辈生逢其时，譬如此河滔滔，何其壮哉！当年陈胜王举义，武臣大军即是从此北渡，开了燕赵一片天地。今两位将军由此渡河东去，亦是前程可观，日后皆可为一方之主，功不在韩信、彭越之下。"

卢绾、刘贾闻听此言，也都陡起壮怀，与刘邦执手相别，带领两万汉军，人马衔枚，旗帜不张，入楚境寻那彭越去了。

送走别军，刘邦便唤来郦食其，命其速赴齐地说降。刘邦嘱咐道："韩信虽已在赵地募兵，不日即将伐齐，然先生若能往陈利害，不动刀兵而下齐地七十余城，也算是苍生之福吧。"

郦食其回道："老臣不才，曾屡为大王所笑，乃时不济也。今齐地闻韩信正聚兵，上下惶恐，百姓竟有一日数惊者，此即老臣的时运到了。今赴齐地，凭某三寸不烂之舌，定说得他田广归降。所谓谋之上者，不战而屈人之兵也，且看老臣的手段好了。"

"好，趁韩信大军未动，请先生勿辞鞍马劳顿，这就从赵地穿行至齐。天已渐凉，正合赶路，先生多加保重，不要太劳累了。"

郦食其领命，当下便领了出使符节，率一队从人，乘车东去了。如此晓行夜宿，风餐露宿，不及半月便进入齐境。各关隘的关吏见是大国来使，虽无邦交，却也不敢怠慢，一路放行，款待有加。

郦食其在途中放眼看去，见齐地富庶，城郭繁华，便不住地击节赞叹。这日，一行人风尘仆仆进了齐都临淄城，并不入馆舍，而是径直穿过临淄大城，来到西南角的宫城。

到得宫门前，郦食其整了整衣冠，下得车来，抬头见魏阙高耸，宫门内有无数台阁楼宇，层层次第而上，恍如仙境，心中也是暗暗吃惊。稍定了定神，便故意不施大礼，只朝宫门司阍略一拱手，高声自报道："大汉使臣郦食其，今从小修武来，请面谒齐王，陈说天下大势，欲救齐地百万生灵！"

不一会儿，便有典客闻讯而出，见郦食其器宇轩昂，颐指气使，倒也吃了一惊，连忙施礼道："上使请稍候片刻，小官这便去通报。"

自去年起，项羽率马军南下，与刘邦在河东相持，留在齐地的楚军，便渐渐有些撑持不住，后都撤回了楚境。

齐国名将田横，趁机自任为相国，拥立侄儿田广为齐王，迁回都城临淄，陆续恢复了全境。自此，齐楚两国相安无事，迄今已有年余未见兵戈了。

然自去年的年末起，便屡有韩信欲伐齐的传闻流布，齐国上下，无不震恐。齐相田横遂不敢大意，特遣华无伤、田解两员大将，率精锐二十余万，戍守在历下城，厉兵秣马以待。

这日，齐王田广获典客通报，说是汉家郦食其来使，不知有何话可说，便连忙传谕宣进。

郦食其由典客从中门引入，一路旁若无人，见了齐王，亦不伏拜，只深深一揖道："大汉使者郦食其，见过齐王。我王仁厚，恩德怀远，特向齐王致问候之意，由老臣代为转达。"

齐王见郦食其抗礼不尊，心中有气，然也知韩信统兵虎视于后，只得装作不见，亦不赐座，只淡淡道："上国来使莅临，不必客气，有话尽管讲。"

郦食其便拱手道："今郦某使齐，不为别事，唯有一不情之问，欲就教于大王。"

"寡人虽为诸侯，然论齿序，不过孺子而已。齐地之礼，素敬长者，先生不妨直言。"

"好好！那么老臣便冒昧请教：当今海内，群雄纷纷，兵戈无日无之。大王可知，天下终将归于何人？"

"寡人实不知，还请上使赐教。"

"老臣不才，然旁观者清，故斗胆论之。大王，若知天下将属谁，则齐国也可共享其成；若不知天下将属谁，则齐国必将不保。"

"哦？愿闻赐教，这天下可属谁呢？"

郦食其便又深深一揖："天下归汉。"

田广不禁起了兴致，移膝前问："先生何以言之？"

"天下有神器，然可窥伺者，无非楚汉两家。孰优孰劣，听老臣对陛下逐一道来。昔年汉王与项王合力伐秦，曾有约在先，先入关者为王，后项王却幡然背约，故我王才被迫屈居于汉中。此乃其一。那项王斗胆，居然敢谋杀义帝，我汉王这才誓师关中，收天下之兵，立诸侯之后。每降一城，则封降将为侯；每得浮财，便分与诸士子享用。正是所谓'与天下同其利'，英豪贤才，皆乐于为其所用。此乃其二。项王素有背约之名，且负弑义帝之罪，故他待人虽好，无人能记；如待人恶，则无人能忘。此乃其三。"

"寡人却以为，楚汉恩怨，起自关中，向与齐无干。"

"不错，然邦交有如择邻，贤愚不可不辨！楚之将士，战胜而不得其赏，拔城而不得其封。有志者投效楚营，无非是想谋个前程，然楚营之中，非项氏何以有高官可做？那项王徒有威名，行事却如小家之妇。为人授印，把玩数日而不舍放手；攻城所掠，财宝山积而不赏将士。故而英雄叛之，贤才怨之，连那多年谋士范增亦背之而去，以至于今日无人可用。"

田广听到此，不禁一笑："无怪郦公大名远扬，这口舌，着实了得！先生请就座，慢慢陈说，寡人洗耳恭听。"

郦食其便从容就座，与田广隔案而谈："再看我汉家，兴兵于汉中，定三秦，平河西，北破井陉，东出河洛，横扫魏赵如风吹帽耳。此非人力，乃是黄帝之兵，天之威也！今我汉王，带甲百万，雄踞河东，扼成皋、太行之险，戈戟东指，凡逆之者皆亡。大王若先降汉王，齐国社稷安然可保；不降汉王，则亡国之日可立待也。"

齐王田广听得肃然，不由长跪挺身，问道："若寡人降汉，可保韩信罢兵不战吗？"

郦食其哈哈大笑，从怀中摸出符节道："郦某苍髯满头，马齿徒增，然未曾说过一句狂话。此番出使，非为私人造访，乃是汉王顾惜齐之百姓，不忍贵邦生灵涂炭，特遣老臣前来劝说。大王若有输诚之意，臣当致书韩信，知会韩信就此罢兵。两国交好，化敌为友，大王更有何虑？"

田广闻之，拊掌大喜，遂将郦食其等安顿于馆舍，命典客好生招待。而后，即唤国相田横来商议。

叔侄两人商议了一回，都觉此事大好，既无伤国体，又可消除大患，实无不妥，于是便静候韩信回音。

那郦食其到了馆舍，当即手书信函两通，请齐王遣使交付韩信与汉王。

此时韩信奉谕召回灌婴、傅宽所部万骑，又在赵地招兵买马，转眼便聚起大军十万，遂引军东至平原郡，正要大张声势渡河伐齐。这日在营中，忽接到齐使送来郦食其书函，告知齐王已降，便道："也罢！倒省却我一番力气。"说罢，即写了复函一通，告知郦食其：既然前辈已说下齐国，晚辈不日班师便是，毋庸多虑。写毕，便交来使携回。

那齐使返国后，将韩信复函呈上，田广、田横忙召来郦食其，一起将复函阅罢，心下便大安。田广对郦食其道："先生数语，即免去齐地刀兵之灾，功不可没。"

郦食其亦自得道："世有儒者，安用刀兵？数语安天下又岂是诳语？"

当下田广便邀郦食其进宫，日夜纵饮，全不过问外事。田横亦发下军令：历下一带，即行解严；全境亦统统撤防，以示诚意。

数日后，汉王亦有封漆复函传回，内云："郦公不费一兵一卒，说降齐地七十余城，实获我心，归来必有重赏。"

郦食其见大功告成，喜不自胜，便要告辞归国。齐王田广却正在兴头上，哪里肯放，力劝道："两家和好，开万世宏业，先生何必匆匆归去？齐地虽狭，然山海奇珍，数不胜数；婀娜美姝，可令目迷，还请先生多享用几日。"

那郦食其原本就是"高阳酒徒"，得此机会，岂肯放过？于是每日赴会，将归期延后，明日复明日，竟迟迟未能成行。

且说韩信打发了齐国使者，松了口气，便知会曹参，欲将大军后撤，回到小修武与刘邦会合。正在调兵遣将间，忽有帐下谋士蒯通求见。

这位蒯通，系范阳人，并无功名爵禄，平头百姓一个，却也是出自秦末的一位奇士。他自少时即研习纵横家言，擅卜生死，辩才无碍，口舌之利无人可及。及壮，于纵横术渐有心得，撰有纵横家言《隽永》八十一篇，所言皆乱中取胜之术。

秦二世元年八月，陈胜王派遣武臣，率大军北上攻略赵地。范阳县令徐公心中大惊，正无可如何，这位蒯通便上门求见，一番话将徐公说得豁然开朗。

蒯通道："臣乃范阳百姓，名唤蒯通，可怜徐公死之将至，故前来吊之。虽然如此，又贺公因得我蒯通而生。"

那徐公早没了主见，连忙拜谢："先生何以吊之？"

蒯通道："足下为此县令已十余年矣，杀人之父，孤人之子，断人之足，黥人之面，怕是数不过来了吧？"

徐公被说中了心病，脸色便一灰，忙道："请先生救我。"

"那被害之人，谁无慈父？谁无孝子？彼等之所以未将利刃刺入公之腹，乃是畏惧秦法也。今天下大乱，秦政瓦解，彼等若不争先恐后以利刃刺公之腹，那才是怪了！故蒯某前来吊之。"

徐公当下就瘫软在座："莫非我逃不掉了？又有何可贺？"

"哪里？公何至于只此区区胆量？那武臣，可巧派人来访蒯某，问他之生死成败之事，臣去见他，自然可令徐公活。"

那徐公，已是病急乱投医了，忙为蒯通预备了车马，送至武臣大营中。

武臣不过一介莽夫，然不知从何处学来的虚礼，对士子倒还尊重。蒯通欺他无知，便大言以震慑之，劈头便问："将军入赵地，那城池是如何夺得的？"

武臣仰头笑道："先生心慈面软了，还不是一刀一枪，杀他个血流成河，方可夺得？"

"将军略赵，不战便不能略地，不攻便不能夺城。臣以为，如此下去，必危殆矣！"

"哦？如何讲呢？"

"赵地军民，眼见得没有生路，必拼死抗之。将军可保百战百胜乎？不如用臣之计，不战而略地，不攻而夺城，传檄而定千里，不亦乐乎？"

"那……请讲！"

"那范阳县令徐公，本应整军守城，与将军一战，然此公却怯懦怕死，贪婪爱富，故欲举其城而先降。将军若不予他恩惠，则边地之城必然相互转告：'范阳县令先降而被杀。'各县据城坚守，皆为金城汤池，便不可攻了！"

武臣一笑："这等贪生怕死的县令，赏他作甚？"

蒯通忙道："不可。臣为将军计，不如派出朱轮黄盖之车，以迎范阳县令，令其驰骋炫耀于燕赵之郊，各城定会相互转告：'范阳县令先降而得富贵。'彼辈必相率而降，有如阪上走丸，一滚到底。此计，便是臣为将军所献，乃传檄而定千里之计。"

武臣苦战了多日，正不胜其烦，听了知是好计，连忙起身，再三作揖相谢，又收蒯通在帐下，做了随军谋士。而后，颁下号令，派使者率一百辆车、二百名骑士，捧了一枚沉甸甸的侯印，去迎接徐公。燕赵之地闻听此事，不数日，便有三十多城望风而降。

蒯通之名，就此在燕赵一带大噪，直与苏秦、张仪齐名，后辈登门求教者不绝，尊其为"蒯子"。武臣败亡后，陈馀扶赵王歇当国，蒯通求进，那赵王歇哪里识货？后蒯通又辗转南行，投至项王帐下，项王只赏了他一个县公做，却不用其策，蒯通只得快快而归，另候天时。

再说那韩信前月被汉王夺了将军印，改任赵相，回到信都，觉郁闷异常。曹参、灌婴皆为汉王死党，说是助战，分明是来监军，韩信哪里敢与他二人袒露心迹？平时尚可私议两句的赵衍，已派去云中做了郡守。如此，身边无个谋士，何以成大事？

可巧蒯通在家蛰伏，正寡淡得不知如何，闻听韩信大军欲东渡击齐，便背了行李包袱，匆匆南下。到得平原郡韩信军营前，自报了家门。韩信也是在那秦末投军的，武臣之事，早有耳闻。将蒯通迎进与之相谈，原来又是一个烂熟鬼谷子的，当下就大喜，收为军师，随时备顾问。

这日，韩信正要将回军的将令传下去，只见蒯通匆匆闯进帐来，大呼道："大将军，慢行慢行！"

韩信抬头看去，却见那蒯通，脱去惯常穿的儒生服，竟着了一身戎装进来，便笑道："先生，这是要去捉强盗吗？"

蒯通也不理会韩信的戏谑，一把扯住韩信衣袍："将军，汉王有明诏，命你伐齐，后又暗派使者劝降齐地，可是，有诏教将军罢战吗？没有。如何我军便不再前行？"

韩信便觉奇怪："先生，晚辈不懂了。齐地七十城已下，我大军前往，又有何益？"

"那郦生，不过一儒士，伏于车轼之上，凭三寸舌，便下齐地七十余城；将军率数万之众，才下赵五十余城。莫非为将数年，反而不如一竖儒之功乎？"

"哦！是呀。"韩信这才懂了蒯通的心思，将那令旗收起，笑道，"幸亏先生从范阳来投，否则，岂不要误我万世之功？"

"将军真乃天纵之才。天才之行事，万勿中规中矩，先师鬼谷子有言：'事有反而得覆者，圣人之意也，不可不察。'齐地已降，不得再攻，此乃庸人之见也。将军抗命攻齐，则天必以赫赫之功予将军，将军若不取，浴血数载，又是所为何来呢？"

"嘀嘀，先生之见，晚辈已明了。先生可先去歇息，容我静思片刻。"

蒯通退下后，韩信便伏案沉思：今日这令旗指向何方，果然就关乎后半生的富贵。虽汉王并无命令中止伐齐，然郦食其使齐之后，若再伐齐，便是抗命，且必致老夫子性命难保。如此不义之事，是否值得履险一试？然从另一面想，若违命伐齐，则天地便可豁然开朗，夺得一个自家的地盘。赵地今已赠与张耳，不取齐地，则任凭再有风雨戎马多少年，亦难得偌大的一片土地之封。孰轻孰重，自然是分明。

看当今之天下，纷攘不已，汉王受困于荥阳以西，四顾无助。我韩信伐齐，便是对汉王的应援，谅他也不会太过怪罪。只是，此次夺得齐地之后，再不可似往昔在赵那般蹉跎，务使名正言顺，永久留居齐地。如此，以背剑浪子起家，以诸侯封土为归结，也不枉这乱世一生了。

此等天赐良机，失不再来，那退兵令下下，我便可装作不知。能夺得齐地，总不是天大的过错，不由他汉王不认账。

想到此，韩信便跃然而起，连呼左右，披甲结束。待披挂完毕，便跨出大帐，登上戎车，命士卒去请来蒯通。

韩信对蒯通招呼道："先生，来来，与我同车。今日我军便去攻历下！"

蒯通却推辞道："战阵之上，我蒯某之技，尚不如一伙夫。适才披甲，不过欲激将军大丈夫之气而已。今老臣便在大营等候捷报，何时历下城破，老夫再从容进城便是。"

韩信哈哈一笑："也罢！先生稍候，两百里地，两三日即至。那齐军，梦里也想不到先生奇计。韩某先走一步，先生后日便来历下好了。"

那满营汉军，原本已经拔寨，只等回军小修武了。忽听韩信一声令下，要东渡大河，向历下进击，都大出意外，欢呼雀跃起来。不须片刻工夫，便车马辚辚、刀枪耀目地上路了。

且说防守历下城的齐军，原也是遍山连营，墙高堑深。此地背倚泰山，面临河、济，端的是山河关钥，若全力死守，韩信新募之十万汉军，未见能轻易得手。但自从郦食其说降成功，齐军上下，武备松弛，皆庆幸数年内再不必摸刀剑了。

这日，河南岸忽有汉军开到，遍野黑旗，蔽日遮光。城上守军最先望见，原以为齐王已归顺了汉家，这便是友军到来，然待汉军冲至近前，才发觉不对。汉军前军主将，正是威名赫赫的曹参，亲自于戎车上擂鼓布阵，分明是要开战！

城上登时便鼓噪开来。壁垒里士卒听见，立刻先乱了营，四散奔逃。齐将田解、华无伤挥戟拦阻，大声呵斥，亦不能禁。

眼见壁垒溃散，城内守军哪里还有斗志，也争相打开四门，跟着一起逃命。城下灌婴所部郎中骑见此，趁势一拥而上，直突入齐军车骑大营，生俘华无伤及其属官四十六人。傅宽另率一部追入城内，将那齐将田解斩于街衢。

如此，汉军未费吹灰之力，便占了历下城。韩信驱车而入，好不得意，迎面见灌婴将华无伤一行押来，个个捆得像粽子般，便哈哈大笑："阵前不应有辱将军，快快松绑。"

那华无伤被解去绳索，忙率随从伏地谢罪。

韩信便问道："愿生还是愿死？"

华无伤叩头道："末将愿生。"

"那好，这就随我韩某，去经略齐地，勿生二心。"

"将军大名，威震齐赵。末将今番归顺，如同再生。"

"哈哈，留着这好话少说，我只看你的军功。"

韩信入得城来，便打发人去后方将蒯通接来，一面又命曹参率部马不停蹄，向东去围临淄。

过了历下以南，便是一马平川，再无险阻。大军奋发踔厉，又疾驰了两日，将那齐都临淄团团围住。华无伤改换了门庭，竟焕发神勇，率旧部加入汉军前锋，竖起云梯，凶猛扑城。

齐王田广闻报大惊，急忙召郦食其上殿责问："郦生，寡人误信你这老匹夫诳语，撤了我历下边防，只道是既然归汉，两家便成一家，如今怎的有韩信忽来攻城？ 想你这汉家，一贯使诈，只欺世人有眼无珠。 堂堂使者，原来也用间术，岂不知我齐王活不得，你这老儿便能活吗？"

郦食其满口的辩才，到此也是失了声，瞠目不能对，知道是遭了韩信的暗算，遂叹口气道："韩信如何要来，老臣实在不知。"

田横便在一旁冷笑："尔等一文一武，表里真假，倒是商量得好。"

"臣万不料韩信会抗命。"

"抗命？ 早便商议好的，欲欺天乎？ 不然，你这便上城去喊话，如韩信退兵，我便不与你计较！"

郦食其醉了这许多日，乍闻汉兵杀至，一时还不清醒。 此时忽被田横一激，心下便明白了：韩信此举，一是为争功，二是为据齐地、谋称王。 他大军既来，岂有退兵之理？ 思之无奈，便如实答道："老臣实无此本事。"

田广拍案大怒："老匹夫，死到临头还不知悔。 来人，取油鼎来！"

郦食其叹了一口气，仰天悲道："我郦某亦为一代雄才，不意为韩信所卖，不能亲见汉家天下盛于前朝了。"

田横遂又冷笑："老贼将死，更有何话可说？"

"愿饮美酒一杯，死而无憾矣。"

"好，这有何难，便成全你。 拿酒来！"

待得郦食其将一杯酒慢慢饮下，鼎中热油已然滚沸了。 齐宫侍卫，在殿下执戟林立，猛地就是一阵低声呼喝——这便是行刑的时刻到了。

殿上殿下，顿时一派寂然，人皆肃立，呼吸可闻。

田横此刻又劝道："老儿，蝼蚁尚且贪生，你就不怕烹吗？ 登城一呼，便可退韩信之兵，如何非要寻死不可？"

郦食其侧耳听听，四面城外，已是杀声四起，便一笑："烹则烹矣！ 汉家之兵，我怎可退？ 只可悲从明日起，万世之下，再不见有九百年齐国名号了。"

田广气极，喝令士卒，将那郦食其褫去衣袍，以囊套头，扔入鼎中。

郦食其一挥袖道："放肆！ 大国上使，岂容羞辱。 我自会处置。"说罢疾步奔至鼎前，脱下袍服，自裹其面，纵身便跃入……

可怜汉家一代勋臣，就此化为青烟一缕。

待烹了郦食其之后，田横叔侄知最后关头已至，都持剑登城，亲自督战。 惜乎齐国军民，徒有好武之风，不过才享受了一两年的承平日子，竟然斗志全无。 未及三日，便被韩信军攻破了北门。

田横见势不妙，急忙打开东门，护着侄子夺门而出，狂奔了四百余里，逃至黄海边的高密，才落下脚来。

田广这才知汉家厉害，攻城略地，全不凭堂堂之阵。 如此下去，齐民见汉军并不残民，如何肯抵死护国？ 齐亡，那就果真是有日了。 于是喘息未定，便令残部广张告示，声言齐王已"归楚反汉"；又派使者急赴彭城，求项王速发兵来援。

送走使者，田广检点身边诸臣，不过只田氏一门数人，便请叔父田横驻守博阳，田光驻城阳，田既驻胶东，布下掎角之势，只待楚军来援。

九

龙且恃勇
一战亡

汉王三年九月，楚军攻下成皋不过才三个月，狂喜的余温尚在，将士们便察觉情形有异。

钟离昧所率的别军一支，顿兵于巩县高墙之下，堪堪已近三个月，却是寸土未得。项羽欲率大军倾全力西进，又顾忌北岸汉军，唯恐他们会来抄后路。正在进退两难之际，粮秣忽然又紧缺了起来。

这日，钟离昧打发一名校尉，飞骑驰回成皋催粮。项羽颇觉诧异，便召治粟都尉来问，方知彭城已有一个月未运来粮草了。

"项佗、虞子期弄的甚么名堂？"项羽不觉就焦躁起来。

那治粟都尉禀道："彭城粮秣，是从不误期的，每车均由上柱国亲自发验。每月三队，十天一发。然从八月起，汉营有卢绾、刘贾所部万人，从白马津东渡，游击于砀陈二郡，专袭我粮道，故而粮草不继。"

"嗯？"项羽转头看项伯，问道，"此事，怎的寡人不知？"

项伯道："粮道安危，一向都是交与郡县去办，等同缉捕盗贼，算不得军情，故而未报。"

项羽便眦目叱道："混账！粮道安危不是军情，还有何事是军情？那卢绾等人，如何就捉不到？"

治粟都尉又道："我大军粮草，一向从燕西转运，燕西有囤粮，不知凡几，足够我大军食用数年。日前卢绾、刘贾所部三扰其地，图谋袭取，我军正在防范，不防那彭越从侧后袭进，粮草被焚无数，故今日缺粮。"

项伯道："各郡县也有苦衷，不可不察。全国之精锐，尽在成皋一带，那卢绾部，毕竟多年流窜，颇善杀掠，来往飘忽。譬如，此县发动我军民去剿，他便窜至彼县，偶或还会伺机袭扰县城，郡县苦其久矣。"

项羽便摇头苦笑道："不意今日寡人，倒成了秦二世！叔父，你如何不早说？彼等流寇，郡县如何能应付得了？明日，且派季布将军前往剿灭，捉得那卢绾、刘贾来，永绝后患。"说罢，便从案头掣出一支令箭，交与项伯："叔父，索性你便也与季布一同去，遇事还可有个商量。你对季将军说，也不必来辞行了，明日平旦，即率五千人马，先去砀郡，不剿灭卢绾，不要回来。"

次晨，季布、项伯即点起兵马，率部东去，在砀、陈二地搜寻卢绾行踪，却总是追之不及。因那砀、陈二地，乃是刘邦一干人等的家乡，民间百姓，均以刘邦邻里为荣。凡有楚军来时，便有乡民自愿奔走数十里报信，俾使卢绾部得以逃脱出去；而汉军过境，当地百姓却隐而不报，直将楚军变成了一群盲公。

那卢绾、刘贾所部，若季布追得紧了，便左右腾挪，找一处山高林密的地方躲起来。对楚军运粮队伍，所用手段也越发狠毒起来，打劫一次，能搬运走的，都搬个精光；运不走的，便就地烧毁。

一身是胆的季布，便如此白白耗了数月，却连卢绾所部的影子都没见一个。成皋军营内，一时便断粮多日，楚卒有下乡去抢劫的，亦有进村去挨户乞讨的。

项王闻报大怒："我堂堂楚军，如何就成了强盗乞丐？ 项伯、季布无能，倒要寡人亲自出马不成？"

项伯接到项羽军书，受了斥责，也动了些脑筋，立即移文各郡县，追责追到乡邑闾里，五户联保，十家连坐，把那秦法也施行了起来，务求觅到卢绾踪迹。

就在砀、陈两郡纷乱如麻之时，成皋大营忽又接到彭城告急。言彭越趁卢绾作乱，纠合徒众五万人，打起汉家旗号，又南下攻城略地，已连下睢阳、外黄等十七城，声势浩大，眼见得彭城便要危急。

项羽将告急军书摔在地上，大怒道："那睢阳、外黄军民，都是吃素的吗？ 如何抵挡都不抵挡一阵？"

那信使便道："彭越此次所掠之地，多为故魏地，因魏王豹曾多次归汉，故而百姓皆心向汉家，彭越贼兵一到，便阖城鼓噪，开门迎贼。 我军势单，所以顾此失彼。"

项羽益发恼怒："那魏王豹，不是汉军内讧时杀掉的吗？ 如何魏民仍心向汉贼？"

"事虽如此，但刘邦在栎阳仍设有魏氏宗庙，香火未绝，故魏民仍以汉家为正朔。"

"愚民，愚民！ 愚钝至此，还望多活几日吗？"

帐中诸臣，见项王发怒，皆不敢作声，只躬身看着地面。

项羽环顾众臣，叹了口气："罢了，此贼只得寡人亲自去讨平。 国中万事，无人能分担，总有一日要累死寡人！"

龙且便跨出一步道："大王息怒，末将愿去征讨。"

项羽摆摆手道："悍贼势大，已非同小可，此次务要斩尽杀绝。我等全都一起回军吧……大司马曹咎!"

曹咎出列应道:"末将在。"

"塞王、翟王!"

司马欣、董翳亦出列应道:"臣在。"

项羽瞥一眼三人,微微颔首,遂下令道:"寡人将率大军往讨彭越。此城留兵一万,以曹咎为主将,司马欣、董翳二王从旁辅之。寡人看尔等三人,原为秦臣,都还稳重。切记,此城只可守,不可出战。"

曹咎领命:"末将谨记。"

"刘邦狡诈万端,寡人一走,他必来攻,然无论他如何搦战,尔等只是不出,勿令他东去犯楚即可。寡人此去,只消十五日必灭彭越,届时回军接应你,再与刘邦决战不迟。"

"大王放心,曹咎虽不才,守城尚有余力。今日成皋是怎样,半月后仍是怎样,可保寸草不失。"

项羽大喜,起身拔剑道:"如此甚好! 来人,传令钟离眛将军从巩县撤回,固守荥阳。"

转身又叮嘱三将道,"成皋、荥阳,天下锁钥也,绝不能失其一。若失成皋,便等于失了天下,尔等三人,也就无须来见我了。"

三人应声伏地道:"不敢! 唯王命是从。"

项羽遂将长剑向案上一插,大呼道:"杀彭越,再来定天下!"

次日拔营,楚军又是一路衔枚疾走,奔袭外黄。自西进以来,这已是第四次奔走于此途了,千里疾行,数日便至,难免要人困马乏。换作汉军,如此跑两趟,恐就作鸟兽散了。然楚之十万雄兵,随项羽征战多年,皆有荣耀之心,任是口干舌燥、脚肿腰酸，亦是能咬牙挺住，疾走如风。

待进入故魏地，果然见处处飘扬汉旗。楚军上下，不由都心生盛怒：巢穴之下，岂容鸠占？一时杀心大起，不论他城乡兵民，皆一路屠戮过去，有财即劫，分文不留。

已归降彭越之十七城，闻楚军开了杀戒，半数以上无心抵挡，都开了城门复降，自动换上楚之红旗。待楚军杀至，见那闾里陋屋上，都插了红旗迎降，反倒不好意思滥杀了。如此，便有十一城不战而降，仅有外黄、睢阳等六城，仍闭门不降。

大军一路东行，过了浚仪县不远，便见外黄城巍然高矗，闭门戒严，城头遍插黑旗，俨然是汉家营垒。

楚军从未将彭越这等流寇放在眼里，大军行进，全无部伍，只浩浩荡荡一拥而上，将外黄围了个水泄不通。

在城外扎下营来，项羽便唤来龙且："此是你立功之时到了，限定明日一日，攻破外黄。灭此夕食，更无废话。"

再说那彭越亲自镇守外黄，在城头望见楚军势大，遍地殷红，也是内心惶悚，忙召亲信栾布来商议。

栾布也正在城上督军，一见彭越，便道："楚军人马浩大，势不可敌，奈何？"

彭越便密语道："北上谷城。"

"谷城岂能久留？"

"能留则留，不能留，便东走昌邑。"

"回老家去？为何昨日不走？如今城已围住，破围而出，倒要费些力气。"

"嘿嘿，我与汉王早有约定，就是要此呼彼应，诱他项王疲于奔命。我在外黄，多挺一日便是一日。"

栾布闻言不由色变："要挺几日？"

彭越伸出手指道："三日便可。"

"三日？ 我等脱逃，这外黄定要遭屠城了。"

"管他！ 待到楚人皆恨项王，我大业便可告成了。"

两人议罢出逃事宜，便唤来副将周渫、外黄令仇明，言明四人各守一门，誓死不降。 待得汉王在成皋、荥阳得手，楚军当不战自退，阖城百姓，皆为汉家功臣。

那周渫是经过战阵的，不由担心道："我军不过是些水贼无赖，如何挡得住楚之精锐？"

彭越便喝道："凡事有心皆成，不要灭自家志气。 仇县令请守西门，周将军请守南门，其余二门我与栾布将军分守，驱城中丁壮上城，无分昼夜，抵死守住。"

次日晨起，龙且督军攻城，但见那城上，不仅未有惧战之意，反倒是军旗严整，弓矢齐备，心知今日必有一场恶战。

果然，开战一日，任是楚军箭矢如雨，飞石如蝗，城头仍巍然不动。 到得夕食时分，城上城下，皆是一派死伤枕藉，楚军却寸功未得。

龙且神情大沮，回营去见项王。 项羽在壁垒上已看了一日，倒也不怒，只吩咐明日照攻，断言不出三日，此城必破。

此言果非妄言。 到得第三日晚，挨到后半夜，彭越、栾布便轻装简从，只率亲兵一队，趁着楚军疲累不备，打开西门狂奔而去，抛下周渫、仇明自去了结。

凌晨时分，周渫带兵巡城，发觉彭越、栾布踪迹全无，不由得慌了，急忙率部夺门而出，向北逃去了。

余下外黄令仇明一人，知大势已去，便命百姓拔去汉旗，各门大开，沿街洒扫干净，摆上香案，迎楚军进城。有那没来得及逃出的彭越士卒，都慌忙脱了甲胄，胡乱换上衣服，混在百姓中看热闹。

项王车驾威风凛凛进城，行至衙署门前旷场，便停了车。项羽并未下车，只将龙且召来问道："城内紧要处，都已分兵把守好了？"

龙且回禀道："全无遗漏。"

"那好。外黄县民助彭逆守城，对抗天兵，三日方降，此乃自寻死也。着你率部，将城内十五岁以上男子，无论兵民，皆驱至城东，俱坑之，以雪此恨！"

龙且闻令大喜，当下分派了士卒数十队，挨家挨户搜查男丁。

半日工夫，即有五千男丁被搜检出来，连那率众迎降的仇明也不能幸免，统统押至东门外，与家属隔绝。内中有彭越军未曾逃掉的，换上便装也未能混过去，只得认命了，都垂头丧气。

不一会儿，又有大队士兵拥来，手持镢头土镘，上前掘土。此时阖城百姓，纵是傻瓜，也明白项王就要坑杀男丁了。登时两边哭声四起，爷娘父子相呼，直是生离死别。

项羽便教御者驱车，前往东门外观看。沿路家属挤在道旁，被士卒阻拦，只闻哭声震天。项羽面不改色，怡然自得，出得东门外，教人在高处摆好几案、茵席，撑起黄伞盖，坐下观看。那被拘禁的男丁见项王到来，哭声更是一浪甚于一浪。

项羽只是充耳不闻，又命人摆上酒杯，自斟自饮起来。

就在这哀声令人肠断之时，忽有一小童，黄发垂髫，从东门而出，径直来到项王车驾附近，对巡哨士卒道："我乃外黄县民仇叔，有事要面谒项王。"

士卒看那孩童，不过十二三岁样子，生得眉清目秀，看神情又不似开玩笑，便为他通报了上去。项羽心情正好，闻之一笑，便命人唤过来。

小童见了项王，不慌不忙，行礼如仪。

项羽见他才不过总角①之年，甚是好奇，便问："你有多大？"

仇叔答道："十三。"

"才十三岁吗？便敢来见寡人？"

"项王大名，天下皆知，有何不敢见呢？"

项羽大笑道："好，初生之犊，万事不惧。有何事，你就说吧。"

仇叔便道："我乃外黄县令舍人之子，名唤仇叔，今为外黄丁壮请命。"

"哈哈，我道是何事，此事不必再提了。外黄丁壮，本为我楚民，却相率助那彭越作乱，拒我大军三日，杀之亦不足惜。恕你小儿无知，亦无罪，回家去吧。"

"小子却不作如此看。大王欲与汉王争天下，不徒只争千里之地，总得求个天下归服。外黄百姓为彭越所劫，无刀无剑，焉能不惶恐，故暂且降了，只待大王来解救。不意大王来了，却又要坑之，你教那百姓向何处归心呢？"

项羽闻言，便是一怔："何人教你这等说辞？"

仇叔便叩首道："先生只教得我圣人大道，这些俗世道理，只是小子我自己悟得。从外黄以东，梁地尚有十余城未降，若闻听

① 总角，指八九岁至十三四岁的少年。古代儿童将头发分作左右两半，在头顶各扎成一个结，形如两个羊角，故称"总角"。

外黄杀降，哪里还敢开门迎降？"

项羽被说中心事，便放下酒杯，将一口虬髯抓来挠去，忽地站起身来，下令道："就如小儿所言，年十五以上丁壮，恕其无罪，统统放归了。"说罢便朝仇叔一挥袖，"小儿，去寻你的爷叔吧。"

仇叔连忙叩头谢恩："大王恩典比天高，将来是要上史书的。"

项羽回头望望，笑道："哈哈，这个崽儿！倒是你要与寡人一同上史书了。"

那五千丁壮，忽闻项王开恩释放，立觉如再生一般，都向项王下拜，山呼万岁。而后，忙不迭地拥入城中，向家人报喜去了。

龙且立于一旁，看得呆了，问道："大王，彼辈通敌，就此不问了？"

项羽道："天下关要，不在外黄，早日回军成皋要紧。约期半月，至昨日已过期限，梁地尚有十余城未下，若逐城攻战，如何能成？放了这五千无用之辈，令十余城闻风而降，又何乐而不为？"

龙且这才大悟："原来如此。"

项羽便一笑："打天下，须忍得三教九流；待你坐了天下，再睚眦必报不迟。"

话分两头。前面说项羽率军奔袭彭越，十月上旬，大军离开成皋才五日，在巩县被围多日的周勃，即打开东门率部杀出，将那成皋团团围住。

此时三河之地，东西千里，情势顿与五日前截然不同。河北岸，有小修武汉军二十万，背倚云台山险要，隔河虎视眈眈。周勃所部，皆为身经百战之兵，被楚军压迫年余，正欲雪耻。楚军在此千里之内，只成皋、荥阳两座孤城，强弱之势，一夜间互易。

这日，周勃在成皋城外刚刚下寨，就有斥候携汉王军书驰至，周勃拆了漆封，阅罢微微一笑，便将手下诸将唤来，面授机宜，将未来十日战法布置妥帖。

次日晨起，城上楚军正睡眼蒙眬，忽闻城下鼓噪，放眼看去，原是汉军周勃率靳歙、吕马童、周昌等诸将，率兵前来搦战。

城中衙署内，曹咎忽被人唤醒，得知汉军来攻，急忙全身披挂，上了城。他手打遮阳，看了看汉军阵势，便放下心来，朝城下喊道："我大军虽撤，然成皋仍固若金汤，有本事便来攻吧，曹爷我无暇奉陪。"说罢便下去了，再不露面。

汉军在城下，接连搦战三日，楚军只是闭门不理，若有人靠近，便是箭矢齐发。

自第四日起，汉军似是有所松懈，都下马卸甲，或箕踞于地，或赤膊指骂，全无一个阵形。汉营一干猛将，也都来到城下，指名道姓骂曹咎胆怯。

那曹咎忍不住好奇，潜上城头偷听，却听得降将吕马童声音最高，不由大怒，随即挺身露头，朝城下回骂道："吕马童，项王待你不薄，如何却做了两姓家奴？还有脸皮跑来撒泼吗？"

闻听曹咎搭话，那吕马童立刻抖擞精神，戟指骂道："我吕某不才，好歹是千军万马中博得的军功。你曹咎何人？不过前秦一狱掾而已，侥幸救了一回项梁君，才混得这大司马做。依你这出身，下邳老妪亦封得大司马了。若凭真刀实枪，恐尚不及衙署一捕快耳！"

汉军闻言，都一同起哄，齐声呼道："楚曹咎，不如狗！"

如此又骂了三日。每日里，汉军各营轮番至城下，各持刀剑，一边叫骂，一边砍土削树，做斩首状，嘈杂若集市。至朝食，则由火头军送来热饭热汤，众军饱食一顿，都袒腹大睡，睡好了又爬起来骂。

汉军中，不乏乡间无赖恶少者，骂人功夫无人可及。至第七日，更有那三五顽劣者，头缠白布，高举白幡，歌之舞之。灵幡上书"接引亡魂楚大司马曹咎"，下面画有各色畜类丑态，迎风飘飞，摇晃不止。其中有一大嗓门者，躬身做哀哭状，在地上绕了三圈，忽而昂头，朝那城上高声哭叫："曹咎啊，我的儿啊——"

那曹咎，在城堞后面看了几日，至此时再不能忍。便唤来司马欣、董翳二王，商议道："我曹某随项梁君举义，所战无不大胜，竟遭此虾兵蟹将戏弄，再忍，实不为大丈夫！成皋守军，尚可一战，今决意与二王督军出城，一决胜负。即使不胜，亦不至失城。"

那塞、翟二王，本是客卿，此际更有何话可说，便都赞同。

第八日晨，汉军又有大队来到城下，如法炮制。正鼓噪得沸反盈天时，忽见成皋西门吊桥，轰然一声放下，腾起大股烟尘。随即，城门大开，万余楚军吼声如雷，从西门杀出。

那汉军正在嬉笑，见此不禁乱作一团，或丢盔弃甲，或抛却旗鼓，泅过汜水，一窝蜂地向西逃去了。

曹咎立于戎车之上，哈哈大笑："汉军鼠辈，今日知我厉害了？"遂将长剑一挥，喝令道，"全军渡汜水，杀他回巩县去！"

楚兵卒足足被骂了七日，早已是怒火中烧，此时都红了眼睛，纷纷跳下水去，要追上那汉军与之拼命。

大军在半渡之中，已过河的正在集结，未过河的正前赴后继，忽然身前身后，两岸一片金鼓声大作。霎时便有汉兵无数，从两岸拥出。有那弓弩手抢占了地形，就朝河中箭矢齐发。

此时，楚军恰被汜水截成两段，前面已上岸的部伍，未料有伏兵杀至，仓皇抵挡，退至河边，无路可逃。东岸尚未过渡的部伍，也乱作一团，欲回城中，却是退路已断。河中正在泅水的兵士，最为可怜，被那遮天的箭雨射住，抵挡不得，纷纷中箭淹毙。

只见汉军阵中，忽地竖起一面"汉"字大纛。旗下，周勃横戟立于车上，仰头笑道："汉家岂是宋襄公耶？儿郎们，送那曹咎去喂鱼鳖！"

曹咎见势不妙，慌忙驱车欲逃，不料，眨眼间便是身中数箭，战袍血染一片。再回望两岸，万余楚军正如羔羊般被屠戮，知是违背项王军令，中了汉军的诡计了。不由气血攻心，大叫一声："汉贼！曹某化作厉鬼，亦教你不得好死！"说罢，拔出剑来，自刎而亡。

再看河东岸，司马欣、董翳率军殿后，死战不能脱身，知大势已去，又不愿复叛，相互望望，便也拔剑自刎。

厮杀了近一个时辰，两岸喊杀声方渐渐平息，河边景象，已是天惨地绝。

成皋城内，尚有小股楚军留守，见大军不利，慌忙将城门闭了，通令全城戒严，只盼荥阳守将钟离眜来援。

周勃见汜水畔楚军已斩杀净尽，也不攻城，便命鸣金收兵。回到大营，即派军士携楚将三首级，飞驰小修武报功去了。

彼时刘邦正在高卧洗脚，得周勃捷报，喜得一掌将婢女推开，大叫："天下定了！"遂颁下号令，二十万汉军一齐渡河。

霎时间，大河南岸，遍地汉旗飘飘，疾走如丸，不知世间有何人可挡！

那守敖仓的小股楚军，本是刑徒充军，见此早就一哄而散。汉军夺得敖仓后，又浩荡南下，将那成皋死死围住。

城内楚军，既失主将，哪里还有斗志？ 禁不住百姓一番恐吓，只得开门迎降。

刘邦在城外与周勃等将会合，偕众臣入城，又回到了旧虢宫住下。 席不暇暖，即传下谕令，楚军所留财宝，尽分赏给士卒，官府一文不留。 三军上下闻令，都齐声欢呼。

汉军当此际，在成皋已是两出两进，刘邦见市面残破，百业凋敝，心下不忍，便命陈平前去宣慰百姓，令各个安居，勿再惊扰，从此汉家将稳坐天下，永保太平。

待得诸事安排妥当，刘邦便将群臣召来，盛宴款待。

待众臣坐定，刘邦举起酒杯说道："元旦①刚过，汉家即开如此新天，此次断不能再大意了。 今日大筵，酒不能白白饮下，要听诸君高见。"说罢，向众人敬了一番，一口饮下。

那樊哙道："饮酒就是饮酒，还要论国事，不如稍后子房、陈平兄留下商量，我等只管一醉方休。"

刘邦嘴角略显笑意："樊哙老弟，举义之前，你在家为屠户。 今日不开玩笑，且说说宰猪最忌甚么？"

"最忌甚么？ 一刀杀不死，挣脱绳索跑了！"

众人便哄笑起来。

刘邦却不笑，只道："着啊！ 那荥阳城内，尚有钟离眛固守，且项王闻成皋、敖仓失守，必回军争夺，我又将何以应付？ 如此

_____

① 此时仍承秦制，以十月为岁首。

大事，怎能不议？ 楚汉相争，在成皋便厮缠了两年，若再次得而复失，寡人只有回巴蜀去了，好做个田家翁。"

樊哙不以为然道："季兄，你汉王做了三年，胆量反倒越来越小了。 那曹咎所部，已在汜水旁被宰鸭般宰了，还怕他钟离眜作甚？ 明日发兵去夺下便是。"

陈平拿起酒樽，为樊哙斟满了一杯，笑道："樊哙兄，那钟离眜，我看无须你费力气了。 你想，千里之地，唯荥阳孤悬，他能坐得稳吗？ 不出三日，必开门遁逃，我军在荥阳东拦截便是。"

刘邦大喜道："奇哉陈平，我汉家真乃人才济济！ 樊哙老弟，今日且少饮，明晨即率三万人马，赴荥阳东设伏，勿使钟离眜部走脱一个。"

樊哙便放下酒杯，一拍案道："军国大事，说不饮，就不饮！ 看我明日提钟离眜头颅来见。"

刘邦见张良独独未语，便问："子房兄，你也休得涵养太深。 我倒要请教，那项王若回军，今番我将如何布置才好？"

张良便道："微臣所虑，也在此事。 成皋、荥阳两城，两年来数度易手，看来并非长守之地，今敖仓已夺回，不如就在广武山上，另筑壁垒拒守。 如此居高临下，有山川之险可恃；背倚敖仓，有军粮取之不尽，便再不怕他楚军势大了。"

那广武山，就在成皋之东，依河而矗，宛若高城，端的是一个易守难攻的好地方。 刘邦听了，心中便有了数，拍了拍张良肩膀道："子房兄，汉家若无你，终成盗跖。 我刘季，连个田家翁怕都做不成了。"

众臣正在觥筹交错之间，忽而随何闯进，报称曹参有急报到，说罢将一卷军书递上。

刘邦拆开封缄，一面看，一面神色就有变化，先是悲戚，后又狂喜。阅罢，抬头一看，见诸臣都在注视，便定了定神，忽地起身道："赵国相韩信、左丞相曹参，日前自赵境发兵，已将齐地十三城相继攻下，齐王田广、齐相田横叔侄望风而遁，龟缩于沿海一带，不足为虑了。韩信所率军十万，从东、北两侧拊楚之背，戟指彭城，随时可下！"

夏侯婴不由狂喜道："终等到这一日了！"众臣闻之，都抛了酒杯，拔剑狂舞。大殿上铿锵之声，响作一片。

次日晨，樊哙便开了南门，率精锐三万，疾奔荥阳东而去，果然将弃城东逃的钟离眜部截住，围在了核心。钟离眜岂肯束手就擒，率部死命冲杀，然终不能突围东归，便命军士就地筑垒，与樊哙相持起来。

刘邦算定了钟离眜逃不掉，便稳坐成皋城中等消息。未承想，捷报未到，却有随何来禀道，已降楚的韩王信，趁乱从荥阳城单骑逃出，正在旧虢宫门前求见。刘邦闻之大喜，忙命召进。

只见韩王信一身布衣，跟跄而入，刘邦连忙起身迎住。

韩王信鼻子一酸，就要哭出来："季兄……"

刘邦急忙扶住，强颜笑道："兄长受苦了，回来就好！"

韩王信忙伏地拜了一拜，泣道："今生能见季兄，幸莫大焉。昨日钟离眜开城出逃，留赵贲与我同守荥阳。今晨我趁议事之机，手刃赵贲，换了便装方脱身出来。"

"赵贲？如何又冒了出来？"

"章邯旧部，当年唯他一人脱逃。曾投司马卬，然在朝歌未擒住他，又投了项王。"

"哦。此人我知，实狡诈万端，居然结果在你手里。"

"大王，今荥阳已是空城一座，可速去抢占，也算弟将功折罪。"

"好好！万事莫提，快去洗个澡。你我兄弟，那项王是拆不开的。"

韩王信感激涕零，叩谢再三，便由随何引着沐浴去了。刘邦随即传了靳歙来，命他率精骑一部，去抢占荥阳，自己仍在成皋静候消息。

候至下午，果然有樊哙营中军卒来报，已将那钟离眛围住了！刘邦喜难自禁，足之蹈之，在地上打个转儿，急命随何去唤陈平、张良来密议。

二人入得汉王居室，刘邦便屏退左右，唤二人坐下，左右看看，忽有老泪夺眶而出："今汉家谋士，只有你二人了！"

二人闻言大惊，陈平便道："郦老夫子出事了？"

"老夫子日前赴齐劝降，不意韩信大军突然伐齐，田广迁怒于老夫子，将他活活烹了。"

张良、陈平面面相觑，脸色惨白。张良便道："郦食其使齐，是为间使，鄙人不知，韩信难道也不知？"

刘邦便叹了一声："此事寡人有误，未能知会韩信。"

二人听了，便是沉默，一阵唏嘘。

少顷，陈平忽觉疑惑："彼时齐地七十余城已降，小修武大营皆知，那韩信离齐境不过咫尺，却未得报？"

刘邦道："今召二位来，便是计议此事。韩信平燕赵之后，早不伐齐，晚不伐齐，拖得寡人险些丧于敌手。偏郦老夫子劝降事成，他倒乘虚而入。这韩信，是否有了二心？"

陈平笑道："大王前月夺了他大印，倒不怕他降楚了？"

刘邦道："他那时光杆儿一个，哪里有筹码降楚？今日据地千里，俨然诸侯，若起意与我分庭抗礼，如之奈何？"

张良摇头道："大王请勿虑，韩信伐齐，不过争功而已。若有与汉家分庭抗礼之心，便绝不至降楚。今日他羽翼尚未丰，有曹参、灌婴挟制，叛降几无可能，大王只须对他好生笼络便是。有他一军在楚之侧后，汉家得力甚大。"

"那好，明日即遣陈武、陈涓两将，再为韩信添兵一万。务令项王如芒在背。"

张良、陈平互相望望，都连声称善。

刘邦难掩急切之状，又道："便封那韩信为王，如何？"

陈平却道："不可开此例！以军功封王，须待天下大定，否则必尾大不掉。"

刘邦便转忧为喜："有二位襄助，我心甚安，明日便发下明谕，褒扬韩信。"

陈平又问："郦食其之事，如何善后？总不成就此无声无息了。"

刘邦道："今日方告大捷，莫冲了众人喜气，稍后再发丧吧。郦夫子家人，要好生抚恤，其弟郦商，来日可封侯拜相；其子郦疥，也教他去领兵，若有军功，即破例封侯。如此，我辈方稍可心安。"

三人将此事议毕，刘邦又谈及驻军广武山之事，陈平便要请英布、周勃来议。

刘邦摆手道："汉家懂谋略之将，韩信而已，余者只知统兵陷阵。我等议罢，交与彼辈去办就是了。"

张良道："日前弃守成皋时，微臣在广武山一带巡视，已详察地形。 可命周勃领大军赴广武山筑垒。 广武山分东西两座，中有一涧，涧内便是魏惠王早年所开鸿沟①，此涧开阔，堪作屏障。 我军若在西广武筑垒，可屯兵十万。 移军至彼处，便可教楚军今世不得过鸿沟。"

刘邦拊掌大喜道："此事明日就办。 如此，即便不能尽得天下，逊于始皇，然已强于晋文齐桓，不虚此生了。"

周勃领命后，率部攀上西广武，督士卒昼夜筑垒不止，半月之后，即筑起巍然壁垒一座，遍插旗帜。 周边乡民望之，讶然不已，以为是神迹，皆称之为"汉王城"。

壁垒筑成之日，刘邦率文武进驻，上下察看了一番，倍觉振奋："有此鸿沟，胜我百万雄兵。 项王纵是猛虎，亦只得在我笼中了。"

且说项羽听了外黄孺子的劝告，未杀全城丁壮，即使有那彭越军混入冒充百姓的，也都统统释放。 此例一开，外黄以东那睢阳等十余城，果如小儿所言，望风请降，连带动摇了彭越多年的老巢。

这日，项羽摆下筵席，邀约外黄县令仇明，与那孺子一家把酒尽欢。 客还未至，忽有东西两面的急报接踵而至。 项羽看罢一封，面色便一沉；再看一封，不禁大叫一声："蠢材！"

龙且便问是何事，项羽道："曹咎无能，失了成皋。"

"那塞、翟二王呢？"

---

① 鸿沟，乃古代最早沟通黄河与淮河的人工运河，遗址在今郑州荥阳。修建于战国时魏惠王十年（前360年）。至南北朝时，仍为黄淮间中原之最重要水运通道，亦为兵家必争之地。

"三人擅自出城迎敌，兵败，皆自刎于汜水之上了。"

龙且只是顿足，又问："荥阳安然否？"

项羽猛地举起军书，啪一声摔个四面开花："钟离眛弃荥阳东走，被樊哙军围于荥阳之东！"

"我大楚脸面，今日丢尽了！"

"岂止是脸面？"项羽又拿起另一封军书，"韩信已夺齐七十余城，田广唯余海隅四城，竟遣使向我求援。"

龙且顿显迷茫："韩信？ 那胯夫，竟有此等本事？ 也活该齐人遭此天罚！"

项羽望望龙且，忽向侍从的桓楚道："去告诉外黄令，酒宴今日免了，改日再说。"而后转头对龙且道，"你随我来。"

君臣俩步出外黄衙署，见日已将暮，街衢正要宵禁。 士卒皆持戟立于街衢，见项王来，忙注目行礼。 项羽微微颔首，近前慰谕了数语，便带着龙且登上城头。

此时夕阳衔山，冬日旷野上，稼穑皆已收割，唯余满目苍茫。项羽一指眼前景色，叹息道："这梁地，亦是大好的河山，再有一旬，便可尽入我之囊中。"

龙且便露出喜悦之色："大王，有此伟业，即便是齐地归汉，也算不得甚么了。"

项羽便仰天一叹："惜哉！ 天不助我。 连这一旬的时日，竟也不予寡人了！ 韩信下齐，便是在我背后刺入了利刃一柄。 你想，从齐地攻取彭城，岂不是易如反掌？ 我等还有心去追彭越吗？"

龙且倒抽一口气道："果然！ 这……却如何是好？"

"你可知吗？ 亚父一死，国中便无人，这大楚的天下，就只得你我二人来担了。"

"微臣不敢。大王有何打算？臣愿以死报效。"

"寡人明日即起程，会同项伯、季布，前去夺回成皋。着你与项佗，领别军一部北上，去剿灭韩信。项佗名为主将，军中一切实由你做主。"

"臣遵命！那韩信，不过将兵十万，臣只用领兵五万，必提他头来复命。"

项羽摇摇头道："韩信小儿，不值一哂，然彼辈从无败绩，故不可太大意。寡人欲拨付你兵员，并非五万，乃是二十万。"

龙且一惊，半晌合不拢嘴来，待稍缓过神来，忙伏地叩首道："大王放心。龙且之敌手，今尚在娘胎，灭那韩信，如捻死蝼蚁耳。"

项羽按剑道："龙且，你起来看。"

龙且连忙起身，随项羽的手指看去，只见残阳将尽，漫天血红。

项羽便道："你须记得今日，明早你我各奔西东，若有一处败绩，则我辈皆死无葬身之地也！"

龙且不禁血脉偾张，拍胸脯道："大王待我，情同骨肉。今臣北上伐齐，即使是泰山北海，亦统统踏灭。"

"好！"项羽拔剑砍向城垛，大呼道，"灭韩信后，楚之天下，寡人与你共之。"

次日微光初露时，项羽便率本部十万人马开拔，直奔荥阳而去。龙且则领了兵符，带了副将周兰，前往彭城，拟在本土集齐二十万大军，再北上高密，与齐王田广会合。

项羽所率十万精兵，出外黄向西，又是数昼夜的兼程疾行。

自楚汉对垒之后，这已是项王大军第五次奔走于此途了，山水草木，无不熟悉，阖眼亦能通过。

这日，荥阳东的汉军大营中，有探马三次来报：项王率军反身杀回，前锋此刻已过圃中，明晨即过新郑。樊哙接报，便是一惊，忙传令全营戒备。

正在围困钟离眛的樊哙部，皆是汉军旧部人马，早知楚军厉害。营中闻此令下，顿起骚乱。

樊哙正要拔剑弹压，忽有老兵带头鼓噪："逃命要紧咯——"话音未落，全营立刻溃散。

三万汉军于顷刻之间，便潮水般蜂拥退去，荒野之上，只见狼奔豕突，旗甲弃地。连被困多日的钟离眛部，闻声登上营垒，都看得目瞪口呆。

樊哙禁止不住，也只得驱车奔逃，一路咒骂不止。自楚军营垒至荥阳，本有一条通衢大路，汉军畏惧项王，恐被追及，皆不敢行走大路，只拣那山势险峻的小路攀爬，漫山遍野如羔羊失群。樊哙气得乱跳，也无计可施，只得弃车上山。

如此狂奔了一日，终望见了荥阳城头，然奔逃汉军过荥阳之门，却都不敢入，转道直奔广武山营垒去了。荥阳守军望见，不知此举为何故，都大惊失色，亦开门弃城而逃。

见楚军未至，樊哙部竟然狼狈逃回，刘邦哭笑不得，也不好责怪，急令开汉王城之门，统统纳入，又命全军张弓拔剑，枕戈以待。

项羽在途中已收拢了季布所部，又为钟离眛部解了围，声势益发壮大，一路耀武而行，开进了汉军弃守的荥阳城。

入得城来，召来里正、乡老一问，方知刘邦大军已移驻广武山上。 项羽不禁就哂笑："老儿，又是弄的甚么名堂？"

待楚军浩浩荡荡开至广武山下，项羽抬头一望，才知刘邦此次非同寻常。 那广武山，遍山柏树森森，可藏万人。 汉王城高踞于山巅，下有鸿沟阻隔，即便无箭矢飞下，攀援而上也属不易，这教人如何措手攻打？

项羽与项伯、季布、钟离眜等，在山下察看了一回，也是无甚妙计。 只得督众军爬上东广武，也筑起营垒一座，号称"楚寨"，与汉王城遥相对峙。 当地百姓见了，都称它为"霸王城"。

汉军绝不出战，楚军初时之气焰，便渐渐消减。 两军每日隔空对骂，或放冷箭伤人，形同儿戏。 天气渐凉下来，楚军粮草又觉有些不济；汉军却倚仗背后即是敖仓，谷粟食之不尽，便守定了紧紧相连的汉王城、敖仓、成皋这三处，远较以往轻省得多。

刘邦每日躲在垛堞后偷窥，见楚军蚂蚁般四处乱窜，心下就暗笑。 心情一好，便教随何潜至成皋物色美女，掠得一批，带上山来消遣。

白日里，刘邦上城窥看敌情，天一黑便搂了美女去寻欢作乐。

如此僵持数月，项羽便觉烦躁——楚军麻烦多矣！

楚之粮道，今仍时时受卢绾、刘贾袭扰，粮草补给越发吃力。

项羽最担忧者，乃是韩信在齐地坐大。 以往齐楚虽然交恶，但也长期未动干戈，好歹北方尚有此一屏障，如今屏障全失，万事难料。 龙且虽勇，谋略却平平，即使以二十万军征讨韩信，能打个平手也便是好，唯求上苍护佑了。

眼见得两军隔着一道鸿沟，僵持起来，项羽不禁渐生悔意。心想：不如当初与龙且互换，自己去剿灭韩信倒还妥当些。 原只想刘邦势弱，出马即可擒下，一了百了，韩信又何足道哉？ 然今日看来，刘邦只知龟缩，韩信那边的战事，倒成了悬念。

这日，项羽在楚寨城头，望见对面山上汉军优哉游哉，居然还有些倡优时而出没，不由火起，忽想起刘太公一家还拘押在彭城，此时何不作为要挟？ 于是便遣一使者，快马驰返彭城，令虞子期亲自押送刘邦家眷来广武山。

使者走后逾半月，虞子期便将太公一行押至。 项羽在帐中得报，亲往大门迎住，张目一望，不由大惊——原来虞姬也与兄长一同来此，正与太公、吕雉有说有笑。

项羽诧异道："美人如何来此地？"

虞姬便嫣然一笑："大王唤刘太公来，岂不是要讲和了吗？ 妾再不来，今生也难再睹战场了。"

项羽哭笑不得，只得命虞姬自去安顿。 虞姬便朝刘太公道了个万福，正要转身，忽听项羽暴喝一声："将这老畜生拿下！"

当即便有郎卫数人，一拥而上，将刘太公衣袍褫去，赤膊绑了起来。

虞姬大惊，忙喊道："夫君，这是要做甚么？"

项羽不耐烦道："军中大事，妇人勿得多言。 虞子期，速将令妹带去安歇！"

虞姬情急而泣道："夫君，太公毕竟是长辈呀……"不等她说完，虞子期便匆匆拽她走了。

少顷，众郎卫搬出一高足俎（切肉砧板）置于城头，将那被绑缚的刘太公放置其上。 旁侧架起油镬一口，以旺火在釜底烧之。

时过不久，镬内热油沸腾起来，烟气蒸腾，对面汉军望见，皆惶然不知所措。

项羽仰天大笑，隔着山涧喊道："刘邦听着，你降也不降？ 若不降，我便烹了你老父！"

这一声喊，声震峡谷，汉军听了大惊，有士卒忙跑下城头去禀报。

不一会儿，刘邦闻报跑上来。只见他倒跋鞋履，衣带尚未束好，望见老父被置于砧板之上，心下惶急，将牙齿咬得咯咯作响，只是无计可施。如此沉默有顷，忽而却朗声大笑道："往昔举事，我与你同奉义帝，约为兄弟，则我父即是你父。若欲烹你父，请分我一杯羹！"

项羽闻言，咆哮如雷道："无耻！妄人！"遂命人将刘太公拖下，便要向那油镬中抛去。

那边厢刘邦望见，知不可免，只得仰头一叹，将那眼睛闭紧了。

未料，项伯忽地从项羽身后跃出，双臂高举，拦住了众郎卫，扭头对项羽喊道："不可不可！天下事尚未能料，万勿如此决绝。况且欲图天下者，多不顾家；妄杀一为人父者，于我何益？只恐反招祸而已！"

项羽半晌不语，良久方吐出一口气来，一拂袖道："放了吧。"说罢，便转身而去。

刘太公早已被吓晕，郎卫们连忙松了绑，项伯又为他掐了人中穴，片刻后才苏醒过来，环顾四周，仍觉茫然："此乃人间乎？"

项羽心下也觉歉然，于数日后，置酒设宴，由项伯与虞姬作陪，请了太公一家来，算是谢罪。

席上，项羽起身敬酒道："小侄脾气暴躁，太公受惊了，此酒即为赔罪。"

刘太公呆了一呆，叹道："吾儿顽劣，成不了大器。然吾儿之友，凛然有天子脾气矣！"

项羽不禁赧然，又赔笑道："天下事，男儿当仁不让，故有冒犯。我若晚生于刘邦兄七十年，则全无今日事。"

虞姬便道："太公，可唤我刘邦兄过来，与我夫君拈阄，看谁应得天下。"

项伯哈哈大笑，当下举杯敬酒，与太公、吕雉等又叙了一回旧。

项羽一计未成，心有不甘，数日后又遣桓楚至汉营，传语道："天下汹汹，连岁不宁，只为我两人争持而不宁。我愿与汉王挑战，不令天下百姓徒然受苦。"

彼时刘邦正卧于榻上，听凭两婢女揉脚，闻桓楚所言，动也未动，只笑笑辞谢道："我愿斗智，不能斗力。"

桓楚便叹气道："如是，楚汉之争，何日得休呢？"

刘邦笑道："数岁之内，可见分晓吧。你家项王，不是已渐渐疲了？"

桓楚无奈，只得返营照实回报。项羽仍不罢休，便令一裨将出营，去向对面汉营挑战。

那员裨将拍马即出，一骑如电，临涧将戟一横，正要破口大骂。汉营中忽有一名楼烦射手，也是快马驰出，猝发一箭。那楚将"啊呀"一声，应声倒地，汉营中便是一片欢呼。

那汉营射手，乃是有名的"北方三胡"①的楼烦族人，细目高颧，善骑射。刘邦自从进兵河西，就命萧何广招胡人为部卒。这

---

① 北方三胡，指战国时东胡、林胡、楼烦，并称"三胡"，皆系塞外游牧民族。

位楼烦神射手，从军东征，现已做到了屯长①。

项羽在壁垒上看得气急，又命一裨将出马，楼烦射手如法炮制，又是一箭中喉。

如是者三四，那楼烦射手催动坐骑，在涧边不停往返，得意非凡。忽见楚营中又一阵马蹄骤响，一武将骑一匹乌骓马，挥槊驰出。只见其黑面虬髯，铠甲耀目，威严无比。楚营中士卒识得这竟是项王，便是一片鼓噪。

那楼烦射手略略一惊，便要拉弓搭箭，但觉其人之威，炽烈如焰，难以逼视。正犹疑间，冷不防项羽猛喝一声，如巨雷劈空，山鸣谷应。那楼烦射手直吓得心胆俱裂，险些跌下马来，忙掩面而逃，奔回了营垒。

刘邦在城内听得喧哗，便上城来看，见是项羽在对面指名挑战，也是吃了一惊。两军众目睽睽之下，汉王名震天下，如何能放赖不出？刘邦想想，便披挂整齐，唤了王恬启、缯贺一干将弁，跨马驰出城来。

项羽戟指刘邦，喝问道："刘季，来试试身手如何？"

刘邦一拱手道："公别来无恙？我并非愿与公相争，然公逆天道而行，可谓恶贯满盈，人神共愤。故而天下诸侯推我，兴义师而伐无道，为百姓免祸。今有幸与公相会，便略数公之罪名，请三军静听——"

项羽微微一笑，便将长槊往地上一戳。两边军士，也都爬满堞堞，竖耳倾听。山涧之中，唯闻飒飒风声。

——————————

① 屯长，汉军低级军官。一军之内，各部之下设曲，曲下有屯，设屯长，五十人一屯。

刘邦早有成竹在胸，大声数落道："我与你俱受命于怀王，约好先入定关中者为王，你却负约，窜我于蜀汉，罪之一也。 你矫杀卿子冠军①宋义，自尊上将军，罪之二也。 巨鹿救赵，得胜当还报义帝，而擅劫诸侯之兵入关，罪之三也。 怀王有约，入秦勿暴掠，你却烧秦宫室，掘始皇陵，私藏其财宝，罪之四也。 滥杀已降秦王子婴，罪之五也。 诈坑秦降卒二十万，而封降将为王，罪之六也。 你帐下诸将，封王皆在善地，而徙逐诸侯旧主，罪之七也。 你逐义帝出彭城，自居其城为都；兼有梁楚沃野，又夺韩王之地，善地多留予自家，罪之八也。 你遣人谋弑义帝于江南，罪之九也。 你弑主杀降，为政不平，背信弃义，为天下所不容，实乃大逆不道，此罪之十也！"

这一番声讨，辞情俱茂，滔滔不绝，如高山落瀑，一泻而下，直听得两边军士目瞪口呆。

项羽心知所谓"十大罪"全系捏造，多是深文周纳，滥加罪名，但须臾间竟也无辞以对，气得大叫，只勒了马在原地打转。

刘邦正扬扬得意间，有楚寨一弓弩手气不过，当即扳动机括，突发一箭，正正当当射中了刘邦胸膛，"噗"的一声，三层犀牛皮胸甲，皆为锐利的三棱箭镞洞穿！ 刘邦"啊呀"一声，痛得弯下了腰去。

楚营士卒见了，都以为这一箭，定是射死了汉王，立时欢声雷动。

王恬启等诸将一时无措，只扭头去看。 忽见刘邦缓缓直起身

---

① 卿子冠军，系楚怀王授予宋义的尊号。

来，一手按住脚背，说道："贼箭中我足趾了！"

众侍卫知箭伤不重，皆大喜，一拥而上，将刘邦护送回营。

项羽在涧那边见了，知刘邦又躲过一死，大失所望，便教鸣金收兵。

刘邦诈作轻伤，实是伤得不轻，险些就要了性命。被扶入帐中后，虽经敷药，仍觉疼痛难忍，卧于榻上动弹不得。

张良闻讯赶来，见太医已作了包扎，暂无性命之忧，这才放下心来。当下便谏道："大王中箭，全军皆知。此时务必强打精神，巡行营内一周，以安军心，否则祸福难料。"

刘邦闻言，甚觉有理，只得挣扎着起来，披挂好盔甲，装作无事一般，乘戎车在各营中巡行一遍。

汉军将士，原都忧心忡忡，以为主帅箭伤将不治，大局崩解在即。忽见汉王神采奕奕，竟然驱车巡行，便都释去了疑虑，欢呼声此伏彼起。

刘邦回到帐中，躺了半夜，实在疼痛难忍，便叫起太仆夏侯婴，连夜奔入成皋休养去了。

次日天明，楚军斥候混入汉营，见各营安堵如常，又盛传汉王不过是小伤，只得快快回报。项羽得报，不由大费踌躇，思之无计，也只得一日日就这般耗下去。

此时广武山上下，刘邦与项羽这对儿冤家，所思皆牵于齐地。刘邦只盼韩信能在齐地发力，南下攻楚，与广武山大军合围项羽。项羽则盼龙且北上功成，将韩信之兵逐出齐赵，以解后顾之忧。

这两位枭雄的所盼，一时皆无动静，徒令人昼夜心焦。刘邦箭伤渐至痊愈，不免想念起戚姬、薄姬来，又兼之广武山须增兵，便与夏侯婴回了一次关中。

汉都栎阳，原为塞王司马欣旧都。刘邦唯恐秦人怀旧，此次便将司马欣首级携回，悬于闹市示众，又广张告示，宣谕汉家威德，直要教那百姓服服帖帖。

看这栎阳城内，与上次已大不相同，处处车马辐辏，店铺栉比，端的是盛世初显。万事由萧何打理，究竟是不同，刘邦看得开心，见那戚姬与薄姬相安无事，便更无忧虑。

勾留了四五日，集齐新增兵马数万，刘邦便匆匆离了栎阳，带领援军驰返广武山。

再说那龙且，在外黄与项羽分别后，回到彭城，谒见了监国的柱国项佗。项佗验明兵符之后，亲自操持，一旬之内，便集齐了二十万大军。

冬月之初，项佗、龙且择日誓师完毕，便偕同副将周兰，率大军开拔，进入了齐境。全军进退行止，全由龙且一人操控，项佗仅殿后以作大将声威。

龙且引军一路北上，一面便派遣了快马斥候，兼程先赴高密，教那齐王田广带兵来会。

田广得信，大喜过望，忙收拾四城残军，约有三万人，一路西行与龙且来会。两军在潍水东岸相遇，晤谈妥帖，两家合成一军，就地安营，专等韩信大军开至。

此时军中有一属吏献计道："韩信军千里远来，穷寇善斗，锐不可当。齐、楚军于自家门前与之战，顾念家室，极易溃散。不如深壁高垒，不与交锋，再令齐王派亲信四出，招降已失之城。彼等失陷军民，闻齐王无恙，楚军又来救，必反汉来归。那汉军去国两千里，客居齐地，齐亡城若一起反之，则他必无城可守、无粮可食。旬月间，便可见他不战而降矣。"

龙且心中之武圣，除项王之外别无二人，岂能将韩信看作对手？遂摇头道："我早便知韩信为人，不过尔尔。曾闻他寄食于漂母，无谋生之策；受辱于胯下，无过人之勇，还怕他个鸟！我若不战，倚赖齐人逼降韩信，又有何功可言？今若战胜韩信，齐必以国土之半作为酬谢，我又何乐而不为？"

副将周兰也劝道："那韩信，今日已非淮阴浪子。自汉兴以来，他统军东出，平定三秦，横扫燕赵，所向无不披靡，还须小心些才好。"

龙且便笑："周兰将军，如何畏韩信如惧内？那竖子侥幸，一路之燕赵齐代，所遇全是庸将，几近家丁、捕役者流，胜之不武。昔在漳水，章邯见我也曾胆寒，今韩信若不识相，教他留下首级便是。"遂不听劝告，遣校尉知会了主将项佗，便将营寨沿潍水列好，专候韩信大军到来。那项佗，数年来并无过人战绩，不过倚仗是项氏本家，坐上高位，何曾指挥过如此大军？于是一切任由龙且摆布，自己只领后军压阵。

韩信此时，也恰在寻觅齐楚联军，两军正可谓迎头撞上。

自郦食其被烹之后，韩信背负恶名，心甚懊恼，不由对齐王恨之入骨。日前，在临淄会合了陈武、陈涓援军，便来收拾齐王，以解心头之恨。

正在南下途中，忽闻齐楚已合成联军，结营在潍水之东。韩信心中暗喜，便寻踪而来。

此时有探马回报说：潍水对岸楚军，竟有二十万之众！韩信闻之，亦是一惊，连忙打马驰至河边察看，见对岸画角连营，红旗遍野，知是一支劲旅，遂不敢怠慢，令全军后退三里，于险要处扎下了营盘。

大军刚刚落脚，辕门外便有一楚卒涉水而来，送上龙且亲书的战表，约定次日于潍水之东交战。韩信也未多想，当即挥毫回书一封，满口应允，教那楚卒带回去了。

入夜，韩信并不歇息，急召了裨将高邑前来大帐，询问潍水涨落之事。韩信道："年前伐魏时，你为我献了木罂之计，果是精通水战的良才。今我军迎击龙且，又有水战之事须向你请教。"

高邑慌忙应道："蒙大将军错爱，有何垂询，末将知无不言。"

韩信便屏退左右，在灯下与高邑商议良久，渐成一计。韩信大喜道："好个高邑，只你一人，便等同我一支水军！待明日，必有重赏。"

待高邑拜谢退下，韩信又半夜急召曹参、灌婴、傅宽来大帐，秘密布置了一番。

次日天明，傅宽所部的全队士卒，便都变身成了粮秣官，将装谷粟的布囊全都清空，一日下来，计有万余条。入夜，由军卒携至上游隐蔽处，在河边装好沙土，投入河中，将河水阻住了大半。

次日晨起，潍水流势立时减弱。那楚军上下，个个骄横异常，哪里有人留意到这等琐屑事。韩信这边已集起大军，待一阵鼓声响起，汉军便前后相继，涉水而过。往日潍水，水深没顶，军旅徒步不能过，今日汉军只须脱屦撩衣，便可涉过。

楚军巡哨见之，急报龙且。龙且大笑道："竖子愿来送死乎？"遂下令全军，出营布阵。

因前日周兰曾有所劝谏，龙且也未敢大意，一招一式列好阵势，便在戎车上远眺。但见韩信军旗帜杂乱，队列无序，如羊群般跳入河中，争先恐后地扑来。

龙且便对周兰道："那陈馀、田横，怎敢妄称将军？ 如此乌合之众，竟不能应付。"

周兰疑惑道："前日来此地扎营，尚见河水深广，今日如何却不没膝？"

"冬日水枯，韩信只道老天予他方便。 若竖子半夜涉水来偷营，倒还算聪明，如此明晃晃涉水来求战，岂不是找死？"

"末将只道是韩信知兵，未料竟是如此！ 我军当半渡而击。"

"那是当然！ 传令下去，闻鼓声而动。"

韩信军前锋爬上岸来，渐渐已有了三五万人，正乱哄哄准备列阵。 后面又有中军无数，争抢下水。 已过河的汉军中，竖有一绣字大纛，细看正是赫然一个"韩"字。

龙且看准那大纛下，果然是韩信戎车，便亲执鼓桴，将那牛皮大鼓，直擂得震天价响。

楚军闻听鼓声，阵前盾牌便忽地放倒，千军万马潮水般一拥而出。 楚军之冲阵功夫，天下无双，当年连秦军也不能抵挡。 只见队列如风疾行，长戟交错，密如苇丛，二十万军如燎原之火向河边卷去。

已过河之汉军，闻楚营鼓响，便是一阵慌乱。 又见楚军阵门大开，有无数人马冲踏而来，哪里还敢接战？ 却见中军大纛晃了两晃，韩信戎车便掉转头，率先涉水而逃。 岸上汉军见了，不敢停留，也都弃了金鼓、旗帜，纷纷退下河去了。

龙且哈哈大笑："早知韩信，不过燕雀之胆！"

待涉水汉军返回西岸，西岸上汉军也立脚不住，纷纷退后，立呈溃逃之势。 龙且想也不想，将手中令旗一挥，楚军便争相下水，向对岸追去。

眼看前军过了一半，龙且意气昂扬，命齐王殿后，自己与周兰驱车随大军渡河。

正渡到一半时，忽见远处溃退的汉军中，竖起一面巨大红旗，左右晃动，望之极为醒目。龙且正疑惑间，说时迟那时快，上游忽涌来五尺水头的洪峰，呼啸奔腾，席卷而下。半渡之楚军，此时在水中约有万人，立遭没顶之灾，在水中旋了几旋，便不见了影。

原来，上游的傅宽部望见红旗招摇，便决开壅塞所用沙囊，将滔滔河水放了下来。冬月之水冰冷刺骨，楚军全无防备，顷刻便溺毙无数。岸上楚军眼睁睁看着，却无法施救，不禁哀声四起。

龙且所乘戎车，幸而已行至水边，未遭灭顶。待他落汤鸡般爬上西岸，见原已逃远的汉军，此刻都折返了身，山呼海啸般冲了过来。

原来如此！龙且不由顿足叹道："中了竖子诡计矣！"

这一回，韩信仍是驱车在前，挥动全军大进。潍水之西，遍地皆有黑旗竖起，如罗网般向河岸收紧。渡过潍水之楚军，不过才两三万人，见势不妙，都四散逃窜。龙且立于车上，横戟大喝，欲止住混乱；然此军系临时征集，不似老营兵马，将令也不能约束。

周兰也刚爬上岸来，仓皇问道："将军，如之奈何？"

龙且悲叹一声："奈何？唯战死耳。"

话音未落，灌婴所部郎中骑已卷地而来。骑士之中以秦人居多，对楚军有切齿之恨，今日终得报仇雪恨，刀剑乱下，直杀得砍瓜切菜一般。

有数千骑士望见河边戎车，知是楚军主帅，都一拥而上，将龙且围在核心。那龙且，不愧是名将，置身绝境而色不变，跳下车来，大喝一声："龙且在此！"便挥戟搏杀，一人独杀郎中骑近百人，终力竭战死。

副将周兰欲趁乱杀出，但未能逃脱，在苇丛中被生俘。

望见西岸楚军崩解，主帅战殁，尚未渡河的楚齐联军，惊得魂飞胆丧。齐军最先动摇，裹挟了齐王仓皇逃走。齐王一逃，楚军便自相惊扰，随之一哄而散。坐镇后军的项佗，见大势已去，长叹一声，逃回楚境去了。二十万楚军，就此覆没。

韩信率军把楚军残部扫清，才从容渡过潍水，又去追那齐王田广。田广先逃回高密，见不能守，又率残部北逃城阳。汉军一路狂追，在城阳郊外将田广追上，拽下马来，五花大绑送至韩信帐前。

韩信见了田广，不由怒从心头起，厉声喝道："纨绔小儿，还我郦生来！"

田广哪里还敢应声，只是俯首不语。韩信遂上前，一脚将他踹翻："项王烹人，所恃乃灭秦之功；你小儿侥幸称王，也敢动辄烹人？"呵斥一番后，便教军士推出斩了。

冬月里，瑞雪飘飘，汉军却是热汗淋漓，在齐之东南分兵四出，杀得兴起。

那灌婴率部，驰攻博阳，一举击破了田光军。齐相田横彼时也在城内，侥幸逃出，途中闻田广死，便自立为齐王，在嬴地纠集了残部截击灌婴。兵败，不愿降韩信，索性逃至梁地投彭越去了。

田横的族人田吸，与田横分道而逃，奔至千乘，亦被灌婴追上杀掉。

曹参则率军一部，席卷胶东，大破田既军，将田既擒住斩首。

未出一月，齐地便告大定。 韩信意气昂扬，率得胜之师还军临淄，一路收得降卒不少。 点验之下，竟然已拥兵三十余万，不啻一方诸侯了。

韩信将那曹参、灌婴、傅宽等人之功，都登录造册，留待请功。 又将那从齐地掠得的财帛，分赏了将士。 三军受之，无不感激涕零。

这日，韩信与蒯通骑马，缓缓绕临淄宫城而行，心头便生感慨："吾有今日，乃郦生一命换得。"

蒯通道："将军有今日，应是两命换得。"

韩信勒住马，直视蒯通道："何以言之？"

蒯通手指宫墙内道："还有一齐王。"

韩信领悟，便一笑："蒯子这一计，不会杀三士吧？"

蒯通闻言，脸色一变，忙顾左右而言他，岔过了话头。

两人并辔行至宫门，见门内宫阙，巍峨接天，金碧如画，韩信望之痴然。 蒯通见了，便道："此地有王霸气象，只可惜田氏气数已尽。"

韩信随口问道："何以见得可兴霸业？

"臣观之，齐地横于海岱之间，凭山负海，东有琅琊，西有长河，丰饶天下无匹。 若论争雄之地，何处能比？ 不过世无英雄而已。"

韩信一时默然，驻足宫门良久，叹一声："山河如此，可有真英雄乎？"随后，才缓缓打马而归。

不数日，将士们忽见临淄城头，原汉家旗帜，统统换成了齐王的紫色旗帜，韩信起居，也自中军大帐搬进了齐宫内。 众人不疑有他，只道是韩信即将受封齐王了，都大感振奋。

十

垓下悲歌
万古伤

汉王四年（前203年）正月里，龙且败亡之事，几乎同时传到了广武山楚、汉两营，两边营垒内，景象便极不同。

汉营闻之，皆欣喜若狂。入夜，有上千板楯蛮登上汉王城头，歌之舞之，通宵达旦。楚寨则一片沉寂，难觅灯火。

连日来，刘邦与众人议事，诸臣都道贺说：此役楚军三去其二，气数将不久了。刘邦帐前，终日喜气洋洋，如大户人家摆寿宴一般，贺客盈门。

刘邦便想到，韩信此番得手，从齐地伐楚易如反掌，包抄项王之计，不久便可实施了，不由心花怒放。然左等右等，等了一月有余，却不见齐地有何动静。正在疑惑间，有仆射随何来报，说韩信有军使飞递信函而来。

刘邦忙宣来使进帐，拆开信函来看，见上面写道：

赵国相、臣韩信稽首顿首①上言：臣仰仗天威，所至奏捷，斩龙且于潍水，擒田广于城阳。然国无其主，势难教化；民无枉梏，

---

① 稽（qǐ）首，古代跪拜礼，跪下并拱手至地，头亦至地。顿首，磕头。

何由归服？ 齐巧诈多变，乃反覆之国，其地南邻楚地，如不以一假王①镇守，则势必难安。今臣权轻，不足以安之，故此，臣请自立为假王。

刘邦兴冲冲展卷，读到此，不由大怒，骂道：“我困守此地，日夜盼他来助我，望眼欲穿而不见，原是想自立为王！”

一旁张良、陈平见不是事，忙在背后轻踩刘邦脚背。 刘邦本是聪明人，只这一句，便住了口，箕踞闭目，似在沉思。

张良急附耳低语道：“汉家在广武山不利，大王怎能阻得韩信称王？ 不若做个顺水人情，立他一个齐王。 令其自守其土，不然，事恐生变。”

刘邦是何等聪明，立刻颖悟，睁开眼，佯骂道：“大丈夫平定诸侯，即为真王，何以假为！”

那军使听得糊涂，不知该谢恩还是该告罪，伏地不敢抬头。张良便跨上一步，对刘邦一揖道：“臣愿出使齐地，携册封印绶，授韩信为齐王。”

军使这才听明白了，大喜过望，连连谢恩，自返临淄复命去了。

刘邦回头对张良、陈平笑道：“不是二位爱卿提醒，寡人几欲下令攻韩信！”

张良亦笑：“那韩信，十有八九，早自立为王了。”

刘邦便朝帐外大呼：“随何随何，又要铸印了！ 蹉跎三载，救

---

① 假王，非正式受命的代理诸侯。

兵未曾盼到，铸印金子倒用去我恁多……"

至春二月，张良收拾齐备，便携带封王册书与印绶，赴临淄授予了韩信，外加一番慰勉。

韩信对张良尚有几分敬畏，恭敬如仪，未敢有一丝怠慢。那张良，只佯作大而化之模样，一切细事不问，暗地里却与曹参、灌婴通了声气，对韩信的日渐坐大，已了然于胸，此处暂时按下不表。

再说那楚营接到龙且丧报，都如丧考妣。季布、钟离眜、虞子期等诸将顿感兔死狐悲，都不禁潸然泣下。等候了多日，见项王并无表示，便相约来见项王，要为龙且举丧。

项羽似是整夜未眠，满脸倦容，挥挥手道："龙且殉国，寡人亦寝食难安。然阵前发丧，必动摇军心，诸君请含悲忍痛，切勿疏忽，来日痛杀汉贼便是。"

虞子期谏道："今兵力折损过半，北地屏障全失。若韩信大军南犯，则彭城势必不保，我之根本，立陷危殆，请大王思之。莫如即刻回军彭城，坚守自保。"

项羽就烦躁起来，冷笑一声："虞兄胆量，何至于此？我大楚九郡，完好无损；八千江东子弟，仍可纵横天下。今大军在广武山，亦算是在汉地鏖战，又谈何危殆？损兵折将，战之常事也，何必惊慌？唯刘邦不除，为楚之心腹大患，我迄今与之缠斗三载，就此止戈，莫非要眼见功亏一篑？"

那虞子期还想分辩，项羽便一拍案道："你等各回本营，坚守勿怠。韩信那里，寡人自有办法，都不要在此啰唣了！"

虞子期等诸将只得怏怏而退，各自巡营去了。

待诸将退下，项羽忽然眼冒金星，一下竟瘫坐于地，手脚麻木，一时动弹不得，喘息少顷，才舒缓过来。俄顷，提了提精神，便急呼桓楚进帐，寻出一幅《山河舆地图》来，挂于屏风之上。

项羽坐于地图前良久，默然无语，心头思之，已觉恐极。

今齐地尽亡于韩信，楚地北境，无异于袒露于锋刃之下，毫无防护。本土九郡，虽勉强可再凑齐七八万丁壮，然怎抵得过韩信三十万之众？如韩信发兵南下，则如虞子期所言，彭城必失，广武山这本部十万人马，立时便成无家可归的游魂。想到此，项羽脊梁发凉，不得不打起精神，要认真来对付那个当年的执戟郎了。

桓楚见项王神色黯然，不敢打扰，只笔立于案旁伺候。项羽回头望见，叹了一声："自亚父故去，无人能为寡人指画天下。楚营人虽济济，骁勇之士不少，怎奈刘邦诡计多端，猾似蛇鼠，直教人防不胜防。"

桓楚便道："大王，何不召武涉先生前来商议？"

项羽这才猛然想起，抚膝道："险些将他忘了，快去请先生来。"

两人所言的这位武涉，乃盱眙（xū yí）人氏，能言善辩，有苏秦张仪之风，此前投楚已久，为军中策士，却一直未得重用。桓楚耿直，素与武涉交厚，颇为他打抱不平。今日见机，便向项王全力推荐。

那武涉被冷落多时，早已心灰意懒。今日忽闻召见，便匆匆赶来，入得帐后，即拜伏如仪。

项羽连忙将他扶起，延入上座，恭谨道："军务繁忙，一向怠慢了先生，寡人心甚不安。今请先生来，是为存亡大事。度今日之势，不知先生有何妙计，可以教我？"

武涉虽置身下僚，于大势却了如指掌，此时便道："大局于我不利，毋庸讳言。然汉家亦无定鼎之力，故胜负尚无定论。臣闻汉王近日封韩信为齐王，看似褒奖，实为不得已耳。彼辈尾大不掉，唯有以封王来安抚，你道汉王能心甘情愿吗？"

"哦？原来如此！先生果然睿智。"

"韩信之心，深不可测。今大王之所忧，也必在此人。"

"不错，寡人正无计除掉此敌。"

"臣闻老子曰：'以道佐人主者，不以兵强天下。'昔年刘邦曾离间九江王，今我可为大王离间韩信。只凭三寸之舌，亦可抵得百万之兵。"

项羽闻言，不觉转忧为喜："如此甚好！军中金帛财宝已然不多，劳烦先生先返彭城，请柱国项佗代为筹措。备齐礼品后，便可往韩信营中去，教他反汉投楚。"

"自保之心，人皆相同，臣当竭力劝诱之；然……"武涉忽然打住话头，神色甚为凄惶。

"你有话，但说无妨。"

"臣若说降成功，则楚祚万年当无疑；然万一韩信执意不降，则今后之事，神人亦难料，大王须早作打算。"

项羽知此话分量，不禁悚然，便起身向武涉深深一拜："拜托先生了。"

那武涉与桓楚见了，都是一惊。武涉忙叩首谢道："大王以天下相托，臣当竭尽全力。"谢罢，便领命而去。

正是春三月间，武涉便从彭城乘车驰入齐境，直奔临淄来见韩信。

韩信这日在齐宫内，正与蒯通谈玄论道，忽有谒者进来通报：

楚使臣武涉在宫门外求见。

韩信略感惊奇，对蒯通道："我与此人，素昔略有交谊，他来此地做甚么？"

蒯通笑道："无非为项王说客而已，但见无妨。"

武涉由典客在前指引，上得殿来，高声自报道："楚使武涉，奉项王之命，前来为齐王贺！"说罢，便命从人将所带金帛财宝，一一陈列于殿上。

韩信一眼轻轻扫过，便教赐座，对武涉笑道："故人相见，真恍如梦寐。寡人这区区边地之王，又何须项王道贺？若是你做说客，便请说无妨。"

那武涉坐下，只是四下里张望，并不开口。

韩信会意，便对蒯通道："夫子，我与故人叙旧，请夫子与侍从人等暂且回避。"众人闻令，便都退了下去。

武涉这才开口道："往昔与大王在楚营共事，颇有情谊，臣一日未敢忘也。彼时，天下共苦秦久矣，方有项王、汉王，相与举事，勠力击秦。及秦已破，就当论功割地，分土封王，令士卒好生休息。"

韩信道："以我观之，汉王并非逞强之人，所愿亦正是如此。"

"然汉王不安于位，兴兵东犯，侵人之境，夺人之地。先前已破三秦，后又引兵出关，收诸侯之兵，以五十万之众，东向击楚。观此意，不吞并天下便不肯罢休，其不知足，何其甚也！"

"非也，此不过一家之言。论事，须讲个公平，若论功封地，汉王便是该封在巴蜀吗？"

"封在何处，汉王凭甚计较？戏水会盟，论功分封，皆以大势而论，岂可效卖鱼妇锱铢必较？会盟所约，便不可改。就是那汉王性命，也是几次在项王掌握中。我家项王怜他，不忍加诛，姑且封在巴蜀，留他一条活命。然他一旦得脱，便背信弃义，又举兵来攻项王，谁人还敢信他？"

"两雄相攻，人之常情，何况两王乎？你我各为其主，倒不必来劝我。"

武涉见韩信不悟，便激愤起来："今足下称王，好不快活！然此等诸侯王，不过是以弱事强，以小事大，可有好下场吗？你虽自以为与汉王交厚，为他尽力用兵，以在下所见，却是愚痴之至！终逃不过为他所擒。"

韩信便也正襟危坐，反驳道："此言无根无据，只不知汉王为何要擒我？"

武涉便大笑："足下所以能逍遥至今，可知否，是因项王尚存。今楚汉二王之争，胜负所系皆在足下。足下右投，则汉王胜；左投，则项王胜。我劝故友切莫得意，项王若今日亡，则明日汉王便要取足下头颅！此言若妄，足下可拿我头颅去。"

数语掷地，说得韩信亦觉凛然，便挺直身问道："兄所望我何为？"

"昔日足下与项王有故交，观今日之势，何不反汉，与楚联合，三分天下而各为王？"

"以此时而论，尚且过早吧？"

"若失此良机，足下必为汉王犬马，功成而身死。兄本为智者，为何迂执若此呢！"

韩信低头，将案头的齐王印玺摩挲有顷，遂抬起头来，微微一笑："我昔日投项王，官不过郎中，位不过执戟，言不听，计不用，这才背楚而归汉。汉王授我大将军印，又予我数万之兵，解衣衣我，推食食我，言听计用，方有我今日之高位。汉王如此见信，我背之不祥，故虽死而不能易主。故人此来，厚谊可感，请代韩信多谢项王。"

言毕，韩信便起身，唤典客上殿送客。

武涉见事不可为，不禁面露凄绝之色，缓缓起身道："三家若分天下，则各有百年国祚，否则，你我皆为刘邦俎上之肉。临此深渊，却不知危殆，实是痛心！兄请好自为之，楚若亡，兄之齐王做不过三月，性命苟延不过一年。若不信，且看这田氏宫殿内，当今可还有一人姓田？世上人，为何难抛舍功名利禄呢？"

武涉说罢，仰天一叹，辞别韩信，走下阶级去了。

韩信倒也不怪罪，起身送至殿前，长揖拜别。拜毕，猛一抬头，却见那蒯通从侧殿蹑足而至。

蒯通并不提楚使来访之事，只道："仆往昔曾在天台山，从安丘先生习相术，略知一二。"

韩信便笑："先生相人本事如何？"

蒯通道："贵贱在于骨法，忧喜在于容色，成败在于决断。以此观之，万无一失。"

韩信便不再言语，只一招手，将蒯通引至一间密室内，问道："先生请相看孤家如何？"

蒯通左右张望，犹豫道："只恐隔墙有耳。"

韩信笑道："放心，左右皆已屏退。"

"今相君之面，至多不过封侯；然观君之背，则贵不可言。"

"此谓何意？"

"秦末天下初乱，英雄豪杰登高一呼，便有志士云集，如风助火势，乃因众志皆在亡秦。而楚汉纷争之后，两强相斗，徒使无辜之民肝脑涂地。 那项王起于彭城，席卷天下，至于荥阳，则三年不能进。 汉王率数十万之众，据巩洛之垒，凭山河之险，一日数战，却无尺寸之功。 这便是所谓智勇俱困也。"

"不错，两家大势，今后又将如何？"

"两军锐气，挫于险阻，必致兵疲粮乏。 百姓亦心生怨望，不知该何去何从。 以臣所料，天下之祸，非圣贤不能平息，当今楚汉两王之命，皆悬于足下，足下助汉则汉胜，足下助楚则楚胜。当此际，臣愿披肝沥胆献计，只恐足下不能用。"

韩信正听得入神，便叱道："好了，休得遮遮掩掩，只须直说。"

蒯通这才直指要害："臣以为，莫如两方皆助，使其俱存，则可三分天下。 势成，则三家并立，相互挟制，无人敢擅自启衅。以足下如此圣贤，拥有甲兵之众，制其楚汉后方空虚之地，顺从民意，向西进兵，为民请愿，敦促楚汉止战，天下百姓必望风响应，届时谁敢不从？ 彼时可扶立故六国诸侯，诸侯既立，天下必归心于齐。 有众诸侯拥戴，齐为三分天下之一，稳如泰山。 臣闻'天与而不取，反受其咎；时至而不行，反受其殃'。 这样的好事，何处去找？ 愿足下熟虑之。"

蒯通这一番言说，换作对他人言，必有醍醐灌顶之效，然韩信终究是读书太多，于利而外，不能忘义。 他思之再三，起而复坐，终不能决断，只道："汉王待我甚厚，我所乘之车、所穿之衣、所食之馔，无不是宫内少府之物，荣宠无比。 如此，当解人之患，怀人之忧，忠人之事，岂可向利而背义？"

蒯通瞋目而视韩信，叹息连连，忍不住又道："足下自以为与汉王交谊匪浅，欲建万世之功，臣以为大谬！ 昔张耳与陈馀，布衣时为刎颈之交，后因小事相怨，互相追杀，终为世人所笑。 二人为友时，其情义天下无伦；后却反目成仇，何故也？ 人多欲望，而人心难测。 足下欲以忠信结交汉王，固然不错，然你与汉王，怎能如张耳、陈馀交情之深？ 足下不疑汉王，便以为汉王也必不会害己，则大谬！ 文种、范蠡，助勾践成霸业，哪个不是或功成而身死或隐遁而逃命？ 兽已尽，而狗必烹。 请足下思之，以友情而论，足下与汉王，如何抵得张耳、陈馀之交？ 以忠信而言，足下之功，焉能逾越文种、范蠡？ 以此观之，祸福自明。"

韩信听到此，浑身一震，起身踱至窗牖前，张望青天，只觉心乱如麻。

蒯通仍不放过，又道："臣闻，勇略震主者身危，功高盖世者不赏。 足下自领兵出西河以来，功高天下无二，勇略为不世出者。 以此才干，归楚，则楚人不信；归汉，则汉人震恐。 足下欲恃此奇才归于何处？ 名高天下，危必继之，臣实为足下而忧！"

韩信顿觉身内有寒意涌起，如置身冰河中，只得告谢道："先生高论且休矣，容我斟酌。"

如此彷徨数日，蒯通复又入见韩信，苦口婆心，立请决断。 然韩信终不忍心叛汉，又以为自己功大，汉王必不会加害，于是婉谢蒯通，不用其计。

蒯通见千载良机将就此错失，心中叹惋良久。 彷徨数日，又恐日前的妄言惹祸上身，便佯狂作癫，裸衣做犬吠状，哄得韩信当真。 不久，便辞营还乡，重操巫觋旧业去了。

且说那武涉说降遭拒，无功而返，一路嗒然若失。 待轻车驰入楚境，便取出符节来，递与从人道："臣徒有辩才，却辜负了项王之命。 此行既无功，楚祚恐亦不久，我堂堂楚之臣，何忍见此河山终沦于屠狗辈之手？ 吾意已决，便在此止步，请代我向大王复命。"说罢，竟拔剑自刎而死，共情不胜凄楚。

项羽得武涉从人复命，吃了一惊，手抚交还回来的符节，绕帐徘徊良久，百感交集。

知韩信无意背汉，项羽也起了回军彭城之意，但又恐大军若回撤，刘邦必挥军大进，韩信、彭越也必兴兵来犯，楚地便将翻作囚笼。 于是想到，不如仍在广武山与之对峙，则彭城尚不致立即动摇。

挨过一两月后，项羽见韩信那里并无动静，便知武涉日前的劝说，已令韩信有所顾忌，不禁念起武涉的好处来。 遂写成一函，飞递给彭城项佗，命他厚葬武涉，以表彰其忠烈。

两军又在广武山僵持了数月，堪堪时已入夏，蝉鸣鸦噪，直搅得刘邦心神不宁。

眼见得齐王印绶送去韩信处，兵卒却未见有一名派遣来，心知又上了一当。 便想道：那张耳、韩信，投汉时皆为穷途末路，身无分文，今日得汉家之助，贵为王侯，却拥兵自重，坐视我困于广武山，真乃人心难测。 如此，遣一将远赴，便是一将成尾大不掉，又全无感恩之心，还不如彭越那水贼略知感恩。

然则，若不遣将远征，项王对后方即无所顾忌，日日在此与我厮缠，不知何时是个尽头。 刘邦左思右想，也只得取那饮鸩止渴法，派出一军是一军，只须项王后方不宁，便是好。

夏七月，刘邦于城头打起伞盖，唤来英布对景小酌，闲议天下大势。

英布亦为一代枭雄，投汉以来，却是狼奔豕突，无一日得以伸展，此时便显无精打采。

刘邦笑道："英布兄，韩信在齐已获全功，项王不日亦寿数将终，兄如何还这般萎靡？"

英布怏怏道："项王以一人敌汉赵齐梁，看似身陷重围，然淮南尚无战事，其地连接江东，楚仍可进退自如。项王寿数，怕还正长呢！"

刘邦便不动声色道："以寡人之见，韩信既已夺得齐地，大势已成，不如英布兄这便去取淮南。如此，可将项王三面围定。"

英布闻言，几乎要跳起："当真？如蒙大王恩准，臣当率精锐一部，千里往袭，要教那彭城无一日安宁。彭城既不安，项王焉得长守广武山？"

刘邦望望英布，眼睛转了转，击掌笑道："不错，英布兄，真乃好计！今日我当正襟以待之，就依你计，着你去布此妙局。事属非常，无须恁多虚礼，这便封你为淮南王，引精兵一万，前往淮南用兵，一切由你摆布。"

英布喜出望外，忙伏地谢道："谢汉王恩典，臣必誓死效命！"

刘邦又道："敕谕稍后即发，着内史连夜刻印。你领了印绶，便可出发。"

英布在汉营，与樊哙、夏侯婴之流厮混多日，心下早已不耐。今日忽而重得王号，又得精兵一支，顿觉重生一般。领命之后，两日内，便点齐兵马，急趋淮南去了。

一月之后，英布军竟窜至九江郡，夺下数县，四下里张扬"淮南王"名号。楚淮南之地，军民都觉人心惶惶，幸有大司马周殷，领三万楚军镇守在寿春，竭力应对，楚后方才不至于大乱。

闻听英布得手，刘邦这才稍感振作，以为天下事须得有作为，方可有更大的腾挪余地。 于是颁令：今后凡军士战死者，官家代为衣衾棺殓，转送回乡，以保入土为安。

先秦之际，军士战死，皆葬身黄土，不得归乡。 故而此令一下，汉家境内军民无不欢悦，以为人生苦短，从军是死，不从军亦是死，莫如挣得些军功，裹尸而还，以荣耀门庭。 关中投军者，竟至于日以千计。 广武涧西，渐至聚起了汉军十五万，声势迫人。

天下各处百姓，闻汉王有此仁政，士卒生可得温饱，死可得还乡，都称颂不已。 汉王盛名，遂远播天下僻远处，四方归心，已成大势。

至八月，有燕王臧荼与辽东的北貉（mò）部，各遣一支马军，南下万里，助汉攻楚。 自此，广武涧西，便常有操胡语、着异装的北地骑士，往来奔突，渐成一道风景。

刘邦此时看看海内，项羽所封十八诸侯，除战殁者之外，几乎已无一人与楚同心。 张耳、韩信、彭越、英布各据其地，与楚分庭相抗，当初张良所谓"天下与二三英雄共之"，今已成不移之势，楚已断无灭汉之力。

如此想来，刘邦渐渐也英雄气短，不欲做那一统之梦了。 想那始皇帝，费尽心机谋得一统，怎能料十五年即烟消云散，落得为天下笑？ 当下之势，莫如退回关中，将"战国"之局维持下去，汉也不难有五百年国祚。 昔西戎之秦，便是今日之汉家，有崤关天险，那山东诸国也是奈何不得的，况乎齐赵梁与淮南，皆为汉家臣属，一如当年之"连横"诸国，对付一家西楚，绰绰有余矣。

当下刘邦便想好，立即召张良、陈平来商议。

张良闻之，神色若有所失。 陈平则叹道："辛苦四年，不如当初便与楚议和。"

刘邦笑道:"当初议和,汉家如崖下累卵,怎有今日之安稳?今四海之心归汉,楚则成病虎矣。"

陈平想想又道:"只可惜,太子刘盈,做不成二世皇帝了。"

刘邦不禁勃然变色:"寡人正是不想令他做秦二世!"

张良在旁又道:"若再奋力一击,楚便败亡,大王为何要止步于广武山?"

刘邦怫然道:"尔等书生,怎知兵事之难? 寡人帐下骁将,皆成拥兵不前之诸侯,身边只得樊哙、周勃者流,何人可为我一击?"

陈平道:"灭楚乃大计,大王且缓行,容臣等稍作谋划。"

刘邦便一哂:"陈平兄,你虽为典军,怕也只知如何逃亡。 兵疲至此,灭楚谈何容易? 老子曰:'以其不争,故天下莫能与之争。'我汉家退守关中,有百二河山,胜过带甲百万,安作当今之秦穆公,不亦快哉? 楚必无力再与我争。"

陈平与张良相互望望,便都无语。

八月末梢,天气稍凉,本是用兵之际,刘邦却派出了儒生陆贾,前往楚营讲和。 只望项王开恩,将刘太公等家眷放回,双方罢兵,各归西东。 岂料项羽尚未忘龙且战殁之恨,一口回绝。

陆贾百般劝说无果,遂恨恨以归。 刘邦便笑道:"儒生何用? 只能哄得那田广小儿缴械,此事还须鬼谷子门生出马。"于是,再派帐下侯公往赴楚营。

那侯公,乃洛阳人氏,生于世家,少负豪气,及长,精通纵横之术,好为人平息争讼。 当年刘邦率军东征彭城,过洛阳时,三老拦路谏言,内中便有他一个。 当其时,侯公便投了汉军,跟随至今。

恰在此时，楚之北境又起骚乱。韩信军数月未动，此时见楚后方空虚，便屡屡南犯，由灌婴亲率马军，突入淮北，数败楚军。另有彭越在梁地谷城，得田横来投之助，声势大振，亦屡犯楚之粮道，气焰渐涨。近日内，竟将楚军粮道完全截断，掠得楚官仓大批粮秣，计有十万斛①之多，以车载之，浩浩荡荡驶入汉王城。楚营将士望见，徒唤奈何。每日嗅到汉营飘来缕缕饭香，更觉饥肠辘辘，心无斗志。

侯公此次出使，便是倚仗势强，自有韬略。他从容进入楚营，见霸王大帐门前，数十郎卫执戟肃立，传呼声迭次传出，知是项羽要给他下马威，便也不理会，只昂然而入。

那项羽果然仗剑高坐，面似冰霜，一双重瞳子目光锐利。那侯公只当一切不见，略一施礼道："汉臣侯某不揣冒昧，有要事禀告，在此见过大王。"

项羽自鼻孔里哼了一声，道："你家那庸主，斗我不过，既不战，亦不退，只龟缩在广武山壁垒里，却打发一只又一只黑老鸹来絮聒，是何用意？"

侯公略一欠身，接过话头反问道："项王英明，我主万不及一，然小臣斗胆问大王，大王目下，是欲战还是欲退呢？"

项羽将那长剑向地上一戳，高声道："寡人当然愿战！"

"项王神武，臣自然是没有话说。然每战必胜，自古未有之，且即便是连胜，也必有危殆伏于中，胜负焉能料定？臣看今

---

① 斛(hú)，古代量器名，亦为容量单位，汉代一斛为十斗。

日，两军皆力竭，只怕是项王一世英名，再过数旬，便要毁于这山城下了。侯某区区一里正也，人微言轻，然亦愿向大王推诚进谏，当今之势，唯有罢兵息争，于两家皆为上策。"

"哈哈，收兵罢战？寡人再途穷，亦沦落不到要与亭长讲和。"

"哪里？我家汉王，岂有胆量与大王争锋？数年间受人裹胁，迫于大势，也是不堪其疲。唯愿息兵罢战，与大王重修旧好。大王若能恕了汉家不知检点之过，允两家罢战议和，我等君臣敢不从命？"

侯公的这一番软话，挠到了项羽痒处。项羽不觉便松弛下来，放下手中剑，问道："刘季遣你来议和，将如何说起呢？"

侯公见有转机，急忙叩首道："我家汉王，今有二议：一是两家划定疆界，各守一方，永不相犯；二是恳请大王开释太公、吕氏等刘氏眷属，汉王将万世铭感盛德。"

项羽便仰头大笑："无赖亦知亲情乎？不踩到他脚痛，他怕也想不起还有个老太公来！求和？分明就是个诳话。"

"不敢，不敢！我家汉王，实是思亲心切。东进初衷，原亦不过是为接眷属西去，不料却惹出许多事端来。"

"岂止是事端，那刘季老儿，直是要吞掉天下呢！"

"我家汉王，绝无此胆量，种种冒犯，皆为诸侯怂恿。今幡然悔悟，觉其中事理，直在大王，曲在汉家，故而遣小臣前来赔罪。若蒙大王恩典，则四海之内再无烽烟，天下百姓亦幸甚。"

"哈哈！你这侯公，刘季是从哪里掘出来的？倒是会说话，你便与项伯去斟酌吧，寡人只是不耐这些啰唆。"

侯公见项羽已松了口，更是抖擞精神，鼓起苏秦张仪之舌，直陈利害，说得项王心有所动，也知唯有休战，或可保得楚不至危亡。

项羽遂将侯公留置营中，另召项伯来，闭门与项伯商议：今老营的十万人马，蹉跎于荥阳，迄今已两年有余。今年以来，食不果腹，衣衫褴褛，纵是骁勇依旧，欲敌汉、齐、梁三面袭扰，终是吃力。不如罢兵议和，保得楚之腹地无虞，亦不失为良策。

项伯历来与刘邦有私，故而乐见和议谈成，便道："子曰，'中庸之为德也，其至矣乎'！今我与汉相争，三年未见胜负，可知上苍自有安排。今我军议和而归，汉家五十年内必不敢再犯，也未尝不是好事。"

项羽尚有犹豫，一时便未允。这夜在灯下，又独坐于舆地图前，痴痴地看了半晌。

恍惚间，忽嗅到一阵香气，原来是虞姬端了羊羹进来，一脸笑颜："今日是何日？难得夫君这般安稳。"

项羽便回首道："今日确是非比寻常。汉营方才遣使来，巧言议和，求寡人放归刘太公……美人以为如何？"

"那当然好。太公一家，拘于楚地已两年有余，实在可怜。彼等老弱妇孺，不过平常商户人家，两军之事，与他们有何相干？"

"唉！与刘邦战，屡战而不胜，实乃奇耻大辱也。"

"夫君，这又何必？今妾往军营探看，见军士们正在晒甲衣，个个铠甲生虮虱，蓬头垢面。如此狼狈，何以再战？不如尽早议和，与民休息。那刘邦自彭城大败后，又数次折兵，三年未进寸步，也必是无力再战了。"

项羽望望虞姬，叹了一声："如此，便准了他议和吧。"

次日晨起，项伯便受命，与侯公切磋再三，将罢兵条款议妥。即楚汉罢兵，以鸿沟为界，西为汉地，东为楚地，中分天下，互不相犯。此议获项羽、刘邦首肯后，项伯便命书吏将约书誊好，只待项王与汉王分别签字画押，一桩天大的事，便可告成。

自此之后，侯公又往返楚营数次，终获两王各自签署。项伯遂将两份约书分置两函中，楚汉各执一函，择吉日互换，议和便可告成。

至九月末梢，一切议妥，侯公赴楚营换约完毕，两军将士击鼓鸣金，宣告罢兵。随即，楚寨大门，豁然洞开，刘太公、吕雉、审食其三人，与一道被羁的太公续弦李氏、刘邦次兄刘喜、刘邦早前外妇之子刘肥等诸眷属走出来。项羽、虞姬与一干文武，皆着常服，送出门外。其间，虞姬与吕雉执手话别，依依不舍，相约来年岁时吉日，或可互相探望。

那边厢，刘邦早早便率张良、陈平、樊哙等众臣，远远迎出汉王城，恭迎于道旁。

其时汉军皆知议和已成，都登城观看。见刘太公等步下石阶，三军喜不自禁，皆欢呼"万岁"，声彻天地间。

刘太公一行，蹒跚穿过两军之间窄窄的一片旷地，来至汉王城下。刘邦见太公瘦弱伛偻，苍髯蓬乱，禁不住泪下，忙伏地赔罪。起身又拜见发妻吕雉，恍如已别半世，凄然道："以为不复得见矣！"

迎入太公一行后，刘邦整好衣冠，遥向鸿沟之东拜了三拜。又吩咐少府官吏，备好三牲醴酒若干，送往楚营以示谢意。

当夜，两营篝火熊熊，喧声震天，有军士索性将戟杆折断，抛入火中作薪柴。众军以为从此可释干戈，回乡躬耕去了，便都奔走称贺。

汉营大帐内，更是喜气盈门。刘邦摆下盛宴，邀文武重臣齐聚一堂，为刘太公、吕后接风。

席间，刘邦端立中央，拱手对众人道："今日楚汉议和，侯公功在千秋，将封为'平国君'，食邑千户，世代享有荣华。"说罢，便拿眼扫视众人，要寻那侯公在何处。

哪知这半日熙来攘往，谁也未曾留意，满堂文武齐集，独不见侯公的踪影！

刘邦大惊，忙吩咐中涓往各营里去找，又遣随何往楚营去探问，都一无结果。众人不由诧异，议论纷纷。刘邦闭目半晌，良久才睁开眼，将衣袖一挥："侯公志存高远，就此隐去了，且随他去吧。然'平国君'此爵，汉家将代代虚悬，以示寡人之恩。"

越日，有巡哨来报：楚军十万人马，均已拔营向东南而去，楚寨已成空城一座。刘邦闻报，不胜感慨，遂带了夏侯婴、周勃，前往楚寨空垒里查看。

上下看了一回，见楚营虽空，却毫无狼藉之象，就连遗弃的箭矢，亦堆放得整整齐齐，刘邦就忍不住啧啧赞叹。转入后营中，却见一老卒尚未走，正在收拾厨灶。

刘邦便上前问："老丈，何故滞留于此？"

那老卒霜发满头，一面弯腰捡拾木柴，一面便答："家中数子，年前皆战死，婆姨亦染病身亡，我孤老一个，回乡又有何益？不若在此留下，寻些营生做，度个残生罢了。"

刘邦望望遍野萧瑟之意，叹了一声，吩咐夏侯婴道："将此老者收入中涓吧，日后带回关中去，好好安顿。"

次日，刘邦派遣车骑数百，威仪赫赫，护送太公及吕后等眷属入关。那吕雉从一市井家妇，翻身为正宫夫人，位列至尊，举止言谈总不免惴惴，看着夫婿与诸臣的眼色行事。虽闻听刘邦又纳了戚姬、薄姬等为妃，却连这一大串姓氏都记不住，哪还有心思计较？只忍住了指鸡骂狗的本性，佯装不在意而已。

继而，刘邦便与周勃、夏侯婴筹划拔营回关中事宜，正要议妥，忽有张良、陈平上门求见。

只见张良扯住陈平闯进帐来，劈面便问："大王，今汉家半有天下，诸侯皆归附，楚则兵疲食尽，正是灭楚之时也，何不趁机进兵，取而代之？"

陈平亦大声道："我军包抄之势已成，广武以西，万夫莫逾；淮水南北，有韩信、彭越、英布枕戈以待，楚已成强弩之末。今项王东归，亦不敢直行，欲绕东南而归彭城，终不免为困兽。大王为何偏于此时退兵？今若失此良机，勒兵不追，便正是所谓'养虎自遗患'也。"

二人词语激切，不容商议，刘邦不禁怔住，捋须沉吟半晌，才道："两位言之有理，此时罢兵，不单天下半数归楚，就连沛县也仍陷于楚地，寡人岂不是只做了个西戎王？"

陈平又道："项王若东归，数年生聚，便可复振，届时大王欲安居关中，可得乎？那齐梁燕赵，又焉知彼等可世代不渝、一心向汉？项王若卷土重来，何人可再为大王月下追韩信？"

此一语，刺痛了刘邦，当下不禁失神，默默无语，将一块虎符反复把玩，忽然精神就一振，敛容道："诸君所言，是为至理。然鸿沟之约，一日便废，我将何以取信于天下？"

张良道："楚汉之争，皆起于项王背约，今日之事，便是他咎由自取。"

陈平也道:"沛县旧部跟从大王,数年不得东归,今又闻永世不得东归,则作何想?"

刘邦悚然一惊,望了望周勃、夏侯婴,慨然道:"子房、陈平兄所请,实获我心! 寡人决意就此变计,明日便东进,要与众兄弟一道衣锦还乡。"

张良望望陈平,这才长出了一口气。

次日晨起,松弛多日的汉营,忽地就忙碌开来。 上下军佐奉了令箭,都急如风火,忙着点兵拔寨。 仅一个时辰,汉军便又大张旗鼓,蜿蜒如蛇,蹑楚军之踪向东南而去。 急追了两日,行至阳夏地面,前面即可望见楚军旌旗了,刘邦便命军伍止步,扎下营寨,遣使分赴韩信、彭越两处,与之约期引兵来助。

此时节令已是十月,逢元旦吉日,两军在旷野中相遇,自是谁也无心过年。①

项羽闻斥候来报,说有汉军蹑踪而至,起初并不相信。 他披挂整齐,登上戎车,命御者驱车至高冈处,手搭遮阳远眺,果见黑压压一片汉旗,不由就大怒:"老贼,欺我心慈乎?"于是下令,全军开进阳夏城邑,要与汉军回头一战。

入城后,项伯、钟离眛、季布聚至项王帐内,都忧心忡忡。原来楚军在议和之时,便有千里之外的败报送至,称彭越部又悍然南犯,直下楚北境昌邑等十余城。 灌婴麾下马军,亦横扫淮北,淮上重镇多有失陷,连项王的老家下相,亦为灌婴攻破,致彭城军

---

① 此时为前203年农历十月,若以现代历法计算,尚属汉王四年。但按秦历法,十月即为岁首,则为汉王五年岁首,故当今各著述所称灭楚之战起始年代,并不一致。

民一日三惊。 灌婴部荼毒淮北后，又突入淮南，长驱直入，一路破袭，兵锋掠至广陵。 至今日，楚之腹地，已一片狼藉！

其时，楚寨诸臣无不震恐。 项王急派军使飞马传令，命项声、薛公、郯（tán）公率军出彭城，收复失地。 项声等将奉命，带兵出彭城死战，喋血半月，逐次将淮北失地收复，然不料，灌婴遁去后，又返身杀回，在下邳一带大败项声。

因淮南局势糜烂至此，故而项羽率军回撤时，便不敢贸然东行，而是取道阳夏，先往东南，再相机北上彭城。

项羽在阳夏城头，望见汉军嚣张，不禁恨恨，对身边诸将道："村夫欺我太甚！ 我意止军，就在这阳夏与之一决生死。"

项伯满心不愿再战，便谏道："我军十万，毫发未损，刘邦军亦不过十余万而已，怎敢击我？ 无非是缓缓跟在后面罢了，可无须理会。"

钟离眜却道："不可，淮北已危在旦夕，唯淮南尚可苟安。 我军此次还彭城，若将那刘邦大军引进，则势必鱼烂不可收拾！ 依臣之见，阳夏一马平川，最合我军驰驱，不若就在此一战，以绝老贼觊觎之心。"

季布频频点头，亦附和此议。 项伯却仍是摇头："汉军本不能战，且人数又非倍之，何必与他纠缠？ 我十万人马，乃我大楚仅存之精华，今番返国将养，待三年之后，旗鼓重整，必是无敌于天下。"

项羽冷笑一声："叔父是说，今日我军便不能天下无敌了吗？ 寡人以为，钟离眜所言甚是。 若今日不战，只恐来日欲战而不能了。"

季布便起身，请命道："即便来日不战，今日也须一战！ 那刘邦数年来与我死缠，只因没有打痛他！ 不妨可派属下周岩率部一万，趁其不备，阻击其前锋樊哙。 如能挫其锋芒，或可阻吓刘邦。"

项羽看看帐外日暑，时还未近午，便道："那便如此吧，至午时，即开门出战。"

时近午时，汉军先锋樊哙率前军三万，蜂拥进至阳夏城下。正要搦战，忽听城中金鼓大作，城门轰然洞开，一彪楚军急急奔出，楚将周岩一马当先。

那楚军，数月来人困马乏，好不容易盼到还乡，不料却又要出战，大多士卒便心头惴惴，唯恐活不到明日，气势上先就输了一筹。 汉军那一面，则是眼见楚祚不长久了，都有争立军功之心，跟踪了数日，此时见楚军迎出，都大喜，争相挺戈杀来。

荒野之上，霎时便是血迹斑斑，殷红满地。 激战了多时，汉军终究人强马壮，渐渐占了上风。

樊哙见状，大吼一声："捉得项王，万世封侯咯——"随即将长戟一挥，便驱车前冲，众军皆摇旗呐喊趋进，势若狂潮。

楚军饥寒交迫，到底支撑不住，掉头便往城内奔回。 樊哙哪里肯放过，急率精骑突入楚阵，截住了四五千人，将那楚将周岩也围在了核心。 看看离得近了，樊哙暴喝一声："无名鼠辈，来送死乎？"一戟便将周岩拍下马来。 众军一拥而上，将周岩缚住，解往大营去了。

城头众楚将见了，大感激愤，都顿足不已。 钟离眜掣出剑来，就要率部往援。 项羽望了望汉军尘头，反倒不急，摇头道："我军兵疲，暂且收兵再说吧。"

然则，天不助楚，项羽此时欲稍事喘息，以逸待劳，却成了奢望。楚军在阳夏城内才歇了一日，便又有楚都六百里流星急报送至，羽书报称：日前，灌婴部复犯淮北，攻破彭城，楚马军尽溃，柱国项佗亦被汉军掳去。

自此，长江以北，楚土残破，再无统一政令了。各郡楚军，成群结队易帜换装。山河变色，有如噩梦……

项羽阅毕，不由拍案惊起，大叫一声，将那军报狠狠摔在地上。

虞姬闻声赶来，拾起散落的竹简，拼凑起来看过一遍，遂轻叹一声，手抚项羽肩头默默掉泪。少顷，才凄婉说道："当年我马军收复彭城，是何等威壮！如何才三年过去，竟一至于此？今彭城已失，你我将归何处？"

项羽缓缓抬头道："胜负之事，涕泣有何用？美人请暂避，我将与诸臣尽速商议。"

那虞姬眼中满是幽怨，负气道："夫君，你威震海内，勇冠三军，活脱是个神人，属官们哪还敢说半句难听的话？天长日久，必是闭目塞听，才落得今日这步境地。我只问你：为何三年来连战皆捷，最后却如此仓皇？今日种种，岂非秦二世故事重演不成？"

项羽便拍案怒道："我岂能与猪狗辈并论？看那些诸侯王，哪个不是依赖寡人发迹，今日却都掉头去助那无赖。天下事，有何道理可言？"

虞姬低头想想，长叹了一声："夫君，你只是不该生于这人间。"言毕，便掩面而去。

片刻之后，诸文武闻讯，都陆续聚拢来。人人面色沉重，全无计策，只能听项羽主意。

恰在此时，项伯忽然奔进，急切道："有陈县县公利几，适才差人来报，已征发全境丁壮五万人来援，军至固陵扎营。那固陵城邑，城坚堑深，我军可暂入固陵，与陈县军会合，再思进退。"

项羽闻言，稍作沉吟，便下令道："就如此吧！全军转进，不得迟疑。"

不到半日工夫，楚军便从阳夏撤离，开进固陵坚守。得陈县县公之助，楚军放开肚皮吃了几餐饱饭，士气复振，遂在城头遍插旗帜，频擂金鼓，以震慑汉军。

樊哙遣人探得明白，将此情状飞报刘邦。刘邦亦不迟疑，急命全军拔营跟进，开入阳夏。见阳夏城不甚坚固，便一面在城南筑起壁垒，深挖堑壕，与楚军相持；一面等候韩信与彭越军来援。

候了三日，时限早已过了约期，然援军却连影子也未见一个。刘邦正焦灼之际，忽有探报飞至，说道：今日晨间，固陵城门大开，楚军十万奔涌而出，已来至阳夏城下，排开阵势，叫嚣搦战。

刘邦吃了一惊，便欲登城察看，忽又有随何来报：楚营遣桓楚前来下战表。刘邦便命宣入桓楚，接过战表来看，见内中云：

　　书上汉王麾下：前太公、吕夫人在我处，优养有加。霸王心存哀悯，于日前送还，并准允订立鸿沟之约，息兵议和。然麾下投鼠忌器之忧既去，便翻云覆雨，背约动兵。其屈在汉，天理所不容。诗曰："人而无仪，不死何为？"麾下之举，无乃有过于蛇鼠之卑乎？今西楚霸王统雄兵于固陵，愿与麾下一决高下。王若不惧，则于今日午后未时，起兵前来应战，勿违为盼。

刘邦收起战表，闭目捋须片刻，睁开眼道："桓楚，你也是项梁君旧部，寡人与项王联兵反秦，往事历历，迄今仍不能忘。然兄弟阋于墙，责在谁人，又怎能说得清楚？楚汉相争至此，不知有多少农家子填了沟壑。若再不分胜负，则灾祸仍将无已。你回去禀明项王吧，寡人便来应战。"

桓楚闻言，不禁泪流，伏地叩首道："臣亦常忆起旧年，然河水可得倒流乎？还请汉王保重。"言毕起身，默视汉王片刻，旋即退下，回营复命去了。

陈平抢出一步，对刘邦急道："韩信、彭越军尚未至，我军如何能战？"

刘邦当即嗤之以鼻道："书生论兵，方知不易了吧？若等得韩信、彭越兵来，东海也要枯了。好在楚军饥疲多日，我军马肥粮足，或不至于落下风。"

陈平见劝阻不住，只是徒然叹息。刘邦全不顾众人神色，自顾披挂整齐，登上戎车，傲视楚营，俨然常胜将军。然他完全未料到，眼前这支"惰归之师"，今日情形已截然不同。近日由陈县县公发动，县民络绎向固陵楚营送来了牛羊粮秣，楚军早先的饥疲之态已一扫而空。加之彭城已失的消息传开，楚卒皆知已成"穷寇"，无家可归，决死之心陡生。老营十万人马，正如急欲脱笼之虎，指爪锐利无比。

午后，天色晦暗，西风凛冽。两军如约出营，在固陵与阳夏间的平川上，将阵对圆。两边军士执戟挽盾，怒目相视，皆未鸣金鼓。旷野上，唯闻风拂旌旗之声飒飒作响，令人心悸。

项羽瞥了一眼汉军阵势，知刘邦已是倾巢而出，便轻蔑一笑："刘季，今日我与你堂堂正正一战，要教你识得何为霸王！"说罢，即播动鼓桴。那鼙鼓之声，先是浑如春冰炸裂，顷刻间，便似有万股洪涛奔涌而出。

楚军闻声，皆是一振，个个挺戟大吼，其势如天崩地解。 对面刘邦见势，也急忙擂动战鼓，两军便相向而进。 远看，如红黑两股激流，飞沙卷石，迎头相撞。

此时的汉军，虽已将养多时，但仍不是楚军对手。 厮杀不过片时，阵脚便开始动摇。 樊哙、周勃、靳歙、韩王信等诸将，在阵中拼死冲杀，终是难敌楚军威猛之势，渐渐便支持不住。

刘邦见势不好，彭城之败的往事又掠上心头，便急催夏侯婴打马，掉转车头回撤。

夏侯婴自是知楚军厉害，忙将戎车掉头，赶得如风驰电掣般。刘邦站立不稳，头碰车轼，竟将那兜鍪也撞掉了，狼狈奔回营中。

汉王大纛一动，汉军立呈溃败之势，十余万人丢盔弃甲，向后退去。 楚军一路追杀，喊声震天，将汉军赶入了营垒。

汉营的壁上弩手见势不好，急忙放箭，将楚军前锋射住。 营门士卒顾不得还有溃兵尚未进门，慌忙拉起吊桥，将楚军挡在了壁垒之外。

楚军遂将阳夏壁垒团团围住，百般叫骂，然汉军只是闭门不出。 项羽见汉军龟缩，仰头笑道："老儿，三年尚不知兵，也配持剑上阵吗！"看看天色将晚，攻打壁垒不易，便下令鸣金收兵，退回固陵稍作休沐，仍与汉军相持。

隔日，刘邦检点兵马，才知整整折损了三万人马，不禁叹息。此后数日，楚军或多或寡，每日都来搦战，也学了汉军的无赖模样，高声乱骂。 然刘邦只是不理，独自卧于帐中，默读《太公兵法》。

熬了数日，刘邦终究不堪喧扰，遣人去唤来张良，劈头便问：

"诸侯都不肯来，这如何是好？"

张良早料到会有这一问，便答道："楚败亡在即，然楚地却未曾分。诸侯不应召，自是情理之中事。"

刘邦便觉奇怪："韩信不是新封了齐王吗？如何说没分地？"

张良一笑说道："封王是虚，分地才是实。大王只须对韩、彭两人讲明，与彼等共分天下，言明郡县多少、人口几何，均归彼辈，两军明日即可至。至于韩信受封，原非大王本意，故韩信也心中忐忑。彭越所据，本为梁地，却因助魏豹之故，将他封为魏相。今魏王豹已薨，彭越欲得这王帽子，大王却迟迟不定。这二人，必以为大王心不诚，故不肯来。"

刘邦这才恍然大悟："哦呀……然则如何？真的要分地吗？"

"当然，大王请将洛阳以北至谷城，皆分与彭越，并加封梁王。那齐王韩信，家在楚地，欲以家乡为齐之城邑，大王可将陈县以东至海，分与韩信。舍出这两片地给他二人，二人必出力来助。如此，破楚易如反掌耳。"

"他二人，原是揣了这等心思，何不早说呢？"

"是畏惧大王责怪吧。"

刘邦想想，忽然疑惑道："分地之事，易耳；然新辟楚地，全赠与他二人，我又所为何来？"

张良便诡秘一笑："明日事，明日自有办法。"

刘邦当即会意，击了一下掌，当下便遣使，携带标注好疆界的舆地图，分头送至齐梁，再次约期围攻项王。

果然，韩信、彭越接到地图，甚觉满意，都告知汉使："今即发兵。"数日后，便各率本部人马，南下陈县来助汉了。

冬十一月，由灌婴部郎中骑一路当先，三十万齐军自临淄南下。 彭越也亲率大军七万，从昌邑出发。

恰在此时，一向在淮北游击的刘贾，率两万汉军渡淮南下，逼近寿春，遣人劝降了楚司马周殷。 周殷乃楚之重臣，声望卓著，六邑军民闻周殷居然叛了楚，都极表愤慨，闭门不降。 周殷便领兵攻破了六邑，纵兵屠城。 后又与英布军会合，攻破城父，再次屠城。

两次屠城，淮南为之震动。 之后，周殷、英布两军又与刘贾部合兵，共计十万余众，亦浩浩荡荡往陈县而来。

如此，三路援军，渐在陈县境内集齐，刘邦筹划多年的包抄之计，终得实施。

这日晨，漫天彤云密布，似有雪意。 固陵城头的哨卒眼尖，望见汉军壁垒有大队步骑开至，队列浩荡，不见首尾，连忙禀告了钟离眜。 钟离眜急派探马前去查看，探马看过，回报称：来者衣甲鲜亮，皆着汉军服式，然旗帜为紫色，不知为何方军旅。

钟离眜便顿足道："韩信军到了！"遂疾奔下城，去项王大帐禀报。

此时，项王正与项伯、虞子期商议，欲派兵接应失散的项氏族属，闻钟离眜禀报，不觉怔住，默然良久，方叹道："竖子终是不悟。 武涉公地下若有知，如何能瞑目！"回首便吩咐钟离眜，"今晚来寡人帐中，另行商议。"

整整一日，汉营源源不绝有新军开到。 阳夏壁垒内外，堪堪已聚起了四五十万人马。 只见遍野连营，旌旗蔽天。 即便是老营的楚卒，也从未见过汉军声势有如此之浩大。

刘邦在辕门迎到韩信、曹参、灌婴等，喜不自胜，一一执手相问。张良、周勃等本部文武诸臣，见了久别的故人，也倍觉亲切。刘邦与诸将寒暄毕，便将众人延入大帐，设宴款待。

主宾就座后，有少府吏员陆续进帐，布好佳肴，又搬来几坛上好的醴酒，为众人逐个斟了。

刘邦便道："今日此时，为寡人多年梦寐。我汉家诸君，皆起自垄亩，一向遭贵胄轻贱，视我为贩夫狗屠之辈。其实那项梁叔侄，家中亦无寸土，不过顶着个空名号罢了，却是眼高于顶，视我辈为微贱之徒。秦末举义，原本不分贵贱，然项王眼中却有高下等差，将天下之地私相授受，实属欺人太甚，终致天下怨愤，步入穷途。今各路英雄会攻项王，眼见他失道寡助，已成笼中困兽，何其快哉！来，寡人这头一杯酒，便要敬齐王韩信。汉有今日之兴，楚有今日之厄，齐王之功，当属第一。"

韩信忙起身谢道："汉王恩德，何止于高天厚土！我等乡鄙之士，若无汉王拔擢，怎得统兵裂土，晋身王侯？汉王昔在成皋，与楚相持三年，神鬼皆惊，功劳不可尽数。今汉王已疲，可于阵后静观，破楚先锋之事，全都交予我韩信便好。臣韩信，等候今日也已多时了，必全力以赴，擒得项王，以报汉王恩典。"

刘邦哈哈大笑，解下汉王剑授予韩信，慨言道："此剑，乃上天所赐，为安邦济国所用。伐楚以来，寡人与楚大小七十余战，直杀得白骨暴野，尸积如山。寡人亦为人父，见之实不忍心。今授剑予韩公，只望公一战而定，使百姓安于枕席，将士得享燕乐。从此我大汉天下，垂统万世而不竭，我辈也不枉从血泊里蹚了一回。"

众臣闻言，皆大悦，一时杯觥齐举，纷纷向韩信道贺。

韩信举杯向诸将回敬，仰天笑道："大丈夫，唯爱天下耳！若无今日之雄，则与濯洗妇何异！"众将闻之，热血上涌，皆拔剑狂呼。

如此一夜喧嚣，至次日晨，阳夏壁垒便与往日大不同了。壁上所立汉军，军容甚壮，行止有序。满营所插旗帜，一夜间全部易为紫色，望之如烟霞蔽野。

原来，汉之前军，在此一夜之间，全都换成了韩信军，故而鲜衣怒马，不似先前广武本部军那般疲弱了。

当晚，时近子夜，钟离眛来至项王大帐，见帐外唯桓楚一人侍立，项羽在帐内独对孤灯，正自发愁。

待钟离眛坐下，项羽便道："西楚霸业，唯余一脉，将军可为寡人分忧乎？"

钟离眛慨然答道："大王请勿虑。今江东尚在，淮南或亦有数城未降，事有可为，只待时日。大王若有差遣，末将可为大王赴死。"

"将军所言不谬，十万老营兵马，现已无路可退，唯有取道淮南，奔入江东。然韩信、彭越已蹑踪而来，我军食尽，不可力战。将军可否率三万人，于固陵拒敌？我率七万人马退往江东，以图恢复？"

"如此甚好！臣愿死守固陵，以报国恩。"

项羽摇摇头，凄然道："寡人之意，非指驱使将军赴死，只须阻敌三日，我便可跳脱而去，固陵不过是作几日'拒马'而已。之后，将军可便宜行事。唉，诸事不利，寡人也是无计可施，待军至江东，得了补给，誓要回军雪耻。"

钟离眛闻项王话中竟有哀音，不禁泪流，叩首道："大王，臣即是赴死，亦无不可。"

两人遂于灯下，将部伍分派停当。看看子时尚未过，项羽便传下令去，除三万人留守之外，其余部伍，即行开拔。

楚军一向训练有素，闻此急令，并无一丝慌乱，不多时便都披挂整齐，开了东门，衔枚疾走。夜半寒气逼人，有细雪飘飘落下。大军如蜿蜒游龙，无声无息地向东奔去了。

虞姬、项伯等一行，此时亦骑马紧随项羽之后。虞姬便问："大军夜行，将奔向何方？"

项羽回首道："无须多问，赶路就是。寡人只须一息尚存，便不教那鄙夫猖狂。"

项伯回望一眼来路，叹道："天意如此，问又何益？"

虞姬眼圈便是一红，又险些掉泪："我只想回家！"

项羽忽然就暴怒起来，叱道："多事！军中休得多言。"

天明之后，汉军探马看见雪地踪迹，才知楚军趁夜已遁走大半，便急报韩信。

韩信闻报大惊，立即点起先锋兵马，直扑固陵而来，到得城下，便架起云梯猛攻。

此时汉军的先锋将，系中尉靳强、郎骑将丁义，还有一个投汉不久的原楚令尹灵常。灵常其人，勇猛无伦，亲率士卒冒矢登城。守固陵城的三万楚军，势孤粮乏，知是陷于死地，皆无战心。汉军攻了半日，固陵便告陷落。钟离眜见势不妙，率残部开门逃出，向南撤入了陈县城池内。

韩信素知楚老营士卒善战，为项王之唯一倚赖，故而早就有令：务要斩尽杀绝，无须生俘！汉军士卒争功心切，攻下固陵后，满城尽在搜杀。那楚军残余无路可逃，唯有力战而死，横尸间巷，其状甚悲。

其后，汉军马不停蹄，即向南追去，在陈县郊外摆开阵势搦战。

钟离眜遁入陈县之后，与县公利几的人马会合，声势复振，便决意迎战。全军稍作喘息，又开门出城，再与汉军激战。

岂料那叛将灵常，以往在楚营虽未露头角，此时却焕发神勇，挥军大进，一鼓便将楚军击溃。县公利几被汉军团团围住，眼见再无生路，只得抛下长戟，下马求降。钟离眜无力回天，由几个亲兵死死护住，突围而去，向东追赶项王去了。

汉军杀得性起，刀起斧落，血溅四野。那陈县郊外，雪野里便平添了一片片殷红。阻敌的三万老营楚军，就此全部身首异处，化为孤魂万缕。

至此，楚在两淮，唯有零星小邑勉强自保，便再无一座大城了。项羽所率的七万楚军，已成千里之内的一支孤军，只是军伍上下皆不知此情罢了。

项羽率军疾奔了三四日，一路所收拢的残兵，逐日增多。听残兵们讲述，几令人绝望。两淮失陷之地，数不胜数，究竟尚有几城仍在固守，竟是难以猜度了。

时序已入十二月，满眼萧索荒寂，士卒皆是饥寒难耐。项羽在马上四顾，心情益发暗淡起来。

第五日晨起，前面又有大股楚地溃兵，项羽迎住相问，才知周殷竟然也叛楚了，九江郡全境尽失。项羽闻报大惊，急令全军暂停。正迟疑间，忽闻身后金鼓大作，数十万汉军已漫山遍野追踪而来。

楚军连日奔得力竭，此时哪还有力气迎战？项羽见前面不远处有一城邑，便挥军抢入城中，再作打算。

入城后，询问城内百姓，方知此邑名曰垓下，距淮水尚有百里。"垓"，本为高岗绝壁之意也，用来作此地之名，倒是奇了——邑城左近，全为平原，连一座小山丘也没有。唯此城高有三丈许，如山陵耸峙，望之俨然。此城残迹，后经两千年风雨冲刷，至今犹在。残垣仍有六尺之高，宛若河堤，多年已成农家菜地矣。

项羽见此邑虽小，却是墙高堑深，易守难攻，才略略放下心来，遂命士卒加固城池，并在城外修筑营垒以屯兵，不得松懈。入城后，各营检点兵马，算上一路收拢的散兵，竟又有了十万余人。

刚安歇不过半日，汉军便追踪而至，将垓下远远围住，却并不来攻。

汉军后队中，刘邦闻听前面围住了项王，大笑了三声："霸王，霸王，你也有今日？"便急遣军使赴彭越、刘贾处，严令两军速来垓下会战。

楚军在垓下撑了两日，见汉军竟是一日日多起来，众将心下便都着慌。查点垓下城中，存粮并不多，十万人拥进蕞尔小城，如何能熬得过十天半月？众将商议了一番，便约齐来向项王请战，皆曰：与其被困死，不如拼死一战。若能逞勇击败韩信，汉军必闻风丧胆，溃散而去，全军便有了一条生路。

项羽听了不语，只带了桓楚，在城内走了一遍，见众军虽然饥疲，但士气尚可用，便传令下去："明日朝食过后，与汉军决战。"

众楚卒知大战在即，唯愿一战而破韩信，从此定鼎天下，因而都欢呼起来。

回到大帐，项羽将各营将佐唤来，凛然道："天下分封，四年而已，刘邦老贼却两犯我境，背信弃义若此，却哄得天下皆称他'仁义'。世间伪善，大率如此。今楚地山河沦陷，人民流离，奇耻大辱，唯我楚人可知可感。所幸江东尚有完璧，明日与韩信战，若胜，我将溃围而去，据江东以图恢复。寡人召诸君来，即是告知尔等：明日之战，若不以血肉搏之，则楚之九百年国祚，便是一朝覆亡，永无再生！"

众将听了，皆是热血偾张，纷纷请命为先锋。项羽便教众将速回本营，检点军械，安抚士卒。明日黎明即起，全军披挂上阵。

次日晨，云开日出，清寒逼人。楚军打开营垒北门，队列源源而出，排开阵势。虽经多日奔波，疲惫不堪，士卒却已知后退无路，皆愿作困兽之斗，士气依然高昂。

对面汉军望见，各营也大开寨门，霎时便有漫山遍野之兵拥出，也依兵法从容布阵。

两阵对圆时，项羽跨上坐骑乌骓马，在阵前驰驱了一回，看清汉军的前军大纛，乃是斗大的一个"韩"字，便笑道："终可与竖子对阵了！"看罢，便返回阵中大纛下立定。

垓下之野，一马平川，项羽远望韩信军不过仅有十万余众，便对钟离眜笑道："如此乌合之众，徒然送死。钟离将军，且率前军冲阵去吧，寡人只看你如何一鼓而下。"说罢，便亲擂战鼓，下令全军冲阵。

楚军闻令，都齐声呼喝，又似恢复了往日神勇，争先恐后，涌浪般地冲向汉阵。

汉军那一边，韩信也亲执鼓桴，擂响迎战之鼓。汉军即全军而动，一片杀声震耳，亦是排山倒海般相向而来。

百里平川，霎时便是刀戟铿锵，血肉横飞。只见钟离眛挺立战车之上，挥动长戟，左冲右突，怒喝声声，望之宛如天神。楚军最擅冲阵之数万劲卒，尾随其车后，凌厉无前。

韩信军中，灌婴麾下前锋将靳强、丁义、灵常等人，亦是督军死战，前仆后继，务要生擒钟离眛。

两军厮杀多时，楚劲卒之冲阵功夫便显现出来，一浪叠加一浪，渐渐冲乱了汉军阵脚。韩信望见，知楚军厉害，忙鸣金退兵，命全军且战且退。

项羽见楚军得势，大喝一声，率全军大进，急追那摇摇晃晃的韩信大纛。

不料，刚追至半途，忽闻两侧金鼓齐鸣，韩信麾下两位将军，孔聚在左，陈贺在右，各领十万军埋伏于途，此时如天降神兵，从两面杀出。

孔聚、陈贺二人，自从遣至韩信帐下之后，经大小数十战，早已历练出来，兵马娴熟，都加了将军之衔。此时奉韩信之命，率部伏击，竟也有一番气势。

楚军方历激战，本以为大功告成，猛然遭遇伏击，都猝不及防。正惶然间，又见韩信已退之军，亦反身杀来，汉军于须臾之间，便呈三面包抄之势。

项羽这才亲尝韩信用兵的厉害，心中暗叫不好，遂大呼："楚之存亡，在此一战。进则生，退则死！"遂命御者继续驱车前冲，众楚兵紧紧跟随，只不要命地一路砍杀过去。然汉军人数之众，铺天盖地，似穷尽了天下丁壮，一波退去，一波又来。

项羽立于车上，亲冒锋镝，身上已有数处被创，却毫无疲态，只一声声怒喝："杀韩信！"那楚军个个心怀国破家亡之仇，闻得项王喝声，都仿佛有神勇贯注百骸，齐声附和"杀韩信"，声声如潮，直杀得红了眼一般。

对面汉阵中，韩信立于大纛下，耳闻远处排山倒海的"杀韩信"之声，不由面色发白，从腰间掣出汉王剑来，强自镇定。身边诸将也都拔剑在手，不由自主向韩信靠拢。却见韩信定了定神，将剑锷拂拭一遍，轻轻一笑，叱诸将道："儿郎们尚不怕，你等怕甚么？"

那汉军阵中，士卒征战连年，早思息战归乡，皆痛恨项王恃武搅乱天下，此刻无不想杀尽楚军，早得天下太平，因此毫无惧意。如此，两强相遇，个个都逞勇斗狠，雪后之平川上，便是一片血海，断戟折旗，触目可见。楚军那雷鸣般的"杀韩信"之吼，在十里方圆冲天而起，响彻平野。

刘邦率后军在远处观战，也是看得心惊。其身旁，周勃、陈武按剑肃立，唯恐有失。见韩信军仍不能获胜，刘邦便焦躁道："如此豪赌，仍不能赢，莫非天意乎？"

周勃怒视远处楚军旗帜，只是不语。陈武却道："主公，臣自薛城从军，倒没见咱汉家胜过几阵，然项王却是一天天地败了。"

刘邦若有所悟："也是！然如此之赌，再无二次。我刘某，是再也不想重回芒砀了。"言毕，即催动本部直属十万军，齐头并进。军令一下，十万汉军便摇旗呐喊，如鸦群般腾起，遮天蔽日，一派鼓噪而来。

韩信闻听后方有喊杀声，知是刘邦军至，便命众军稍稍闪开。刘邦所部，乃是原驻广武山的老营人马，一向对楚军恨之入骨，此时挺戟杀进，势如狂潮。

项羽协同季布、虞子期,在阵中会合了钟离眜,正杀得力疲,忽见又有后援汉军鼓噪而来。项羽神色便一变,不由惊道:"汉军有十面埋伏乎?"呆望片刻,见汉王大纛下,汉军浩漫无际,知事不可为,若再迟疑片时,全军必将陷于阵中,只得停下戎车,仰天大吼道:"万年之耻,万年之耻啊!"

众军闻项王怒吼,以为又要冲阵,正待进击,却闻得一阵阵鸣金,原是项王下令退兵了。然两军厮杀,已然混作一处,哪里还撤得下去?项羽怒喝连连,率诸将及亲兵奋力冲杀,一杆长槊舞起,浑如闪电,触之即亡。汉军见之,纷纷闪避,这才杀出一条血路来。钟离眜忙招呼后队残部,边战边走,退入垓下壁垒,闭门坚守。

汉军见项王居然也遁走了,都山呼"万岁",将那旷野上逃遁不及的楚军围住,尽情砍杀。已退入壁垒的楚军,耳闻同袍凄厉的呼救声,也只能徒唤奈何。

项羽生平所战,唯此一败,此刻亦不免有惊魂之感。立于壁垒上怅望良久,闻杀伐声渐息,才下令检点残部。钟离眜检点了一遍,报称尚有两万余人。项羽闻之,只凄楚一叹,便回大帐去了。

金鼓平息后,垓下城头,可望见平川上尸横遍野,断戟横陈。无数的汉军密如蜂蚁,还在源源不断拥来,堪堪已有六十万之众了。看旗帜,是彭越军与英布军、刘贾军也赶到了,将垓下一层层围住。

此役,可谓空前惨烈,天地也为之变色。两军均死伤累累,汉军共折损十万余,楚军亦有八万被斩杀。项羽向来不惧战,此时竟也脸色惨白。回到帐中,未及卸甲,便喊来桓楚,命速遣数名精干斥候，换装潜出城去，分赴淮南、江东求援。

此后十数天里，楚军只是闭门不出，等候援军。汉军虽众，但也被杀得怕了，唯有依仗势众，远远地围住，只待楚军粮绝。

堪堪时已至十二月中，天又降雪，大地一派灰蒙。楚军自广武山撤下，至今尚未置备冬装，个个都怯衣单，瑟缩在一起烤火。城内存粮，快要食尽，援兵却是音讯皆无。项羽哪里知道，两淮之地早已尽失，江东路远，汉军已将通道阻隔，郡县如何调得援军赶到？

这日，项羽巡视城上，见士兵饥寒，几无执戟之力，不由心生怜悯，下令杀战马以充饥。马军的两千匹战马，一夜间杀之大半，众军好歹饱食一顿，可以再熬得几日。

时至夜半，楚军正难耐之际，忽闻远处汉营中，有阵阵楚歌随风飘来，声似哀鸿，如泣如诉。立时便有一股乡愁，穿透了夜之寒雾。众军为之一惊，三三两两，都登上壁垒去倾听。

汉营中传出楚歌，自此便成千古悬念。其实，汉军中楚人众多，实不为奇，此事自有其故。韩信军中，本就有自淮南收编的楚军若干；英布军此次前来，更半是周殷属下的九江兵。这些楚地军卒思乡，唱起楚歌，也是自然而然的事。

楚歌本就凄凉，间以箫声呜咽，更是撩动人肺腑。城内众楚军思及家乡妻子，都情不能禁，潸然泪下。当下便有数百军卒发一声喊，跳下壁垒，倒曳戟戈，投奔汉营去了。将佐们上下拦阻，见喝止不住，也都纷纷逃亡了。

一个时辰之间，楚卒大半皆已散去，连那钟离昧、季布、项伯，也都更衣逃走，不知所终。唯桓楚领四千余江东子弟兵，不肯降汉，仍坚守营垒不散。

项羽于中夜被杂沓声惊醒，闻汉营传来楚歌，四面皆和，若鬼神之泣，不禁大惊："汉皆已得楚地乎？是何故楚人之多也！"

　　虞姬也醒来，披衣坐起，掌了灯，侧耳倾听。闻其辞云：

　　　白发倚门兮，望穿秋水；

　　　稚子忆念兮，泪断肝肠。

　　　胡马嘶风兮，尚知恋土；

　　　人生客久兮，宁忘故乡……

　　虞姬未等听完一阕，便是默默垂泪。项羽披上大氅，出帐去看，掀开帐门，却见素所钟爱的乌骓马，系于马桩之上，正烦躁不安，似欲扬鬣奋蹄。

　　项羽走近爱驹，以掌抚其背，令其安静下来。遂叹了一声，回到帐中，唤卫卒拿酒来。

　　正在此时，虞子期、桓楚、项庄三人，跌跌撞撞奔进来，欲禀报项伯、钟离昧等重臣逃跑之事。项羽见他们神色，已知是何事，忙摆手制止，只道："长夜难挨，我等不谈战事。来，饮酒！"

　　三人惶然坐下，士卒为各人斟满酒。项羽又对士卒道："尔等也斟满，与寡人同饮。"

　　几名兵卒也斟了酒，但不敢就座，项羽便喝道："坐！"

　　众人遂就座饮酒，一席哑然。项羽也无语，一口气饮了数觥，忽而兴起，口占一诗，慷慨悲歌道：

　　　力拔山兮气盖世，

时不利兮骓不逝。

骓不逝兮可奈何,

虞兮虞兮奈若何!

项羽嗓音本就沉雄,于此间苍凉歌吟,更是撼人心魄。歌吟回环间,项羽以掌击案作拍,将此曲连歌数阕。虞姬似小鸟依人,轻声和之,其调凄婉无比。

唱毕,项羽凝然不动,唯见颊上有两行泪下。众人都听得心中不忍,早弃了酒杯,拜伏于地悲泣,莫敢仰视。

烛火摇曳中,帐内歌声久久绕梁,凝于斯时,似万古不散……

沉寂良久,虞子期忽然跃起,急道:"大王,今江东子弟兵尚有四千未散,可随你拼死杀出。今夜不走,更待何时?"

项羽一双重瞳子炯然有光,环顾诸人,只是不语。

桓楚叹道:"马匹已杀了大半,无马,如何能走得脱?"

虞子期则道:"马匹尚有八百未杀,可选八百死士随行。"

项庄则拔剑道:"生年二十,即便在今日交待了,亦无大憾。兄长,勿再迟疑了!"

项羽望望虞姬,仍是未语。

虞姬便起身,拭泪道:"妾身一女流耳,不擅技击,亦不愿拖累大王。大王自去,妾可隐于民间,无须牵挂。"

项羽迟疑道:"民间如何住得?"

虞姬凛然道:"妾本闾巷中人,如何不能回归? 只当是梦一场罢了!"

项羽这才对虞子期、桓楚道:"项庄可随寡人溃围,你二人呢?"

虞子期道："弟在此阻滞汉军，兄长且放心去。若大王溃围而出，何患楚不重振？"

桓楚也拱手道："臣自举义起，即跟从项梁君，生死皆南冠之人也，大王请勿虑。"

项羽这才首肯，命项庄去点起八百名壮士。而后，密嘱虞子期、桓楚道："寡人走后两日，便教儿郎们都散了吧。"

两人闻之，都极惊骇，虞子期脱口道："那如何使得？"

项羽摇摇头道："儿郎们空忙三年，能活且活吧！"随后，便取出甲胄披挂，不再言语。

说话间，虞姬寻出了一袭猩红战袍，为项羽披上，细心帮他系好甲胄，理好项羽蓬乱的虬髯，一时又忍不住泪下。

项羽正待出去，忽又回望虞姬，嘱道："民间清苦，不比以往，须多保重！"言毕，便头也不回迈出帐去。

虞姬不觉失神喊道："夫君……"随即，便是泣不成声。

寂静寒夜，壁垒西门静悄悄打开，项羽、项庄率八百骑士鱼贯出营，向南而逃。垓下之南为洼地，汉军营垒不密。项羽看准灯火稀疏处，疾驰而出，竟然未惊动汉军。

虞姬、虞子期、桓楚三人立于壁上，目送队伍远去。项羽走后，壁垒门复又紧闭。虞子期掉头对虞姬道："你勿再悲戚！速回帐中，换了民女衣裳，随我二人出营，潜往民间。"

虞姬似已麻木，喃喃道："今日无家了，走又何益？"

虞子期便顿足道："不走，想死于乱军之中吗？"

虞姬闻言一怔，便不再犹疑，转身回了大帐。

稍后，虞子期、桓楚也换了便装，来到大帐，见虞姬已换了农家妇衣裙，正自发呆。

虞子期解下佩剑，递给虞姬："带上防身，这便走吧。"

此时，有亲兵数名，也都一身短打扮，牵了马匹来到帐前。虞姬知逃亡在即，忽有万般不舍，将那平日习用的几案抚了一抚，又望南拜了两拜，道了一声："夫君，你走好！"

虞子期便催道："天将黎明，再不走便迟了！"

说时迟那时快，虞姬猛地抽出剑来，叫了一声："夫君，妾先走了！"便毅然举剑，刎颈自尽。顷刻间，只见剑坠席上，落红满地……

虞子期大惊，冲上前去，抱起虞姬。只见她颈上血流如注，面容渐渐苍白，宛若熟睡。

桓楚一时也慌了，喊了声："虞美人……"便僵住了。

虞子期悲不自胜，涕泣良久，方对桓楚道："你且在帐外稍候，我为舍妹稍事整理，好好葬了再走。"

桓楚在外候了片时，忽闻帐内一声大喊："桓楚将军，拜托了！"桓楚心知不好，便一步抢进帐去，见虞子期竟也自刎而死！

众亲兵闻声赶来，顿时都怔住。桓楚忍住泪，跪于虞氏兄妹尸身前，拜了三拜。起身对众人道："尔等将虞将军兄妹好好葬了，便可自去，我不走了。"

次日晨，垓下壁垒中，又有零星楚卒投奔汉营，称项王昨夜已率八百骑士遁走。刘邦闻报，不敢大意，急命灌婴率五千马军，循踪追击。又特颁谕令："得项王首级者，赐千金，封万户侯。"

垓下城内，尚余三千江东子弟兵，誓不肯降。韩信见状，便发兵来攻，其势凌厉，志在必得。待号角响过，但见无数汉军，在城上攀附如蚁，前仆后继。三千残卒固守在城头，同仇敌忾，皆战至最后，力竭而死。众战殁者中，亦有桓楚在内。

却说项羽亲率八百骑，疾驰三日，昼夜不舍，亦是惊险迭见。一路遭汉军拦截，战死者、失散者不计其数。

半途中，项庄身陷重围，眼见得难以突出，遂持剑大呼："鸿门宴舞剑者在此，刘邦老贼何在！"话音刚落，即有无数汉军拥上来，呼喝连声，剑戟乱刺。瞬息间，便再也不闻那项庄声息了。

项羽身上亦有新创数处，猩红战袍已有斑斑暗色血迹，他抬眼看了看项庄战殁处，眼中似有血冒出，旋即一声大吼，连杀数名汉兵，溃围而去。待奔至淮水边，再检点随行骑士，仅有百余人而已。一行人不敢停留，便觅了船只，急渡淮水南下。

当晚，项王与众骑蜷曲在草丛中露宿。次日晨，又策马疾驰，无多时，便来至阴陵地面。不巧，前面忽然失路，因天阴不见日头之故，众人皆不能辨别方向。正惶然间，忽闻身后追兵喧哗，已是渐渐迫近了。

间不容发之际，项羽忽见前头有一老农，肩背粪箕，正蹒跚而行，便打马上前，拱手问道："请问老丈，我等欲往江东，有何路可通？"

那老者掀起斗笠，项羽便觉面熟，却也想不起曾于何处见过。

老农须发皆白，面容清癯，飘然有隐士风。他凝视项羽片刻，微微一笑："楚人，如何在楚地失路？"

项羽赧然拱手道："追兵甚急，万望指教。"

那老者便一指："左！"

项羽匆匆谢过，便率部向左奔去。①

及至项羽一队人马跑远，那老者才笑笑自语："故人，可还记得彭城夜行乎？圣人曰：'凤鸟不至，河不出图。'老夫生将满百，哪见有甚么凤鸟？唯见大盗不止！尔等不悟，便往左去吧，去吧……"

项羽算定，此去若踏上东行之路，便可将追兵远远甩开。岂料在苇丛中驰驱了半个时辰，前面哪里还有路？唯有万顷苇荡，白芒如涛，分明是淮水所积的一个大泽。一行坐骑皆陷于泥中，前行不得。

项羽方知受骗，怒骂不止，只得返回，再寻那白首农夫，哪里还能觅得踪影？项羽勒马，恨恨良久，疑惑道："老儿何往，莫非异人乎？当今之异人，何其多也，究竟意欲何为？"

项羽这一行人，在泽畔曲折回环，好不容易找到东归之路，却是误了行程。虽昼夜兼程，仍难摆脱汉军。才得脱险两三日后，身后忽又有汉马军呼啸包抄而来，一阵截杀，百余楚骑立陷重围，折损甚重。项羽挺起长槊，且战且走，方得脱身。又狂奔至下午，来至东城地面，检点身边，唯余二十八骑矣。

回首望望，身后汉家马军仍有数千，穷追不舍，堪堪已经逼近。

项羽心知此番脱不得身了，便勒住马，对众骑士道："我自起兵至今，已有八年。身经七十余战，所当者破，所击者服，未曾败过一回，遂霸有天下。然终却受困于此，此乃天亡我，非战之

---

① 见《史记·项羽本纪》：项王至阴陵，迷失道，问一田父，田父绐曰："左。"左，乃陷大泽中。

罪也。今吾意决死，愿为诸君快意一战。定要三胜，斩将，夺旗，然后死。欲使诸君知我非用兵之罪，乃天亡我也！"

二十八骑中，无一人有惧色，皆攘臂道："愿从大王之命。"

项羽乃引兵驰上一小山，命众骑环绕四面，驻马向外而立。汉军随即赶来，将小山围住数重。

两军僵持，虽悬殊不等，汉军将士心仍惴惴。皆紧握刀矛，屏息逼视项王，四周唯闻战马喘息之声。

项羽手持长剑，对身边一骑士道："看我为公取一将之首级！"遂下令，教七人为一队，分为四队，向四面冲下，往山之东面三处地方会集。

众骑士皆然诺。项羽于是大呼，纵马飞驰而下，众骑士俱催马四出。汉军见了，纷纷避让。项羽看准一甲胄鲜明者，驰突而至跟前，手起剑落，将一汉将斩杀。

汉军平素畏项王如虎，闻其将至，即望风而逃。今日见其势穷，遂将连年征战之苦，迁怒于项王，唯恨其不速死。数千骑士，都将生死置之度外，只远远近近呼喝："捉项王！"

郎中骑杨喜，素来胆量过人，此时便发狠，紧追项羽不舍。

不料，项羽突然回头，怒喝一声。杨喜猝不及防，人马俱惊，兜鍪当场掉落，转头跑出数里，方才收住缰绳。

项羽冷笑一声："项王岂是好捉的！"便与二十八骑分头杀出，如约在三处会集。汉军不知项羽在哪一处，便也分为三队，将那众楚骑重新围住。

僵持片刻，项羽须发皆张，一手持槊，一手持剑，又一声猛喝，率众军从三处策马驰出。

马蹄杂沓中，项羽直奔汉军一都尉跟前，一槊刺穿三层胸甲，当场致其毙命。而后一路呼喝，剑槊齐下，又斩杀数十百人。汉军似见蚩尤再世，皆心胆俱裂，再不敢呼"捉项王"了，瞬间便溃散而逃。待汉军遁远，项羽勒住马，聚拢骑士检点，唯折损两人而已。

自山上而下，项羽一连九战，所战皆捷，终得顺利溃围。故而后世称此山为"九头山"，亦号"四溃山"，此山尚未完全湮灭，至今仍有残迹在。

当是时，项羽在山下勒马四顾，重瞳闪射异彩，如有神魔附身，笑问众人："如何？"

所余二十六骑皆感振奋："如大王所言！"

项羽以衣裾缓缓拭净剑锋，便是一声："走！"遂率众人向东驰去。

一路见处处兵燹，惨不忍睹。草莽之中，兔起鹘落，皆是国破家亡景象。好在身后追兵尚远，唯有长天流风，传送鸦噪声声，分外凄凉。

驰驱不过片时，便来至乌江浦。此处为长江一渡口，长江水道在此呈南北走向，故对岸古称江东。秦汉时，此处江流靠近乌江浦这一边，夹杂淤泥甚多，水呈黑色，因此得名"乌江"。

从此地渡江，即是江东的吴郡。一线生机在前，众人顿感释然，便稍作喘息。项羽急欲寻船渡江，手搭凉棚四望，见十里水畔，因战祸之故，竟然难觅一人。

须臾间，远处又闻人马杂沓，遍地皆有"捉项王"之声。汉军追兵，堪堪又已逼近。项羽正焦急间，忽见苇荡中悠悠划出一小舟，舟上操桨者乃一老翁，一袭蓑衣，满身风霜，眉宇间有骨鲠之气。见项羽正在徘徊，便拱手道："可是项王？请速上船。"

项羽甚觉奇怪，便问："公何人也？"

"臣乃乌江亭长，在此专候大王渡江。沿岸百里，十室九空，唯小臣有一船。汉军若追至，无此船亦不能渡江。"

项羽见此舟甚小，仅容得一人一骑；所率二十六骑，如何能一趟趟渡过？

亭长见项羽犹疑，便急劝道："江东虽小，地方千里，有众数十万人，足以称王也，愿大王急渡！"

项羽仍未下马，眺望大江片刻，勒转马头，对众骑士笑道："天之亡我，我何渡为？且我与江东子弟八千人渡江而西，今我一人生还，纵是江东父老怜我，拥我为王，我又有何面目见之？纵然父老不言，我能无愧于心乎？"

言毕，便跳下马来，将那匹乌骓马引至江边，对亭长道，"我知公乃仁厚长者，我骑此马五年，所向无敌，曾一日千里。今不忍杀之，以之赐公吧。"说罢，便深深一拜。

那亭长接过马缰，一脸错愕："汉兵将至，大王欲何往？"

项羽仰天笑道："公且渡。吾意已决，此生唯付一死，或可留名千古，仍是强于无数食禄鄙夫！"

亭长知其意决，不禁老泪纵横，朝着项羽长揖道："大王，楚人作别了！"遂放舟而去。

此刻彤云密布，芦荻萧萧，千里江流有诉不尽的悲苦。项羽不忍再张望江东，便转过身，令从骑皆下马步行，持短兵与敌接战。众人知最后关头已到，便纷纷弃了长戟，掣出短剑、手戟，慨然迎战。

一行人走出苇丛，便见白杨林外有汉军漫野而来，皆执戟狂呼"捉项王"。项羽更无多言，即率二十六人冲出白杨林，杀入重围。 霎时间，兵刃相格，呼喝声此伏彼起。

汉军见项王已陷末路，为悬赏所激，都争相向前，刀矛如苇，逼住项羽。 那项羽，大叫一声："楚人岂可杀绝乎！"便拼尽全力，左右格斗，手刃汉军数百人，身上亦被创十余处。 所披战袍，褴褛如麻，已看不出本色来了。

激战有时，众骑士或死或被俘，唯余项羽身旁两三人。 一骑士颓然坐下，哀鸣一声："大王，力竭了！"

项羽环顾之间，忽见汉军前锋中有吕马童在，便注目道："你岂非我故人吗？"

吕马童此时在汉军为骑司马，正是灌婴属下，闻声急忙上前辨认。 见果是项王，便朝前一指，告知身边的中郎骑王翳①："这便是项王！"

项羽怒目圆睁，重瞳子犹如蜡炬，高声道："不错，你好眼力，正是你旧主无疑！ 只记不得你有何战功。 我闻汉家以千金购我头颅，封万户侯，我便成全了你吧！"说罢，便毅然举剑，刎颈而亡。

——乌江之畔，但见血浸铠甲，如夕阳残照之流光，渌漫而下，染红了一片沃土。

汉兵们一时惊住，静默了片刻，随后便骤起一阵喧嚣，众军争相抢进。 王翳大喝了一声："那是我的！"便当先冲入，手起剑落，斩下项羽头颅。 其余汉骑一拥而上，争相践踏，抢夺项羽遗

① 王翳，亦作王翥。他的官职"中郎骑"比较特殊，学界有讨论。中郎与郎中，为两个不同的系统，不相统属，然职务类似，即负责宿卫宫禁，出则充车骑。中郎骑，即以中郎身份而出任骑郎，与灌婴的马军统都具有郎中身份的情况，有所不同。

刀光之中，互相砍杀而死者，竟有数十人。

最终，由郎中骑杨喜、骑司马吕马童、郎中吕胜、都尉杨武各得一肢。后经验明，五人皆封侯，食邑千余户，世代享受荣华。杨喜后人，更有累代为汉家重臣者。

三日后，垓下城已破，战声沉寂。韩信正在中军大帐中徘徊，忽有军卒飞马来报："项王已死！系在乌江畔自尽。"

韩信闻言，猛然怔住，不由自主伸手去拿那柄汉王剑，手指才刚一触剑锋，便倏地缩回，说不清心头是狂喜还是悲凉。

与此同时，垓下汉王帐中，刘邦也接到灌婴的加急羽书，双手颤颤地拆开来看，阅毕，却是半晌瞠目而不能言。身旁张良、陈平看得奇怪，便都问："大王，军情如何？"

刘邦望望二人，将嘴张了一张，便把军书向穹顶一抛，大笑道："哈哈，万世无忧矣！"

张良、陈平猜到缘由，双双击掌，欢呼相庆。帐外周𫗮、徐厉等一干亲随侍卫听见，也知是项王生死有了着落，都一拥而进，急切问刘邦："项王可曾捉住？"

刘邦并不答话，只整了整衣冠，端然袖手，步出帐去，久久仰望天穹，随后大呼了一声："他死了！"